AtV

CAROLA DUNN wurde in England geboren und lebt heute in Eugene, Oregon. Sie veröffentlichte mehrere historische Romane, bevor sie die erfolgreiche »Miss Daisy«-Serie zu schreiben begann. Im Aufbau Taschenbuch Verlag sind außerdem »Miss Daisy und der Tote auf dem Eis«, »Miss Daisy und der Tod im Wintergarten«, »Miss Daisy und die tote Sopranistin«, »Miss Daisy und der Mord im Flying Scotsman« sowie »Miss Daisy und die Entführung der Millionärin« erschienen.

Die Rudermannschaft des Ambrose College, die bei Miss Daisys Tante Cynthia einquartiert ist, macht nicht gerade einen harmonischen Eindruck. Bott, der zwar hochbegabt ist, aber als einziger aus weniger begüterten Verhältnissen stammt, fühlt sich – zu recht oder zu unrecht – ständig schikaniert von den hochwohlgeborenen Herren und wohlhabenden Bürgersöhnchen. Der Honourable Basil DeLancey ist besonders ekelhaft zu ihm. Beim Wettkampf stürzt Basil tot aus dem Ruderboot. Wie sollte man Bott da nicht verdächtigen, der Mörder zu sein?

Auf jeden Fall wird nun nichts aus dem ruhigen und gemütlichen Wochenende, das Miss Daisy und ihr Verlobter Chief Inspector Alec Fletcher von Scotland Yard bei Tante Cynthia verbringen wollten.

Carola Dunn

Miss Daisy und der Tote auf dem Wasser

Roman

Aus dem Englischen von Carmen v. Samson-Himmelstjerna

Aufbau Taschenbuch Verlag

ISBN 3-7466-1495-3

1. Auflage 2000

Die Originalausgabe erschien 1998 unter dem Titel
»Dead in the Water« bei St. Martin's Press, New York.

Umschlaggestaltung Preuße & Hülpüsch Grafik Design
unter Verwendung einer anonymen Modeillustration von 1921
Druck Elsnerdruck GmbH, Berlin
Printed in Germany

www.aufbau-taschenbuch.de

Danksagungen

Mein herzlicher Dank geht an Todd Jesdale, Trainer der Rudermannschaft der Cincinnati Juniors und der National Junior Team Boys, und an Phil Holmes, Trainer der Rudermannschaften der University of Oregon. Ihre zahlreichen Auskünfte und technischen Hinweise über das Rudern und Bootsrennen im allgemeinen haben mir sehr weitergeholfen.

Ebenfalls danke ich Richard S. Goddard, Schriftführer der Henley Royal Regatta, für die detaillierten Informationen über die Regatta von 1923, insbesondere über die Rennstrecke, die Namen eines jeden Ruderers in jedem einzelnen Rennen, sowie die verschiedenen Unfälle, die manche Mannschaften erlitten. Ich beeile mich hinzuzufügen, daß damals niemand ermordet wurde.

Alle Fehler, Auslassungen, Erfindungen oder anders dargestellte Tatsachen gehen ausschließlich auf mich zurück.

1

Daisy hielt oben auf der gemauerten Treppe inne, die von der Terrasse in den Garten führte. Der afrikanische Butler hatte zwar gesagt, Lady Cheringham sei hinten im Park zu finden, aber von Daisys Tante war nirgends etwas zu sehen.

Zu beiden Seiten der Treppe blühten Rosen, deren Duft die windstille Luft erfüllte. Von der untersten Stufe führte ein Kiespfad durch den Rasen, der sich – zum Teil im Schatten einer riesigen Kastanie – glatt wie ein Bowling Green zum Fluß absenkte. Die graugrüne Themse machte hier einen Bogen, um dann ohne Eile und doch unaufhaltsam nach London und in die See hinauszuströmen.

Etwas weiter den Fluß aufwärts sah Daisy die Bäume von Temple Island, die das Städtchen Henley-on-Thames verdeckten. Stromabwärts markierten die weißen Gebäude von Hambleden Mill und die Holzkonstruktion, die den Bootskanal vom Flutgang der Mühle trennte, die Stelle, an der sich die Schleuse befand. Hinter dem Treidelpfad auf der gegenüberliegenden Seite des Flusses, in Berkshire, erhob sich Remenham Hill vor einem baumbestandenen Hügel. Am diesseitigen Ufer, am Fuß des Rasens also, befand sich ein langes, niedriges Bootshaus, das halb von Büschen und einer wildwachsenden, lilablühenden Clematis verdeckt wurde. Ein Landesteg aus Holzplanken führte am Ufer entlang. Seite an Seite lagen zwei Skiffs daran festgetäut, deren bunte Kissen in der Sonne leuchteten. Auf dem Steg standen zwei Mädchen in Sommerkleidern, das eine gelb, das andere blau. Keines trug einen Hut.

Erleichtert seufzend nahm auch Daisy ihren Hut ab. Die Brise vom Wasser fuhr ihr kühl durch die kurzgeschnittenen, honigblonden Locken.

Die beiden Mädchen blickten stromaufwärts, wobei sie mit den Händen die Augen vor den Strahlen der langsam sinkenden Sonne abschirmten, die immer noch recht hoch am wolkenlosen Himmel stand. Von ihrem erhöhten Aussichtspunkt aus folgte Daisy ihrem Blick und sah einen Achter, der aus der Engstelle nördlich der Insel hervorkam. Das schlanke Boot wirkte durch die Entfernung verkürzt, wie ein merkwürdig langsam kriechendes Insekt, dessen Beine aus Rudern sich im Paßgang hoben und senkten. Die Stimme des Steuermanns war schon zu hören.

»Hab ich dich!« Dieser Triumphschrei aber kam aus der Nähe, ausgestoßen von einer weiblichen Stimme.

Daisy schaute hinunter und sah ein Hinterteil, in fleckiges braunes Leinen gekleidet, das sich vorsichtig rückwärts aus einem Rosenbeet bewegte, gefolgt von einem breitkrempigen Strohhut.

»Hallo, Tante Cynthia.«

»Ich sage es ihm mit Menschen- und mit Engelszungen: bei Löwenzahn muß man mehr tun als immer nur die Blüte abschneiden.« Lady Cheringham richtete sich auf und streckte eine Hand im schlammbedeckten Handschuh vor, in der eine fast vierzig Zentimeter lange Löwenzahnwurzel baumelte. Auf ihrem schmalen Gesicht, von den Jahrzehnten unter der tropischen Sonne förmlich gegerbt, lag ein Lächeln. »Hallo, Daisy. Du liebe Zeit, ist es etwa schon nach vier Uhr?«

Daisy ging die Stufen hinunter. »Viertel nach erst. Der Zug kam auf die Minute pünktlich, und der Chauffeur wartete ja schon am Bahnhof.« Sie stolperte fast über einen Gartenschlauch auf der untersten Stufe.

»Vorsicht, Liebes! Ich habe gerade diesen gräßlichen Blattläusen auf den Rosen einen ordentlichen Giftcocktail verpaßt, und dann habe ich den Löwenzahn entdeckt.«

»Ich hoffe, das war kein tödliches Gift? Dir ist da etwas auf die Bluse getropft.«

»Nur Tabakwasser, aber ich sollte das wohl schnell auswaschen. Gräßliche Flecken.« Lady Cheringham ließ die

Löwenzahnleiche neben die am Boden liegende Düse des Gartenschlauches fallen. »Bister will einfach nicht zugeben, daß man mit einer schlichten Gartenhacke gegen dieses Unkraut völlig machtlos ist. Aber so ist das eben, wenn man sich nur einen Chauffeur-Schrägstrich-Gärtner-Schrägstrich-Mädchen-für-alles leisten kann.«

»Ich finde Löwenzahn eigentlich ganz nett«, gestand Daisy.

»Es wird ihn immer geben, keine Sorge. Egal, wie viele davon wir Gärtner abschlachten, es wachsen dauernd welche nach.« Ihre Tante nahm einen Korb mit Unmengen von rosa und gelben Rosen auf. »Eigentlich wollte ich ja nur mal die abgeblühten Rosen abschneiden und für euer Zimmer einen kleinen Strauß holen – ich hoffe, es macht dir wirklich nichts aus, bei deiner Cousine im Zimmer zu übernachten? Das Haus ist dieser Tage bis unter das Dach mit Gästen voll.«

»Aber überhaupt nicht. Im Gegenteil, ich finde das großartig. Endlich lerne ich sie einmal etwas besser kennen. Patsy ist ja jetzt richtiggehend erwachsen, da wird uns der Altersunterschied von fünf Jahren nicht mehr so riesig vorkommen.«

»Tish, Liebes. Patricia besteht dieser Tage darauf, Tish genannt zu werden. Der Himmel allein weiß, woher sie das hat. Vermutlich muß ich noch dankbar sein, daß sie und ihre Freundin Dottie sich nicht mit Nachnamen rufen.« Lady Cheringham winkte den beiden Mädchen am Fluß zu. »Angeblich ist das jetzt auf den Damen-Colleges Usus, die Männer nachzuäffen. So was Undamenhaftes! Manchmal frage ich mich, ob es wirklich so klug war, Patricia von Ruperts Bruder erziehen zu lassen, als wir im Ausland waren.« Sie seufzte.

»Andererseits hat die Erziehung durch zwei Dons von Oxford Pat… – Tish sicherlich schon früh an das Studentenleben gewöhnt.« Daisy hoffte sehr, daß sie nicht eifersüchtig klang. Weder ihre Familie noch ihre Ausbildung hatten ihr ein Studium ermöglicht. Die Idee wäre ihr auch nie gekommen, hätte sie nicht den Zeitungen entnommen, daß Oxford University schon vor drei Jahren, also 1920, Frauen zum Studienabschluß zugelassen hatte. Mittlerweile war sie fünfundzwanzig und verdiente seit Jahren ihren Lebensunterhalt selbst. Für sie war das zu spät gekommen.

Fröhlich sagte ihre Tante: »Ach, Patricia muß wie wild büffeln. Mehr Grips als ich bringt sie auch nicht mit. Und das ist auch gut so – ich glaube, sie hat sich seit neuestem Rollo Frieth an Land gezogen. Ein sehr charmanter junger Mann, aber wirklich keine große Leuchte. Obwohl er studiert; er ist im letzten Jahr am Ambrose College.«

»Das ist doch auch die Bootsmannschaft, die während der Regatta hier bei euch übernachtet, nicht wahr?«

»Ja, Ruperts Neffe rudert für Ambrose. Der arme Junge wurde Erasmus getauft, aber alle nennen ihn Cherry.«

»Ich glaube, den habe ich vor Ewigkeiten mal kennengelernt. Möglicherweise bin ich ihm sogar mehrmals über den Weg gelaufen. Aber das ist Jahre her.«

»Sehr wahrscheinlich. Er ist ja praktisch ein Bruder für Patricia. Du wirst ihn gleich beim Tee treffen und seine Mannschaftskameraden auch.«

»Sind sie nicht schon auf dem Weg hierher?« Beide wandten sie sich um und schauten zum Fluß. Das Boot war nur noch wenige hundert Meter entfernt. Gelassen glitt es stromabwärts auf sie zu, und die Ruderer in ihren weißen Hemden und weinroten Käppis warfen sich in die Riemen. Ihre Stimmen schallten über das Wasser, doch konnte Daisy nicht genau erfassen, was gesagt wurde.

»Ich muß mich wirklich beeilen, damit ich noch mit diesen Blumen zu Rande komme«, sagte Lady Cheringham. »Geh doch mal und begrüß Patricia. Sie ist eigens wegen deiner Ankunft zu Hause geblieben. Das Mädchen neben ihr ist Dottie Carrick.«

Daisy ging zum Landesteg hinunter. Als Patricia – Tish – und ihre Freundin hinter sich Schritte auf dem Kies hörten, wandten sie sich um.

Tish war ein hübsches blondes Mädchen von zwanzig Jahren, gerade hatte sie Geburtstag gefeiert. In dem blaßblauen

Pikee-Kleid mit dunkelblauer Schärpe an der tief angesetzten Taille kam ihre schlanke Figur bestens zur Geltung und entsprach exakt der Mode dieser Tage: flachbrüstig, ohne eine Spur von Hüften, bemerkte Daisy voller Neid.

Sie kannte ihre Cousine nicht besonders gut. Sir Rupert Cheringham war im Colonial Service beschäftigt gewesen. Sein einziges Kind hatte er von seinem Bruder und seiner Schwägerin erziehen lassen, die beide Dozenten an der Oxford University waren. Zwischen den beiden Dons und Daisys aristokratischer Familie hatte es selten Kontakt gegeben, und wenn, dann nur kurz, obwohl Lady Cheringham die Schwester von Daisys Mutter war.

Für Daisy war Oxford eine Bahnstation auf dem Weg zwischen London und ihrem Elternhaus in Gloucestershire, das jetzt ihrem Vetter Edgar gehörte. Daisys Bruder Gervaise hätte vielleicht in Oxford studiert, wäre der Große Krieg nicht gekommen. Sein Tod hatte die Verbindung dorthin beendet. Und seit ihr Verlobter gestorben war, hatte Daisy kein Interesse mehr an Männern, die sie sonst zu den berühmten Bällen im Mai hätten einladen können. Nach dem Großen Krieg waren die aus der Armee entlassenen Offiziere ja scharenweise auf die Universitäten gezogen.

Aber Gervaise und Michael waren schon seit fünf Jahren nicht mehr auf der Welt. Der neue Mann in Daisys Leben hatte seinen Abschluß an der plebejischen University of Manchester gemacht.

»Hallo, Daisy«, begrüßte sie Patricia. »Mr. Fletcher hast du nicht mitgebracht? Alec Fletcher ist Daisys Verlobter«, klärte sie ihre Freundin auf.

»Vor Freitag abend kommt er nicht weg. Er hat ein Zimmer im White Hart gebucht.«

»Das ist auch gut so. Mutter hätte ihn sonst irgendwo auf dem Dachboden unterbringen müssen. Die Jungs schlafen jetzt schon auf Feldbetten oder teilen sich ein Zimmer. Der Steuermann wohnt im Wäschezimmer, weil er als einziger klein genug ist, um hineinzupassen. Ach, Entschuldigung, du kennst Dottie noch gar nicht, nicht wahr? Dorothy Carrick, eine Freundin vom College – übrigens ist sie mit Cherry verlobt. Dottie, darf ich dir meine Cousine Daisy Dalrymple vorstellen?«

Auf Miss Carricks rundem, eher blassem Gesicht thronte eine Brille. Ihre dünnen, glatten, mausig farblosen Haare waren auf das strengste kurz geschnitten. Vom Scheitel bis zur Sohle die sprichwörtliche blaustrümpfige Studentin, dachte Daisy. Das mit großen gelben Zentifolien bedruckte Kleid wirkte an ihrer stämmigen Figur eher unvorteilhaft. Daisy, die selber ständig mit ihren ganz und gar unmodischen Kurven kämpfte, wurde von Mitleid erfaßt.

»Guten Tag, Miss Carrick«, sagte sie. »Mr. Cheringham rudert beim Rennen mit, nicht wahr?«

Dottie lächelte. Ihr eher jungenhaftes Grinsen enthüllte glatte und sehr weiße Zähne. »Genau. Im Thames Cup, und auch beim Visitors' Race – also im Achter und im Vierer ohne Steuermann.« Sie hatte eine wunderschöne, melodische Altstimme. »Der Vierer hat heute morgen einen Durchlauf gewonnen. Jetzt warten wir noch, wie es dem Achter ergangen ist. Sie werden über die Regatta schreiben, hat Tish erzählt?«

»Ja, für eine amerikanische Zeitschrift. Harvard und ein paar andere Universitäten schicken oft Mannschaften her. Damit sind die hiesigen Rennen drüben schon ein Begriff. Und wenn ein amerikanisches Boot gewinnt, sowieso. Aber mein Redakteur wollte eher einen Artikel über die gesellschaftlichen Ereignisse von mir.«

»Sekt und Erdbeeren in der Stewards' Enclosure?« fragte Tish.

»Ja, genau so was. Ascot-Hüte, das Feuerwerk vom Phyllis Court. Ein alter Freund von meinem Vater ist da Mitglied, und der Mann einer Freundin ist Mitglied in der Stewards' Enclosure. Beide waren so freundlich, mich einzuladen. Aber über die Kirmes gibt's natürlich auch einen Absatz oder zwei.«

»Krethi und Plethi sollen sich auch amüsieren dürfen, auf

ihre Weise«, bemerkte Dottie. »Na, primstens. Da würde ich Ihnen gerne bei der Recherche helfen. Ich wollte schon längst mal auf das Riesenrad.«

Tish schauderte. »Aber ohne mich! Zugegeben, ich bin ein richtiger Angsthase. Wir können ja Cherry und Rollo fragen, ob sie uns nach dem Tee dahin begleiten.«

»Rollo?« fragte Daisy unschuldig.

»Roland Frieth.« Über Tishs helle Haut glitt eine zarte rosa Wolke. Was ihre Mutter Daisy angedeutet hatte, war damit wohl bestätigt. »Ein Sportsfreund von Cherry.«

»Und der Mannschaftskapitän von Ambrose«, warf Dottie ein. »Ach, da sind sie ja schon.«

»Gehen wir ihnen mal lieber aus dem Weg, wenn sie das Boot aus dem Wasser holen«, riet Tish. »Das ist schließlich eine ernste Angelegenheit.«

Auf der Flußmitte brachte sich ein einsames Moorhuhn mit pickenden Kopfbewegungen in Sicherheit, während das Boot sanft hinter den Skiffs an den Landungssteg herankam. Der Steuermann, ein kurzer und drahtiger junger Mann, dessen sonnengebräunte Knie knubbelig unter den weinroten Ruder-Shorts hervorlugten, sprang heraus. Er hielt das Heck fest, während seine Mannschaft durchzählte.

»Bug.« Daisy erkannte Tishs Vetter Erasmus »Cherry« Cheringham sofort. Damals, erinnerte sie sich, war der blonde, ernst dreinblickende junge Mann nicht ganz so breit und muskulös gewesen.

»Zwei.« Noch ein breiter, muskulöser junger Mann, dieser mit dunklem Haar. Er winkte kurz fröhlich zu ihnen herüber. Daisy nahm an, daß die Mannschaft dieses Rennen wohl gewonnen hatte.

»Drei.«

»Vier.«

»Fünf.«

»Sechs.«

»Sieben.«

»Schlagmann.« Im Gegensatz zu den anderen wirkte der

Schlagmann unzufrieden. Das war aber auch alles. Ansonsten hätten sie Siebenlinge sein können, so sehr ähnelten sich diese jungen Männer, dachte Daisy. Sah man von der unterschiedlichen Haarfarbe ab.

Auf das Kommando des Steuermanns traten acht breite, muskulöse, schwitzende junge Männer auf die Bohlen des Landestegs. Unter Daisys Füßen wippten sie, und sie machte rasch einen Schritt auf den festen Grund des Rasens.

Bugmann und Schlagmann hielten das Boot fest, während die anderen sechs ihre Ruder auf dem Gras auslegten. Dann beugten sich alle acht Ruderer zum Boot hinab.

»Angepackt«, befahl der Steuermann. »Achtung. Und hoch!«

Mit elegantem Schwung kam das Boot aus dem Wasser und wurde kieloben über die Köpfe gehoben.

»Fertig. Abgang!«

Die längliche Schildkröte mit den vielen Beinen wanderte zum Bootshaus. »Den hätten wir in der Tasche, die Damen«, rief sie fröhlich im Gehen. »In einer Minute sind wir bei euch!«

Tish und Dottie hoben jeweils einen Riemen mit dem weinrot-grün-weiß gestreiften Band auf und folgten der Mannschaft. Daisy beäugte die verbleibenden vier Meter langen, tropfenden Ruder und beschloß, sich diesmal mit dem Helfen zurückzuhalten.

Auch der Steuermann blieb stehen und starrte seinen Kameraden stirnrunzelnd hinterher.

»Ich dachte, Sie hätten gewonnen?« fragte Daisy mitleidig, aber auch verwirrt.

»Was? Ach so, ja, gewonnen haben wir schon.« Der vornehme Oxford-Akzent lag etwas unsicher über dem leicht jammerigen Näseln aus den Midlands. »Wir sind ja ein kleines College, das im Grand, also im Großen Rennen, keine Chance hat. Aber den Thames Cup könnten wir schaffen.«

»Doch es scheint nicht so, als würde Sie das besonders glücklich machen. Ach so, ich bin übrigens Daisy Dalrymple, die Cousine von Patricia.«

»Horace Bott. Sehr angenehm. Natürlich freue ich mich, daß wir diesen Durchlauf gewonnen haben«, fuhr er düster fort, »aber selbst wenn wir bis zum Schluß durchhalten und sogar gewinnen, bin ich immer noch ein Außenseiter.«

»Weil Sie nicht rudern?«

»Weil ich nicht der richtigen Familie entstamme, nicht den richtigen Akzent habe, nicht die richtigen Kleider trage und nicht die richtigen gesellschaftlichen Instinkte besitze. Als mir das Stipendium bewilligt wurde, dachte ich, jetzt müßte ich nur noch beweisen, daß ich es auch verdient habe. Aber ich könnte hundertmal als Erster meines Jahrgangs abschließen, könnte mit Ehren überhäuft werden – mein Vater wäre immer noch ein kleiner Koofmich.«

»Da ist doch nichts Schlimmes dran, Ladenbesitzer zu sein«, versuchte Daisy ihn aufzumuntern. »Napoleon hat zwar behauptet, wir Engländer seien eine Nation von Ladenbesitzern, aber besiegt haben wir ihn trotzdem.«

»Ist auch nichts Schlimmes dran, solange wir wissen, was unserem Stand ziemt«, erwiderte Bott mürrisch. »Und das ist jedenfalls nicht ein Studium in Oxford, wo wir auch noch mit den Bessergestellten konkurrieren. ›Bessergestellte‹ – daß ich nicht lache! Die Hälfte der arroganten Snobs, die mich hier wie ein Stück Dreck behandeln, ist nur über familiäre Beziehungen nach Ambrose gekommen. Und wenn die alle noch so viele Nachhilfestunden nehmen: die haben Glück, wenn sie gerade mal bestehen.«

Daisy gefiel sein neidischer Tonfall nicht besonders, aber vermutlich hatte er für seine Verbitterung gute Gründe. Außerdem stimmte es: Gervaise hätte ein Studium in Oxford keineswegs seinen schulischen Leistungen zu verdanken gehabt. Und genausowenig hätte er vorgehabt, dort eine brillante akademische Karriere anzutreten. Wahrscheinlich hätte er diejenigen Kommilitonen, die nach höheren Weihen strebten, eher verachtet. Schließlich hatte er Daisys Bereitschaft, mit den Angehörigen niederer Schichten zu verkehren, keineswegs geteilt.

»Machen Sie denn bei irgend etwas außerhalb der Kurse mit?« fragte sie und fügte ahnungslos hinzu: »Schauspielgruppe, Rhetorik-Club, irgendwelche Streiche oder Sport, so was – ach so, Sport treiben Sie ja.«

»Genauso hatte ich mir das gedacht. Daß ich mit dem Sport weiterkäme. Also wurde ich Steuermann, und ich spiele auch Tennis – letztes Jahr hab ich die Blaue Uniform bekommen.«

»Sie spielen Tennis in der Mannschaft der ganzen Universität, nicht nur im College-Team? Ich gratuliere.«

»Alles schön und gut, aber deswegen heben die Aristos nach einem Spiel noch lange kein Bier mit mir«, sagte Bott wütend.

Seine Unbeliebtheit hatte vielleicht weniger mit seiner niederen Geburt zu tun als mit der Art, wie er sich im Gekränktsein suhlte, schien es Daisy. Fast hätte sie das auch gesagt, besann sich dann aber eines Besseren. Einen solchen Hinweis würde er ganz bestimmt in den falschen Hals bekommen, so gut sie es auch meinte. Obwohl Horace Bott ihr leid tat, fand sie ihn deswegen nicht unbedingt sympathisch.

Er nahm ein Päckchen Woodbines aus der Hemdtasche. »Rauchen Sie?« fragte er und hielt ihr die Schachtel hin.

»Nein, vielen Dank.«

Er zündete sich eine der billigen Zigaretten an und warf das Streichholz in den Fluß. »Vermutlich rühren Sie außer türkischen Zigaretten nichts an.«

»Ich rauche überhaupt nicht. Zigarettenrauch mag ich nicht so gern.« Pfeifenduft – das war etwas anderes, besonders der von Alecs Pfeife.

Bott trat einen Schritt beiseite und wedelte mit der Hand den Rauch von ihr fort. »Verzeihung. Meinem Mädchen gefällt das auch nicht. Sie kommt heute abend hierher – hat sich ein Zimmer in der Stadt genommen. Wenn ich diese Packung zu Ende geraucht habe, werde ich mir in den nächsten paar Tagen keine mehr kaufen.« Seine flüchtige Freude über das baldige Wiedersehen mit seiner Freundin verblaßte gleich wieder, und die Düsternis kehrte zurück. »Ich kann mir das Zeug sowieso nicht leisten.«

Daisy fühlte sich versucht, all die Dinge aufzulisten, die sie sich nicht leisten konnte, doch glücklicherweise kehrte die Mannschaft vorher vom Bootshaus zurück. Das Rennboot war zu lang, um hineinzupassen, und lag jetzt kieloben auf einem Gerüst.

Drei der jungen Männer gingen den Rasen hinauf zum Haus, einer georgianischen Villa aus gealterten roten Backsteinen mit weiß umfaßten Fenstern. Jemand aus der Gruppe rief ihnen hinterher: »Und daß ihr mir nicht alles heiße Wasser aufbraucht!«

Tish, Dottie, Cherry und vier andere kamen auf Daisy und Bott zu.

»Daisy, erinnerst du dich noch an Cherry?« fragte Tish.

»Aber natürlich!«

»Guten Tag, Miss Dalrymple«, begrüßte sie der blonde Bugruderer.

»Daisy bitte. Wir sind ja schließlich so gut wie Vetter und Cousine.«

Ein Grinsen ging über sein Gesicht. »In Ordnung, Daisy, aber nur unter der Voraussetzung, daß Sie mich nie Erasmus nennen.«

»Versprochen!«

Während dieses freundlichen Geplänkels nahmen zwei der Männer jeweils ein Paar Ruder auf, um sie zum Bootshaus zu tragen. Daisy hörte, wie der dunkle Ruderer Nummer zwei dem Steuermann zurief: »Wirklich gut gemacht heute, Bott.«

»Was für ein Glück, daß das Boot von St. Theresa's College obendrein an die Ausleger geraten ist«, sagte der fünfte Ruderer und schwächte das Lob damit ab. Er hatte wie Ruderer Nummer Zwei dunkles Haar, das er offensichtlich mit Pomade glättete. Daisy hielt ihn für den Schlagmann, der vorhin schon so mürrisch dreingeschaut hatte.

»Diese Rennstrecke ist so verflixt eng, daß eine Menge Boote an die Ausleger stoßen. Bott hat uns bestens da hindurchgelenkt. Morgen werden wir die Mannschaft von Richmond so richtig vor und zurück schlagen.«

»Nicht, wenn er uns weiter mit seinen Stinkadores vergiftet.«

Bott warf dem Schlagmann einen bösen Blick zu, drehte sich um und marschierte zum Haus.

»Ach, komm schon, DeLancey, laß ihn doch in Ruhe«, sagte Ruderer Nummer Zwei. »Von diesen schrecklichen Zigarren, die du immer rauchst, ist auch nicht jeder begeistert.«

»Ich kann mich einfach nicht damit abfinden, daß dieser widerliche kleine Depp mir Kommandos erteilen darf«, ärgerte sich DeLancey.

»Steuermänner müssen nun mal klein sein ...«

»Bott ist kein Depp«, unterbrach Dottie wütend die Unterhaltung. »Der hat mehr Grips im Hirn als ihr alle zusammen.«

»Also hör mal«, protestierte Cherry.

»Meinetwegen *fast* mehr«, gab seine Verlobte halbherzig nach. »Du besitzt schon eine gewisse Intelligenz, mein Liebster, aber der hat *wirklich* was auf dem Kasten.«

Cherry schaute nach dieser Schelte nicht gerade glücklich drein.

»Vorsicht, Vorsicht, Miss Carrick«, spöttelte DeLancey, »sonst enden Sie doch noch als alte Jungfer.«

»Also hör mal!« Cherry trat einen Schritt vor. »Jetzt halt aber mal deine Zunge im Zaum, DeLancey!«

Tish legte ihm eine Hand auf den Arm. »Nur nicht die Fasson verlieren, mein Lieber. Die beste Art, wie du ihm das heimzahlen kannst, besteht einfach darin, weiterhin mit Dottie verlobt zu sein.«

»Keine Frage«, zischte ihr Vetter, »aber mir gehen ganz andere Heimzahl-Methoden durch den Sinn.«

»Jetzt ist wirklich nicht die Zeit für solche Auseinandersetzungen. Morgen habt ihr schließlich gemeinsam ein Rennen zu bestehen«, erinnerte ihn Tish.

»Welch kluge Worte, und das aus so hübschem Munde«, applaudierte DeLancey spöttisch. »Ein Mädchen mit Ihrem Aussehen verschwendet doch seine Zeit mit Büchern und

Vorlesungen. Ihnen würde ich wirklich gerne mal zeigen, wie man sich besser amüsiert.«

Tish wandte ihm den Rücken zu.

Ruderer Nummer Zwei, dessen Gesicht vor unterdrückter Wut ganz rot geworden war, preßte zwischen den Zähnen hervor: »Hatte ich nicht gesagt, daß du die Ruder wegtragen helfen sollst, DeLancey?«

»Tatsächlich, Herr Kapitän, das hast du wohl.« Mit geradezu aufsässiger Langsamkeit schlenderte DeLancey zu den letzten zwei Rudern auf dem Rasen.

Kapitän – damit war Ruderer Nummer Zwei also Tishs berühmter Rollo gemeint, wie Daisy schon vermutet hatte. Er starrte DeLancey mit geballten Fäusten nach, zuckte dann mit den Achseln und wandte sich wieder den anderen zu.

»Tut mir wirklich leid, Daisy«, entschuldigte sich Tish mit unglücklicher Miene. »Was für eine Begrüßung!«

Daisy murmelte irgend etwas Beruhigendes.

»Ach so, ich hab dir Rollo ja noch gar nicht vorgestellt, nicht wahr?« Wieder schoß Daisys Cousine das Blut in die Wangen. »Roland Frieth, der Mannschaftskapitän.«

»Sie müssen mich ja für ein ziemlich lasches Exemplar der Spezies Kapitän halten, Miss Dalrymple«, sagte Rollo selbstironisch. »Kaum imstande, Aufruhr in der Mannschaft zu bändigen.«

»Ich finde, Sie haben ihn sehr gut gebändigt«, sagte Daisy lächelnd. »Letztlich sind die Ruder doch jetzt auf dem Weg ins Bootshaus, nicht wahr?«

Alles blickte auf DeLanceys dorthin entschwindende Gestalt.

»Den hätte ich dir auch noch vorstellen müssen«, meinte Tish bekümmert.

Dottie schnaufte. »Dazu hat er dir wohl kaum Gelegenheit gelassen.«

»Eines Tages erlebt der von mir sein blaues Wunder«, murmelte Cherry wütend.

Rollo schüttelte den Kopf. »Wohl kaum. Er ist schließlich

als Boxing Blue in der Boxmannschaft der Universität. Vergiß das nicht. Ich hab nur Sorge, daß er eines Tages Bott zusammenschlägt.«

»Ach, Bott! Meinetwegen kann er Rührei aus Botts Hirn machen. Hauptsache, er wartet damit, bis die Regatta vorbei ist.«

»Aber Cherry, der ist doppelt so groß wie Bott«, protestierte Dottie.

»Das wird ihn wohl kaum bremsen«, sagte Rollo. »Da kann sein alter Herr ein Earl sein, solange er will: so wie der Filius Damen links und rechts beleidigt, dürfte doch wohl offensichtlich sein, daß er kein Gentleman ist. Und auf Bott hat er es ja richtiggehend abgesehen.«

»Bott ist auch kein Gentleman«, murmelte Cherry, »selbst wenn er ein vermaledeites Genie ist.«

»Ach, Liebling!« Dottie stellte sich auf die Zehenspitzen und küßte ihn auf die Wange. »Botts Intelligenz ist doch das einzige, was ich an ihm bewundere. Den würde ich nicht für eine Million Pfund in bar heiraten. Man stelle sich doch nur vor: ich als Mrs. Dottie Bott!«

Alles lachte, und man ging ins Haus.

2

Als der Tee auf der Terrasse serviert wurde, war die ganze Mannschaft versammelt. In Flanellhosen und Blazern wirkten die jungen Männer auf Daisy wesentlich handlicher, als hätten sich ihre Proportionen verschoben. Dennoch war sie sich auch nach der Vorstellungsrunde nicht sicher, ob sie alle voneinander würde unterscheiden können, wenn sie ihnen andernorts begegnete.

Cherry und Rollo nahm sie nicht nur wegen der besonderen Beziehung zu ihrer Cousine deutlicher als die anderen wahr, wurde ihr bewußt. Sie waren älter, ungefähr so alt wie sie selbst, und hatten im Großen Krieg gedient, bevor sie zum Studium nach Oxford gingen. Jetzt studierten sie im dritten Jahr, genau wie Horace Bott und Basil DeLancey. Alle anderen waren Erstsemester oder im zweiten Studienjahr.

Man machte es sich allgemein auf der Terrasse gemütlich, manche saßen auf Gartenstühlen und Bänken, andere hatten sich auf die Kissen gelagert, die auf die bunten Fliesen der Terrasse gelegt worden waren. Tish hatte die Rolle der Gastgeberin an der Teekanne übernommen, da ihre Mutter nicht erschienen war.

»Soll ich mal Tante Cynthia suchen?« bot Daisy an. Sie machte sich plötzlich Sorgen beim Gedanken an die Flecken auf Lady Cheringhams Bluse.

Tabakwasser klang nicht sehr gefährlich, so giftig der Gestank billiger Zigaretten auch sein mochte. Aber das Mittel mußte Nikotin enthalten, und das wiederum war unter bestimmten Umständen ein tödliches Gift. Seit der Geschichte in der Albert Hall war ihr das nur zu deutlich bewußt, und nach dem Mord dort hatte sie ein Buch über Gifte gelesen.

Obwohl sie sich an die Einzelheiten nicht mehr erinnern konnte, war ihr das immerhin noch im Gedächtnis geblieben.
»Ich hab vorhin Lady Cheringham vorne im Garten gesehen, als ich herunterkam«, sagte Rollo. »Sie attackierte gerade einen der Buchsbaum-Schwäne mit der Gartenschere.«

»Mutter ist unendlich begeistert, jetzt einen richtigen englischen Garten zu haben. Man kann sie nur mit Mühe davon loseisen«, erklärte Tish.

Cherry grinste. »Und Onkel Rupert kriegt man von seinem Manuskript nicht weg. Wußten Sie schon, daß er seine Memoiren schreibt, Daisy? Das scheint geradezu Pflicht für pensionierte Verwaltungsbeamte aus den Kolonien zu sein. Ist wohl so ein Tick wie die Angewohnheit, ihren Häusern gräßliche Namen wie ›Bulawayo‹ zu geben. Ich bring ihm mal eine Tasse. Bei dieser Invasion wäre ja alles Personal der Welt überfordert.« Er machte eine nachlässige Handbewegung zu seinen Mannschaftskameraden hin, die Tee, Kuchen und Sandwiches eifrig zusprachen.

»Ich geh mal«, sagte Daisy. »Onkel Rupert habe ich noch gar nicht guten Tag gesagt. Gurkensandwiches schmecken ihm doch besonders, erinnere ich mich richtig?«

Sie fing gerade an, auf einem Teller die dünn geschnittenen, krustenlosen Weißbrot-Dreiecke anzuhäufen, als Tish, die Teekanne noch in der Hand, sie bremste.

»Ich fürchte, Daddy ist geflüchtet«, sagte sie mit einem solchen Schuldbewußtsein in der Stimme, als sei sie persönlich verantwortlich dafür, daß ihr Vater seinen Pflichten als Gastgeber nicht nachkam. »Er meinte, wenn Dutzende von Sportlern in seinem Haus herumtrampeln, käme er nicht zum Schreiben. Also hat er sein Opus magnum gepackt und ist zu seinem Club aufgebrochen. Bister hat ihn zum Bahnhof gebracht, als er dich abgeholt hat. Du hast ihn wahrscheinlich knapp verpaßt.«

Cherry lachte, nur Rollo wirkte betrübt.

»Verflixt, das tut mir aber wirklich leid, Tish«, sagte er. »Du hättest nur etwas zu sagen brauchen. Ich hätte die Jungs schon diszipliniert.«

»Ist schon in Ordnung, mein Großer«, sagte Tish liebevoll. »Mutter sagt, er sei doch selber schuld, wenn er die Mannschaft einlädt. Sie ist das natürlich von Afrika gewöhnt. Da brachte man jeden Europäer auf der Durchreise bei sich unter. Vater hat mir wahrscheinlich gar nicht zugehört, als ich ihm das vorschlug. Soll es ihm eine Lehre sein, in Zukunft auf die Worte seiner Tochter zu achten.«

»Typisch Mann!« sagte Dottie und fügte noch etwas hinzu, was Daisy nicht verstand.

Cherry erwiderte etwas, das so klang, als sei es in derselben Sprache gesagt.

»Griechisch«, sagte Tish, als sie Daisys verwirrten Gesichtsausdruck sah. Dottie und Cherry entfernten sich von den anderen und stellten sich ans Terrassengeländer, tief in eine schnell begonnene Debatte versenkt. »Altgriechisch allerdings, nicht die moderne Sprache. Ich verstehe es auch nicht, kann es nur erkennen.«

»Mir kommt das sehr spanisch vor«, warf Rollo ein und schien mit seinem kleinen Scherz durchaus zufrieden. »Ich hab ein Jahr Griechisch in der Schule gehabt, aber so recht begriffen hab ich es nie. Latein war ja schon schlimm genug.«

»Also werden Sie wohl im Hauptfach keine der alten Sprachen studieren«, sagte Daisy lachend.

»Ich doch nicht! Alles schön neusprachlich. Französisch habe ich mühelos gelernt, als wir in Frankreich waren, und Deutsch in der Besatzungszeit. Ich war Verbindungsoffizier – damals.«

»Das muß ungeheuer interessant gewesen sein.«

»Sehr sogar. Die Aufgabe hat mich begeistert. Der einzige Ärger ist nur, daß eine Sprache zu sprechen was ganz anderes ist, als sie zu schreiben, ganz abgesehen vom Lesen und Literatur-Diskutieren und dem ganzen Kram. Die Aufnahmeprüfung vom Ambrose College hätte ich nie geschafft, wenn es da keine Sonderkonditionen für die Veteranen des Großen Krieges gäbe. Und natürlich, wenn mein Vater nicht auch am Ambrose studiert hätte. Zu dumm, daß ich jetzt durch die

Prüfungen für die Universitätszulassung gefallen bin«, endete er kummervoll.

»So ein Pech aber auch«, sagte Daisy.

»Pech kann man das nicht nennen. Ich hätte mal lieber mit dem Rudern aufhören und mich auf meine Prüfungen konzentrieren sollen. Ich weiß, ich bin nicht so schlau wie Cherry, der gleichzeitig gerudert *und* genug gebüffelt hat, um mit einer ordentlichen Note durchzukommen.« Rollo blickte sich um und senkte die Stimme. »Ganz abgesehen von diesem gräßlichen Giftzwerg Bott, der ohne die geringste Mühe Bestnoten erreicht.«

Daisy sah den armen Bott allein auf einer Bank am gegenüberliegenden Ende der Terrasse sitzen und übelgelaunt seinen Tee schlürfen. Er tat ihr leid, wieder mal, und dennoch hatte sie keine Lust, sich zu ihm zu setzen. Sie wandte sich wieder Rollo zu.

»Werden Sie die Prüfungen wiederholen?« fragte sie.

»Nein.«

»Ja!« sagte Tish zur selben Zeit. Die beiden warfen sich einen Blick zu.

Bevor Daisy eine Erklärung erbitten konnte, kam DeLancey heran und präsentierte Tish seine Tasse mit der Bitte um mehr Tee. »Wenn Sie mir diesen Liebesdienst erweisen würden, Verehrteste«, sagte er. Sein schmieriger Ton machte klar, daß seine Worte alles andere als unverfänglich sein sollten. Mit versteinertem Gesicht kam Tish seiner Bitte nach.

Spöttisch lachend wandte sich DeLancey von ihr ab, nahm einen fast schon leeren Teller mit Makronen auf und hielt ihn Daisy hin. »Nehmen Sie sich lieber eine davon, bevor die Jungs auch diesen Rest noch vernichten. Der Süßen Süßes«, sagte er wenig originell.

Daisy mochte keine gute Schulbildung genossen haben, aber ihren Hamlet kannte sie. »Haben Sie vor, mein Grab damit zu bestreuen, Mr. DeLancey?« erkundigte sie sich ironisch. »Ich kann Ihnen versichern, daß ich mich nicht aus unerwiderter Liebe ertränken werde.«

Mit der linken Hand nahm sie eine Makrone – schließlich waren sie ihr Lieblingsgebäck –, wobei sie darauf achtete, daß ihr Verlobungsring mit dem Saphir schön in der Sonne funkelte. Der Stein war nicht groß, aber er hatte genau die Farbe ihrer Augen. Und von denen sagte Alec immer, ihr unschuldiger Blick brächte die Leute dazu, sich ihr anzuvertrauen. Wie auch er ihr ja vertraute. Schon mehr als einmal hatte er sich ihr gegenüber mehr zufällig als willentlich über seine Fälle geäußert.

Vor einer Stunde hatte ihr auch Bott sein Herz ausgeschüttet, obwohl er sie gerade mal zwei Minuten kannte. Daisy hoffte inständig, DeLancey würde ihr nicht auch noch seine Seele offenbaren. Sie hatte keine Lust, sein Innenleben zu beschauen. Der war mindestens genauso unangenehm wie Bott, ohne die verzeihlichen Gründe des unglücklichen kleinen Mannes dafür zu haben.

DeLancey wirkte nach ihrer Erwiderung eher ratlos. Was auch immer er studieren mochte, Shakespeare gehörte vermutlich nicht dazu. Allerdings begriff er die Bedeutung des Saphirs. Er warf einen höhnischen Blick auf Dottie, die noch immer in ihre Unterhaltung mit Cherry vertieft war, und sagte: »Sie sind auch verlobt, Miss Dalrymple?« Immerhin klang er nicht auf beleidigende Weise überrascht.

»Mit einem Polizisten«, informierte ihn Daisy.

»Mit einem …! Aber ich hätte doch gedacht … Ich meine, ist Lord Dalrymple nicht Ihr Bruder?«

»Nein!« sagte sie nur knapp. Jetzt wurde es spannend, und sie wartete interessiert, wie er darauf reagieren würde.

»Erzählen Sie mir doch nicht, daß Sie eine von diesen gräßlichen Möchtegern-intellektuellen Frauen sind!«

»Ich schreibe.«

»Um Himmels willen! Wie komme ich eigentlich darauf, daß Sie die Schwester vom Honourable Gervaise sein könnten?«

»Ich *war* es.«

»Wie bitte? Sie waren es? Ich meine, der hat doch nicht etwa ins Gras gebissen?«

»Doch.« Daisy hielt inne, um ihm Zeit für irgendeine

Äußerung des Bedauerns zu geben – aber nichts dergleichen geschah. »Sie können ihn doch gar nicht gekannt haben. Zu dieser Zeit waren Sie ja noch ein kleiner Junge.« Und ein sehr verwöhnter, vermutete sie.

Bei ihrem nachsichtigen Tonfall errötete DeLancey. »Cedric – also mein Bruder – kannte ihn aus Frankreich. Er hat mir oft von ihm erzählt, wenn er Heimaturlaub hatte. Aber Ceddie war vor Kriegsende schon Invalide und ausgemustert, so daß ich nichts weiter gehört ... Er wohnt während der Regatta in Crowswood Place.«

»Auch ein begeisterter Ruderer?«

»Eigentlich nicht so sehr, höchstens fährt er mal in einem Punt – so einem flachgehenden viereckigen Flußboot, das man staken muß – oder in einem Skiff auf der Isis herum. Aber die Regatta ist schließlich ein gesellschaftlicher Glanzpunkt. Ach, übrigens, er und ich und noch ein paar andere wollen heute abend im Phyllis Court Club tanzen gehen. Hätten Sie nicht Lust mitzukommen?«

»Nein, danke«, sagte Daisy. Schade eigentlich, denn obwohl sie keine begeisterte Tänzerin war, war das doch genau die Art Veranstaltung, über die sie an sich schreiben sollte. Aber keine zehn Pferde würden sie dazu bringen, den Abend mit DeLancey zu verbringen.

Rollo unterbrach die beiden. »Du wirst da auch nicht hingehen, DeLancey. Wir haben gleich morgen das erste Rennen für den Thames Cup. Heute nacht geht keiner auf die Walze. Und ich will die Vierer-Ruderer in einer Viertelstunde im Boot sehen, damit wir den Start noch mal trainieren. Würdest du das bitte den anderen sagen?«

»Ach, ein so charmantes Tête-à-tête möchte ich aber gar nicht gerne unterbrechen«, sagte der Schlagmann sarkastisch.

»Ich sag es Cherry«, bot Daisy an und stand auf, »und Tante Cynthia bringe ich eine Tasse Tee. Es sieht ja nicht so aus, als würde sie noch zu uns stoßen.«

Als sie dem Paar an der Balustrade näher kam, hörte sie Dottie heftig sagen: »Und neuntens ...«

»Bitte entschuldigen Sie, daß ich Ihren neunten Punkt so im Entstehen unterbreche«, mischte sich Daisy schmunzelnd ein, »aber Ihr Kapitän ruft Sie, Cherry. Die Vierergruppe soll in fünfzehn Minuten noch einmal im Boot trainieren.«

»Bin schon auf dem Weg.« Er küßte Dottie auf die Wange. »Vergiß Nummer neun nicht, Liebes. Irgendwann wirst du mich überzeugen.«

Während sie ihm nachschaute, sagte Dottie voller Wärme: »Dieses Riesenbaby hätte doch schon längst zugegeben, daß ich recht habe, wenn ich nicht ein Jahr unter ihm studieren würde. Eines muß ich ihm aber zugute halten: Daß ich eine Frau bin, hindert ihn nicht, meine Argumente ernst zu nehmen.«

»Das würde er wohl nicht wagen, oder?« bemerkte Daisy. »Wo doch seine Mutter ein Don ist.«

Dottie lachte. »Stimmt. Er ist gut erzogen worden. Ach, wie ärgerlich, jetzt ist mein Tee eiskalt, und ich habe gerade mal einen Schluck getrunken. Hoffentlich ist noch welcher für mich da.«

Gemeinsam kehrten sie an den Teetisch zurück. Daisy suchte vergeblich nach einem Keks, einem Stück Kuchen, einem Sandwich, das sie ihrer Tante mitbringen könnte. Aber selbst der letzte Krümel war verschwunden.

»Erstaunlich, daß so ein Teegelage ihnen den Appetit aufs Abendessen nicht verderben kann«, sagte Tish, die über den abgeräumten Platten präsidierte. »Hier ist eine Tasse Tee für Mutter, Daisy. Mehr gibt's nicht. Ach so, übrigens, auf die Kirmes können wir heute doch nicht gehen, denn die Ruderer vom Vierer müssen ja noch einmal trainieren.«

»Um so schöner, dann kann ich mit Alec hin, wenn er hier ist. Denn mit diesem gräßlichen DeLancey tanzen gehen – nie im Leben! Kennst du seinen Bruder?«

»Lord DeLancey? Nein, den habe ich nie kennengelernt, aber er ist der älteste Sohn vom Earl of Bicester und um einiges älter als der liebe Basil. Außerdem hat Cherry mir erzählt ...« Tish hielt mitten im Satz inne und lächelte kühl Bott an, der mit seiner Tasse auf den Tisch zusteuerte.

»Noch einen Tee, Mr. Bott?« fragte sie. »Sie trinken gern indischen Tee, nicht wahr?«

»Was ist dabei?« knurrte der Steuermann kampfeslustig.

Daisy flüchtete. Sie fand Lady Cheringham vor dem Haus, wo sie Rittersporn an einem Stab festband. In der Nähe mähte Bister – vorhin noch der elegant uniformierte Chauffeur, jetzt in Hemdsärmeln, sichtlich abgetragenen Hosen und einem äußerst mitgenommenem Strohhut – das kreisrunde Stück Rasen in der Mitte der Auffahrt. Der Geruch von frischgemähtem Gras wetteiferte mit den verschiedenen Blumendüften.

»Ach du liebes bißchen, hab ich schon wieder den Tee verpaßt?« Vorsichtig trat Lady Cheringham aus dem Gewirr von Blumen und Kräutern heraus. »Vielen Dank, Daisy, Liebes.« Sie trank den Tee mit einem Schluck aus.

Immer noch trug sie die Bluse mit den Tabakwasserflecken, die mittlerweile wahrscheinlich unrettbar von der Bräune befallen war. Auf die Trägerin schienen die Flecken indes keine widrigen Wirkungen gehabt zu haben. Die nassen Stellen trocknen schnell an einem so warmen Tag, dachte Daisy. Sie sollte mal Informationen über die schädlichen Wirkungen von Nikotin zusammentragen, um ihre Tante zu größerer Vorsicht anhalten zu können.

Nachdem sie ein paar Minuten miteinander geplaudert hatten, ging Daisy zurück ins Haus und setzte sich in Sir Ruperts Bibliothek. Sie lag dem Salon gegenüber, hinten im Haus. In ihr stand ein langer Bibliothekstisch parallel zur Wand, vor dem sich wiederum mehrere Stühle mit gerader Lehne befanden. Bequeme lederbezogene Sessel gruppierten sich, der Jahreszeit angemessen, vor den Fenstern, daneben kleine Tische. Ein großer Schreibtisch aus Walnußbaum mit Schubladen links und rechts war in die Mitte zwischen die Fenster gestellt, durch die Licht auf ihn fiel. Unter Aussparung des Kamins waren die beiden Wände gegenüber von Tür und Fenstern vollständig mit Bücherregalen bedeckt.

Obwohl die Bücher übersichtlich nach Themen geordnet

waren, hatte Daisy nicht die geringste Ahnung, wo sie mit ihrer Suche anfangen sollte. So forstete sie die Regale einige Zeit erfolglos durch. Gerade als sie aufgeben wollte, fiel ihr Blick auf die Bände auf dem Tisch. Unmittelbar vor ihrer Nase lag Henslows Nachschlagewerk *Poisonous Plants*. Das Kapitel über tropische Giftpflanzen stak voller Lesezeichen.

Im Register fand Daisy das Stichwort Tabak, schlug die genannte Seite auf und las rasch die Beschreibung durch. *Nicotiana* sei ein Nachtschattengewächs, erfuhr sie. In der langen Liste der entsetzlichen Folgen einer Nikotinvergiftung fanden sich Kopfschmerzen, Übelkeit, Schwindel, verwaschene Sprache und Krämpfe, die schließlich zum Tode führen. Was sie am meisten beunruhigte: Das Zeug war höchst gefährlich, wenn es durch die Haut absorbiert wurde.

Sofort lief sie los, um ihre Tante zu suchen.

»Ja, Liebes«, sagte Lady Cheringham abwesend, aber mit klarer und ganz und gar nicht verwaschener Stimme, während sie sich ohne stärkere Anzeichen von Schwindel hinunterbeugte, um ein freches kleines Kreuzkraut unter den Nelken hervorzupulen, »ich zieh mich gleich um. Und ich werd Bister bitten, sich zu vergewissern, ob der Gartenschuppen abgeschlossen ist – obwohl ich sicher bin, daß er das schon getan hat. Wir benutzen Arsen, weißt du, gegen Ratten, und Zyankali gegen Wespennester, glaube ich jedenfalls. Schreckliches Zeug.«

Daisy hatte das Gefühl, alles getan zu haben, um ihre Tante Cynthia vor einem gräßlichen Tod zu bewahren.

In noch stärkerem Maß als eben der Tee diente das Abendessen der Energieversorgung der Mannschaft. Beeindruckt verfolgte Daisy, welche Mengen verschlungen wurden. Unter diesen Umständen gestaltete sich das Gespräch eher wortkarg.

Mittlerweile hatte Daisy anhand besonderer Merkmale wie leichtes Stottern, dünner blonder Schnurrbart und ein Paar beneidenswert langer, dunkler, aufgebogener Wimpern weiteren Gesichtern Namen geben können: Die vier Männer im zweiten Studienjahr waren Poindexter (der Stotterer), Wells (bewimpert), Meredith (Schnurrbart) und Leigh (ohne was).

Daisy saß neben Fosdyke, dem einzigen Erstsemester in der Mannschaft – beziehungsweise in beiden Mannschaften. Nach Meinung von Rollo war er ein erstklassiger Ruderer; bevor er nach Oxford ging, hatte Fosdyke schon für die St.Paul's School gerudert. Daher war er Mitglied sowohl des Vierers als auch des Achters von Ambrose. Diese doppelte Belastung, dazu die Gegenwart der älteren Studenten – das waren ohne Zweifel die Gründe dafür, daß er der Schweigsamste in dieser ohnehin schweigsamen Runde war. »Dürfte ich bitte das Salz haben«, war die längste Äußerung, die Daisy während der ganzen Mahlzeit von ihm zu hören bekam.

Als sie schließlich vom Tisch aufstanden, unterdrückte Fosdyke ein riesiges Gähnen, entschuldigte sich und fuhr fort: »Ich geh zu Bett. Diese Jungs hier kann man ja nicht dazu bringen, halbwegs ernsthaft zu trainieren, ich jedenfalls laufe vor dem Frühstück gerne noch ein paar Kilometer.«

»Wie schön für Sie«, sagte Daisy lächelnd und verbarg ein Schaudern. Zwar bewunderte sie diejenigen, die solch hervorragende Leistungen erbrachten, rückhaltlos. Doch sie selbst hielt Sport für eine Qual, die unter allen Umständen zu vermeiden war.

Dieselbe Meinung hatte sie von Bridge, wenngleich die Leidenschaft ihrer Mutter für das Spiel sie gezwungen hatte, es zu lernen. Als Leigh, Meredith und Wells sie auf dem Weg in den Salon baten, ihnen die Vierte bei einem Rubber zu sein, schüttelte sie mit bestens gespieltem Bedauern den Kopf. »Das ist sehr nett, daß Sie mich dazubitten, aber ich kann gar kein Bridge spielen.«

»Wir bringen es Ihnen gerne bei.« Meredith gab nicht auf.

»Im Kartenspielen bin ich eine hoffnungslose Niete. Ich fürchte, mein Partner würde mich umbringen.«

Die Jungen protestierten matt, aber sie blieb standhaft. Und so wurde Poindexter, der eigentlich einen Brief hatte schreiben wollen, mit dem Versprechen gewonnen, er dürfe als erster Strohmann sein.

Lady Cheringham hatte sich bereits mit einem Buch über die Gartenkunst niedergelassen. Daisy spazierte durch die hohen Glastüren des Salons auf die Terrasse. Die Sonne war bereits untergegangen, doch der Himmel bot im Westen eine ganze Palette von Rot-Tönen, die vom schimmernden, rosafarbenen Fluß reflektiert wurden. Das Licht würde wohl noch eine Stunde oder sogar länger anhalten.

Tish und Rollo, Dottie und Cherry standen auf der Terrasse – zwei Paare also. Daisy wollte nicht stören und ging langsam weiter hinunter zum Flußufer. Alec fehlte ihr jetzt.

Morgen abend hätte sie ihn ganz für sich allein, das ganze Wochenende über. So gern sie seine Tochter Belinda mochte, diese Aussicht auf ungestörte zwei Tage war einfach herrlich. Er hatte versprochen, für Scotland Yard unter keiner Telephonnummer erreichbar zu sein.

Nur eines könnte ihr Wochenende verderben: ein schrecklich wichtiger Fall morgen vor seiner Abreise. Daisy wußte, daß die Ehe mit einem Detective nicht einfach würde, und das akzeptierte sie auch. Diese Seite der Dinge lohnte das Nachgrübeln nicht, und so schmiedete sie lieber Pläne für ihre gemeinsame Zeit.

Ein Skullboot glitt flußaufwärts. Die langsamen, fast träge wirkenden Ruderbewegungen setzten eine Familie von Haubentauchern in Bewegung, die von den dunklen Wellenkämmen im rosigen Wasser auf und ab gehoben und gesenkt wurden. Eine Barkasse bog mit leisem Knattern um die Kurve von Hambleden Lock, offenbar um in der Stadt anzulegen. Warnend kreischte sie auf, als sie das Skullboot überholte. Während das Motorengeräusch verebbte, war von der Kirmes die laute Musik einer Dampfpfeifenorgel zu hören, ihr Ton etwas gemildert von der Entfernung. Daisy war froh, daß sie an diesem Abend nicht dorthin gegangen waren. Sie würde mit Alec hingehen und mit ihm zusammen auf dem Riesenrad fahren, wo ein Kuß ganz oben bestimmt Pflicht war.

»Verflixt!« Sie klatschte sich auf den nackten Arm und zerdrückte eine Mücke. Zu spät, zeigte ihr der Blutfleck auf der Haut. Über ihrem Kopf sirrten noch mehr Insekten. Sie spuckte aufs Taschentuch, wischte sich den Arm ab und eilte zurück zum Haus.

Zwei Gestalten an der Terrassen-Balustrade hoben sich beidseits der Treppe dunkel vor den hell erleuchteten Salonfenstern ab. Zwei rote Lichtpunkte glühten in der Dämmerung.

Die Gestalt zu Daisys Rechten war kleiner als die andere. Horace Bott, dachte sie, und seine Woodbines. Ein Wölkchen Zigarettenrauchs, eindeutig billigster Herkunft, erkämpfte sich den Weg in ihre Nase, durch das schwere Parfum der Rosen hindurch.

Sie seufzte. Sie konnte nicht gut an den beiden vorbeispazieren, ohne das eine oder andere Wort mit ihnen zu wechseln. Immerhin vertrieb der Rauch auch die Stechmücken.

Als sie die Treppe hochging, wandte sich der andere Mann zu ihr. Im Licht der Fenster erkannte sie Basil DeLancey, und einen Augenblick später traf sie der Gestank seiner Zigarre wie ein Schlag. Ohne Zweifel ein teures Kraut, doch der Geruch war ganz und gar widerlich – sicher bestens geeignet, Mücken zu Tausenden in die Flucht zu schlagen.

Sie hustete. Im selben Moment flogen zwei rotglühende Punkte im hohen Bogen herab und landeten unter den Rosenbüschen.

»Ach, wie ärgerlich!« murmelte Daisy vor sich hin.

Es schien, als wollten sie sich alle beide mit ihr unterhalten. Wenn sie oben innehielt und zuließ, daß sie sich ihr näherten, würde sie bestimmt Bott vor DeLanceys Anwürfen in Schutz nehmen müssen. Vielleicht konnte sie ja zwischen Skylla und Charybdis hindurchsegeln, indem sie einfach trällerte: »Was für ein himmlischer Abend! Gute Nacht.«

»Himmlischer Abend!« bekam sie auch hin.

»Morgen soll es aber heiß werden. Da wird das Rudern anstrengend.« Bott ging als erster zum Angriff über. »Aber das ist immer noch besser als Regen oder Gegenwind«, räumte er ein.

Daisy wandte sich ihm zu. Er war in vielerlei Hinsicht das geringere Übel, und es würde ihn nicht nur beleidigen, sondern wirklich verletzen, wenn sie ihn ignorierte. »Ich vermute, Gegenwind macht das Leben eines Steuermannes außerordentlich schwer«, sagte sie.

»Die Rennstrecke ist nur fünfundzwanzig Meter breit. Wenn da ein Windvektor von gerade mal ...«

Daisy lachte. »Bitte keine detaillierten technischen Erläuterungen. Meine naturwissenschaftliche Ausbildung an der Schule beschränkte sich auf den Grundsatz: ›Was man nicht sehen kann, wird einem auch nicht schaden.‹ Sie studieren ein naturwissenschaftliches Fach?«

»Und Mathematik«, sagte DeLancey gelangweilt und gesellte sich zu ihnen. »Was könnte man auch anderes von dem Balg eines Ladenbesitzers erwarten?«

»Jedenfalls bessere Manieren, als ich sie anscheinend von dem Balg eines Earl erwarten kann!« zischte Daisy. Zu ihrer großen Erleichterung kündeten Schritte hinter ihnen auf der Terrasse von der Ankunft weiterer Ruderer. Es waren Poindexter und Leigh, der eine mit angezündeter Zigarette, der andere mit einer Pfeife in der Hand, die er gerade stopfte.

»Ein wunderbarer Abend«, bemerkte Leigh.

»Du h-hast gut reden, schließlich hast du gewonnen. Hö-hör mal, DeLancey«, fuhr Poindexter fort, »du hast doch was für Whisky übrig, nicht wahr? Lady Cheringham hat von ihrem Butler einen absolut s-splendiden S-scotch hereintragen lassen. Du solltest wirklich mal einen Schluck probieren, Bo-bott«, fügte er mit freundlicher Herablassung hinzu.

»Ich trinke keinen hochprozentigen Alkohol.«

»Bier ist das Getränk der niederen Klassen«, sagte DeLancey. »Alles, was ein bißchen stärker ist, steigt ihnen gleich in ihr Erbsenhirn.«

»Also, hö-hör mal!«

Leigh wandelte sein Lachen rasch in ein Husten um.

Wutentbrannt nahm Daisy Bott am Arm. »Wollen wir hineingehen, Mr. Bott? Hier scheint eine Menge äußerst nervender Insekten herumzuschwirren.« Sie zog ihn Richtung Glastüren.

»Sehen Sie«, murmelte er wütend, »nichts bekomme ich richtig hin. Die lehnen mich sogar deshalb ab, weil ich Mathematik und Physik studiere anstelle von irgendwelchen toten Sprachen. Ich werde auf jeden Fall das Stipendium von Cambridge annehmen. Da nimmt man Mathe und die Naturwissenschaften wenigstens noch ernst.«

»Also kann Oxford sich schon darauf freuen, bald von deiner Anwesenheit befreit zu werden?« fragte DeLancey, der sich an Daisys andere Seite gesellt hatte, während sie in den Salon hineingingen.

Wells und Meredith hatten sich in Stühle gefläzt, Gläser in der Hand. Sie kämpften sich auf die Füße, als Daisy eintrat. »Miss Cheringham läßt ausrichten, daß sie und Miss Carrick schon hochgegangen sind«, sagte Meredith mit dem Schnauzer.

»Vielen Dank. Dann werde ich mal auch hochgehen. Gute Nacht.«

»Gute Nacht«, erwiderten sie im Chor, und DeLancey fügte noch ein »Träumen Sie süß« hinzu.

Daisy hoffte, Bott würde ihrem Beispiel folgen. Als sie an der Tür angekommen war, blickte sie sich um. Er war zum Tisch mit den Getränken hinübergegangen. Hinter ihm schaute DeLancey mit spöttischem Gesichtsausdruck zu, wie Bott sich mit starrer Miene ein Glas Whisky eingoß. Daisy befürchtete, daß er den auch trinken würde.

3

Der Mückenstich fing ernsthaft zu jucken an. Daisy rieb die Haut darum, verbiß sich den instinktiven Wunsch, daran zu kratzen, und wandte sich oben an der Treppe nach rechts.

Cherry trat gerade aus dem Badezimmer am Ende des Flurs; unter seinem blauen Bademantel schauten blaugestreifte Pyjamahosen hervor. »Das ist die falsche Richtung«, sagte er und kam auf sie zu. »Sie schlafen doch bei Tish, nicht wahr? Ihr Zimmer ist da drüben, die erste Tür rechts neben der Treppe. Tante Cynthia hat uns Männer alle in diesem Flügel untergebracht.«

»Ach so, das hatte ich vergessen. Das vorige Mal habe ich hier drin übernachtet.« Sie wies auf die nächstgelegene Tür.

»Da sollten Sie jetzt wirklich nicht hineingehen. Da schlafen Fosdyke und dieser Bast... – diese Nervensäge DeLancey. Fosdyke schläft immer wie ein Stein. Der wacht nicht so leicht auf, um Ihre Tugend zu verteidigen.«

»Ist DeLancey wirklich ein so schlimmer Finger?«

»Na ja, es gibt da eine heikle Geschichte über ihn und ein Ladenmädchen; daß er sich der Tochter eines Viscounts aufdrängen würde, glaube ich kaum. Trotzdem – dunkle Ecken würde ich meiden, wenn er in der Nähe ist. Tish hatte beim Maiball in Ambrose auch irgendwelche Schwierigkeiten mit ihm.«

»Und Rollo hat ihn dennoch in der Mannschaft behalten?«

»Er ist ein verdammt guter Ruderer, und die Mannschaft war zu dem Zeitpunkt schon zusammengestellt. Ihn wegzuschicken hätte viel Ärger bedeutet. Die Einladung, hier zu übernachten, war auch schon ausgesprochen und angenommen worden. Also Pech auf der ganzen Linie.«

»Wirklich eine unangenehme Situation.«

»Nicht wahr? Ich garantiere Ihnen, diesen miesen Kerl schlage ich zu Klump, wenn er Dottie noch ein einziges Mal frech kommt. Aber erst nach der Regatta«, fügte er hastig hinzu.

»Vorher natürlich nicht«, sagte Daisy und lachte. »Sie haben ziemlich gute Chancen auf den Sieg, nicht wahr?«

»Ziemlich gute, ja. Bott – die bittere Pille müssen wir schlucken, er ist nun mal ein erstklassiger Steuermann. Und das zählt doppelt, wenn die Rennstrecke so schmal ist, obwohl sie hier ja immerhin gerade verläuft. Auch der Vierer hat ganz gute Aussichten, im Visitors-Rennen vorn zu liegen. Ich hoffe sehr, daß wir das eine oder andere Rennen gewinnen. Mir selber ist das nicht so wahnsinnig wichtig, aber Rollo würde das wirklich guttun. Der arme Kerl – er zeigt das nicht so deutlich, aber es geht ihm ungeheuer an die Nieren, daß er sein Examen nicht bestanden hat.«

»Ich werde Ihnen die Daumen drücken. Aber jetzt sollte ich besser zu Bett gehen«, sagte sie, als sich unten Schritte und lautes Gelächter näherten. »Guts Nächtle!«

»Gute Nacht, Daisy. Ich bin froh, daß Sie da sind. Dottie und Tish fühlen sich dann nicht ganz so in der Minderzahl!«

Daisy wandte sich lächelnd um. Die Männer kamen laut polternd die Stufen empor.

»Leise!« warnte einer.

Sie widerstand der Versuchung, über das Geländer zu schauen. Ob Bott sich so weit hatte reizen lassen? Hatte er mehr Whisky intus, als er verkraften konnte? Das würde sie ohne Zweifel am nächsten Morgen noch früh genug herausfinden. Immerhin könnte er sich nicht mehr beklagen, keiner würde mit ihm ein Glas heben.

Daisy fand Tish am Schminktisch vor, wie sie sich Nachtcreme aufs Gesicht schmierte. »Wie erleichternd, daß intellektuelle Vorlieben nicht noch den letzten Rest an weiblicher Eitelkeit auslöschen«, sagte sie.

»Eigentlich bin ich gar nicht so schrecklich intellektuell«, gab Tish zu und bestätigte damit die Ansicht ihrer Mutter,

»aber meine Tante – Cherrys Mutter – wäre wahnsinnig enttäuscht gewesen, wenn ich nicht studiert hätte. Und jetzt bin ich auch wild entschlossen, den Abschluß zu machen. Und wenn ich daran zugrunde gehe.«

»So schlimm ist das?«

»Nein, eigentlich nicht. Ich komme zurecht, solange ich nicht allzusehr in Verzug gerate. Aber – Daisy, ich mache mir schreckliche Sorgen um Rollo.«

»Cherry hat mir schon gesagt, daß Rollo sich schwerer mit dieser Niederlage tut, als er zu erkennen gibt.« Da sie eine längere Unterhaltung voraussah, ließ Daisy sich aufs Bett fallen, froh über den Anblick von Tishs rosa Baumwoll-Pyjama, der auf dem Feldbett ausgebreitet lag.

»Er hat das Gefühl, er hätte mich enttäuscht, weil er die ganze Zeit, in der er eigentlich hätte büffeln sollen, gerudert hat. Verstehst du, er wollte gleich nach dem Examen in den Auswärtigen Dienst gehen. Wollte sparen, damit wir heiraten können, wenn ich nächstes Jahr meinen Abschluß gemacht habe. Er möchte zu gern Diplomat werden. Aber ohne Abschluß wird er nie in den höheren Dienst kommen.«

»Vermutlich nicht.«

»Ich möchte, daß er weiter auf Ambrose bleibt und es noch einmal versucht. Aber er redet schon davon, das Studium abzubrechen und irgendeine Art von Arbeit zu finden, bei der das Gehalt ausreicht, um heiraten zu können. Auch nicht gerade günstig, daß er älter als die meisten Studenten in seinem Jahrgang ist.«

»Gibt es denn gar kein Geld in seiner Familie?«

»Da ist ein älterer Bruder und noch zwei jüngere. Seine Familie wird ihm wohl noch ein weiteres Studienjahr finanzieren, aber dann ist er allein auf sich gestellt – sind *wir* allein auf *uns* gestellt«, sagte Tish energisch. »Ich *werde* ihn heiraten. Dieser Dickkopf lehnt es ab, sich mit mir zu verloben, weil er mich nicht binden will. Von Vater bekomme ich ein bißchen Geld, und ich würde mir auch gern eine Anstellung suchen. Aber sich von mir ›aushalten‹ zu lassen ist für ihn ganz und gar nicht möglich. Er ist so verdammt *edel*!« sagte sie mit einem halben Schluchzen.

»Und wenn er auf dem College bliebe und einen Abschluß machte, dann ...«

»Dann würde er in den diplomatischen Dienst gehen, und wir würden vermutlich noch ein Jahr länger oder so warten müssen. Vielleicht auch nicht. Schließlich bliebe uns noch ein volles Jahr gemeinsam in Oxford, und ich hätte die Chance, ihn weiter zu beknien.«

»Und ich vermute, mit Erfolg. Wie denkt denn Cherry darüber?« fragte Daisy.

»Ach, er ist natürlich sehr dafür, daß Rollo weitermacht. Aber er versteht nicht, worum es Rollo geht, und am wenigsten die Sache mit dem Auswärtigen Dienst. Für Cherry ist die Universität einfach das einzige, verstehst du?«

»Auf diese Weise ist er ja auch erzogen worden, nicht wahr?«

Tish nickte. »Er und Dottie stehen schon in den Startlöchern, um in die Fußstapfen seiner Eltern zu treten. Du kannst dir einfach nicht vorstellen, wie sehr ich die beiden darum beneide.«

Tränen traten ihr in die Augen und rollten das traurige Gesicht hinunter. Sie wischte sie fort. »Entschuldige bitte, ich bin eine schrecklich schlechte Gastgeberin. Möchtest du ins Bad? Ich bin sicher, für eine Badewanne reicht das heiße Wasser noch.«

»Laß nur, ich habe heute morgen schon gebadet. Ich muß mich nur waschen.«

Ihrer Cousine gelang ein wackeliges Lächeln. »Um so besser. Der Wahrheit zuliebe hätte ich wohl sagen müssen, ich *hoffe*, es gibt genug heißes Wasser. Du hast ja keine Ahnung, wieviel die Männer verbrauchen. Bister schwört, er würde den lieben langen Tag den Ofen befeuern.«

»Aber stell dir bitte mal vor, wie unerträglich es im Hause wäre, wenn die sich nicht mehr waschen würden!« rief Daisy aus, ließ sich vom Bett gleiten und griff ihr Necessaire vom Nachttisch.

»Schrecklicher Gedanke. Vielen Dank, daß du mir zugehört hast, Daisy. Mit Mutter oder Dottie kann ich über derlei nicht reden. Es geht mir schon viel besser, nachdem ich es einfach mal hab erzählen können.«

»Freut mich. Ich denke darüber nach und schaue, ob ich Rollo vielleicht auf taktvolle Weise in die richtige Richtung schubsen kann. So. Bin gleich wieder da.«

Als sie ins Schlafzimmer zurückkehrte, war Tish in ihrem Feldbett schon halb eingeschlafen. »Frühstück ab neun Uhr«, murmelte sie. »Gute Nacht.«

»Gute Nacht, Tish.« Weder der Mückenstich noch die tragische Entdeckung von drei neuen Sommersprossen auf ihrer Nase eben vor dem Spiegel konnten Daisy länger wachhalten. »Unbedingt morgen einen Hut aufsetzen«, sagte sie sich, während sie in den Schlaf hinüberglitt.

Lady Cheringham ging in weiser Voraussicht all der frühmorgendlichen Unruhe aus dem Weg, indem sie sich das Frühstück im Bett servieren ließ. Tish, Dottie und Daisy waren tapferer. Gemeinsam begaben sie sich hinunter ins Speisezimmer.

Der junge Fosdyke, unerträglich munter für die Tageszeit, hatte schon einen halben Teller Rührei mit Würstchen vertilgt. Rollo und Cherry machten sich gerade an ihr Frühstück, Wells und Poindexter standen am Sideboard und begutachteten den Inhalt der Schüsseln auf den elektrischen Wärmeplatten. Als die Mädchen eintraten, machten die beiden ihnen Platz. »Nach Ihnen, meine Damen«, sagte Wells galant.

»Nur zu, nur zu«, sagte Tish. »Sie müssen Ihr Frühstück schließlich noch vor dem Rennen verdaut haben.«

»Bott hingegen wird heute morgen nicht sehr viel zu verdauen haben«, tat Leigh kund, der gerade eintrat. »Dem geht es nicht allzu gut. Meredith hält ihm gerade den Kopf unter kaltes Wasser.«

»Hundeelend ist dem.« DeLancey folgte Leigh ins Speisezimmer. »Hab ich dem Deppen doch gleich gesagt, daß er keinen Alkohol verträgt.«

»Was?« Rollo sprang auf. »Bott hat sich gestern abend betrunken?«

»Hat sich gewaltig einen hinter die Binde gegossen«, bestätigte DeLancey selbstzufrieden.

Rollo lief zur Tür. »Na warte, wenn ich den in die Finger kriege!«

Daisy eilte ihm hinterher. Als sie in der Eingangshalle ankam, war er schon am Fuß der Treppe angelangt. Sie zog die Tür zum Speisezimmer hinter sich zu und rief: »Rollo, warten Sie einen Augenblick!«

»Was ist denn?« fragte er ungeduldig und wandte sich, den Fuß auf der untersten Stufe, zu ihr.

»Das ist nicht Botts Schuld. Jedenfalls nicht gänzlich. Er ist provoziert worden, Whisky zu trinken, obwohl er doch nur Bier verträgt. Nur ein Heiliger hätte es fertiggebracht, sich dieser Herausforderung nicht zu stellen.«

»DeLancey?«

»Wer denn sonst?«

Rollo stöhnte auf. »Bott ist aber wirklich ein preisverdächtiger Idiot, wenn er nicht kapiert, daß er damit nach DeLanceys Pfeife tanzt.«

»DeLancey hat es so eingefädelt, daß er in jedem Falle Sieger blieb. Diesem Mann macht es offenbar eine Riesenfreude, Ärger zu stiften, selbst wenn er sich damit selber schadet. Obwohl – er sitzt ja im Vierer. Ist damit das Rennen vom Achter nun gefährdet?«

»Das weiß ich nicht; erst muß ich sehen, wie schlecht es Bott geht. Würden Sie Tish wohl bitten, ein paar Eimer schwarzen Kaffee hochbringen zu lassen?« Rollo nahm die Treppe zwei Stufen auf einmal.

Daisy reichte seine Bitte weiter und nahm sich Bacon, Toast und Tee. Sie setzte sich zu Dottie und Cherry, die sich glücklicherweise weit von DeLancey entfernt niedergelassen hatten, und erklärte leise die entschuldbaren Umstände von Botts Kater.

Fosdyke mampfte still und zufrieden vor sich hin. Leigh,

Poindexter und Wells, die alle in gewisser Weise am Sündenfall des Steuermanns beteiligt waren, wirkten peinlich berührt. Sie sagten nichts dazu, doch ließen ihre verstohlenen Blicke auf DeLancey ahnen, daß sie es nicht darauf anlegten, gerade jetzt Zielscheiben für seine bösartigen Bemerkungen abzugeben.

DeLancey – es geschahen noch Zeichen und Wunder – wirkte, als sei auch ihm nicht recht wohl. Hatte er die Sache noch einmal überdacht? Tat es ihm am Ende leid, damit die Chancen des Achters zu gefährden? Vielleicht hatte er gar nicht so weit vorausgeschaut, als er seinen Unfug gestern abend angezettelt hatte.

Die Tür öffnete sich, und Meredith trat ein, gefolgt von Bott. Rollo bildete das Schlußlicht und hielt Bott am Oberarm – stützend? Bewachend? Vielleicht beides. Bott war grünlich-blaß im Gesicht und ging wie auf rohen Eiern.

»Du wirst dich gleich wieder besser fühlen, wenn du was gegessen hast«, sagte Rollo herzlich.

Bott stöhnte auf und wurde noch grüner, als die Frühstücksdüfte in seine Nase stiegen. »Ich kann nicht«, seufzte er schwach und tat einen Schritt rückwärts. »Laßt mich wieder zu Bett gehen, damit ich dort in Frieden sterben kann.«

»Reiß dich zusammen, Alter. In ein paar Stunden haben wir ein Rennen zu bestehen.«

»Das schaff ich nicht, sag ich euch doch.« Er faßte sich mit beiden Händen an den Kopf. »Mir explodiert der Schädel. Ich kann gar nicht geradeaus gucken, vom Steuern ganz zu schweigen.«

Rollos Mund wurde schmal. »Dann werde ich bei der Rennleitung anrufen und fragen, ob die unseren Durchlauf auf heute nachmittag verschieben können. Obwohl der Zeitplan sehr eng ist. Ich bezweifle, daß die das hinbekommen.«

»Da haben wir's mal wieder. Der Prolet verrät die Sache«, warf DeLancey verächtlich hin. »Ich hab immer schon gesagt, es ist ein Fehler, ihn als Steuermann einzusetzen. Diese Art von Unkraut, die nicht mal mit Alkohol umgehen kann wie ein Gentleman, hat doch nicht das geringste Verantwortungsgefühl.«

»Ja doch, verdammt noch mal, das geht in Ordnung! Ich mach das schon. Jetzt laßt mich bloß hier weg!« Bott preßte die Hand vor den Mund und flüchtete.

»Noch einen Schluck vom selben Zeug, das gestern das Unheil angerichtet hat«, schlug Wells vor.

»Aspirin und trockenen Toast«, riet Cherry.

»Versuchen wir's«, sagte Rollo ernst und warf DeLancey einen wütenden Blick zu. »Ich würde äußerst ungern aus dem Rennen aussteigen.«

»Komm du jetzt mal her und frühstücke«, sagte Cherry. »Ich mach das schon mit ihm.«

Daisy, Tish und Dottie wollten sich an der Ziellinie vom Rennen aufstellen und gingen, da sie über den Fluß setzen mußten und anschließend noch gute zweieinhalb Kilometer zu laufen hatten, lange vor dem avisierten Start los. Sie ließen die Ruderer auf dem Rasen zurück, wo sich diese mit ruckartigen Bewegungen aufwärmten, beobachtet vom immer noch leichenblassen Steuermann, der auf der Terrasse schlaff in einem Liegestuhl hingestreckt lag.

Tish und Dottie ruderten Daisy in einem der Skiffs über den glitzernden Fluß. Daisy umklammerte auf dem Hintersitz fest die Leinen und tat ihr Bestes, zu steuern. Als sie vor Urzeiten das letzte Mal in einem Boot gesessen hatte, hatte sie es mit einer hölzernen Ruderpinne gelenkt, was bedeutete, daß man nach links drückte, wenn man nach rechts drehen wollte. Die Erinnerung daran hatte sich ihr eingeprägt und brachte sie jetzt völlig durcheinander, obwohl es eigentlich ganz einfach war: an der rechten Steuerleine ziehen, um nach rechts abzubiegen, linke Steuerleine für linke Kurve.

Glücklicherweise hatten die anderen Skiffs, Beiboote, Barkassen, Kanus und Punts ihren Kurs stromaufwärts in Richtung Rennstrecke besser unter Kontrolle. Die drei Damen wurden angerufen, ausgelacht und angepfiffen, aber sie schafften es, wenn auch im leichten Zickzack, sicher hinüber zum Ufer von Remenham.

Mit rotem Gesicht wickelte Tish die Vorleine um einen Pfosten. »Auf dem Rückweg wird einfach gar nicht gesteuert«, sagte sie streng, »sondern wir machen das mit den Skullriemen.«

»Bitte!« sagte Daisy und fächerte sich mit dem Hut Luft zu, um ihn dann, eingedenk der drohenden Ernte an neuen Sommersprossen, rasch wieder aufzusetzen. Der Hut war neu und diesmal nicht aus Selfridge's Bargain Basement. Ihre immer so elegante Mitbewohnerin Lucy hatte eine wahre Fundgrube gefunden, eine kleine Putzmacherei in der King's Road, wo die Preise noch niedrig waren, weil die Putzmacherin sich eben erst etabliert hatte.

Der Hut aus dunkelblauem Stroh hatte die klassische Glockenform, die sich dann allerdings zu einer breiten Krempe aufschwang, um deren Kante sich Margueriten wanden. Er paßte perfekt zu Daisys blauem Voilekleid, das mit Margueriten bedruckt war, und sie gefiel sich ausnehmend gut. Mit den grandiosen Hutmodellen, die für das Royal-Ascot-Rennen vor zwei Wochen geschaffen worden waren – die Damen der Haute volée setzten sie diesmal in Henley noch einmal auf –, wollte sie nicht konkurrieren.

Zudem, fand Daisy, wirkt ein extravaganter Hut alles andere als professionell. Sie blickte an ihrem Kleid hinab. Hätte sie ein Schneiderkostüm anziehen sollen? Dazu war es doch viel zu heiß!

Schließlich hatte ihre Keidung nichts mit ihren Fähigkeiten zu tun, bestärkte sie sich. Ihr Presseausweis vom Regattabüro lag sicher neben dem Notizblock in der Handtasche. Sie fragte sich, ob ihr die Bekanntheit der amerikanischen Zeitschrift den verschafft hatte oder das »Honourable« vor ihrem Namen, das sich für derlei Vorhaben schon mehr als einmal als nützlich erwiesen hatte.

Sie gingen an sumpfigen Wiesen, mit glänzend gelben Hahnenfußblüten betupft, auf dem Treidelpfad entlang. Noch waren nur wenige Zuschauer unterwegs. »Das da drüben ist die neue Startlinie«, zeigte Trish, als sie am stromabwärts gelegenen Rand von Temple Island angekommen waren. »Früher lag die auf der Buckinghamshire-Seite.«

Ungefähr auf der Mitte des Inselufers hatte sich eine kleine Gruppe von Menschen versammelt. Die Barkasse von einem der Stewards, denen die Organisation des Rennens oblag, war bereits dort vor Anker gegangen, doch weder das Boot vom Ambrose College noch das ihrer Gegner vom Marlow Rowing Club war zu sehen.

Als sie an der stromaufwärts gelegenen Inselspitze ankamen, schaute Daisy zurück zum sogenannten Temple, der bislang hinter Bäumen verborgen gewesen war. Das kleine Gebäude war ein geschlossenes Sommerhäuschen mit offener, von Säulen umgebener Kuppel, davor ein breiter Landesteg, an der Nordseite durch eine Trauerweide geschützt – ein wunderbarer Ort für ein Picknick. Selbstverständlich war das Land Privatbesitz und wahrscheinlich, so nahm Daisy an, ein Teil von Crowswood Place, wo Lord DeLancey übernachtete, drüben an dem Ufer, das zu Buckinghamshire gehörte.

Oder begann hier schon Oxfordshire? Die Adresse der Cheringhams war Buckinghamshire, aber Henley-on-Thames gehörte zu Oxford.

Die Stadt war jetzt hinter der Haupttribüne von Phyllis Court zu sehen. Warmgelbe Ziegelsteine und braun gedeckte Dächer erstreckten sich entlang des Flusses, dominiert vom rechteckigen grauen Turm von St. Mary's. Die Brücke aus dem achtzehnten Jahrhundert wurde von der Biege im Fluß am Poplar Point verdeckt. Dort, am Berkshire-Ufer, wo man einen Blick auf die Zielgerade hatte, erhoben sich Tribünen und Schirmdächer über den Flußauen wie riesige Pilze.

Noch gut ein Dreiviertelkilometer. Daisy schaute auf die Uhr. Es blieb noch viel Zeit, bis der erste Durchlauf startete.

Hinter dem Remenham Club kamen sie zum Rummelplatz. Die Dampfpfeifenorgel schwieg jetzt. Die Pferde des Karussels standen still, die Buden waren zugedeckt. Das Riesenrad, eine stählerne Spinnwebe, deren bunte Gondeln wie exotische Insekten in ihr gefangen hingen, beherrschte den Platz. Ein paar Männer mit verschlafenen Augen, an deren Lippen Zigaretten klebten, reparierten gelangweilt dieses und jenes.

»Das sieht doch wirklich schrecklich billig aus, wenn die Menschenmenge fehlt, findet ihr nicht?« sagte Tish nervös. »Für die Atmosphäre braucht es wirklich Leute und Geschwätz und Musik.«

Ein Kuckuck rief ihnen aus dem Wald vom Remenham Hill einen Gruß zu. Sie lachten alle drei.

Als sie den General Enclosure genannten allgemeinen Publikumsbereich erreichten, präsentierten Dottie und Tish die Gästekarten, die ihnen die Ambrose-College-Mannschaft gegeben hatte. Daisy zeigte ihren Presseausweis vor und wurde mit den beiden eingelassen.

»Ächz!« rief sie erleichtert aus. »Ich hab noch nie so eine Eintrittskarte gehabt. Die funktioniert ja wirklich!«

»Sesam, öffne dich«, sagte Tish. »Wie wär's, wenn wir uns in die Ränge stellten? Hast du Cherrys Fernglas mitgebracht, Dottie?«

Dottie öffnete die kleine Tasche, die sie sich über die Schulter gehängt hatte, suchte darin herum und holte das Fernglas hervor. »Hier. Verlier bloß nicht den Schutz fürs Objektiv, sonst bringt er dich um – oder auch mich.«

Sie stiegen hinauf in die Ränge.

Ausschließlich passionierte Rudersport-Enthusiasten hatten sich so früh am Morgen eingefunden. Meist waren das Herren im Alter zwischen achtzehn und achtzig, die meisten trugen Käppis und Blazer. Die leuchtenden – um nicht zu sagen schrillen – lachsrosa Farben des Leander-Clubs überwogen. Dessen Gelände lag etwas weiter das Ufer hinunter, an der Brücke hinter der privaten Stewards' Enclosure. Daisy lauschte einer leicht mürrischen Unterhaltung und erfuhr, daß der Achter des Leander-Clubs im ersten Durchlauf des großen Rennens abgehängt worden war. Noch konnte der Club auf einen Zweier im Rennen um die Silver Goblets hoffen, und auch ein Einzel-Skull hatte Chancen auf den Diamond.

Aus der Ferne war ein Startschuß zu hören. Augenblicklich wurden Ferngläser an die Augen gehoben, und ein leuchtend gekleidetes Grüppchen, eben noch auf ebener Erde, eilte auf die Tribüne hinauf.

»Also hat Bott sich doch zusammengerissen!« seufzte Dottie erleichtert auf und offenbarte damit ihre bislang unter Verschluß gehaltene Anspannung.

»Verdammt gute Sicht!« bemerkte vor ihnen ein Mann vom Leander-Club zu seinem Begleiter. »Bei dieser neuen Strecke war ich mir gar nicht so sicher, aber die Startlinie südlich von Temple Island ist zweifellos eine Verbesserung.«

Tish hatte ihr Fernglas stromabwärts gerichtet. »Viel kann ich nicht erkennen«, sagte sie, »nur Punkte. Man sieht überhaupt nicht, wer vor wem liegt.«

»Laß mich mal.« Dottie faßte sie am Arm. »Wir sind doch auf der Berkshire-Seite. Bei dieser hellen Sonne reflektiert das Wasser ganz enorm. Himmel, die scheinen sich ja gar nicht zu bewegen!«

»Aus dieser Entfernung kommen sie einem wirklich ziemlich langsam vor«, stimmte Tish zu. »Bitte sehr, du bist mal mit dem Fernglas dran, Daisy.«

Daisy schaute kurz hindurch, stellte es etwas schärfer ein und linste noch einmal hindurch. Da waren sie, die beiden Boote. Sie krochen den Fluß hinauf. Sie schaute zu Phyllis Court hinüber, auf dessen Tribüne noch weniger Menschen standen als hier, und sah sich dann die Flotte kleinerer, überall auf dem Fluß verstreuter Boote an. Rennboote wanden sich zwischen ihnen hindurch stromabwärts zum Start.

Sie wendete sich wieder der Rennstrecke zu. Deutlich waren jetzt die einzelnen Männer zu erkennen, wie sie sich an den Rudern abmühten. Aus ihrem Blickwinkel war es schwer, Genaueres auszumachen, aber ihr schien, das Boot von Marlow hätte die Nase vorn.

Die Ambrose-Mannschaft beschleunigte ihren Schlag.

Quälend, Zentimeter um Zentimeter, näherten sie sich wieder dem Boot von Marlow.

Plötzlich, ohne Vorwarnung, beugte sich Bott über den Bootsrand und übergab sich heftig.

»Ach, um Himmels willen!«

»Was ist denn?« wollte Tish wissen. »Schau mal, die schlingern ja nach links und rechts. Was ist denn passiert?«

»Die haben die Sperrkette touchiert«, sagte Dottie resigniert, während Daisy Tish das Fernglas reichte. »Das können die doch nie wieder aufholen.«

»Dem Steuermann geht es ja richtig dreckig«, sagte einer der Männer vom Leander-Club vor ihnen. »So sah am Mittwoch doch auch einer der Männer von Oriel aus.«

Der andere nickte. »Die sind wohl wirklich raus – wie tot im Wasser. Verdammt schade. Wie steht's denn mit dem nächsten Durchlauf?«

Daisy beobachtete, wie das Boot von Marlow rasch seine hoffnungslos abgehängten Gegner hinter sich ließ. Die Mannschaft von Ambrose hatte sich wieder so weit gefangen, daß sie gegen den Strom ankam – aber nicht besonders erfolgreich. Bald konnte sie mit bloßem Auge erkennen, daß Bott sich im Heck zu einem unglückseligen Ball zusammengekrampft hatte. Er hielt wohl das Ruder gerade, während Cherry im Bug den Ruderern die Befehle zurief, so daß sie mehr oder minder in der Spur blieben.

»Laßt uns zur Ziellinie hinuntergehen«, schlug Tish mit enttäuschter Miene vor. Sie erreichten die am Ufer verankerten Anlegestellen im selben Augenblick, als das Boot von Marlow das Ziel passierte. Schwacher Applaus war zu hören, taktvollerweise keine Hurra-Rufe. Marlow hatte es in die nächste Runde geschafft, doch konnte sich die Mannschaft auf diesen Sieg wahrlich nichts einbilden.

Das Boot von Ambrose kämpfte sich traurig die Strömung hinauf. Gegenwärtige und ehemalige Mannschaftsmitglieder, kenntlich an den weinroten Blazern, kamen heran und äußerten ihr Beileid. Zwei ganz junge Studenten gingen in die

Hocke, um das Boot zu halten, während Rollo das Ausstiegsmanöver kommandierte. Niedergeschlagen kletterten die acht Ruderer heraus. Cherry und Rollo schnitten den Mädchen ironisch-enttäuschte Grimassen.

Rollo und die Ruderer mit den Nummern drei bis sieben, begleitet von Tish und anderen Zuschauern, machten sich mit den Rudern auf den Weg zu den Gestellen an den Zelten.

»Nächstes Jahr gibt es ja wieder ein Rennen«, sagte Meredith gelassen.

»Und du bist ja n-noch mit dem V-vierer dran, Frieth«, tröstete Poindexter seinen Mannschaftskapitän Rollo.

Bott wurde von allen ignoriert. Er saß im Heck, den Kopf in die Hände vergraben. Viele Menschen hielten das Boot fest, als Cherry auf ihn zuging.

»Komm schon, Alter. Jetzt ist nichts mehr daran zu ändern.« Er streckte Bott die Hand entgegen. Der nahm die Hilfe an und stieg ungeschickt aus dem Boot. Schwankend stand er auf dem Außenpier, die Augen geschlossen, das Gesicht ohne jede Farbe. »Es war diese ganze Bewegung«, murmelte er, »und die grelle Sonne auf dem Wasser. Ich hab euch doch gesagt, daß ich nicht fit genug bin heute.«

»Nicht fit!« explodierte DeLancey, der sich mit anderen Männern unterhalten hatte und jetzt herumwirbelte. »Du bist nicht fit genug, um mit Gentlemen zu verkehren, du gräßlicher Idiot! Proleten wie dich sollte man gar nicht erst aus ihren stinkigen Hütten lassen.«

Er drängte an Cherry vorbei und stieß Bott heftig vor die Brust. Der Steuermann kippte rückwärts in den Fluß.

4

Speiend kam Bott wieder an die Wasseroberfläche. Von Panik ergriffen, schrie er: »Hilfe! Ich kann doch nicht schwimmen!«

Daisy griff sich einen Bootshaken in der Nähe. Rollo bollerte an ihr vorbei, der Steg schwankte unter seinen schweren Tritten. Cherry war schon auf den Knien und streckte Bott die Hand entgegen.

»Ist schon in Ordnung«, sagte er beruhigend, »hier ist es gerade mal einen Meter oder anderthalb tief. Unmöglich zu ertrinken. Stell die Füße auf den Boden, Mann. Stell dich einfach hin.«

Mit vor Scham gerötetem Gesicht erhob sich Bott. Das Wasser reichte ihm gerade bis zur Brust. Er machte einen Schritt nach vorn, und Rollo und Cherry zogen ihn heraus. Schlammiges Flußwasser strömte ihm aus den Haaren übers Gesicht. Das durchnäßte Hemd und die Shorts klebten an seiner drahtigen, zitternden Figur.

»Wie eine ertränkte Ratte«, spottete DeLancey.

Irgend jemand in der Menge kicherte. Zwei oder drei Männer grinsten breit; Rollo und einige andere wandten sich ab, um ihr Lachen zu verbergen. Doch hier und da wurde DeLancey angewidert angeschaut, darunter von Cherry und Dottie.

»Für diese ganze verdammte Angelegenheit bist doch du selbst verantwortlich«, sagte Cherry wütend.

»*Ekelhafte* verdamme Angelegenheit«, sagte DeLancey, der Bott genau beäugte, »und es wäre nichts leichter, als dieses widerliche kleine Warzenschwein in eine noch ein bißchen ekelhaftere Angelegenheit zu verwandeln.«

Er trat vor, die Fäuste zum Boxkampf geballt.

»Eine Schande!« rief jemand laut.

»Moment mal, nun mach mal halblang!«

»Hör mal, der ist gerade halb so groß wie du!«

»Was s-soll denn das!« Poindexter und die anderen waren wieder zurück.

Cherry und Rollo traten vor, um einzugreifen, als ein Mann von ungefähr dreißig Jahren im dunkelblauen Blazer dazukam. Er war so groß wie DeLancey, aber viel schlanker. Er packte den Schlagmann beim Arm.

»Verdammt noch mal, Basil, sei kein Vollidiot.« Hastig und voller Wut wies er auf die Umstehenden und zur Zuschauertribüne. »Die halbe Welt schaut dir zu. Du machst hier gerade eine durch und durch ordinäre Szene.«

»Das einzig Ordinäre hier ist dieser Waschlappen von einem Steuermann«, murrte DeLancey und schüttelte die Hand des Mannes ab.

»Laß ihn in Ruhe. Du machst dich lächerlich, wenn du dich auf sein Niveau hinabläßt. Unser alter Erziehungsberechtigter wird vor Wut kochen. Jetzt komm gefälligst.«

»Ja, ich bitte darum, Lord DeLancey. Nehmen Sie ihn mit, schaffen Sie ihn ganz weit weg von hier!« sagte Rollo. »Das Boot kriegen wir auch ohne ihn an Land.«

»Das zahl ich dir heim, DeLancey«, rief Bott seinem Mannschaftskameraden giftig hinterher, während dieser laut protestierend von seinem Bruder Cedric weggezerrt wurde. »Freu dich drauf! Du wirst schon merken, daß man Leute nicht so rücksichtslos behandeln kann, ohne daß das Konsequenzen hat.«

Daisy wußte, daß Bott sich damit alle Sympathien verscherzte, die sein Unglück ihm vielleicht eingebracht hätte, und wollte ihn zum Schweigen bewegen. Sie erreichte ihn im selben Augenblick wie ein attraktives, stupsnasiges Mädchen mit kurzgeschnittenem dunkelrotem Haar unter einem frech aufgesetzten, butterblumengelben Hut.

»Nun halt aber wirklich mal den Rand, Horace«, sagte das Mädchen. Unter der dünnen Tünche von eleganten Manieren erinnerte ihr Tonfall ebenso an die Midlands wie der von Bott.

»Hast du denn nicht gesehen, was dieses Ekel getan hat?« empörte sich Bott.

»Ja, aber jetzt erregst du nur noch mehr Aufmerksamkeit. Je weniger gesagt wird, desto schneller ist das alles vorbei, finde ich. Komm lieber mit in mein Zimmer und trockne dich ab.«

»Das sehe ich genauso«, warf Daisy ein. »Am besten, wir vergessen die ganze Angelegenheit einfach. Nachdem Sie sich vorhin schon so schlecht gefühlt haben, Mr. Bott, werden Sie sich wahrscheinlich noch erkälten, wenn Sie sich nicht umziehen.«

»Vielen Dank.« Das Mädchen lächelte sie freundlich an. »Darf ich mich vorstellen? Ich bin Susan Hopgood.«

»Daisy Dalrymple. Die Mannschaft von Ambrose übernachtet bei meiner Cousine.«

»Sehr nett, Sie kennenzulernen.«

»Übrigens die *Honourable* Miss Dalrymple«, sagte Bott mit einer Stimme, als wollte er den Weltuntergang verkünden.

»Laß mal gut sein, Horace«, ermahnte ihn Miss Hopgood streng, »und komm jetzt endlich. Meine Vermieterin ist wirklich ausgesprochen nett. Sie wird deine Kleider zum Trocknen aufhängen und uns sicherlich eine Tasse Tee brühen.« Sie nahm seinen triefnassen Ellbogen in ihre weiß behandschuhte Hand und führte ihn über die mittlerweile menschenleere Anlegestelle zum Ufer.

Unter Rollos Befehl hatte sich der Rest der Mannschaft mit einem Freiwilligen daran gemacht, das Boot aus dem Wasser zu holen. Unter Rufen wie: »Achtung, hinter Ihnen ein Boot!« gingen sie zwischen den Zuschauern hindurch zum Zelt für die Boote. Aller Augen richteten sich mittlerweile stromabwärts, wo der nächste Durchlauf des Rennens gerade begann.

Daisy hatte sich Bott und Miss Hopgood angeschlossen. Das Mädchen besaß offenbar einen starken Willen und übte einen guten Einfluß auf ihren Freund aus. Dennoch brauchte sie vielleicht Unterstützung, ihren unbeholfenen Liebsten zu vernünftigem Benehmen anzuhalten, vor allem, falls er noch einmal den Weg seines Peinigers kreuzen sollte.

Auf dem Weg zur Brücke kamen sie am Leander-Club vorüber, um den herum eine menschgewordene Schar Flamingos ihre rosafarbenen Blazer, Käppis, Krawatten und Socken vorführte. Daisy sah, wie die Gebrüder DeLancey mit einem dieser Vögel in das Clubhaus gingen, vielleicht war es Lord DeLanceys Gastgeber auf Crowswood. Sie hoffte, Cedric hätte Erfolg bei dem Versuch, seinen Bruder, den Honourable Basil, unter Kontrolle zu halten.

Eifrig lenkte sie Botts Aufmerksamkeit in die entgegengesetzte Richtung. »Sehen Sie den Schlußstein da in der Mitte der Brücke?« fragte sie. »Bevor ich herkam, habe ich ein bißchen über Henley nachgelesen. Die Köpfe – stromaufwärts auf der anderen Seite gibt es noch einen zweiten – wurden von einer Frau geschaffen, und das im achtzehnten Jahrhundert!«

»Man stelle sich das vor«, sagte Miss Hopgood fröhlich. »Guck doch mal, Horace.«

Bott knurrte nur etwas Unverständliches.

»Es sind die Köpfe von Isis und Tameses. Geister des Flusses könnte man sie wohl nennen. Ehrlich gesagt, kann ich mich nicht erinnern, welcher Kopf zu welcher Figur gehört.«

»Hast du mir das nicht erzählt, daß die Themse in Oxford ›Isis‹ genannt wird, Horace?« Miss Hopgood ließ nicht locker.

»Ganz genau. Mal wieder eine dieser typischen Methoden, die Bescheidwisser von den ahnungslosen Massen auszugrenzen.«

»Du bist aber heute ein Brummbär, wo ich doch extra hierhergekommen bin, um dich zu sehen! Na, wenn du erst mal trockene Kleider anhast und es dir gemütlich gemacht hast, wird es dir sicher gleich viel besser gehen.« Ohne ihren festen Griff an seinem Ellbogen zu lockern, wandte sich Miss Hopgood an Daisy und fragte: »Lesen Sie immer über die Orte nach, die Sie besuchen, Miss Dalrymple? Ich muß schon sagen, das ist wirklich eine ausgezeichnete Idee.«

»Nur, wenn ich darüber schreiben soll.«

Daisy hatte eigentlich an der Brücke umkehren wollen, aber sie wollte kein Wasser auf die Mühlen des überempfindlichen Bott schütten. Wahrscheinlich würde er sofort vermuten, seine Gesellschaft wäre ihr nicht gut genug, wenn sie sich jetzt von ihnen trennte. Außerdem mochte sie Miss Susan Hopgood gut leiden. »Ich schreibe für Zeitschriften«, erklärte sie.

»Du liebe Zeit, soll das heißen, Sie *arbeiten?*«

»Zum Vergnügen«, grunzte Bott.

»Damit verdiene ich meinen Lebensunterhalt«, sagte Daisy fest. »Arbeiten Sie auch, Miss Hopgood?«

»Ich bin Buchhalterin. Dafür wird man wesentlich besser bezahlt als fürs Tippen, sogar besser als eine Stenotypistin, und in der Schule habe ich mich mit Zahlen immer leicht getan. Natürlich nicht ganz so leicht wie unser Horace«, sagte sie voller Zuneigung, »der ist ja ein wahres Genie, anders kann man das nicht nennen. Ach, schau mal, Horace, ist das nicht hübsch?«

Sie blieb mitten auf der Brücke stehen und lehnte sich an die Brüstung, um die Aussicht zu genießen. Stromabwärts lag das ganze Regatta-Gewusel eingerahmt von grünen, baumbestandenen Hügeln. Markisen und Tribünen verdeckten den größten Teil des Rummelplatzes, nur das Riesenrad blieb weithin sichtbar.

»Oooh, Horace, du hast mir ja gar nicht erzählt, daß es auch eine Kirmes gibt!«

»Heute abend gehen wir hin.« Bott lächelte sie zum ersten Mal an. Als aber nach dem Fiasko für die Mannschaft von Ambrose lautes Hallo die Gewinner des nächsten Durchlaufs begrüßte, fügte er düster hinzu: »Jetzt bin ich ja kein Steuermann mehr.«

Wenn er bereit war, sich auf einen Kirmesbesuch einzulassen, dürfte das kühle Bad ihn wohl von seinem Kater befreit haben!

Niemand, dem sie im Weitergehen begegneten, nahm von

seinem unglückseligen Zustand Notiz. Durchtränkte Wassersportler waren wohl in diesem Städtchen am Fluß kein seltener Anblick.

Sie kamen am pittoresken Angel Inn vorüber, direkt an der Brücke gelegen, und an St. Mary's Church mit ihren karierten, aus Stein und Schiefer gebauten Mauern. Unmittelbar hinter der Kirche lag das Old White Hart, die uralte Pension, in der Alec ein Zimmer gebucht hatte.

Insgeheim drückte Daisy fest die Daumen und betete inständig, es möge nicht plötzlich eine Serie schrecklicher Morde geschehen, und auch Drogenkartelle, bolschewistische Bombenleger oder was auch immer ihr gemeinsames Wochenende vereiteln könnte, sollten außen vor bleiben.

Miss Hopgood hatte ein Zimmer in einem der winzigen Reihenhäuschen aus Backstein in einer Straße am Ortsrand gemietet – wohl die Hälfte der Einwohner von Henley verdiente sich während der Regatta etwas Geld hinzu, indem sie Privatzimmer anbot. Die Dame des Hauses zeigte sich entsetzt von Botts Zustand, scheuchte ihn hinauf und versprach, Shorts und Hemd seien auf der Wäscheleine im hinteren Garten im Nu trocken. In der Zwischenzeit wollte sie ihm in Miss Hopgoods Zimmer eine Tasse Tee servieren, während Miss Hopgood selbst und ihre Freundin den Tee im Wohnzimmer nehmen sollten.

Der winzige Salon war vollgestopft mit Möbeln. Das obligate Sofa und die Ohrensessel waren noch um einen kleinen Tisch und einen Stuhl für die Mahlzeiten des Gastes erweitert. Daisy und Miss Hopgood teilten sich eine Kanne Tee, der so schwarz war, daß erst die Milch ihm eine Mahagonifärbung verlieh. Riesige Scheiben Victoria-Sandwich-Cake lagen auf einer Platte.

Miss Hopgood nahm einen Bissen und einen Schluck und wandte sich dann Daisy zu. »Also, Miss Dalrymple, könnten Sie mir wohl erzählen, was es mit dieser schrecklichen Geschichte eigentlich auf sich hat? Und was sollte das heißen – Horace sei es vorhin nicht gutgegangen? Ich weiß, mitten im

Rennen ist irgend etwas passiert, aber vom Ufer aus habe ich nicht viel erkennen können.«

Daisy kam zu dem Schluß, das Mädchen sei wohl vernünftig genug, um die gesamte Geschichte erfahren zu können. Also berichtete sie ihr von den ständigen Beleidigungen, von der Sache mit dem Scotch, von Botts Kater und den entsetzlichen Folgen fürs Kurshalten des Bootes.

»Ich verstehe.« Miss Hopgood seufzte. »Ich hab ihm immer und immer wieder gesagt, er solle sich von diesem Kerl DeLancey nicht so reizen lassen. Der ist wahrhaftig ein unangenehmer Zeitgenosse, muß ich sagen. Hoffentlich nehmen Sie mir meine deutlichen Worte nicht übel.«

»Keineswegs. Er gehört wirklich nicht zu meinen Freunden. Unhöflich ist er allen und jedem gegenüber, müssen Sie wissen, nicht nur zu Mr. Bott.«

»Horace hat gehört, DeLancey sei der Nachkömmling in seiner Familie. Er hat wohl drei wesentlich ältere Schwestern, die ihn bis zum Gehtnichtmehr verwöhnt haben. Die dachten wahrscheinlich, alles, was der liebe Kleine sagt, ist intelligent oder urkomisch.«

»Oder beides«, stimmte Daisy zu.

»Trotzdem, so sehr er auch provoziert worden sein mag, Horace sollte es besser wissen. Er hat Alkohol noch nie gut vertragen, wirklich nicht. Mehr als eine Halbe helles Bier schafft er sonst gar nicht.«

»Sie kennen ihn schon lange?«

»Als Kinder waren wir in Wolverhampton Nachbarn. Seinem Vater gehört der Zeitungskiosk an der Ecke. Wir haben dieselbe Grundschule besucht. Er saß auf der Jungenseite und ich bei den Mädchen, und sobald wir alt genug waren, einander Gesellschaft zu leisten, sind wir zusammen ausgegangen.«

»Aber – verzeihen Sie mir die Neugier – verlobt sind Sie nicht?«

Miss Hopgood streckte ihre nackte linke Hand aus und blickte kurz auf Daisys Ring, als sie knapp erwiderte: »Das brächte ich nicht übers Herz. Horace wird noch viel erreichen in der Welt. Er wird mindestens Professor. Vielleicht gewinnt er sogar einen dieser Nobelpreise. Ich würde ihn da nur behindern. Er braucht eine elegante Frau, eine, die ihm auf seinem Weg helfen kann.«

»Vielleicht haben Sie damit recht«, stimmte Daisy zu, »aber möglicherweise würde eine ›elegante Frau‹ nur seinen Minderwertigkeitskomplex verschlimmern. Er kommt sich ja wahnsinnig schlecht behandelt vor, da in Oxford. Ich glaube, Sie wären genau die Richtige für ihn. Sie würden ihn unterstützen und verhindern, daß er immer nur seine eigenen Wunden leckt.«

»Er hat die Dinge immer schon viel zu sehr an sich herangelassen, wenn Sie verstehen, was ich meine – hat sich alles zu Herzen genommen.«

»Ich würde an Ihrer Stelle nicht so schnell aufgeben.«

»Wirklich?« Miss Hopgood wirkte erfreut, doch voller Zweifel. »Na ja, ich würde ihm sowieso nicht die Pistole auf die Brust setzen. Aber wer sagt mir denn, daß er mich immer noch will, wenn er erst einmal an dieses Cavendish Labor gelangt? Wer ist denn *Ihr* Freund? Bestimmt ein Lord, nicht wahr?«

Daisy lachte. »Nein, ein Polizist.«

»Ach nee! Sie machen sich lustig über mich! Ein Bobby?«

»Nicht gerade ein Durchschnitts-Bobby. Er ist Detective Chief Inspector bei Scotland Yard.«

»Jui, Detective, da werden Sie wohl in Habachtstellung gehen, vermute ich mal«, kicherte Miss Hopgood. »Aber wenn Sie eine Honourable sind, dann bedeutet das doch, Ihr Vater ist ein Lord, nicht wahr? Muß ich Sie jetzt etwa mit ›Mylady‹ anreden?«

»Nein, ›Miss Dalrymple‹ ist schon in Ordnung. Aber nennen Sie mich doch bitte Daisy.«

»O nein, das könnte ich nicht. Ich meine, Ihre Tante ist doch eine richtige Lady, nicht wahr? Sir Rupert und Lady Cheringham, hat mir Horace gesagt. Wirklich unglaublich nett von denen, die ganze Mannschaft zu beherbergen, nicht wahr?«

Plötzlich verdüsterte sich Miss Hopgoods Miene. »Du liebe Zeit, glauben Sie, es macht Ihrer Tante etwas aus, wenn Horace noch zwei weitere Nächte dableibt, obwohl sein College aus dem Rennen ist?«

»Ich bin sicher, Tante Cynthia erwartet ohnehin, daß sie alle dableiben werden, um den Vierer anzufeuern. Das werden die meisten doch sicherlich auch tun.«

»Ja, aber Horace ... Die anderen sind doch alle Standesgenossen von Ihnen, nicht wahr? Ich meine, richtige Gentlemen. Die Sache ist nämlich so, ich hab schon für Freitag und Sonnabend bezahlt, aber ohne ihn möchte ich nicht hierbleiben. Und Horace kann sich ein Hotelzimmer gar nicht leisten, selbst wenn er eines finden würde, was dieser Tage nicht sehr wahrscheinlich ist. Möglicherweise könnte er in seinem Zelt übernachten.«

»Ich bin ganz sicher, daß er bis Sonntag bei meiner Tante wohnen bleiben kann«, versicherte Daisy. »Warum hat er denn ein Zelt mitgebracht? Erzählen Sie mir nicht, daß er ernsthaft geglaubt hat, man würde ihn auf dem Rasen schlafen lassen!«

»O nein!« Miss Hopgood lachte bei dem Gedanken. »Dieser nette Mr. Frieth, der Mannschaftskapitän, hat gesagt, daß sie sich zu zweit Zimmer würden teilen müssen, aber letztlich war doch für alle Platz, und Horace hatte sogar ein Zimmer für sich allein. Nein, er geht nach der Regatta wandern, deshalb hat er sein Zelt und seinen Rucksack und das alles mitgenommen. Er mag gerne ...«

Sie hielt inne, als die Vermieterin mit Botts zerknittertem Hemd und seinen weinroten Shorts über dem Arm eintrat. »Wie ich gesagt habe, fast trocken, und es läßt sich jetzt bestens bügeln. Das mache ich schnell, damit der junge Herr sich nicht erkältet.«

Miss Hopgood sprang auf. »Ach, ich danke Ihnen so sehr. Aber bügeln kann ich auch gerne. Sie haben sicherlich noch anderes zu tun.«

»Na ja, ich muß für meinen Mann das Abendessen ...« Die Zimmerwirte blickte Daisy unsicher an.

»Ich muß jetzt sowieso dringend los«, sagte Daisy sofort. »Meine Cousine wird sich schon wundern, wohin in aller Welt ich verschwunden bin. Haben Sie herzlichen Dank für den Tee. Und vielen Dank für die nette Unterhaltung! Vermutlich werden wir einander bald wieder am Fluß begegnen.«

Als Daisy in der General Enclosure ankam, war die Menschenmenge deutlich gewachsen. Zwar herrschte noch nicht das Gedränge, das am nächsten Tag bestimmt einsetzen würde, wenn die oberen Zehntausend zum Abschlußrennen am Finals Day eintrafen, aber hier und da zeigten sich doch schon leuchtend bunte Kleider und feierliche Anzüge zwischen den College-Blazern.

Daisy, die nach ihrem Spaziergang durch die Stadt unter der mittlerweile recht heißen Sonne Durst bekommen hatte, machte sich auf zum Zelt mit den Erfrischungen und dem Büffet. Da die Seitenwände aufgerollt waren, bot es Schatten, ohne daß die Luft dabei stickig würde, und man konnte von dort auf den Fluß blicken.

Im Zelt traf sie auf Tish, Dottie, Rollo und Cherry, die Mädchen mit Limonaden-, die Jungs mit Biergläsern in der Hand.

»Wo in aller Welt hast du denn gesteckt?« begrüßte Tish Daisy.

»Wir hatten schon überlegt, die Polizei zu benachrichtigen«, sagte Dottie, »aber wir waren uns nicht sicher, ob wir die hiesigen Leute holen oder Scotland Yard direkt benachrichtigen sollten.«

»Ach herrje, Scotland Yard. Alec würde mir an die Gurgel springen!«

Die anderen lachten. Cherry zog los, um Daisy eine Limonade zu holen, während Rollo sie besorgt fragte, wie es Bott denn gehe. »Ich mußte doch das Boot aus dem Weg schaffen, die nächsten beiden kamen schon angerudert«, erklärte er, »und es sah so aus, als hätten Sie mit seiner Freundin – oder war das seine Schwester? – und mit Lord DeLancey die Sache inzwischen im Griff.«

»Das ist seine Freundin, und sie ist bemerkenswert vernünftig. Sie hat Bott beruhigt. Er scheint sowohl die Kopfschmerzen als auch das Bauchweh überstanden zu haben.«

»Schockbehandlung«, warf Cherry ein, der gerade mit Daisys Limonade zurückkehrte. »Ab ins kalte Wasser – das hilft immer. Wir hätten ihn noch vor dem Rennen hineinwerfen sollen.«

Rollo schüttelte den Kopf. »Ich hätte um eine Verschiebung des Rennens bitten müssen, oder wir hätten aus dem Durchlauf aussteigen sollen, wenn man uns das nicht erlaubt hätte. So hätten wir diese entsetzliche Szene vermieden, in der DeLancey den …«

Tish stupste ihn mit dem Ellbogen in die Rippen. Die Gebrüder DeLancey näherten sich ihrem Tisch. Sie wären ein ausgesprochen gutaussehendes Gespann gewesen, wären da nicht der vergekniffene Mund des Älteren und der finstere Ausdruck tiefer Kränkung im Antlitz des Jüngeren gewesen.

»Tut mir leid, das Durcheinander vorhin«, sagte der Honourable Basil steif. Wenn das eine elegante Bitte um Verzeihung gewesen sein sollte, war sie danebengegangen. »Vor den Damen hätte ich mich wirklich nicht so gehenlassen dürfen. Aber bei diesem kleinen, miesen Plebejer hab ich nur noch rot gesehen, nachdem er uns das ganze Rennen versaut hat.«

»Also, die Schuldfrage wäre ja noch im einzelnen …«, schnaufte Cherry auf. Tish setzte ihren anderen Ellbogen gegen seine Rippen ein.

»Je weniger man darüber spricht, desto schneller ist das alles vergessen«, mischte sich Lord DeLancey sofort ein. Er wiederholte damit, ohne es zu wissen, Miss Hopgoods Worte, was Daisy unendlich amüsierte. »Jedenfalls ist es für alle Beteiligten ein außerordentlich bedauerlicher Zwischenfall.«

Sein Bruder ließ sich nicht so schnell den Mund verbieten. »Habt ihr denn Botts Drohungen gar nicht gehört? Er hat mir doch Rache geschworen. Wenn er nicht zu feige ist, sich mit mir zu schlagen, dann werde ich ihn derartig verprügeln, daß ihm schwarz vor Augen wird.«

»Das ließe sich ja auch leicht bewerkstelligen«, rief Dottie empört. »Sie sind doppelt so groß, und obendrein ein geübter Boxer.«

»Sei kein Esel, Basil«, sagte Seine Lordschaft streng. »Vor hundert Jahren hättest du den Kerl vielleicht auspeitschen lassen können, aber heutzutage geht das nun mal nicht mehr.«

»Zu schade. Vermutlich würde mich diese kleine Rotznase zu allem Überfluß noch vor Gericht zerren.«

»Das hat er vielleicht ohnehin schon vor«, bemerkte Dottie, und in ihrer Stimme klang ein nicht zu leugnender Unterton von Schadenfreude. »Ich denke, er hätte auch allen Grund, einen tätlichen Angriff anzuzeigen, wenn er das gerichtlich verfolgen lassen will.«

Beide Brüder DeLancey starrten sie mit hochnäsigem Entsetzen an.

»Ich werde noch mal ein paar Takte mit ihm reden«, sagte Rollo begütigend. »DeLancey, unser Durchlauf im Visitors' Cup ist erst um fünf Uhr nachmittags. Ich bin noch nicht so ganz zufrieden mit unserer Art zu starten. Wärst du so freundlich, Fosdyke ausfindig zu machen? Wir treffen uns dann in einer Stunde noch einmal am Bootshaus, um das zu trainieren.«

»Der Vierer!« Entsetzen verscheuchte die Wut aus dem Gesicht des Honourable Basil. »Jede Wette, Bott sabotiert das Boot, um sich an mir zu rächen. Das ist dem doch gleich, wenn der Vierer das Rennen nicht gewinnt!«

»Was für ein abgrundtiefer Unsinn«, sagte Cherry angewidert.

»Nein, denk doch mal darüber nach. Ambrose gegenüber ist er doch überhaupt nicht loyal. Ich glaub nicht, daß er es am hellerlichten Tag versuchen wird. Aber ich sage euch, heute abend schiebe ich am Boot Wache. Ist mir völlig egal, ob ihr Jungs dabeisein wollt oder nicht.«

»Bestimmt nicht«, versicherte ihm Rollo.

»Und du übrigens auch nicht«, zischte Lord DeLancey seinen Bruder an.

»Warum denn nicht, Ceddie, verflixt noch mal?« fragte Basil aufsässig.

»Du sollst mich nicht so nennen. Die Nacht im Bootshaus Wache schieben? Damit machst du dich und die Familie doch nur lächerlich und weiter nichts. Wir können von Glück sagen, daß dein Rennen heute morgen so früh stattfand, bevor noch die ganzen Menschenmassen da waren. Trotzdem hast du mehr als genug Gerede verursacht!«

Daisy gewann den Eindruck, daß Lord DeLancey nicht etwa wütend war, sondern daß er sich große Sorgen machte. Insbesondere die Seitenblicke auf Rollo und Cherry, während er seinen Bruder ausschimpfte, wirkten ängstlich. Hatte er denn etwas zu befürchten?

5

»Ich bin wirklich schrecklich froh, daß der Vierer den Durchlauf im Rennen gewonnen hat«, sagte Tish, während sie sich auf ihr Feldbett legte. Sie tat das sehr vorsichtig, denn es brach zusammen, wenn man sich ihm unvorsichtig näherte. »Ich glaube, Rollo wird ein Jahr Nachsitzen in Ambrose leichter fallen, wenn er für das College einen Cup mitbringen kann.«

»Er ist ganz besonders nett.« Gähnend kratzte Daisy an ihren Mückenstichen. Ein neuer hatte das Jucken des alten wieder aufflammen lassen. »Ich hoffe, daß ihr beiden es gut habt miteinander, egal, wie das hier alles ausgeht.«

»Vor den Finals liegt nur noch ein Ausscheidungslauf. Drück uns die Daumen. Daisy, du glaubst doch nicht, daß da etwas dran war an dem, was Basil DeLancey gesagt hat, oder? Daß Bott das Boot sabotieren würde?«

»Das scheint mir sehr unwahrscheinlich. Lord DeLancey hat sich aber sehr merkwürdig in dieser ganzen Sache verhalten, findest du nicht? Der wirkte ja regelrecht bedrückt. Zugegeben, es muß ziemlich schrecklich sein, einen Bruder wie Basil zu haben, aber dafür werden die Leute doch nicht ihm die Schuld geben.«

»Nein.« Tish zögerte. »Dottie hat ungefähr dasselbe gesagt, und dann hat Cherry uns das alles erklärt. Es würde mich nicht wundern, wenn es ohnehin die Runde macht, aber ich bin natürlich sehr ungern diejenige, die mit dem Getratsche anfängt.«

Daisy protestierte voller Neugier: »Spann mich doch nicht so auf die Folter. Da wirfst du mir einen Brocken hin und hörst dann mittendrin zu erzählen auf. Wenn Scotland Yard mir seine Geheimnisse anvertraut, dann kannst du das auch!«

»Tatsächlich? Mr. Fletcher plaudert aus dem Nähkästchen?«

»Manchmal. Sagen wir so: Ich habe ihm bei dem einen oder anderen Fall schon mal geholfen. Aber darum geht es jetzt nicht. Erzähl mir die Sache mit Cedric DeLancey, oder ich kippe dein Bett um!«

»Nicht! Dann müßte ich es ja wieder ganz neu aufbauen. Also, Cherry hat gesagt, Lord DeLancey hätte schreckliche Angst vor jedem Klatsch über seine Familie, weil sich dann sein Verhalten im Großen Krieg herumsprechen könnte. Anscheinend ist er damals in Panik geraten, hat den Kopf verloren und seine Kompanie geradewegs in ein Massaker geführt. Nur hat er sie von hinten geführt, wie der Duke of Plaza Toro ...«

»So wie im Lied vom großen Helden, der sein Regiment von hinten führt?« erinnerte sich Daisy und summte ein paar Takte aus Gilbert/Sullivans *Gondoliers*. *»Führte es von hinten, um hinter seinen Soldaten zu verschwinden ...«*

»Schsch!« zischte Tish und blickte zur Tür. »Es hat nur drei Überlebende gegeben, und obendrein war er der einzige, der unverletzt davongekommen ist. Man hat ihn vor ein Kriegsgericht gestellt, aber die ganze Sache wurde vertuscht, weil doch sein Vater ein Earl ist und überdies in der Regierung. Die Familie hat dann überall herumerzählt, er sei als Invalide ausgemustert worden. Aber Cherry und Rollo waren beide im selben Bataillon mit der Unglückskompanie und wissen ganz genau, was wirklich passiert ist. Cherry meinte, wenn das an die Öffentlichkeit kommt – ob nun als Gesellschaftsklatsch oder, was noch schlimmer wäre, über die Presse –, dann würde Lord DeLancey von allen geschnitten und könnte seine gesellschaftliche Existenz vergessen.«

»Himmel, ja, er würde sehr wahrscheinlich von seinen Clubs ausgeschlossen werden, und bei Hof würde man ihn auch nicht mehr empfangen. Und es ist nicht auszuschließen, daß man seinen Vater mit sanftem Nachdruck aus seinem Regierungsposten drängt. Eine solche Geschichte ist schließlich nur schwer zu vertreten.« Daisy wurde streng, fast bitter. »Aber nicht etwa deshalb, weil es irgend jemanden auch nur im geringsten interessiert, daß er seine Soldaten vom Feind hat abschlachten lassen. Schließlich haben die Generäle das mit Tausenden so gemacht. Aber die Leute werden ihm seine Kopflosigkeit nicht verzeihen. Und die erscheint mir wiederum als eine völlig natürliche Reaktion darauf, sich mitten auf einem Schlachtfeld wiederzufinden.«

»Ich würde das schon verzeihen«, stimmte ihr Tish mit einem Schaudern zu, »aber Männer dürfen ja ihre Furcht nicht zeigen und schon gar nicht so handeln, als hätten sie welche. Vielleicht fangen sie deswegen immer wieder irgendeinen dämlichen Krieg an: damit sie einander beweisen können, wie tapfer sie doch sind.«

»Wie kleine Jungs, die sich gegenseitig im Sandkasten herausfordern. Bist du soweit? Dann mach ich das Licht aus.«

Im Dunkeln sagte Tish: »Ach, ich hab fast vergessen zu fragen, wie du mit deinen Recherchen vorankommst.«

»Bestens. Ich habe einen Amerikaner kennengelernt, der in der Harvard-Mannschaft mitgerudert ist, die 1914 den Grand gewonnen hat. Er ist mit seiner Frau hier, um ihr einmal die Regatta zu zeigen. Es wird die amerikanischen Leser besonders interessieren, wenn ich deren Erlebnisse und Ansichten einfließen lasse. Und meine Freundin Betty – ihr Mann Fitz ist Mitglied in der Stewards' Enclosure – hat angeboten, mich morgen dem Duke of Gloucester vorzustellen. Ist das nicht prachtvoll? Die Amerikaner beten die englische Königsfamilie ja regelrecht an. Frag mich nicht, wieso.«

»Du wirst Prince Henry kennenlernen?«

»Ja, morgen nachmittag. Alec hat mir erzählt, ein paar seiner Kollegen werden sich in Zivil unter die Menge mischen, um die Dinge im Auge zu behalten. Alec wird so tun müssen, als kenne er sie alle nicht, aber natürlich werden sie genau wissen, wen sie vor sich haben. Ich hoffe nur, daß nichts passiert, wobei sie etwa seine Hilfe brauchen.«

»Hoffen wir's. Ein Jammer, daß er erst morgen in Henley ankommt, sonst hätte er mit uns zur Kirmes gehen können.«

»Es war ganz reizend von Fosdyke, mich dahin zu begleiten, aber er hat mir die ganze Zeit das Gefühl vermittelt, ich wäre seine ältliche Tante! Wenigstens ist Alec bis dahin hier. Bei Polizisten weiß man das ja nie so genau. Er wird mich morgen früh so zeitig abholen, daß wir den Start vom Ambrose-Vierer im neuen Durchlauf sehen können.«

»Dottie und ich wollen uns auch den Start anschauen. Wenn sie verlieren, wird das an der Ziellinie ja alles entsetzlich deprimierend, aber wenn sie gewinnen, dann stellen wir uns beim Abschlußrennen an die Ziellinie.« Tish schwieg einen Augenblick und sagte dann: »Ich hoffe *inständig*, daß die Mannschaft das Rennen gewinnt. Glaubst du, Basil DeLancey stellt sich da unten hin und bewacht das Boot, obwohl es ihm sein Bruder verboten hat?«

»Ich weiß nicht«, sagte Daisy schläfrig. »Mit seiner Selbstbeherrschung ist es ja selbst in seinen lichten Momenten nicht besonders weit her, und das war ein ziemlich starker Whisky Soda, den er vorhin in sich hineingekippt hat. Ganz zu schweigen von der Tatsache, daß er sich gleich anschließend einen zweiten genehmigt hat. Falls er in dem Zustand Wache schieben will, kann ich nur hoffen, Bott taucht da unten nicht auf, sonst gibt es wirklich noch Mord und Totschlag.«

Plötzlich aufgeschreckt lag Daisy einen Augenblick da und versuchte angestrengt zu verstehen, was sie hörte. Schwere, ungeschickte Schritte, rauhes Atmen – jemand befand sich in ihrem Zimmer! Sie knipste das Nachttischlämpchen an.

Schwankend stand Basil DeLancey vor ihr, die eine Hand an den Kopf gelegt, die andere vor sich ausgestreckt, als suche er eine Stütze.

Tish lag mit entsetzt aufgerissenen Augen in ihrem Bett, die Decke bis an die Nase hochgezogen. DeLancey trat stolpernd einen Schritt vor. Tish fing zu kreischen an und setzte sich auf. Ihr Feldbett kippte zur Seite. DeLancey stolperte über eines der Beine, das jetzt ausgestreckt am Boden lag.

Daisy sprang aus dem Bett und lief zu Tish, um sie aus dem Gewirr von Laken und Decken zu befreien.

»Er ist hinter mir her!« wimmerte Tish.

Aber DeLancey lag hingestreckt auf dem Fußboden und stöhnte. Ganz offenbar war er nicht in der Lage, aufzustehen und sich zu nehmen, was er begehrte.

»Möglicherweise. Vielleicht hat er so viel getrunken, daß er dich verführen wollte, und hat dabei vergessen, daß ich ja das Zimmer mit dir teile. Aber wahrscheinlicher ist, daß er sich vor lauter Alkohol oben an der Treppe in der Richtung geirrt hat. Sein Zimmer ist doch das erste zur anderen Seite hin, nicht wahr?«

»Ach so, ja, das stimmt«, sagte Tish dankbar. Sie war leichenblaß und starrte den hingestreckten Eindringling an wie das Kaninchen die Schlange.

DeLancey war vollständig angekleidet, er trug einen Pullover und eine Flanellhose. Daisy blickte kurz zur Uhr auf dem Kaminsims. Nach zwei Uhr morgens!

Er mußte unten geblieben sein und allein weitergetrunken haben. Vielleicht war er auch nur unten eingeschlafen, dachte sie. Möglicherweise war er nicht so sehr vom Alkohol als vielmehr vom Schlaf trunken. Das wäre weitaus besser, andernfalls würde das anstehende Rennen morgen todsicher wieder zum Desaster.

Wie dem auch sein mochte, weder sie noch Tish konnten in dieser Situation mit ihm umgehen. Sie reichte ihrer Cousine den Bademantel. »Zieh das mal über und geh seinen Bettnachbarn wecken. Ich glaube, das ist Fosdyke. Der soll ihn ins Bett bugsieren.«

»Mit dem kannst du nicht alleine bleiben.« Tishs Stimme zitterte.

»Natürlich kann ich das. In diesem Zustand kann er niemanden angreifen. Und außerdem bist du es ja, der er sich nähern wollte. Weck um Himmels willen nicht Rollo oder

Cherry. Die würden sofort auf ihn losgehen, ohne mit der Wimper zu zucken. Weck nur Fosdyke. Nun mach mal.«

Tish verließ das Zimmer. Daisy zog ihren Bademantel an und wandte sich wieder DeLancey zu. Wie er sich so erfolglos aufzurichten versuchte, sah er eher wie ein Opfer als wie ein Übeltäter aus.

Angewidert half ihm Daisy, sich auf die Seite zu rollen und sich mit dem Rücken zur Wand aufzusetzen.

»K-kann gar nicht mehr richtig geradeaus gucken«, murmelte er mit schwerer Zunge. Er stierte vor sich hin, sein Gesicht war tiefrot. Das dunkle, an sich immer mit Pomade zurückgekämmte Haar stakste in alle Richtungen ab, als sei er mit allen zehn Fingern hindurchgefahren. Sein Atem roch nach Alkohol. »Du liebe Zeit, tut mir der Kopf weh. Was iss'n passiert?«

»Zuviel Whisky ist passiert«, informierte Daisy ihn streng und sehnte sich in Voraussicht übelster Ereignisse eine altmodische Waschschüssel herbei. »Es sei denn, Sie haben sich noch etwas anderes genehmigt. Wehe, Sie übergeben sich hier in diesem Zimmer.«

»N-nee, nich ... Wo ...?«

Wenn ihm nicht klar war, daß er sich im Schlafzimmer von Tish befand, wollte Daisy ihn bestimmt nicht darüber aufklären. Mit etwas Glück hätte er am Morgen seinen kleinen Umweg auf dem Weg ins Bett wieder vergessen.

Tish kehrte mit Fosdyke zurück, der mit schläfrigen Augen, errötetem Gesicht und barfuß erschien, in einen narzissengelben Bademantel über narzissengelb gestreifen Pyjamahosen gekleidet.

»Bitte verzeihen Sie meinen Aufzug«, murmelte der junge Mann und wurde noch etwas röter, als er Daisy erblickte. »Aber Miss Cheringham meinte, ich soll mich nicht erst anziehen.«

»Da hatte sie auch ganz recht. Glauben Sie, Sie können Mr. DeLancey zu Bett bringen, ohne daß wir noch jemanden wecken müssen, der Ihnen hilft? Je weniger Menschen von seinem Irrtum erfahren, desto besser.«

»Das will ich wohl meinen! Kein Wort, zu keiner Menschenseele. Der ist ja voll wie eine Haubitze.« Fosdyke musterte DeLancey mißbilligend, der in ziemlicher Verwirrung zurückblinzelte. »Für den Durchlauf im Visitors-Rennen sieht's wohl nicht so gut aus, was? Keine Sorge, mit dem werde ich schon fertig, Miss Dalrymple. Komm, alter Freund.«

Er hievte DeLancey auf die Füße. Tish hielt eindeutig Abstand, und so legte Daisy DeLanceys Arm über Fosdykes Schultern. Mit Fosdykes Arm um die Taille, stolperte er aus dem Zimmer.

»Himmel«, seufzte Daisy auf und schloß die Tür hinter den beiden, »und ich habe geglaubt, alle dramatischen Ereignisse dieser Tage hier würden mit dem Bootsrennen zu tun haben! Laß uns mal dein Bett wieder zusammenbauen. Fosdyke ist ein Schatz, nicht wahr? Und was für ein Glück, daß er außerdem einer dieser starken, schweigenden Typen ist.«

»Es hat ewig gedauert, bis er endlich wach war. Ich mußte richtig ins Zimmer hineingehen und ihn wachrütteln«, sagte Tish und betastete nervös mit immer noch zitternden Händen den Bettpfosten. »Es war einfach schrecklich.«

»Ich vermute, du meinst DeLanceys kleinen Ausflug, nicht deine Mühe, Fosdyke zu wecken. Jetzt mach dir mal keine Sorgen, es ist ja nichts Schlimmes passiert, solange du nicht losziehst und das Ganze Rollo oder Cherry erzählst.«

»O nein!«

»Und was das Rennen angeht – ein solcher Esel kann er doch nicht sein! Nachdem er Bott so ausgeschimpft hat, so viel zu trinken, daß er selber zu versagen riskiert. Vermutlich gehört er zu den Männern, die solche Exzesse im Schlaf verarbeiten und am nächsten Morgen nicht das geringste spüren. So, hier hast du dein Kissen, und nun hüpf mal ins Bett – ich meine, bitte steig sehr vorsichtig wieder hinein!«

Sie legte ihrer Cousine die Decke über die Schultern. »Schlaf schön.«

Daisy hüpfte ihrerseits ins Bett und schaltete das Licht aus.

Sie hatte ganz fest vor, ihren eigenen Rat zu befolgen. Aber der Schlaf wollte und wollte nicht kommen.

Hatte DeLancey *wirklich* richtig eingeschätzt, wieviel er trinken konnte? Bislang hatte er ja nicht besonders viel Vernunft bewiesen, und eben hatte er ausgesprochen wackelig auf den Beinen gewirkt. Immerhin hatte er sich nicht übergeben. Eigentlich hatte er eher verwirrt gewirkt, fand sie.

Orientierungslosigkeit, Verwirrung – das waren doch Hauptsymptome einer Nikotinvergiftung. Hatte Bott seinem Rivalen Nikotin in den Whisky getan, anstatt irgend etwas mit dem Viererboot anzustellen?

So ein Unsinn, ermahnte sich Daisy. Damit wäre er ja das Risiko eingegangen, auch alle anderen im Haus zu vergiften – alle Männer jedenfalls. Überdies konnte Bott doch gar nichts von dem Insektizid aus Tabakwasser im Gartenschuppen wissen. Und schließlich war Übelkeit ein weiteres Symptom. DeLancey hatte sich aber – Gott sei Dank – nicht übergeben.

Nein, Bott als Urheber eines Vergiftungsversuchs kam wohl nicht in Frage. Aber wie lagen die Dinge nun mit Bott und dem Boot? Was, wenn DeLancey tatsächlich zum Bootshaus gegangen war, um Wache zu schieben? Was, wenn Bott hingegangen war und …

Sie hatte doch selbst gesagt, daß es dann Mord und Totschlag geben würde. Selbstverständlich war es nur eine Redensart und völlig übertrieben – aber was, wenn DeLancey weitergetrunken hatte, um sich vor der Kälte zu schützen? Und wenn er Bott mit stärkerer Wucht, als eigentlich geplant, angegriffen hatte? Er brachte bestimmt zwanzig Kilo mehr als der Steuermann auf die Waage. Konnte nicht auch der Schock, einen Menschen umgebracht zu haben, zusammen mit dem Whisky, genau solch einen Zustand der Verwirrung hervorrufen, wie ihn DeLancey gerade gezeigt hatte?

Was für ein Unsinn, sagte sie sich wieder, nur diesmal etwas weniger gewiß. Es war nach zwei Uhr und mitten in der Nacht – eigentlich schon halb drei – genau die Uhrzeit, zu der alle möglichen Schreckensvorstellungen einen nachtwachenden

Geist befallen. Und außerdem hatte sie sich in den letzten Monaten immer wieder mit irgendwelchen Mordfällen beschäftigen müssen, so daß ihre Gedanken mittlerweile schon ganz automatisch auf diese Schiene gerieten.

Und sie liefen auf der Schiene weiter und weiter, immer im Kreis herum.

Wenn Bott tot war, konnte sie ihm jetzt auch nicht mehr helfen. Was aber, wenn er nur schwer verletzt irgendwo herumlag? Doch selbst einer wie Basil DeLancey würde einen verletzten Mann nicht einfach liegenlassen. Aber wenn er nun der Meinung war, er hätte ihn wirklich umgebracht?

Zu gern hätte Daisy jetzt gewußt, wo das Gästezimmer-Schrägstrich-Wäschezimmer des Hauses war, in dem Bott übernachtete. Sie konnte ja nicht gut in alle Zimmer hineinschauen, um sich zu vergewissern, daß der Steuermann irgendwo im Bett lag und friedlich vor sich hin schnurchelte.

Aber zum Bootshaus konnte sie hinuntergehen.

Während sie den Bademantel überwarf und den Gürtel zuband, fiel ihr ein, daß auf dem Tisch oben an der Treppe eine Taschenlampe stand, wohl für Elektrizitätsausfälle gedacht. Sie tastete sich aus dem Zimmer.

Im schwachen Licht, das durch das Fenster fiel, an dem die Vorhänge nicht ganz zugezogen waren, ging sie vorsichtig zum Tisch hinüber. Etwas reflektierte vom Metallkörper der Taschenlampe. Sie streckte die Hand danach aus, um sie plötzlich hastig wieder zurückzuziehen. Wenn es hier um einen Kriminalfall ging, dann waren vielleicht Fingerabdrücke darauf. Alec würde sie umbringen, wenn sie die verwischte.

Umbringen? Sie mußte wirklich mit diesen morbiden Klischees aufhören!

Sie war erleichtert, als sie ein Taschentuch in ihrer Bademanteltasche fand. Das wickelte sie sorgsam um das Griffende der Taschenlampe, damit nicht die etwa vorhandenen Patscherchen, wie Alecs Sergeant Tring sie nannte, verschmiert würden. Dann nahm sie die Lampe auf und ging vorsichtig die Treppe hinunter, eine Stufe nach der anderen.

Sie hielt sich am Geländer fest und atmete kaum, ständig in der Furcht, ein lautes Knarren würde alles im Haus zusammenlaufen lassen. Wie entsetzlich albern sie dann wirken würde!

Das Haus blieb still. Sie erreichte unbemerkt die Eingangshalle. Unten war es stockdunkel, doch sie schob sich vorsichtig zur Tür zum Salon, ohne die Taschenlampe benutzen zu müssen. Als die Tür sicher hinter ihr geschlossen war, schaltete sie das elektrische Licht an.

Die Vorhänge an den Terrassentüren waren auseinandergezogen, und eine Tür stand offen.

In ihrem Herzen spürte Daisy Angst. Obwohl sie schon so weit gekommen war, hatte sie sich auf der ganzen Strecke zu überzeugen versucht, daß sie sich auf dem Holzweg befand. Doch hatte hier irgend jemand das Haus verlassen. Warum? Wer war das gewesen, wenn nicht DeLancey, um das Bootshaus zu bewachen? Seine Verwirrung vorhin war so groß gewesen, daß er durchaus die Tür offen gelassen haben könnte, als er wieder ins Haus gekommen war.

DeLancey oder Bott. DeLancey *und* Bott? Sie mußte hinuntergehen und nachschauen.

Der Mond, der jetzt genau zwischen Halb- und Vollmond stand, ging gerade unter, als sie die Terrasse überquerte. Dann die Treppe hinunter, über den schon taunassen Rasen, der sich im Mondlicht silbern im Fluß widerspiegelte. Eine Planke quietschte auf, als sie den Bootssteg betrat. Ein rasches Krabbeln, ein Aufspritzen – bestimmt eine Wasserratte. Sicher keine Hausratte, sagte sie sich und erinnerte sich an das Kinderbuch *Wind in the Willows* und an den netten freundlichen Ratty.

Die Tür zum Bootshaus stand offen. Daisy blieb davor stehen und lauschte. Der Fluß gurgelte um die Holzkonstruktion des Piers, schlug sanft mit leisem, stetigem Platschen ans Ufer. *Süße Themse, gleite leise fort, bis mein Lied geendet hat,* heißt es bei Spenser. Hatte Botts Lied schon auf ewig geendet? *Ich hab den Vater Themse gesehen, wie er herabfließt zur endlosen See.* Nein, das war doch Alph, der heilige Fluß aus der Sage. Und von Xanadu hieß es bei Coleridge:

> *Ein wilder Ort! So heilig und verzaubert*
> *wie je unter vergehendem Mond ein Zauber waltet …*

Wie bedrohlich alles bei Mondschein wirkte!

Kein Laut war aus dem Bootshaus zu hören. Daisy schaltete mit einem Knöchel die Taschenlampe an und erschrak dennoch beim lauten Klick.

Ein tröstlich breiter Lichtstrahl leuchtete auf. Sie ging zur Tür. Als etwas ihre Wange berührte, schrak sie erneut zusammen, um dann aber zu erkennen, daß es nur eine herabhängende Ranke der Clematis war.

Stell dich nicht so an, ermahnte sie sich. Sollte jemand hier draußen sein, dann würde er ihr bestimmt keine Gefahr bedeuten.

Sie leuchtete mit der Taschenlampe im Bootshaus umher. Von innen wirkte es wesentlich größer, als sein von Blätterwerk verdecktes Äußeres vermuten ließ. Das Licht erreichte gerade noch die weiter entfernten Ecken. Außerdem war ihre Sicht von einem Gerüst mit Rudern und Paddeln verstellt, wie auch von dem anscheinend vollkommen unsabotierten und heilen Viererboot, das kopfüber auf seiner Stellage ruhte. Es paßte gerade so in das Bootshaus, sein glänzender Rumpf erstreckte sich entlang der gesamten Wand gegenüber.

Darin lag wohl keine Leiche versteckt. Immerhin. Aber sie würde ganz in das Häuschen hineingehen müssen, um sich alles richtig anzuschauen.

Die großen Türen zum Fluß waren geschlossen und verriegelt. Das Licht der Taschenlampe wurde von dem stillen, dunklen Wasser des Kanals in der Mitte reflektiert, in dem die Boote hineingeschoben wurden. Auch dort dümpelte keine Leiche.

Kein Stöhnen oder Grunzen, kein Atmen drang an ihre lauschenden Ohren. Auf Zehenspitzen kam sie an den fröhlich gestreiften, direkt neben der Tür auf den Dielen aufgetürmten Kissen der Skiffs vorbei, die Taschenlampe hin und her schwenkend. Nichts hinter dem Ständer mit den Rudern außer ein oder zwei zusammengedrehte Seile, Eisenringe und große Bahnen Leinwand, mit denen die Skiffs zu Zelten auf dem Wasser verwandelt werden konnten. Dann lag da noch weniger leicht zu identifizierendes Zeug, das sicherlich auch irgendwie mit dem Rudersport zusammenhing. Im Schatten hinter dem Vierer war nichts Verdächtiges zu sehen.

Daisy kehrte zum schwarzen Wasser zurück. Das Licht der Taschenlampe drang nicht hindurch. Wenn Bott da unten lag, dann konnte man ihm nicht mehr helfen. Auf keinen Fall würde sie jetzt anfangen, mit einem Bootshaken nach ihm herumzustochern!

6

Trotz der unruhigen Nacht – vielleicht aber auch wegen ihr – erschien Daisy als eine der ersten unten im Speisezimmer zum Frühstück, wo sie Cherry und Leigh vorfand. Glücklicherweise, denn das beruhigte sie sehr, folgte ihr Bott auf dem Fuße.

Auf seinem Gesicht waren keine Spuren zu sehen, die von einem Zusammentreffen des selbigen mit DeLanceys Faust gekündet hätten. Seine Übellaunigkeit überschritt auch nicht das gewohnte Maß. Er begrüßte Daisy und erzählte ihr, er würde nach dem Frühstück nach Henley wandern, um sich dort mit Miss Hopgood zu treffen.

»Auf dieser Seite gibt es keine öffentlichen Verkehrsmittel, und über die Straße ist es ja ganz schön weit«, stellte Cherry fest. »Ich kann dich doch in einem der Skiffs rüberrudern«, bot er Bott freundlich an.

Bott warf ihm einen etwas mißtrauischen Blick zu, bedankte sich aber durchaus höflich.

Rollo, Poindexter und Wells gesellten sich zu ihnen.

»Tish ist noch nicht unten?« fragte Rollo. Er wirkte ein wenig besorgt. Richtig, dachte Daisy, seine Aufgabe als Mannschaftskapitän war unerwartet anstrengend geworden, und dann hatte er bestimmt auch mit seinen ganzen Zukunftsängsten zu kämpfen.

»Als ich aufgestanden bin, schlief sie noch«, sagte sie ihm. »Gestern abend war sie ganz schön müde. Tante Cynthia hat ja die Gastgeberinnenpflichten im wesentlichen auf sie abgewälzt, und das ist sie nicht gerade gewohnt. Machen Sie sich keine Sorgen, ich seh schon zu, daß sie rechtzeitig zum Rennen aufsteht.«

Es würde doch bestimmt einer der anderen Ruderer für DeLancey einspringen können, wenn das nötig werden sollte? Er war schließlich nicht unersetzlich, wie der Steuermann.

Als nächster erschien Fosdyke im Frühstücksraum, gerade von seinem Morgenlauf zurückgekehrt. Sorgsam vermied er es, Daisy anzuschauen. Während er sich am Sideboard den Teller füllte, sagte sie beiläufig: »Vielleicht sollte ich mir doch ein Sausage gönnen«, und gesellte sich zu ihm.

Sie hob nur die Augenbrauen.

»Schlief noch, als ich gegangen bin«, zischte er ihr aus dem Mundwinkel zu. »Vor einer halben Stunde ungefähr. Ich weck ihn dann schon, wenn er nicht bald kommt.«

»Sie sind wirklich einfach großartig«, sagte Daisy, und er errötete.

Bott ging mit Leigh, der angeboten hatte, ihn an Cherrys Statt überzusetzen, denn der hatte schließlich an dem Morgen noch ein Rennen zu rudern. Dottie und Meredith kamen in das Speisezimmer. Immer noch kein Anzeichen von Tish oder DeLancey. Die Zeit drängte ja noch lange nicht, beruhigte sich Daisy, während sie beobachtete, wie Fosdyke durch den Essensberg auf seinem Teller pflügte.

Endlich trat DeLancey ein. Einen Augenblick stand er in der Tür, die Hand am Rahmen, und warf aus triefeligen Augen einen Blick um sich. Dann schwankte er unsicher in den Raum.

Rollo sprang sofort auf und fixierte ihn wütend. »Was ist denn mit dir los?«

»Aber gar nichts«, erwiderte er schwerfällig. »Hab nur ein bißchen Kopfweh. Wird sich leicht mit einer Tasse Kaffee und einem kleinen Frühstück beheben lassen.«

»Das darf ja wohl nicht wahr sein! Wenn du nicht rudern kannst …«

»Mir geht's bestens«, sagte DeLancey ärgerlich. Er konnte ja auch kaum etwas anderes sagen, nachdem ihn alle so anstarrten und sich daran erinnerten, wie erbarmungslos er sich am Vorabend über Bott lustig gemacht hatte.

»Setz dich hin.« Rollo hatte zu seinem Kommandoton zurückgefunden. »Ich bring dir was zu essen.«

Daisy war eher überrascht, welch herzhaften Appetit DeLancey zeigte. Sie hatte immer gedacht, Übelkeit sei eine unabwendbare Begleiterscheinung eines Katers. Und auch wenn man von seinem Benehmen am Vorabend nichts wußte, so machte sein gegenwärtiges Verhalten doch deutlich, daß er an einem solchen litt. Vermutlich war es eine persönliche Eigenart von ihm, daß er nach Trinkgelagen viel essen mußte. Jedenfalls schien er seine Fähigkeiten und Grenzen zu kennen, und wenn er meinte, später rudern zu können, dann würde er wohl wissen, was er tat.

Daß er so tüchtig essen konnte, ließ Daisy ihre letzte Befürchtung ebenfalls ablegen: daß Bott ihn mit Nikotin vergiftet haben könnte. Sie konnte sich an die einzelnen Symptome nicht mehr erinnern, aber ganz sicher gehörte Übelkeit dazu.

Als sie mit dem Frühstück fertig war, ging sie hinauf, um nach Tish zu sehen.

Ihre Cousine war gerade aus dem Bett gekrochen und zog sich mit matten Bewegungen den Morgenmantel über. Sie sah aus, als wäre sie viel lieber nicht aufgewacht.

»Komm du mal lieber in die Hufe«, riet ihr Daisy, »wenn du vor dem Rennen noch ein Frühstück sehen willst.«

»Hab keinen Hunger. Daisy, was war das gestern …?«

»Ich fürchte, es war nicht nur ein böser Traum. Aber DeLancey ist schon unten beim Frühstück. Er hat weder meinen Blick gesucht, noch ist er mir aus dem Weg gegangen. Von seinem kleinen Ausflug zu uns hat er nichts gesagt – noch nicht einmal in Andeutungen, was ja sonst seine Art ist. Also vermute ich, daß er das Ganze vergessen hat. Und außerdem behauptet er steif und fest, heute mitrudern zu können.«

»Wirklich?« Tishs Miene hellte sich sofort auf. »Es geht ihm wirklich gut?«

Daisy fand es überflüssig zu erwähnen, daß der Honourable Basil vorhin durchaus unsicher auf den Füßen gewesen war. »Der muß einen Schädel aus Granit haben. Oder vielleicht auch nicht, wenn man an sein Verhalten gestern abend denkt. Aber jedenfalls scheint er unter seinem Kater nicht sonderlich zu leiden. Als ich eben hochging, aß er wie ein ... na, wie ein echter Ruderer eben.«

Tish warf ihr ein eher schwaches Lächeln zu. »Gott sei Dank. Vielleicht habe ich sogar doch ein bißchen Appetit. Aber ich will ihm auf keinen Fall über den Weg laufen, selbst wenn er wirklich alles vergessen hat. Könntest du eines der Dienstmädchen bitten ...«

»Ich bring dir lieber selber was hoch. Wie wärs mit Tee und Toast und einer Scheibe Bacon?«

»Prachtvoll. Danke dir, Daisy. Hach, ich bin richtig froh, daß du meine Cousine bist.«

Mit dieser unerwarteten Zuneigungsbekundung verschwand sie im Badezimmer.

Alec kam genau rechtzeitig an. Daisy hielt zwar nicht direkt nach ihm Ausschau – jedenfalls sagte sie sich das. Sie stand wirklich nur vorn im Garten, weil sie dort ihre Tante angetroffen hatte. Und wenn man dieser so schwer zu greifenden Dame guten Morgen sagen wollte, mußte man sie eben dort aufsuchen, wo sie sich gerade befand.

Diese äußerst vernünftige Begründung konnte jedoch nicht verhindern, daß sie einen wahren Freudenschauer spürte, als der kleine gelbe Austin Seven in die Auffahrt einbog.

»... viel zu kalkhaltig, als daß Rhododendren gedeihen könnten ... Daisy, du hörst mir ja überhaupt nicht zu. Unterbrich mich bitte, wenn ich langweiliges Zeug über das Gärtnern erzähle. Ach so, ich verstehe. Das ist doch das Automobil von deinem jungen Mann, nicht wahr?«

»Genau, Tante Cynthia. Aber laß dich nicht stören - deine Rhododendren gedeihen auf diesem Boden also ganz wunderbar?«

»Eben gerade nicht. Jetzt saus mal los, Liebes. Bring ihn her, daß er guten Tag sagt, und ich versprech auch, daß ich wenigstens ihn mit den Rhododendren verschone.«

Alec hatte das Verdeck des Austin Chummy geöffnet. Als Daisy ihm wie wild zuwinkte, wandte er den dunklen Kopf, auf dem kein Hut saß, winkte zurück, und hielt an. Daisy gab jeden letzten Rest an Würde ihrer immerhin fünfundzwanzig Jahre auf und rannte über den Rasen. Sie riß die Tür auf und setzte sich neben ihn.

Seine grauen Augen, deren merkwürdig durchdringender Blick jeden Verdächtigen vor Furcht erzittern ließ, lächelten sie voller Wärme an. Die schweren, dunklen Augenbrauen, mit denen er Skepsis oder Mißfallen auf das deutlichste ausdrücken konnte, lagen glatt und friedlich auf seinem Antlitz. Seine Haare sprangen immer noch frisch von seinen Schläfen auf, in dieser herrlichen Weise, die förmlich von ihr verlangte, daß sie mit den Fingern hindurchfuhr.

Das tat sie dann auch. »Du hast dich ja gar nicht verändert.«

Alec lachte. »Wenn ich mich richtig erinnere, haben wir gerade den letzten Sonntag gemeinsam verbracht und waren mit Belinda im Zoo.«

»Aber ich hab dich dann eine ganze Woche lang nicht gesehen!«

»Und jetzt haben wir zwei ganze Tage vor uns.« Alec konnte diesen ehrlichen blauen Augen, die ihn so hoffnungsvoll anstrahlten, einfach nicht widerstehen. Er küßte sie. Noch bevor ihre Lippen sich berührten, merkte er jedoch, daß die Dame, mit der seine Verlobte sich eben noch unterhalten hatte, sie beobachtete. Auf die Entfernung konnte er es nicht so gut erkennen, doch hoffte er, daß der Ausdruck auf ihrem Gesicht der eines nachsichtigen Amüsements war.

Der Kuß fiel entsprechend kurz aus. Mit einem verlegenen Hüsteln hob er den Kopf und erwiderte das Winken der Dame. »Deine Tante?« flüsterte er.

»Ja. Jetzt sieh mal nicht so entsetzt aus. Tante Cynthia ist viel einfacher im Umgang als Mutter.«

»Ich sehe gar nicht entsetzt aus, du kleines Biest. Detective Chief Inspectors wissen gar nicht, wie das geht.«

»Dann hast du es aber ziemlich gut gespielt. Fahr mal bitte vors Haus, dann gehen wir zu Fuß zurück, und ich stell dich vor.«

Alec tat wie befohlen und parkte neben einem grünen Lea-Francis, einem eher billigen, aber sehr sportlichen Fahrzeug. Jeden x-beliebigen, vom Pfad der Tugend abgewichenen Duke konnte er mit Leichtigkeit festnehmen, aber Daisys aristokratische Verwandtschaft ließ ihn doch regelmäßig innerlich zusammenschrumpfen. Diese Menschen machten ihn unsicher, und seine Zweifel meldeten sich auch diesmal zurück. Sollte Daisy nicht lieber mit einem eleganten jungen Herrn in einem Zweisitzer unterwegs sein, anstatt neben einem biederen Copper zu sitzen, der zehn Jahre älter war als sie und sie in einem biederen, für die Mittelschicht typischen Wagen herumkutschierte?

Ihr selbst allerdings schien das nichts auszumachen. Freundlich glättete sie sein Haar, wo sie es eben durcheinandergebracht hatte. Er richtete seine Krawatte – die vom Royal Flying Corps, die er immer umband, wenn er mit den oberen Zehntausend zu tun hatte – und ging zur Beifahrertür, um sie für seine Verlobte zu öffnen.

Daisy nahm seine Hand, als sie über den Rasen schritten. Ihre warme kleine Hand in der seinen verlieh ihm Selbstvertrauen, und doch regten sich seine Zweifel erneut. Als er in ihrem Alter war, damals vor dem Großen Krieg, wäre selbst ein verlobtes Paar niemals Hand in Hand unter die Augen einer Familienangehörigen getreten. Jedenfalls nicht in seinen Kreisen. Aber wer wußte schon, welche Sitten diese Stagenos unter sich pflegten?

Lady Cheringham schien jedoch nichts daran zu finden, sondern lächelte ihn freundlich an. Sie zog ihre schmuddeligen Gärtnerhandschuhe aus, um ihm die Hand zu geben, während Daisy ihn vorstellte: »Tante Cynthia, das ist Alec Fletcher.«

»Willkommen bei uns, Mr. Fletcher! Ach so, muß ich Sie gar Detective Chief Inspector nennen?«

»Du liebe Zeit, bitte bloß nicht! Ich bin ganz und gar außerdienstlich hier, Lady Cheringham. Was für einen wunderschönen Phlox Sie da haben!«

»Ist wirklich ganz gut geraten, nicht wahr?« stimmte Ihre Ladyschaft zu und betrachtete zufrieden die bunten Rabatten in ihrem Garten. »Aber ich hab Daisy versprochen, Sie nicht mit Gärtner-Gesprächen von Ihren eigentlichen Vorhaben abzuhalten. Sie wollen ja sicherlich zum Fluß, um das Rennen zu sehen.«

Auf dem Weg zurück zum Haus sagte Daisy empört: »Du stilles Wasser aber auch! Ich wußte gar nicht, daß du Phlox von Fingerhut unterscheiden kannst.«

»Bescheidenheit ist eben eine Zier. Mein Vater war passionierter Gärtner. Wenn ich mehr Zeit hätte, wäre ich das auch.«

»Übrigens sollte ich dir sagen, daß Blumen und Pflanzen und Gespräche darüber im allgemeinen und besonderen der direkte Weg in Tante Cynthias Herz sind.«

»Mein liebes, höchst geschätztes Mädchen. Du bist mit einem Detective verlobt, vergiß das bitte nicht. Als ich Lady Cheringham da in Gummistiefeln und erdverkrusteten Handschuhen im Garten stehen sah, eine Schaufel in der Hand und Grasflecken auf dem Rock bis an die Knie, da hab ich mir gedacht: entweder die Dame hat gerade eine Leiche verbuddelt oder aber …«

»Idiot«, sagte Daisy lachend. Ihr Lachen mochte er besonders gern.

Er war ja völlig von ihr hingerissen, dachte er bei sich, und dieser Gedanke kam ihm nicht zum ersten Mal. Im Leben würde er nicht mehr von ihr lassen, da konnten ihrer beider Mütter so sehr gegen diese Verbindung opponieren, wie sie wollten. Und die schier entsetzlichen Verwirrungen, in die seine Verlobte ihn allzu oft stürzte, würden daran auch nichts mehr ändern.

Sie gingen durch die gastfreundlich offenstehende Tür hinein in eine hübsche Eingangshalle mit Parkettfußboden. Alec, der an der Universität Geschichte belegt und sich dabei auf die Georgianische Epoche spezialisiert hatte, erfreute sich insbesondere an der stimmigen bläulich-grau und weiß gestreiften Tapete aus der Regency-Zeit und am mit Intarsien geschmückten, halbmondförmigen Tisch.

»Rosen«, sagte er und wies auf die Blumenvase auf dem Tisch, die vom darüber hängenden Spiegel reflektiert wurde.

Wieder mußte Daisy lachen. »Angeber! Jetzt komm und laß dich mal allen vorstellen. Na, fast allen, die Mannschaft wird schon auf dem Wasser sein.«

Sie führte ihn durch ein hübsches, gemütlich eingerichtetes Wohnzimmer auf die Terrasse, von der aus man einen Blick auf den Fluß hatte. Vier junge Männer in weinroten Blazern sprangen auf die Füße, und auch ein hübsches blondes Mädchen stand auf, Daisys Cousine Patricia Cheringham, wie sich herausstellte.

Miss Cheringham begrüßte ihn genauso freundlich wie ihre Mutter, doch wirkte sie etwas müde. Es mußte sehr anstrengend für sie sein, das Haus voller kräftiger, lauter Ruderer zu haben. Sie stellte ihm ihre Freundin Miss Carrick vor, eine eher unscheinbare junge Dame mit einer wie warmer Honig fließenden Stimme, und die vier jungen Studenten. Der große Respekt, mit dem sie ihm begegneten, war ohne Zweifel seinem hohen Alter geschuldet, dachte er selbstironisch. Seine Stellung hingegen würde sie keinesfalls beeindrucken, selbst wenn sie von ihr wüßten. Für diese privilegiert heranwachsenden Adels- und Grundbesitzer-Sprößlinge würde ein Polizist niemals so richtig »einer von uns« sein.

Wenigstens schien es sie nicht zu stören, daß er nicht ganz den richtigen Akzent hatte. Nicht zum ersten Mal dankte Alec im stillen seiner Mutter, die nicht zugelassen hatte, daß seine Sprachmelodie auch nur das geringste bißchen nach North London klang. Er sprach klassisches King's English, und zwar ein noch reineres als diese ganze Mannschaft. Mit ihrem Uni-Jargon und den wohlgerundeten Stimmen klangen sie allesamt wie aufgeblasene Idioten.

Eton und Oxford machten nicht unbedingt aus jedem

jungen Mann einen aufgeblasenen Idioten, schalt sich Alec. Er mußte die Dinge wirklich gelassener sehen.

Alle zusammen gingen sie zum Flußufer, wo zwei Doppel-Skullboote angetäut lagen. Im Heck eines jeden gab es einen Sitz mit Blick nach vorn, zum V-förmigen Platz im Bug, und zwei Bänke für die Ruderer in der Bootsmitte.

»Ich hoffe, du erwartest nicht von mir, daß ich dich jetzt hinüberrudere«, flüsterte Alec seiner Verlobten leise zu, als er den Schwarm kleiner Boote sah, die sich alle stromaufwärts bewegten. »Wenn ich mit der Strömung zu Rande kommen soll, kann ich nicht auf den Schiffsverkehr achten. Und umgekehrt. Beides gleichzeitig geht nicht. Ein Ausflug auf der Serpentine, dem Teich im Hyde Park, ist alles, was ich an Erfahrung zu bieten habe.«

»Ich hab schon mal auf dem Severn gerudert.«

»Dann kannst du mich ja hinüberrudern.«

»Wohl kaum! Das ist Jahre her, und außerdem ist der Severn ein viel kleinerer und ruhigerer Fluß. Aber wir haben ja zum Glück unsere vier kräftigen jungen Ruderer.«

Die Männer des Ambroser Ruderteams hatten ohnehin angenommen, daß sie die Skulls hinübersteuern würden. Miss Cheringham und Miss Carrick stiegen bei Meredith und Leigh, Alec und Daisy bei Wells und Poindexter ein.

»Sie wissen doch, wie man ein Boot lenkt, Mr. Fletcher?« fragte Miss Carrick, als er sich mit Daisy auf dem gut gepolsterten Sitz im Heck niederließ.

Daisy drückte ihm die Steuerleinen in die Hand.

»Ich glaub, ich schaff das schon«, sagte Alec zögerlich.

Miss Carrick und Miss Cheringham warfen sich einen Blick zu. »Da draußen sind eine ganze Menge Boote«, sagte Miss Cheringham. »Ich fahr mal bei euch mit.«

Obwohl es für alle jede Menge Platz gab, wollte Daisy nicht, daß Miss Carrick ganz alleine im Boot blieb, und tauschte daher mit ihrer Cousine die Plätze.

»Ich wollte mich nur vergewissern«, entschuldigte sich Miss Cheringham bei Alec, der das Boot mit einem Bootshaken vom Landesteg abstieß. »Daisy hat uns gestern kreuz und quer über den Fluß gelenkt. Aber das muß ja nicht heißen, daß Sie davon schon angesteckt sind.«

Alec lächelte sie an. »Andererseits könnte es ja auch sein, daß ich uns geradewegs auf ein anderes Boot zulenke und zwei Bootsbesatzungen in den Fluten versenke. Sie hatten durchaus recht, mir nicht zu trauen, Miss Cheringham.«

»Nennen Sie mich doch bitte Tish. Schließlich sind wir ja bald Vetter und Cousine. Es sei denn, Patricia ist Ihnen lieber.«

Noch während Alec ihr erklärte, daß Tish ihm sehr gut gefiele, überlegte er, was das über sein Alter aussagte, wenn sie ihm anbot, sie bei ihrem richtigen Vornamen anstelle des Spitznamens zu nennen. Waren seine Haare etwa über Nacht grau geworden, ohne daß er es gemerkt hatte?

Daisy war fünf Jahre älter als ihre Cousine, sagte er sich zu seiner Beruhigung. Obwohl sie in ihrem hübschen Sommerkleid mit dem von Margueriten umrandeten Hut nicht älter als achtzehn wirkte.

Zwei ganze Tage, und keine Vorhaben außer einem: ihre Gesellschaft zu genießen, freute er sich.

Sie kamen am anderen Ufer an und stiegen aus. Alec und Daisy gingen auf dem Treidelpfad am Fluß ein kleines Stück hinter den anderen, die sich beeilten, um den Start des Ambrose-Vierers nicht zu verpassen.

»Du hast aber eine charmante Cousine«, sagte Alec. »Hab ich das richtig verstanden, daß ihr Vetter da mitrudert? Erzähl mir doch ein bißchen von der Mannschaft, die ich gleich anfeuern soll.«

»Genau, Cherry ist einer davon.« Daisy steckte eine Hand in die Armbeuge ihres Verlobten. »Für Tish ist er aber eher so was wie ein Bruder. Seine Eltern haben sie mehr oder minder großgezogen, als meine Tante und mein Onkel im Ausland waren. Er ist mit Dottie verlobt. Die beiden sind unheimlich helle und werden wohl in der Wissenschaft Karriere machen. Aber nett sind sie trotzdem, nicht das geringste bißchen herablassend zu uns Normalsterblichen von durchschnittlicher Intelligenz.«

»Damit meinst du doch sicher nur dich selbst»!«

»Unbedingt.« Ihre Augen funkelten, als sie zu ihm emporblickte. »Mir ist deine intellektuelle Brillanz durchaus bewußt, auch wenn du nicht mit uralten griechischen Zitaten um dich wirfst wie Jupiter mit Blitzen.«

»Zeus tut das. Machen die beiden das denn?«

»Selten, aber es kommt vor. Rollo Frieth: der arme Kerl ist im Gegensatz zu ihnen gerade durch die Examina gefallen. Er und Cherry sind älter als die meisten in der Mannschaft, weil sie im Großen Krieg gekämpft haben. Rollo ist Mannschaftskapitän, Cherrys Freund und Tishs Verehrer, die Reihenfolge ist wohl egal. Er ist ein durch und durch netter Mensch und wirkt sehr ausgleichend. Beste Voraussetzungen also für den Kapitän dieser Mannschaft.«

»Streiten die sich denn so viel?« fragte Alec. Er machte eine Geste zu den jungen Männern vor ihnen auf dem Pfad. »Die wirken doch alle ganz friedlich.«

»Die meisten sind es auch, insbesondere der junge Fosdyke, der anscheinend nichts im Leben kennt außer rudern, laufen, essen und schlafen. Ein netter, zuvorkommender Junge, das kann man nicht anders sagen. Er rudert auch im Vierer mit. Und dann ist da der Honourable Basil.«

Er konnte es schon an ihrem Tonfall erraten. »Die Fliege in der Suppe?«

»Eine Stechmücke, eher.« Sie rieb sich nachdenklich den Arm und erklärte: »Ich bin neulich abends gestochen worden. Jetzt guck nicht so entsetzt: von einer echten Mücke, nicht von Basil DeLancey. Ich glaube, der ist gar nicht so schlimm, wie alle glauben, aber beschwören will ich es nicht.«

»Eher ein Don Juan?«

Sie runzelte die Stirn. »Nein, so auch wieder nicht. Cherry hat erzählt, er hätte ein Ladenmädchen in Schwierigkeiten gebracht, und dann hat er Tish verfolgt wie Nachbars Lumpi. Aber ich glaube, damit will er eher Cherry und Rollo ärgern, das meint er gar nicht ... Nein, das ist es auch wieder nicht. Er sagt einfach nur, was ihm gerade durch den Kopf geht, und da spazieren eben mitunter auch ganz gewaltige Unverschämtheiten herum. Er scheint die meisten Menschen schlichtweg zu verachten. Die arme Dottie hat er neulich richtiggehend beleidigt. Meiner Meinung nach ist ihm überhaupt nicht klar, wie ekelhaft er ist. Es kann ein Mensch doch unmöglich absichtlich dafür sorgen, daß er nur Feinde im Leben hat, oder?«

»Ich kenne schon den einen oder anderen, dem so etwas völlig egal ist.«

»Genau, das ist es. Es ist ihm gleichgültig. Susan Hopgood hat mir erzählt, er sei der jüngste in seiner Familie. Wir haben dann zusammen überlegt, daß er als Kind wohl permanent vermittelt bekommen haben wird, alles, was er sagte, sei ganz schrecklich intelligent oder lustig oder beides.«

»Susan Hopgood?« fragte Alec nach.

»Die Freundin von Horace Bott. Er ist der Steuermann vom Achter und das hauptsächliche Opfer von DeLancey.«

»Jetzt rede mir doch bitte nicht von Opfern! Schließlich hab ich dieses Wochenende frei.«

»Verzeihung, ich bessere mich«, versprach Daisy schmunzelnd. »Da drüben ist Temple Island. Schau doch nur, wie viele Menschen da stehen und den Start sehen wollen! Hoffentlich kriegen wir überhaupt was mit.«

Alec, der sich ganz auf Daisy konzentriert hatte, war das baumbestandene Inselchen mitten auf dem Fluß nur am Rande bewußt geworden. Jetzt aber sah er die vielen Menschen, die sich alle vor ihnen am Ufer versammelt hatten. Ganz in der Nähe markierten Fähnchen die Startlinie, und dahinter war der Fluß durch Pontons in zwei Bahnen aufgeteilt. Auf einem Motorboot standen wichtige Amtsträger, wohl Stewards, die das Nahen von zwei Vierern beobachteten. Die Ruderer im Boot dichter an den Zuschauern trugen weinrote, kurze Hosen.

»Auf dieser Seite ist das Boot von Ambrose?« fragte Alec.

»Genau, auf der Berkshire-Seite. Die andere Bahn heißt im

Volksmund die Bucks-Seite, weil sie zu Buckinghamshire gehört. An der Ziellinie wiederum landet man in Oxfordshire. Gegen wen tritt die Mannschaft denn an, Mr. Meredith?« fragte Daisy, als sie bei den anderen angekommen waren.

»Medway. Gegen den Medway Rowing Club. Wir dachten, wir gehen noch ein bißchen weiter vor, Miss Dalrymple, etwas von dieser Menschenmenge weg.«

Miss Carrick schaute sich zu ihr um. »Dann sind wir zwar nicht ganz an der Startlinie, aber wir können die Dinge besser verfolgen«, erklärte sie.

»Da kommen wir doch mit«, sagte Daisy.

Poindexter bahnte ihnen allen einen Weg mit dem wiederholten Satz: »V-verz-zeihung, bi-bitte um E-e-entschuldigung.«

Die meisten derer, die sich an der Startlinie versammelt hatten, waren junge Männer. Ohne Zweifel wollten sie ihre Freunde in diesem oder in einem anderen Durchlauf anfeuern. Es standen auch ein paar ältere Herren da, wahrscheinlich Väter von Ruderern, und einige junge Damen. Ein korpulenter Constable mittleren Alters hatte sich entspannt einige Meter entfernt auf der Wiese postiert und betrachtete wohlwollend die Menge.

Obwohl Alec sich redliche Mühe gab, den Beamten zu ignorieren, traf er doch irgendwie dessen Blick. Der Polizist trat ein paar Schritte nach vorn und sagte in vertraulichem Ton: »Die jungen Herrn regen sich manchmal bißchen auf, Sir, wenn es zu 'nem Fehlstart kommt oder so, oder wenn sie meinen, es wär ein Fehlstart gewesen.«

Alec lächelte und nickte. Im Weitergehen fragte er Daisy: »Sehe ich dermaßen wie ein Polizist aus?«

»Du weißt doch, daß du das nicht tust. Der hat das bestimmt nicht im entferntesten geahnt. Das liegt nur daran, daß du irgendwie so eine natürliche Autorität ausstrahlst. Vermutlich hast du nur den Eindruck erweckt, als fragtest du dich, was er hier macht, und da hat er es dir eben erzählt.«

»Hauptsache, er erwartet nicht von mir, daß ich ihn aus irgend etwas herauspauke, wenn es hier mal richtig zur Sache geht«, knurrte Alec und verbarg seine Freude. Also fand sie, er strahle natürliche Autorität aus. Das gefiel ihm gut.

Dann zog er eine Grimasse in Richtung ihres Hinterkopfes, denn er erinnerte sich daran, daß seine Autorität, natürlich oder nicht, sie noch nie daran gehindert hatte, genau das zu tun, was ihr gerade in den Sinn kam.

Tish, die Anführerin ihrer kleinen Truppe, hatte am oberen Ende der Insel haltgemacht, knapp hinter dem Start. Alles versammelte sich um sie herum. Man hatte von dort eine ausgezeichnete Sicht auf die Boote, die sich gerade an der Startlinie in die richtige Position brachten. Dieses Manöver erschien Alec eine ausgesprochen komplizierte Angelegenheit zu sein.

Poindexter erklärte es ihm. »Ver-vers-stehen Sie, S-Sir, das Heck soll ei-eigentlich an der S-startli-li-linie sein, aber damit hat ein lä-längeres Boot einen V-vorteil, weil ja der erste Bubug über der Zielli-linie gewinnt. Also wird das lä-längere Boot zurü-rückgeholt, damit die Bu-buge in einer Li-linie stehen.«

Alec verkniff sich die Frage, warum man dann nicht einfach beide Buge auf die Startlinie brachte. Schließlich hatte jeder Sport, jeder Beruf und jedes Handwerk seine eigenen Geheimregeln, die Außenstehenden völlig unverständlich waren.

Einer der Amtsträger auf der Stewards-Barkasse hob den Arm. In das sofort eintretende Schweigen brach der Ruf eines Kuckucks ein. Daisy packte Alec am Arm, auf rührende Weise aufgeregt.

Der Startschuß knallte. Die Ruder durchschnitten die Wasseroberfläche. Runde Rücken der Männer, angestrengt vorgebeugt. Die Boote schossen vor. In wunderschöner Gleichmäßigkeit, so graziös wie der Flügelschlag eines Reihers, hoben sich die Ruder, schwebten durch die Luft nach hinten, tauchten wieder ins Wasser.

Beim dritten Ruderschlag zogen die Boote an ihnen vorüber. »Vorne im Bug sitzt Cherry«, erklärte Daisy, »dann kommt Rollo, dann Fosdyke, schließlich DeLancey als Schlagmann. Er muß mit den Füßen steuern und den Schlag ausrufen, und dann ... Himmel, der sieht ja ganz fürchterlich schlecht aus.«

Noch während sie sprach wurde deutlich, daß DeLancey sich nicht nach vorne beugte, um den nächsten Schlag zu tun, sondern sich vor Schmerzen wand. Er ließ sein Ruder fallen, griff sich an den Kopf, um sich dann über den Bootsrand zu lehnen und in den Fluß zu speien.

»O Gott, genau wie Bott gestern«, stöhnte jemand auf.

Das Boot geriet außer Kontrolle. Die anderen drei Ruderer versuchten verzweifelt, irgendwie Kurs zu halten. Obwohl das Rennen schon so gut wie verloren war, brüllte Cheringham irgendwelche Kommandos. Der Verlust des Schlagmanns und gleichzeitig eines von vier Ruderern, ganz zu schweigen vom Ungleichgewicht, das sich durch den herüberhängenden Körper DeLanceys ergab, machten die Sache jedoch aussichtslos.

Das Boot schlingerte, tot im Wasser, und glitt stromabwärts.

Der Schlagmann wollte sich anscheinend wieder aufrecht hinsetzen, erhob sich aber dann mit einem verkrampften Zucken und kippte vornüber in den Fluß.

Ehe die Zuschauer auch nur aufkeuchen konnten, war Cheringham schon hinter ihm ins Wasser gesprungen. DeLanceys widerstandsloser Körper wurde von der Strömung ein paar Meter den Fluß hinabgetragen, dann erreichte ihn Cheringham und drehte ihn auf den Rücken. Mit kräftigen Bewegungen schwamm er mit seiner Last auf das Ufer zu.

In den wenigen Sekunden, bevor die beiden den Ponton am Ufer erreichten, ergriff Alec die Initiative.

»Bitte treten Sie zurück, meine Damen und Herren. Die brauchen jetzt Platz. Officer, bitte hierher zu mir. Poindexter, Wells, helfen Sie den beiden bitte aus dem Wasser. Und Sie beide, unterstützen Sie bitte den Constable dabei, die Menschen zurückzuhalten.«

Einer der älteren Herren, ein stämmiger, wohlhabend aussehender Gentleman mit einem Jagdhocker in der Hand, schob sich durch die Gaffer hindurch. »Ich bin Arzt«, tat er kund.

»Ausgezeichnet. Vielen Dank, Sir.« Alec wandte sich wieder um und sah, wie Poindexter und Wells links und rechts von DeLancey standen und ihn heraushievten.

Sie legten ihn auf das Gras. Noch im Niederknien griff der Arzt schon nach dem Handgelenk.

Cheringham schob sich selbst auf das Ufer, und das Wasser strömte an ihm herab. »Dreht ihn mal auf den Rücken«, keuchte er. »Ich weiß, wie man jemanden künstlich beatmet.« Er ließ sich neben DeLanceys regloser Gestalt auf die Knie fallen.

Der Arzt schüttelte den Kopf. »Kein Puls zu fühlen. Tut mir leid, junger Mann. Nichts mehr zu machen. Merkwürdig. Er war doch gar nicht lange genug im Wasser, daß er ertrinken konnte. Mir scheint das ...« Er hob eines der Augenlider von DeLancey an und untersuchte das blicklose Auge.

Cheringham ließ die Schultern hängen.

Alec half ihm beim Aufstehen. »Sie haben Ihr Bestes getan. Jetzt treten Sie bitte alle drei mal zurück.« Während Cheringham und die anderen beiden Ruderer einen Schritt zurück machten, erschien Daisy, ganz blaß im Gesicht. »Daisy, ich bitte dich!«

»Nur eines. Ich glaube, es könnte sich hier um eine Nikotinvergiftung handeln«, sagte sie zögerlich.

Der Arzt schaute zu ihr empor und schüttelte wieder den Kopf. »Nein. Ich bin mir ziemlich sicher, daß es sich um eine Subduralblutung handelt. An beiden Seiten des Schädels finden wir Hämatome. Also schlicht gesagt: Man hat ihm auf den Kopf geschlagen.«

7

Daisy starrte die Leiche an. Wie DeLancey da in seinen durchnäßten Rudershorts und dem durchgeweichten Hemd lag, wirkte er geradezu mitleiderregend harmlos. Seine giftige Zunge war jetzt zum Schweigen gebracht worden, aber anscheinend nicht durch Gift.

Schaudernd wandte sie sich ab. Alec legte den Arm um ihre Schultern und drückte sie kurz an sich.

Als er sie wieder losließ, schaute er sich um. Daisy folgte seinem Blick. Die Gesichter in der Menge spiegelten unterschiedliche Regungen wider: Schrecken, Neugier, Aufregung. Cherry war eindeutig entsetzt. Seine vier Ruder-Kameraden standen wie angewurzelt mit aschfahlen Gesichtern da. Etwas weiter entfernt erblickte sie Tish, die auf der Uferwiese zusammengekauert saß, den Kopf in den Händen vergraben. Daisy fragte sich, ob sie ihrer Cousine beistehen sollte, als Dottie die Arme um Tish legte. Sie schien die Situation bestens im Griff zu haben.

Dem Constable hing der Unterkiefer herab. Diese Situation überforderte ihn wohl.

Alec seufzte. »Ich bin Polizist«, tat er mit resigniertem Tonfall kund. »Detective Chief Inspector Fletcher vom Scotland Yard. Das hier fällt nicht ganz in mein Aufgabengebiet, aber ich übernehme mal, bis einer der Männer von der örtlichen Polizei die Angelegenheit in die Hand nimmt. Constable ...?«

»Rogers, Sir.« Der Mann salutierte, und seine Erleichterung war deutlich spürbar. »Inspector Washburn ist da drüben an der Tribüne im Einsatz. Soll ich ihn mal holen?«

»Nein, ich brauche Sie jetzt hier.« Alec wandte sich an die

Mannschaft von Ambrose. »Könnte einer von Ihnen bitte den Inspector hierherholen?«

»Ich geh schon.« Leigh zog seinen Blazer aus und reichte ihn Meredith. »Hier, leg das mal über ihn.« Eilig lief er den Treidelpfad entlang.

Meredith blieb mit dem Blazer in den Händen stocksteif stehen. »Tot?« sagte er mit merkwürdig gepreßter Stimme. »DeLancey ist tot?«

»Ich fürchte, ja.« Daisy nahm ihm die Jacke aus der Hand und half dem Arzt dabei, DeLanceys Kopf und Oberkörper damit zu bedecken. Sie achtete darauf, nicht in das Gesicht des Toten zu schauen. Der Arzt kam ihr bekannt vor, obwohl sie sich einigermaßen sicher war, ihn noch nie gesehen zu haben.

Alec und Constable Rogers beendeten ihre kurze Unterredung, und Rogers begann, die Menge aufzulösen und die Menschen stromaufwärts oder stromabwärts weiterzuschicken. Als Alec sich wieder zum Ort des Geschehens wandte, sagte Cherry: »Wenn Sie nichts dagegen haben, Sir, dann würde ich die Damen gerne nach Hause bringen.« Alec bemerkte, daß er vor Kälte zitterte, als er eine Geste in Richtung Tish und Dottie machte.

»Ja, Sie sollten wirklich los und sich umziehen. Aber bleiben Sie dann bitte im oder am Haus. Die Polizei wird mit Ihnen sprechen wollen. Und nehmen Sie unter allen Umständen Ihre Cousine und Miss Carrick mit. Nur Daisy möchte ich hierbehalten.«

Sein Tonfall versetzte Daisy nicht gerade in Verzückung. Hätte sie doch nur ihre Theorie von der Nikotinvergiftung nicht sofort herausposaunt. Gott sei Dank hatte sie sich geirrt. Die Feststellung, daß ein am Vorabend verabreichtes Gegengift DeLancey vielleicht das Leben hätte retten können, wäre ja einfach schrecklich gewesen.

Alec bat Poindexter, Wells und Meredith, in der Nähe zu bleiben, für den Fall, daß man sie noch benötigen sollte, und wandte sich dann dem Arzt zu. Im selben Moment erscholl ein Rufen vom Fluß.

»Hallo, da drüben!« Die Barkasse der Stewards war an den Ponton vor ihnen gelangt. »Was geht denn hier vor, verflixt noch mal?«

»Polizei! Wir haben hier einen Todesfall.«

»Und was ist mit unserem nächsten Rennen?« verlangte ein offenbar wichtiger Mensch mit lilafarbenem Gesicht zu wissen, auf dessen Schädel eine mit goldenen Kordeln verzierte Seemannsmütze thronte.

»Lassen Sie das ruhig durchlaufen. Das macht dem hier auch nichts mehr aus. Aber wie Sie sicherlich mit Ihrem Fernglas gesehen haben, bringen zwei Ruderer den Vierer noch die Rennstrecke hoch. Das dürfte zu zweit ziemlich schwer zu steuern sein. Vermutlich bleibt denen nichts anderes übrig, als bis zum Ziel auf der Rennstrecke zu bleiben.«

»Genau. Zwischen den Pontons können sie nicht wenden, und aus der Bahn kommen sie auch nicht mehr heraus«, bestätigte ein anderer Steward. »Wir geben ihnen noch ein paar Minuten, dann ist die Bahn bestimmt frei. Alles im Griff ansonsten?«

»Mehr oder weniger schon«, sagte Alec etwas ironisch.

»Dann machen wir weiter. Tut uns leid und das alles, aber wir können hier ja nicht alles abbrechen.«

Die Barkasse legte den Rückwärtsgang ein und fuhr mit einem sanften Knattern zurück an die Startlinie, wo die nächsten beiden Boote schon warteten.

Noch einmal wandte sich Alec zum Arzt. »Vielen Dank, Herr Doktor …?«

»Mr. reicht. Ich bin Chirurg, nicht promoviert. Fosdyke ist mein Name. Mein Junge ist einer der beiden übriggebliebenen Ruderer im Vierer.«

»Vielen Dank für Ihre Hilfe, Mr. Fosdyke. Darf ich fragen, wie sicher Sie sich Ihrer Diagnose sind?«

»Normalerweise muß ich solche Diagnosen ja nicht stellen, aber ich habe schon einige Patienten mit Subduralblutungen und ähnlichen Hämatomen wie diesen hier operiert. Und deren Ärzte erörtern ja immer vorher den Befund mit mir.

Dieser arme junge Mann scheint außerdem noch einen akuten Anfall von Kopfschmerzen bekommen zu haben, oder hab ich das falsch gesehen?«

»Genauso hab ich es auch wahrgenommen«, stimmte ihm Alec zu.

»Er hat sich übergeben, ohne daß ihm vorher übel war. Jedenfalls muß man das annehmen, sonst hätte er ja nicht beim Rennen mitgemacht. Seine Pupillen sind unterschiedlich groß, noch ein wichtiges Symptom. Die Kontusionen an seinem Schädel schließen eigentlich jeden Zweifel aus, meine ich. Die Autopsie – denn die wird es doch vermutlich geben? – wird den endgültigen Beweis liefern. Oder den Gegenbeweis.«

»Verstehe. Er könnte nicht hingefallen sein?«

»Er müßte dann zweimal hintereinander hingefallen sein«, sagte der Arzt zweifelnd, »und zwar erst auf die eine Seite des Kopfes und dann auf die andere. Mir sieht es eher so aus, als hätte man ihm ordentlich eins über den Schädel gezogen, bevor er dann zu Boden gegangen ist. Ich will nur hoffen, die Berichte meines Sohnes über den Charakter des Verstorbenen beeinflussen mich nicht zu sehr in meiner Annahme, daß eine solche tätliche Auseinandersetzung stattgefunden hat.«

Alec erwiderte in ähnlich trockenem Ton: »Kaum möglich, scheint mir. Jedenfalls hat er den Schlag nicht versetzt bekommen, während er im Boot saß, denn dort konnte er ja nicht hinfallen. Damit dürfte sein Tod eine verzögerte Reaktion sein. Wie lange könnte denn der Schlag zurückliegen?«

»Theoretisch mehrere Wochen. Aber nach den Kontusionen am Schädel zu urteilen vier bis vierundzwanzig Stunden. Zwei bis zweiunddreißig wäre auch möglich. Ich bin da kein Fachmann. Ohne Zweifel wird ein Polizeiarzt den Zeitraum einengen können.«

»Das will ich hoffen! Wären Sie so freundlich, Mr. Fosdyke, und würden warten, bis unser Mann vor Ort hier erscheint?«

»Aber selbstverständlich.«

Daisy hatte die Antwort des Arztes kaum gehört. Die

Bedeutung seiner Bemerkung von vorhin wurde ihr erst allmählich klar. Zwei bis zweiunddreißig Stunden!

»Mr. Fosdyke«, fragte sie, und ihre Stimme zitterte vor Angst, »ist geistige Verwirrung ein weiteres Symptom? Und Inkohärenz und Gleichgewichtsstörungen?«

»Ganz genau, Miss ...«

»Dalrymple«, warf Alec ein, der merkte, daß Daisy keiner Worte mehr fähig war.

»Und Sehstörungen«, fügte der Arzt hinzu. »Die Symptome hängen davon ab, welcher Bereich des Gehirns betroffen ist.«

Daisy setzte sich plötzlich ins Gras, denn ihr war entschieden flau geworden. »Wir haben ihn für betrunken gehalten«, sagte sie mit leiser Stimme, als Alec sich neben ihr niederließ und tröstend ihre beiden Hände umfaßte.

»Eine sehr naheliegende Annahme«, sagte Mr. Fosdyke.

»Aber wenn wir sofort nach ärztlicher Hilfe telephoniert hätten – nein, Alec, das muß ich jetzt einfach wissen! –, wenn DeLancey sofort von einem Arzt untersucht worden wäre, hätte er dann vielleicht überleben können?«

»Zeit ist bei solchen Verletzungen tatsächlich ein entscheidender Faktor. Allerdings sind die Chancen auch bei den Fällen sehr schlecht, bei denen die Blutung durch eine sofortige Operation gestillt wird. Wer eine solche Verletzung überlebt, hat alles andere als eine Garantie auf volle Genesung. Es gibt keinen Grund, sich da Vorwürfe zu machen, Miss Dalrymple«, sagte der Arzt freundlich. »Die Symptome werden von einem Laien fast zwangsläufig mit denen eines übermäßigen Alkoholkonsums verwechselt.«

Daisy nickte schwach. »Alec«, drängte sie. »Ich muß dir was erzählen. Einem Fremden kann ich das nicht anvertrauen. Du könntest es ja dann dem verantwortlichen Detective mitteilen.«

»Du weißt doch genau, Liebes, daß das nicht geht. Wenn du zweckdienliche Hinweise hast, mußt du sie den Leuten hier vor Ort auch zur Verfügung stellen.«

»Stimmt schon. Aber du könntest mir doch sagen, was zweckdienlich ist.«

»Also Watson, du kennst doch meine Methoden. Jedes Detail könnte sich als zweckdienlich erweisen. Den Polizisten, die die Untersuchung durchführen, darfst du nichts vorenthalten.«

»In Ordnung.« Daisy seufzte. »Laß es mich dir wenigstens erzählen, damit ich meine Gedanken vorher kämmen kann. Nur fürchte ich eines: wenn ich recht habe, wird man dich bitten, den Fall zu übernehmen.«

»Nein! Nicht an unserem Wochenende!« entfuhr es Alec. Er erhob sich und zog Daisy mit sich hoch, um sie fest zu umarmen.

Der Arzt drehte sich taktvoll um, klappte seinen tragbaren Jagdhocker auseinander und setzte sich, um dem Start des nächsten Durchlaufs zuzusehen.

Daisy freute sich riesig an Alecs Ärger über die drohende Störung ihres gemeinsamen Wochenendes. Dennoch lag Trauer in ihrer Stimme, als sie sagte: »Ich hab aber Zweifel, daß Scotland Yard einen anderen Detective hierher abkommandiert, wenn du schon am Ort des Geschehens bist und sogar Zeuge von DeLanceys Tod wurdest. Es ist nämlich komplizierter, als du glaubst. DeLancey ist zwar in Berkshire gestorben, aber ich bin mir ziemlich sicher, daß er in Buckinghamshire eins über den Schädel bekommen hat.«

»Verdammt«, stöhnte Alec auf. »Verzeih, der Fluch ist mir so rausgerutscht. Du hast recht, da muß natürlich eine übergeordnete Behörde eingeschaltet werden. Und wenn mein Assistant Commissioner erfährt, daß du in die Sache verwickelt bist, dann wird er darauf bestehen, daß ich die Untersuchung in die Hand nehme.«

»Ich versteh überhaupt nicht, wieso dein Assistant Commissioner den Schwarzen Peter immer mir zuschiebt«, sagte Daisy mit einiger Empörung. »Schließlich hab ich dir mehr als einmal geholfen. Und zwar sehr.«

Er zog eine Grimasse. »Daisy, wie schaffst du es eigentlich

immer, über Leichen zu stolpern? Sehen dich die Leute im Anmarsch und beschließen, jetzt wäre der richtige Augenblick, jemanden umzubringen?«

»Ich kann doch nichts dafür. Es ist so, wie wenn man auf ein unbekanntes Wort stößt und egal, was man in der nächsten Woche liest – immer stolpert man über diesen Begriff. Oder wenn man Bekannte trifft, die man seit Jahren aus den Augen verloren hatte, und plötzlich sieht man sie alle naselang. Das passiert schließlich vielen Menschen.«

»Aber nicht mit Leichen. Jetzt erzähl mir mal die ganze Geschichte.«

»Müssen wir dazu hierbleiben, so direkt neben *ihm*?« Obwohl Daisy mit dem Rücken zu DeLancey stand, dessen Gesicht bedeckt war und dessen Augen man geschlossen hatte, spürte sie doch seinen toten, vorwurfsvollen Blick auf sich gerichtet.

»Nein. Wir müssen nur in Hörweite sein, wenn man uns ruft. Da drüben auf der Wiese wird man uns nicht stören. Gehen wir doch dahin.«

Auf dem Treidelpfad kamen jetzt immer mehr Menschen entlang. Gaffer beglotzten den weinroten Blazer und die nackten Beine, die darunter hervorlugten und von der Sonne allmählich getrocknet wurden. Constable Rogers scheuchte alle energisch weiter.

»Es hat 'nen Unfall gegeben«, wiederholte er immer wieder, egal, welche Frage gestellt wurde.

Schon hatte sich außerhalb der Reichweite des Constables eine neue Gruppe von Zuschauern gebildet, die etwas flußabwärts von der Startlinie standen und sich ausschließlich darum kümmerten, eine gute Sicht auf die Mannschaften zu haben, die sie anfeuern wollten.

Während Alec sich mit Rogers kurzschloß und dann Meredith, Wells und Poindexter bat, näher heranzutreten und bei DeLanceys Leichnam Wache zu stehen, ging Daisy etwas weiter in die Wiese hinein. Das Gras war bereits gemäht worden, um Heu zu machen, und schon zeigten kleine Sonnenaugen und lilafarbene Flockenblumen ihre Köpfe. Sie setzte sich auf eine leichte Böschung.

Alec gesellte sich zu ihr. »Nimm doch lieber auf meiner Jacke Platz«, bot er an und begann, sich herauszuschälen.

»Laß mal. Du wirst gleich professionell wirken müssen, wenn die Polizisten aus dem Ort erscheinen. Der Boden ist ja ganz trocken, und für mein Kleid ist es ohnehin zu spät.«

Alec ließ etwa einen Meter Platz zwischen ihnen, als er sich setzte. Sie wollte sich an ihn lehnen, doch er sagte: »Das wird auch nicht besonders professionell wirken, wenn wir miteinander kuscheln, und außerdem würde mich das von dem, was du mir zu erzählen hast, ablenken. Den schlimmsten Schock hast du doch hoffentlich schon überwunden, oder?«

»Ja. Es war schlimm genug, daß er einfach so tot umgefallen ist, aber zu wissen, daß ich es hätte verhindern können ...«

Er nahm ihre Hand, Ablenkung hin, Ablenkung her. »Fosdyke hat recht, Liebling, das hast du unmöglich wissen können. Du hast doch die Beulen an seinem Kopf nicht gesehen. Oder etwa doch?«

»Nein! Aber mir ist immerhin der Gedanke gekommen, daß er eine Nikotinvergiftung haben könnte. Wenn ich einen Arzt gerufen hätte ... aber ich konnte mir nicht vorstellen, wie das hätte geschehen sein sollen, und außerdem hatte er ja wirklich getrunken. Der hatte eine gewaltige Whisky-Fahne.«

»Daisy, was soll dieser ganze Kram von wegen Nikotinvergiftung? Und wann und wo hast du DeLancey in diesem Zustand gesehen? Und ...«

»Ich fang mal lieber am Anfang an«, beschloß Daisy, »sonst komm ich noch ganz durcheinander. Das hat begonnen mit Tante Cynthia und den Blattläusen. Sie hat die Rosen mit Tabakwasser besprüht, und ich habe mir Sorgen gemacht wegen des Nikotins. Nach dieser schrecklichen Geschichte in der Albert Hall neulich hab ich über Gifte nachgelesen.«

»Weil man nie weiß, wozu man sie brauchen kann?« neckte Alec sie.

Daisy zog eine Grimasse. »Ich hatte die Einzelheiten vergessen, also hab ich noch einmal nachgelesen. Es gibt eine so lange Liste von Symptomen, daß ich mich nicht mehr an alle erinnern kann. Aber ich bin überzeugt, daß DeLancey ein paar davon aufwies. Egal; darauf komm ich gleich noch zurück. Nachdem ich mich also mit Tante Cynthia unterhalten hatte, bin ich hinunter zum Bootssteg gegangen. Der Achter kam gerade zurück. Ich unterhielt mich mit Horace Bott, während die anderen das Boot wegbrachten.«

»Der geheimnisvolle Mr. Bott.«

»Er ist ganz und gar nicht geheimnisvoll. Du hast ihn nur noch nicht gesehen, weil er der Steuermann vom Achter ist und der Vierer keinen Steuermann braucht.«

»Und er ist auch nicht mit den anderen mitgekommen, um den Vierer anzufeuern«, bemerkte Alec.

»Nein, aber das kann man ihm nicht verübeln. Die anderen mögen ihn nicht ... Was man ihnen wiederum auch nicht verübeln kann. Er spielt ständig die beleidigte Leberwurst, und das ist irgendwie ein Teufelskreis. Er ist unglaublich schlau – hat ein Stipendium für Ambrose bekommen, hat sowohl in Mathematik als auch in Physik als Jahrgangsbester abgeschlossen, und jetzt hat man ihm ein Stipendium für Cambridge angeboten – aber er ist und bleibt der Sohn eines Kioskbesitzers. Aus Birmingham.«

»Falscher Akzent, falsche Familie«, sagte Alec mit ironischem Ton.

»Falscher Instinkt, falsche Kleidung«, fügte Daisy hinzu. »So hat er es mir auch dargestellt. Ich will ja nicht bezweifeln, daß er schlecht behandelt worden ist. Aber im Ergebnis sucht er sich förmlich einen Grund, um beleidigt zu sein, und den findet er natürlich immer. Dauernd ist er wegen irgend etwas böse. Selbst diejenigen, die ihn so nehmen würden, wie er ist, entgehen seinen Sticheleien nicht.«

»Und DeLancey hat ihn am meisten gequält.«

»Eigentlich hat er ihn als einziger gequält. Die anderen lassen ihn im wesentlichen links liegen. Rollo hat sich vor ihn gestellt, als DeLancey einmal wirklich ekelhaft zu ihm war, und er und Cherry sind zu seiner Rettung herbeigeeilt, als DeLancey ihn angegriffen hat.«

»DeLancey hat Bott körperlich angegriffen?« rief Alec aus.

»Er hat ihn in den Fluß geschubst.« Daisy erklärte, wie es zu der Auseinandersetzung gekommen war, die wiederum dazu geführt hatte, daß Bott Whisky getrunken hatte und am nächsten Morgen den Achter verkatert hatte steuern wollen, mit dem bekannten traurigen Resultat. »DeLancey hat nicht das geringste bißchen Verantwortung für die Sache übernommen. Er hat alles Bott in die Schuhe geschoben. Das Bad im Fluß war nur der Höhepunkt einer langen Serie von öffentlichen Beleidigungen. Weiß der Himmel, was noch passiert wäre, wenn Lord Delancey – das ist der große Bruder – ihn nicht einfach weggeholt hätte.«

»Also hatte Bott guten Grund, DeLancey an den Kragen zu wollen.«

»Cherry und Rollo hatten genauso viel Grund.« Daisy bedauerte, noch während sie sprach, daß sie den armen Steuermann so instinktiv verteidigte, der sonst keinen Fürsprecher hatte. Aber nun gab es kein Zurück mehr, denn Alecs erhobene Augenbrauen verlangten eine Erklärung. »Cherry hat sich unglaublich darüber aufgeregt, daß DeLancey Dottie so beleidigt hat und Tish richtiggehend verfolgte«, gab sie zögerlich zu. »Rollo hat ihn gerade noch davon abhalten können, auf ihn loszugehen. Aber für ihn selbst, also für Rollo, war es genauso schwer, sich im Zaum zu halten. Er und Tish sind zwar noch nicht verlobt, aber er hat sie ganz schrecklich gern.«

»Bott, Cheringham und Frieth«, sagte Alec nachdenklich. »Und was ist mit dem Rest?«

»Ich hab nicht mitbekommen, daß DeLancey die anderen provoziert hätte, jedenfalls nicht so, daß sie wütend geworden wären. Sie hatten aber alle die Nase voll von seinem Verhalten gegenüber Bott. Schließlich hat das dazu geführt, daß sie das Rennen verloren haben. Es würde mich nicht im mindesten wundern, wenn sie sich deswegen mit ihm gestritten hätten. Wenn wir einmal annehmen, daß er den Wünschen seines Bruders zuwidergehandelt hat, dann hätte jemand hinunter zum Bootshaus gehen können und ...«

»Augenblick mal, langsam! Was haben denn DeLanceys Bruder und das Bootshaus damit zu tun? Ach, so ein Ärger aber auch, da kommen Leigh und die Männer von der örtlichen Polizeiwache!« Alec stand auf und streckte Daisy die Hand hin, um ihr beim Aufstehen behilflich zu sein.

»Ach, hol's die Pest!« sagte sie. »Wenn du die Untersuchung nicht leitest, dann wird bestimmt niemand meine Theorie hören wollen.«

Er hielt ihre beiden Hände in den seinen und schaute mit einem etwas schiefen Lächeln zu ihr hinunter. »Ich tu mein Bestes, sie zu überzeugen, daß sie dich wenigstens anhören«, versprach er. »Gelegentlich hast du ja doch halbwegs intelligente Vorschläge zu machen.«

»Nein, wie freundlich aber auch, der Herr!« schnaufte Daisy lachend.

8

Leigh hatte Inspector Washburn, zwei Bobbies und einen großen, schlanken Herrn mitgebracht, den er als den Chief Constable von Berkshire vorstellte. Alec mußte beim Anblick von Sir Amory Brentwoods leuchtendrosa Blazer, Krawatte, Käppi und Strümpfen geradezu blinzeln. Das war schon ein etwas erschreckender Kontrast zum seriösen Blau der Polizeiuniformen, von dem er sich sonst umgeben sah.

»Alles unter Kontrolle, was?« stellte Sir Amory fest. »Hoffe, Sie haben nichts dagegen, wenn ich Ihnen die Sache überlasse, verehrter Freund. Meine Leute sind überall hier verteilt, wegen der Regatta-Besucher. Und Prince Henry hat sich ja heute nachmittag auch angekündigt. Ganz lebhafter junger Mann, den man ein bißchen unter Beobachtung halten muß, nicht wahr?«

Alec sah, daß Daisy nicht weit entfernt stand und ihnen zwar den Rücken zuwandte, als würde sie das Rennen verfolgen, aber ohne Zweifel zuhörte. Daher unternahm er einen allerletzten, verzweifelten Versuch, ihr gemeinsames Wochenende zu retten. »Sir, der Assistant Commissioner ...«

»Das bekomme ich mit Ihrem Assistant Commissioner schon geregelt, keine Sorge«, versicherte ihm Sir Amory. »Mächtiges Glück, daß Sie hier unten sind. Sie können jederzeit auf Inspector Wishbone zukommen, wenn Sie Hilfe brauchen, ganz selbstverständlich. Dennoch hoffe ich, daß Sie meine Männer nicht allzu sehr in Anspruch nehmen werden.«

Alec gab auf. »Ich werde meine eigenen Leute herholen, Sir. Es scheint, daß wir in dem Fall auch Buckinghamshire mit einbeziehen müssen. Ob Sie mir wohl sagen könnten, wie ich mich mit dem Chief Constable in Verbindung setzen kann?«

»Mit dem alten Felter? Der wird jetzt im Phyllis Court stehen, denke ich. Packington wahrscheinlich auch, der Chief Constable von Oxfordshire, falls Sie den noch brauchen. Hierzulande sind alle Ruderer, verstehen Sie. Ich ja auch.« Er seufzte. »Naja, ich war es mal. Gut. Ich will Sie aber bei der Arbeit nicht stören. Und übergebe die Angelegenheit Ihnen, was, Wishbone?«

»Jawohl, Sir«, sagte Inspector Washburn resignierend.

Sir Amory hatte sich schon zum Gehen gewandt, da drehte er sich noch einmal um. »Augenblick, noch eine Frage. Ist es wirklich ein Mord? Der junge Mann war sich eben nicht sicher.«

»Kann auch ein Totschlag sein, Sir«, improvisierte Alec, »aber das wird vom Gericht festgestellt. Für die Polizei sind alle Todesfälle ungeklärter Ursache zunächst einmal Morde.«

»Ach so, natürlich. Ungeklärte Ursache, ja? Ich will nur hoffen, wir haben hier keinen Serienmörder herumlaufen.« Er lachte nervös. »Ähm, und wer …?« Er schaute an Alec vorbei zum Opfer, das unter dem Not-Leichentuch aus weinroten Blazern lag.

Alec stellte erfreut fest, daß Poindexter seinen Blazer genommen hatte, um auch die Beine des Toten zu bedecken. »Der Honourable Basil DeLancey«, sagte er.

»Honourable …« Der Chief Constable wurde blaß. »Du lieber Gott! Das ist doch nicht etwa ein bolschewistischer Terroranschlag gewesen?«

»Das halte ich für höchst unwahrscheinlich, Sir.«

»Gut, sehr gut. Der Besuch von Prince Henry und all das, nicht wahr? Wäre dankbar, wenn Sie das alles so diskret wie möglich behandeln könnten, verehrter Freund. Wir wollen ja keine große Aufregung verbreiten, wo jetzt die Royals hier auftauchen werden.«

»Ich werd mir Mühe geben, Sir, aber ich habe gehört, daß der Bruder des Verstorbenen, Lord DeLancey, in Henley ist. Ich kann das unmöglich vor ihm geheimhalten, bis der Prinz wieder abgereist ist.« Und überhaupt, so wurde Alec langsam klar, würde dieser Fall nicht nur sein schönes freies Wochenende mit Daisy zunichte machen. Er würde ihn auch, egal, was er tat, in einige sehr unangenehme Situationen bringen, das sah er jetzt schon kommen.

Sir Amory schüttelte düster den Kopf. »Ich kann nicht mehr von Ihnen erbitten, als daß Sie Ihr Bestes tun«, mußte er zugestehen. »Lord DeLancey, sagten Sie?«

Leigh, der eben ein Stückchen weggegangen war, um sich zu Daisy zu gesellen, kehrte jetzt zurück. »Verzeihen Sie die Störung, Sir«, sagte er, »aber ich glaube, da drüben kommt Lord DeLancey schon. Der Herr im dunkelblauen Blazer.«

Der Chief Constable schaute den Treidelpfad entlang, und ihm fielen fast die Augen aus dem Kopf. »Da zieh ich mich doch lieber zurück. Je weniger gesagt wird, desto besser, nicht wahr, Chief Inspector?«

Alec verschwendete keine Zeit damit, ihm auf Wiedersehen zu winken. »Washburn heißen Sie, ist das richtig?« sagte er zu dem Inspector der örtlichen Polizeitruppe, der ihn dankbar anschaute. »Ich hätte gerne fürs erste Ihre beiden Leute dabehalten. Sie bekommen sie so bald wie möglich wieder zurück. Und Sie selbst will ich auch nicht aufhalten, aber wären Sie so freundlich, bei Scotland Yard anzurufen und zu bitten, daß man mir meine Leute herschickt?«

»Selbstverständlich, Sir.« Der Inspector holte seinen Notizblock hervor.

»Sergeant Tring und Constable Piper. Sie sollen sich gleich nach Henley aufs Polizeirevier begeben. Sobald ich weiß, wo ich zu erreichen bin, hinterlasse ich da eine Nachricht für sie.«

»Geht in Ordnung, Sir. Ich habe schon nach unserem Arzt schicken lassen, Sir, einem Dr. Dewhurst, aber der kommt aus Reading. Wenn Sie mit den Leuten aus Henley arbeiten, dann sollten Sie vielleicht auch deren Arzt hinzuziehen.«

»Verdammt!« rief Alec aus. »Ich muß unbedingt mit den Chief Constables von Buckinghamshire und Oxfordshire reden. Wo ist dieses berühmte Phyllis Court?«

»Das ist ein sehr exklusiver Club – also gesellschaftlich,

kein Ruderclub wie der Leander-Club – drüben auf der anderen Seite vom Fluß, Sir.«

»Das hätte ich mir ja gleich denken können! Ich brauche jetzt unbedingt ein Telephon.« Alec stöhnte auf, denn ihm wurde klar, daß die Komplikationen sich stetig mehrten. Der Mann, den Leigh ihm eben als Lord DeLancey benannt hatte, würde sicherlich eine weitere bedeuten. »Felter und Packington, richtig?«

»Colonel Felter und Mr. James Packington, Sir.«

»Danke sehr, Washburn. Lassen Sie mal die Sache mit dem Arzt aus Henley. Ich werde einen dieser beiden Herren losschicken, wenn ich Ihre Hilfe brauche.«

Inspector Washburn wollte gerade gehen, als er von dem Mann im dunkelblauen Blazer angesprochen wurde. »He, Sie da, ich bin DeLancey. Was erzählt man mir da für einen Quatsch von wegen, mein Bruder wäre aus dem Boot gefallen? Ist ihm nicht gut?«

»Detective Chief Inspector Fletcher wird Ihnen sicherlich gerne weiterhelfen, Sir«, sagte der Inspector und flüchtete.

Lord DeLancey wurde blaß. »Was geht hier vor?« fragte er unsicher. »Frieth hat mir nur erzählt, er hätte gekotzt und wäre dann ins Wasser gefallen.«

»Es tut mir sehr leid, Sir«, sagte Alec. »Aber ich fürchte, ich habe eine schlechte Nachricht. Ihr Bruder ist tot.«

»Ertrunken? Dieser verdammte Dummkopf!« DeLancey zischte es förmlich, und sein Gesicht wurde rot vor Wut. »In Henley ertrinkt man doch nicht. Wo die halbe Welt danebensteht und zusieht. So was macht doch sofort die große Runde.«

Soviel zum Thema wahre Bruderliebe. Alec hatte entsprechend weniger Bedenken, als er sagte: »Er ist nicht ertrunken. Anscheinend ist Mr. DeLancey an den Folgen eines Schlags gegen den Kopf gestorben.«

»Er ist hingefallen?« Seine Lordschaft entfärbte sich ein wenig. »Oder wollen Sie damit sagen, daß jemand ihn geschlagen hat?«

»Letzteres, Sir. Vermutlich ist er an den Folgen eines Streits gestorben.«

»Ein Streit?« Die Blässe DeLanceys konkurrierte fast schon mit der seines toten Bruders. »Was meinen Sie mit ›Folgen‹? Wieviel später ist das denn geschehen?«

»Momentan habe ich nur sehr wenige Informationen. Ich werde Sie befragen müssen, wann Sie Ihren Bruder zuletzt gesehen haben, in was für einem Zustand er da war, was Sie von seinen jeweiligen Aufenthalten wissen und ob Ihnen jemand bekannt ist, der Ihren Bruder ... nicht besonders mochte. Allerdings ist dies wohl kaum der richtige Ort dafür.«

Zum erstem Mal schaute Lord DeLancey auf die Blazer, die den Leichnam von Basil DeLancey bedeckten. »Dies ist wohl auch kaum der richtige Ort, um ihn so liegenzulassen, wo jeder beliebige Passant ihn beglotzen kann«, sagte er ärgerlich.

Alec stimmte ihm zu. Es gab keinen Grund, den Leichnam nicht von hier fortzuschaffen. Seine Lage mußte nicht photographiert werden, der Boden brauchte nicht nach Hinweisen abgesucht zu werden, all diese Dinge entfielen. Also konnte man den Leichnam abtransportieren, bevor der Polizeiarzt ihn gesehen hatte. Die Hinweise würden dort zu suchen sein, wo DeLancey geschlagen worden und gestürzt war, nicht am Ort seines Todes.

War das etwa im Bootshaus geschehen? Alec fragte sich das im stillen, als er Daisy sah, die immer noch so tat, als würde sie nicht lauschen.

»Ich möchte ihn nur ungern durch diese Menschenmenge in die Stadt abtransportieren lassen«, sagte er zu Lord DeLancey.

»Nein, um Himmels willen, bloß nicht!«

»So daß wir kaum Alternativen haben. Daisy!« Alec mußte fast lächeln, als er sah, wie eilig sie sich umwandte. »Wie sehr würde deine Tante aus dem Lot geraten, wenn wir den Verstorbenen zu ihr ins Haus brächten?«

»Da habe ich nicht die geringste Ahnung. Allzu schlimm dürfte es für sie nicht sein, denke ich. In Afrika sind sicherlich viel entsetzlichere Dinge an der Tagesordnung, meinst du nicht auch? Er würde ja auch nicht lange dort bleiben, oder? Himmel, das klingt ja schrecklich. Ich bitte um Verzeihung, Lord DeLancey. Und ich möchte Ihnen mein Beileid aussprechen.«

DeLancey verbeugte sich leicht.

»Er soll ja auch nur so lange dort bleiben, bis wir ihn ins nächste Leichenschauhaus transportieren können«, sagte Alec. »Wird sie etwas dagegen haben, wenn ich ein paar Telephonate führe?«

»Nicht das mindeste, davon bin ich überzeugt.«

»Wir bringen ihn also zu den Cheringhams. Kennen Sie das Haus, Lord DeLancey? ›Bulawayo‹, an der Straße nach Marlow.«

»Bestens bekannt.«

»Es wird vielleicht ein bißchen schwierig, das mit einem Skiff zu bewerkstelligen, aber irgendwie werden wir es schon schaffen. Sie können die Tragbahre jetzt zusammenbauen, Constable.«

Einer von Washburns Leuten hatte eine zusammenklappbare Bahre mitgebracht, in der ein Leintuch lag. Alec nahm das Tuch, und die beiden Constables begannen, die Bahre auseinanderzuklappen.

»Ich mach mich dann mal auf den Weg«, sagte Lord DeLancey.

»Sie kommen nicht mit uns?« fragte Alec erstaunt.

»Nein. Ich gehe jetzt zurück nach Crowswood Place, wo ich übernachte – da bin ich auch zu erreichen. Ich muß meine Familie benachrichtigen. Den Earl und die Gräfin von Bicester. Momentan sind sie auf dem Schiff nach Amerika, weil sie meine Schwester dort besuchen wollen.«

Womit es eine Komplikation weniger gäbe. Alec schickte ein stilles Dankgebet gen Himmel. »Wie Sie wünschen, Sir. Aber erst muß ich Sie noch bitten, das Opfer zu identifizieren. Nicht, daß es den geringsten Zweifel gäbe, daß es sich um Ihren Bruder handelt, aber für den Coroner ist es wichtig, daß es eine formelle Identifizierung durch einen Verwandten gibt.«

Zögernd folgte ihm Lord DeLancey zur Leiche. Alec hob eine Ecke des Blazers vom Gesicht. Seine Lordschaft warf einen kurzen Blick dorthin. Es sah so aus, als sei ihm übel.

»Das ist mein Bruder Basil DeLancey«, bestätigte er, und Schweißtropfen bildeten sich auf seiner Stirn.

»Vielen Dank. Ich melde mich dann wieder bei Ihnen.«

DeLancey entfernte sich so rasch auf dem Treidelpfad, daß es fast schon ein Weglaufen und kein Weggehen mehr war.

Mit der Hilfe von Poindexter und Wells ersetzte Alec die Blazer rasch durch das Tuch. Die beiden Ruderer schienen nicht besonders angetan zu sein, als sie ihre Jacken zurückerhielten.

»Es sch-scheint ni-nicht ganz das ri-richtige, die Jacke wie-wieder anzuziehen«, sagte Poindexter.

Leigh schauderte nur schweigend und hielt seine am langen Arm ausgestreckt.

»Sie können sie ruhig wieder anziehen«, sagte Daisy und bewies ihren Sinn fürs Praktische. »Sie müssen sie ohnehin mitnehmen. Schließlich können Sie ihre Blazer nicht einfach hier liegen lassen.«

»Das würde ich auch so sehen, Jungs«, stimmte ihr Meredith zu. »Am Ende finden ein paar Tippelbrüder die und spazieren dann in Blazern von Ambrose herum.«

»Da drüben kommen Frieth und Fosdyke«, tat Leigh kund. »Und die brauchen sie nötiger als wir.«

Er und Poindexter gingen los, um Rollo und Fosdyke den Jüngeren zu begrüßen, dessen Vater sich umdrehte, als er seinen Namen hörte. Der Doktor saß noch immer auf seinem Jagdhocker. Jetzt klappte er ihn wieder zusammen.

»Chief Inspector«, wandte er sich an Alec, der gerade den Constables dabei zusah, wie sie die vom Tuch bedeckte Leiche auf die Bahre hoben, »wäre es Ihnen recht, wenn ich Sie nach … ähm … Bulawayo begleite?«

»Wenn es Ihnen nicht allzuviel ausmacht, Mr. Fosdyke, dann wäre mir das sogar sehr recht.«

»Ganz und gar kein Problem. Ich möchte ohnehin lieber in der Nähe meines Jungen sein in einer solch aufwühlenden Situation.« Er folgte Leigh und Poindexter.

»Und was ist mit dem Polizeiarzt?« fragte Daisy Alec. »Der Mann kommt aus Reading hierher, was in Berkshire liegt ...«

»Hab ich's doch gewußt, daß du uns belauschst!«

Sie grinste ihn an. »Aber die Leiche wird gleich nach Buckinghamshire transportiert.«

Alec stöhnte auf. »Und vermutlich stammt der Henleyer Arzt aus Oxfordshire.«

»Marlow ist der nächste Ort in Buckinghamshire – aber die Stadt ist ziemlich klein.«

»Der Mann aus Reading wird die Sache erledigen müssen«, entschied Alec. »Er ist sowieso schon auf dem Weg hierher. Schließlich und endlich ist DeLancey in Berkshire gestorben. Oder etwa nicht?«

»Möglicherweise«, sagte Daisy, »aber die Grenze der Grafschaften verläuft irgendwo mitten durch den Fluß. Keine Ahnung, wo genau. Verstehst du jetzt, warum ich vorausgesehen haben, daß sie dir diesen Fall anhängen werden?«

»Allerdings, das verstehe ich jetzt.« Er wandte sich an Wells und Meredith. »Sie beide haben doch nichts dagegen, bei der Bahre mit Hand anzulegen, oder? Könnten Sie uns rüber zu den Cheringhams rudern?«

Die beiden beeilten sich, ihm zu versichern, daß Scotland Yard auf sie zählen könne. Nachdem sich der Schock über DeLanceys Tod gelegt hatte, schien es Daisy, als würden sie das Dramatische der Situation durchaus genießen. Das Opfer war ja auch nicht gerade ihr bester Freund gewesen.

Alec schickte einen der Constables zurück zu Inspector Washburn mit der Nachricht, Dr. Dewhurst solle sich direkt nach Bulawayo begeben. Mittlerweile waren auch Rollo und Fosdyke der Jüngere mit ihrer Eskorte angekommen. Sie wirkten beide erschöpft und betroffen.

»Er ist wirklich tot?« fragte Rollo Alec. »Das ist meine Schuld!«

Alles starrte ihn an.

»Mr. Frieth«, sagte Alec ernst. »Es ist meine Pflicht, Sie darauf aufmerksam zu machen, daß …«

»Das meint er doch gar nicht so«, rief Daisy aus, in der eigene Schuldgefühle aufwallten. »Sie haben ihn doch gar nicht geschlagen, nicht wahr, Rollo?«

»Um Himmels willen, nein, natürlich nicht!« rief der entsetzt aus. »Ich hab in Frankreich genug Brutalität erlebt. Seitdem habe ich noch nicht einmal die Hand zum Schlag erhoben. Aber Mr. Fosdyke hat schließlich gesagt, die plötzliche Anstrengung hätte ihn umgehauen. Ich hätte ihn niemals mitrudern lassen dürfen.«

»Du hattest doch gar keine andere Möglichkeit«, schnaufte Wells auf. »Er hat steif und fest behauptet, es ginge ihm gut genug, um mitzumachen. Und außerdem dachtest du – und das dachten wir alle –, daß ihm nichts fehlte, daß er nur einen Kater hatte.«

»Ganz genau«, stimmten die anderen zu.

Mr. Fosdyke ging auf Rollo zu, um ihn weiter zu beruhigen. Daisy hörte nicht zu. Alec blickte sie streng an und machte sich daran, den Transport zu organisieren. Der noch verbliebene Constable hatte die Bahre am Kopfende angepackt und führte den Zug an, gefolgt von Wells, der das Fußende trug. Alec dankte Constable Rogers für seine Hilfe und schloß sich dann mit Daisy den anderen hinter Mr. Fosdyke und Rollo an.

»Du darfst mich bei so was nicht unterbrechen!« schalt er sie leise. Der Ärger war ihm anzumerken. »Der war doch kurz davor, ein Geständnis abzulegen. Nur deinetwegen ist er gerade noch zur Besinnung gekommen.«

»Ich bin mir ganz sicher, daß er DeLancey keinen über den Schädel gehauen hat. Der ist ein viel zu friedfertiger Typ.«

»Man kann nie wissen. Du hast mir selbst gesagt, er hätte ein Motiv und mußte sich sehr am Riemen reißen, als DeLancey seiner Patricia schöne Augen machte. Du kannst ihn nicht einfach unter deine Fittiche nehmen, nur weil er der Freund deiner Cousine ist.«

»Das tue ich doch gar nicht!« protestierte Daisy. »Er ist einfach nicht der Typ, der einen Menschen angreift, ohne provoziert worden zu sein. Und da Tish nicht am Bootshaus war und damit der Gegenstand des Streits fehlte ...«

»Aha, das Bootshaus! Lassen wir die Sache mit Frieth und Tish mal einen Moment beiseite. Ich möchte endlich wissen, wieso du mir dauernd mit diesem Bootshaus kommst. Und außerdem, wieso habt ihr beide DeLancey in betrunkenem Zustand gesehen, wo es anscheinend gar keine anderen Zeugen dafür gibt.«

»Also gut. Ich hab dir erzählt, daß DeLancey Bott in den Fluß geschubst hat. Bott hat Rache geschworen, und DeLancey hat das irgendwie so verstanden, daß er den Vierer beschädigen wollte. Also hat er verkündet, daß er, also DeLancey, die Nacht im Bootshaus verbringen wollte, um das Boot zu bewachen. Lord DeLancey hat es ihm, ganz der große Bruder, verboten. Er meinte, er würde sich nur lächerlich machen und sich dem Gerede der Leute preisgeben. Allerdings hätte so eine kleine Nachtwache nach seinem öffentlichen Angriff auf Bott den Skandal wohl kaum verschlimmert.«

»Lord DeLancey scheint ja große Angst davor zu haben, daß man über ihn reden könnte«, sagte Alec. »Das war auch seine einzige Sorge, als er erfuhr, daß sein eigener Bruder tot ist.«

Daisy hatte Tish eigentlich nicht wirklich versprochen, den Grund dafür nicht weiterzuerzählen. Die Details konnte man ja weglassen. »Es gab da eine schlimme Geschichte im Großen Krieg«, sagte sie. »Das ganze wurde vertuscht, aber natürlich wissen es manche Leute doch. Er hat fürchterliche Angst, daß es weitere Kreise zieht, wenn seine Familie ins Licht der Öffentlichkeit gerät. Jedenfalls würde es mich überhaupt nicht erstaunen, wenn Basil DeLancey zum Bootshaus hinuntergegangen wäre, dem Verbot seines Bruders zum Trotz.«

»Mich auch nicht.«

»Insbesondere, weil er ziemlich getrunken hat an dem

Abend und daher nicht mehr so besonders klar gedacht haben dürfte.«

»Sehr wahrscheinlich. Wir werden das Bootshaus als einen möglichen Schauplatz des Verbrechens unter die Lupe nehmen müssen, soviel ist sicher. Aber es gibt natürlich keinen Grund, nicht auch andernorts zu suchen.«

»Damit hast du wohl recht«, sagte Daisy bedauernd.

»Nimm's leicht, mein Liebes. Es ist immerhin gut zu wissen, daß wir uns den Ort mal genauer anschauen sollten. ›Wir‹, hab ich gesagt. Ich kann nur hoffen, daß Tring und Piper bald eintreffen.«

»Wegen der Regatta fahren momentan Sonderzüge nach Henley; es liegt ja kaum eine Stunde von London entfernt.«

»Stimmt, aber wann sie kommen hängt auch davon ab, ob Scotland Yard sie rasch genug erreicht und wie sehr man sich dort bemüht, sie zu erreichen. Schließlich hat ja nur ein Inspector aus Berkshire angerufen, nicht ich selbst. Ich sollte da lieber noch einmal nachhaken. Ich werde jetzt eine ganze Zeit am Telephon hängen, Daisy, also solltest du mir lieber noch den Rest erzählen, bevor wir bei den Skiffs sind.«

»Da gibt es nicht mehr viel. Nur, daß DeLancey uns mitten in der Nacht aufgeweckt hat, also mich und Tish. Er ist in unser Schlafzimmer gestolpert, völlig verwirrt. Taumelte da herum, als wäre er sturzbetrunken.«

»Mitten in der Nacht?« fragte Alec rasch nach. »Kannst du dich an die genaue Uhrzeit erinnern?«

»Ungefähr zwei Uhr. Kurz danach.« Daisy fiel auf, daß er nicht die geringste Sorge um ihre Sicherheit äußerte. Sie konnte sich nicht entscheiden: gefiel es ihr, daß er offenbar fand, sie könne schon auf sich selber aufpassen? Oder sollte sie diese mangelnde Fürsorglichkeit als verletztend empfinden? Allerdings konnte er ja sehen, daß ihr nichts Schreckliches widerfahren war. »Ich hab auf den Wecker geschaut, als ich das Licht angeschaltet habe. Ich mußte doch sehen, was im Zimmer vor sich ging«, erklärte sie.

»Das klingt so, als hätte Mr. DeLancey vor zwei Uhr nachts

eins auf den Kopf bekommen. Aber ich muß das noch genauer mit Mr. Fosdyke und Dr. Dewhurst erörtern, wegen der Symptome. Die werden wahrscheinlich noch mehr Details von dir hören wollen. Was hast du dann mit dem Eindringling gemacht?«

»Tish hat Fosdyke junior geholt – mit dem teilte sich DeLancey das Zimmer –, und der hat ihn dann weggeschafft, der gute.«

Alec legte ihr die Hand auf den Arm und bedeutete ihr damit, langsamer zu gehen. Offenbar wollte er noch hinter die letzten in ihrem Gänsemarsch, also Rollo und Mr. Fosdyke senior, zurückfallen.

»Wenn DeLancey zu dem Zeitpunkt wirklich nur betrunken war«, sagte Alec leise, »dann hätte er doch ebensogut mit dem jungen Fosdyke eine Auseinandersetzung anfangen können, nachdem die beiden aus eurem Zimmer heraus waren.«

»Du meinst, es könnte auch Fosdyke gewesen sein, der ihm eins übergezogen hat?«

»Ganz genau. Obwohl, wenn ich länger darüber nachdenke, dann hätte man es hören müssen, wenn die sich im Flur oder im Schlafzimmer geprügelt hätten.«

»Nicht unbedingt. Die Ruderer fallen abends mehr oder minder tot um – ach herrje! Ich meine, sie sind natürlich sehr müde. Tish hat Fosdyke wohl nur unter Mühen wachbekommen. Rudern scheint wirklich ein sehr anstrengender Sport zu sein«, bemerkte Daisy nachdenklich. »Und essen tun die alle, als gäb's die ganze nächste Woche nichts mehr.«

»Es hat vermutlich niemand mitbekommen, daß DeLancey in eurem Zimmer war, nehme ich an?« Alec kam etwas ungeduldig auf das Thema zurück und folgte den anderen wieder rascher.

»Nein. Das Zimmer liegt auf der rechten Seite vom Treppenabsatz, die Jungs schlafen im gegenüberliegendem Flügel. Auf der anderen Seite des Flurs ist ein Bad, und zwischen Tishs Zimmer und dem Schlafzimmer ihrer Eltern befindet sich ein Ankleideraum. Dottie schläft gegenüber von Tante Cynthia, schräg gegenüber von Tish.«

»Und Miss Carrick hat nichts gehört?«

»Das hätte sie vielleicht, wenn DeLancey Lärm gemacht hätte, aber eigentlich hat er nur wirres Zeug gemurmelt und ein bißchen gestöhnt. Tish hatte zunächst Sorge, er sei hinter ihr her, aber er war überhaupt nicht aggressiv.«

»Andererseits hätte er gewalttätig werden können, nachdem man ihn aus eurem Zimmer entfernt hatte. Fosdyke junior kommt leider auf meine Liste der Verdächtigen. Ach, Daisy, Daisy. Ich fürchte, unser Wochenende ist total ruiniert.«

»Wirklich sehr ärgerlich«, stimmte ihm Daisy bedauernd zu, aber sie war ganz gelassen, als sie fortfuhr: »Allerdings kann man nicht behaupten, du hättest mich nicht gewarnt, was es bedeutet, einen Polizisten zu heiraten. Und wenigstens bist du hier bei mir und nicht irgendwo in Devon oder Derbyshire.«

»Daisy, wo steckt Tish eigentlich?« fragte Rollo sorgenvoll. Er war langsamer gegangen, um sich zu ihnen zu gesellen. Mr. Fosdyke lief jetzt vorn bei seinem Sohn.

»Cherry hat sie und Dottie nach Hause gerudert, vor einer Ewigkeit. Sie war ganz schrecklich aufgeregt.«

Rollo runzelte die Stirn. »Ich hätte nicht gedacht, daß sie DeLancey so gerne mochte.«

Daisy blickte Alec kurz an. Sie war überzeugt, daß ihm diese Andeutung von Eifersucht auffiel. »Hat sie doch auch gar nicht, Lieber«, versicherte sie Rollo. »Aber wenn man miterlebt, wie jemand stirbt, kann einen das schon durcheinanderbringen, selbst wenn man den Betreffenden nicht so besonders gut leiden konnte.«

»Er hat sie schließlich andauernd belästigt!«

»Jetzt hat er ja damit aufgehört«, bemerkte Alec.

»Sicher«, sagte Rollo und machte sich gar nicht erst die Mühe, seine Zufriedenheit über diese Tatsache zu verschleiern. Wenn der einmal Diplomat werden wollte, dachte Daisy bei sich, dann mußte er unbedingt lernen, seine Gefühle zu verbergen. »Ich kann wirklich nicht behaupten, es täte mir leid«, fuhr er fort und fügte, an Alec gewandt, ernst hinzu: »Aber ich hab ihm wirklich keins übergezogen. Obwohl ich nicht leugnen kann, daß ich das mehr als einmal gewollt hätte.«

Alecs Nicken war so undurchsichtig, wie ein Nicken nur sein konnte. »Man hat mir einiges erzählt. Mir scheint, daß Sie allen Grund gehabt hätten.«

Rollo blieb plötzlich stehen, und Entsetzen spiegelte sich auf seinem Gesicht wider. »Daisy, Tish ist doch nicht etwa deswegen so durcheinander, weil sie glaubt, ich hätte ihn über den Jordan befördert?«

Diese Idee war Daisy noch nicht einmal ansatzweise gekommen. »Natürlich nicht. Dazu kennt sie Sie doch viel zu gut«, sagte sie hastig und legte so viel Überzeugung wie möglich in ihre Stimme. Aber es schien durchaus denkbar, daß Tish Rollo oder Cherry oder auch beide im Verdacht hatte.

Doch Tish hatte noch einen anderen Grund, beunruhigt zu sein, erinnerte sich Daisy. Da DeLancey nunmehr tot war, wäre es nicht mehr so schlimm, wenn Rollo von seinem Eindringen in ihrer beider Schlafzimmer erfuhr. Also erzählte sie es ihm.

»Verstehen Sie, Tish und ich haben also genau wie Sie einen Grund, uns Vorwürfe zu machen«, erklärte sie ihm. »Hätten Sie ihn nicht rudern lassen oder hätten wir erkannt, daß er nicht betrunken war, sondern ärztliche Hilfe brauchte …«

»Mr. Fosdyke sagte, selbst wenn er nicht gerudert wäre, hätte ihn jede andere körperliche Anstrengung umgebracht. Und er hätte auch trotz ärztlicher Hilfe sterben können. Oder der Gehirnschaden hätte eine schwere Behinderung nach sich gezogen. Ich werd ihn bitten, noch mal mit Tish zu sprechen.« Rollo eilte dem Arzt hinterher.

Alec seufzte. »Er scheint viel zu naiv, um überhaupt lügen zu können. Was ist mit Cheringham? Wenn ich mich nicht irre, hast du gesagt, Frieth hätte ihn mit Müh und Not davon abhalten können, sich mit DeLancey zu prügeln.«

»Ich wünschte, ich hätte dir das alles nicht erzählt!« sagte Daisy. »Jedenfalls hat er DeLancey aus dem Fluß geholt.«

»Ich glaube keine Sekunde, daß derjenige, der DeLancey geschlagen hat, ihn töten wollte. Sonst hätte er ihn auf der Stelle erledigt. Du hast ja gehört, wie ich zu Sir Amory gesagt habe oder besser: wie ich ihn daran erinnert habe, daß aus der Sicht der Polizei zunächst alle unnatürlichen Todesfälle gleich sind. Es obliegt dem Gericht, zwischen Mord und Totschlag zu unterscheiden. Cheringhams Bemühungen, DeLanceys Leben zu retten, wären sicherlich ein schuldmindernder Aspekt.«

»Ich kann aber nicht glauben, daß er es getan hat.« Dennoch fiel Daisy Cherrys entsetztes Gesicht wieder ein, als er hörte, wie Mr. Fosdyke DeLancey für tot erklärte.

»Vermutlich kannst du einfach nicht schlecht vom Vetter deiner Cousine sprechen. Trotzdem fürchte ich, daß er und Frieth als unsere wichtigsten Tatverdächtigen gelten müssen.«

»Und was ist mit Horace Bott?« fragte Daisy.

»Ah, da sprichst du ein großes Wort gelassen aus«, erwiderte Alec. »Was ist mit Horace Bott? Und, um es auf den Punkt zu bringen: Wo steckt Horace Bott?«

9

Alec verbrachte eine etwas frustrierende, am Ende aber doch erfolgreiche Stunde am Telephon in Sir Ruperts Bibliothek.

Er hatte nunmehr die Erlaubnis der Chief Constables von Buckinghamshire und Oxfordshire, in ihrem jeweiligen Bereich so weit wie erforderlich tätig zu werden. Beide waren sie außerordentlich erfreut, daß sie sich nicht mit einem Mordfall befassen mußten. Insbesondere nicht mit einem, in den die Aristokratie verwickelt war.

Alecs Superintendent am Scotland Yard hatte, als man ihn in seinem Landhaus erreichte, dem Antrag der drei Chief Constables – denn der von Berkshire hatte ja schon den entsprechenden Wunsch geäußert – eher ungehalten zugestimmt und Alec für diesen Fall abgestellt. Mit etwas Glück würde der Assistant Commissioner for Crime gar nicht in die Sache einbezogen werden müssen. Er würde zwar den Abschlußbericht erhalten, aber Alec würde sein möglichstes tun, um Daisys Namen aus der Sache herauszuhalten.

Detective Sergeant Tom Tring und Detective Constable Ernie Piper waren schon auf dem Weg nach Henley. Alec tat es leid, sie aus ihrem Wochenende mit ihren Familien herauszureißen. Aber bei einem Fall, der so viele Komplikationen in sich barg, brauchte er Männer um sich, auf die er sich verlassen konnte.

Ein Constable aus Henley war losgeschickt worden, sich in der Unterkunft von Botts Freundin nach seinem Verbleib zu erkundigen (Daisy hatte den Namen und die Adresse gewußt; wie zum Teufel machte sie das nur immer?).

Der Beamte aus Berkshire, der die Bahre tragen geholfen hatte, stand im Salon Wache und behielt die jungen Leute im

Auge. Von der Buckinghamshire Police waren schon drei Constables eingetroffen. Anscheinend hatte man dort nur wenig mit der Regatta zu tun. Einer bewachte das Bootshaus, einer das Schlafzimmer, das DeLancey sich mit dem jungen Fosdyke geteilt hatte – was sonst noch bewacht oder durchsucht werden mußte, konnte Alec sich beim besten Willen nicht vorstellen. Der dritte Beamte stand also vor der Tür zur Bibliothek, bereit, zu erledigen, was anfiel.

Auch der Polizeiarzt war angekommen. Als nächster Punkt stand auf Alecs Liste, daß er mit Dr. Dewhurst sprechen wollte. Ob er wohl mit Mr. Fosdykes Diagnose übereinstimmte?

Alec schluckte den letzten Bissen von den Sandwiches herunter, die Lady Cheringham ihm freundlicherweise hatte hereintragen lassen, und nahm noch einen Schluck lauwarmen Tee. Daisy hatte Alec bei ihrer Tante entschuldigt, da dieser sofort nach ihrer Ankunft zum Telephon geeilt war. Er war sehr froh, daß ihr Onkel sich in London aufhielt – obwohl die Hiobsbotschaft ihn vielleicht an den heimischen Herd zurückeilen lassen könnte.

Er wies den Constable an, am Telephon in der Bibliothek Wache zu halten, und machte sich auf zur alten Remise und zu den Ställen, die man zu Garagen umgebaut worden hatte. In einer davon befanden sich die sterblichen Überreste des Honourable Basil DeLancey.

Dr. Dewhurst und Mr. Fosdyke saßen auf einer Bank vor einer sonnenbeschienenen Mauer aus rotem Backstein. Ersterer rauchte eine Pfeife, letzterer eine Zigarre. Im Gehen tastete Alec in der Jackentasche nach seiner eigenen Pfeife und dem Tabaksbeutel, den Belinda für ihn genäht und mit einem etwas schief geratenen Monogramm versehen hatte.

Die Mediziner sahen ihn kommen und erhoben sich. Fosdyke stellte Alec dem Polizeiarzt vor, einem kleinen, schlanken, ältlichen Herrn, der aber noch sehr lebhaft wirkte.

»Miss Dalrymple ist Ihre Verlobte, Chief Inspector?« fragte Dr. Dewhurst, während er ihm die Hand schüttelte. »Eine äußerst charmante junge Dame. Und nach ihrer Beschreibung ...«

»Sie haben schon mit ihr gesprochen?« verlangte Alec zu wissen.

»Aber ja. In solchen Fällen sind Augenzeugenberichte unbedingt vorzuziehen, und wenn ich richtig verstanden habe, ist die junge Dame des Hauses, die das alles auch erlebt hat, momentan nicht in der Lage, vom Ereignis zu berichten.«

Mr. Fosdyke schüttelte ernst den Kopf. »Ich hab bereits mit Miss Cheringham gesprochen. Hab versucht, ihr ihre Schuldgefühle irgendwie auszureden. Sie konnte ja nicht ahnen, daß der junge Mann nicht nur betrunken war. Aber das alles bereitet ihr jetzt außerordentlichen Kummer.«

»Das war sehr freundlich von Ihnen, Sir.«

»Sie nimmt sich die Angelegenheit viel zu sehr zu Herzen, fürchte ich. Ich habe ihr ein Bromid verschrieben, und die Mutter, eine sehr vernünftige Dame, hat sie erst einmal ins Bett gesteckt.«

»Es tut mir wirklich leid zu hören, daß diese Angelegenheit sie so beschäftigt«, sagte Alec und fragte sich, ob Tish möglicherweise an dem Wissen, nicht nur an dem Verdacht leiden könnte, daß Cheringham oder Frieth mit der Sache zu tun hatten.

»Miss Dalrymple dagegen ist aus härterem Holz geschnitzt«, sagte Dr. Dewhurst in einem Tonfall, der Alec wohl zu dieser Verlobten gratulieren sollte. »Ich hoffe, Sie haben nichts dagegen, daß ich schon mit ihr gesprochen habe.«

Alec stopfte den duftenden Tabak mit dem Daumen in seine Pfeife und unterdrückte ein Seufzen. »Nein, natürlich nicht, Sir.« Er hätte es gleich wissen sollen, daß Daisy sich mal wieder total in diesen Fall verstrickte. Er wußte selber schon nicht mehr, ob er sie aus der Angelegenheit hatte heraushalten wollen, um sie zu schützen - oder eher sich selbst.

»Sie hat einen bewundernswert nachvollziehbaren Bericht von den Symptomen des Verstorbenen gestern abend und heute morgen gegeben«, fuhr der Polizeiarzt fort. »Wenn man

Mr. Fosdykes Aussagen über den Todesfall mit meinen vorläufigen Ergebnissen vergleicht, dann deckt sich das beides vollkommen. Es würde mich außerordentlich überraschen, wenn die Autopsie als Todesursache nicht eine Subduralblutung mit Hämatomen als Ergebnis eines Schlages gegen den Kopf und anschließenden Sturzes feststellen sollte.«

»Würden Sie sagen, daß DeLancey möglicherweise betrunken war, als sie ihn gestern nacht gesehen hat? Was ich damit fragen will: könnte es sein, daß man ihn erst später geschlagen hat?«

»O ja, durchaus möglich. Aber er hätte genausogut auch da schon an der Gehirnverletzung leiden können. Der Laie kann diese beiden Dinge nicht unterscheiden. Das Ganze ist nicht mehr als achtundvierzig Stunden her und nicht weniger als vier. Keine große Hilfe, so was, aber vielleicht kann ich das nach der Autopsie noch ein bißchen einengen.«

»Vielen Dank, Sir. Vermutlich sollte ich mir die Verletzungen einmal selber anschauen. Dazu würde ich gerne Ihre Hilfe in Anspruch nehmen, damit ich sie besser deuten kann.«

»Ich werde dann mal losziehen«, sagte Fosdyke, »wenn Sie mich nicht mehr brauchen. Hier ist meine Visitenkarte, Chief Inspector. Ich übernachte im Catherine Wheel in Henley. Da bin ich bis morgen abend zu erreichen. Ach so, das gilt natürlich nur, falls Sie möchten, daß Nicholas – mein Sohn – hierbleibt.«

»Darauf kann ich nicht bestehen, Sir, aber es wäre wesentlich praktischer.« Alec führte das dritte Streichholz an seine Pfeife und sog kräftig.

»Abgemacht. Nick war es nicht, das kann ich Ihnen versichern. Er würde seinem Gegner vielleicht mit der Faust ins Gesicht schlagen, aber ihm hinterrücks mit einem stumpfen Gegenstand eins auf den Kopf geben – niemals.«

»Danach sieht die Wunde aus?«

»Sie werden das ja gleich selbst sehen.« Alec dankte Mr. Fosdyke für seine Hilfe. Er hoffte, der Arzt schätzte seinen Sohn richtig ein.

Als Alec die blauen Flecke am Schädel DeLanceys betrachtete, stimmte er Fosdyke und seiner Diagnose im stillen zu. Allerdings konnte man die Hämatome auch noch anders deuten. Zum Beispiel schien keine der Schwellungen von einer Faust herzurühren.

»Der Abdruck der einzelnen Knöchel ist aber in neunundneunzig Prozent der Fälle gut sichtbar«, sagte Dr. Dewhurst und fügte dann vorsichtig hinzu: »Es gibt natürlich das eine Prozent, in dem die Dinge anders liegen.«

Welche Beule zuerst entstanden war, konnte man nicht sicher erkennen. Sie lagen beide an der Seite des Schädels, also nicht oben, vorn oder im Nacken. Die rechte Verletzung befand sich eher oben und hinten, die linke dagegen etwas weiter vorn, aber durchaus noch hinter dem Haaransatz. Letztere machte einen aufgerissenen, abgeschabten Eindruck, obwohl das Blut nach dem Eintritt des Todes in den Hinterkopf gegangen sein mußte.

»Das muß doch geblutet haben«, sagte Alec.

»Ja, aber nicht stark. Es ist eher eine Schürfwunde als eine Platzwunde. Das Blut tröpfelt bei solchen Verletzungen nur leicht, ohne zu fließen. Als Arzt sieht man so was, aber bei Laien erregt es keine Aufmerksamkeit. Insbesondere nicht bei so dunklem Haar, da verliert es sich völlig.«

»Und diejenigen, die ihn an dem Abend erlebt haben, schliefen ja noch halb. Das wäre dann also die Sekundärverletzung, oder was meinen Sie?« schlug Alec vor. »Sieht so aus, als sei er gefallen und dann über eine rauhe Fläche gerutscht.«

Dewhurst pflichtete ihm bei. »Außerdem ist die Schwellung hier geringer. Als wäre sie durch einen Sturz aus geringer Höhe verursacht, nicht durch einen kräftigen Schlag. Zudem hat er noch einige blaue Flecken an der linken Hüfte und ...«

»Das glaub ich Ihnen gerne, brauch ich mir gar nicht anzuschauen«, sagte Alec hastig, als der Arzt anfing, das Tuch zurückzuziehen. Es fiel ihm schon schwer genug, die Fassung zu bewahren, wenn er den Kopf eines Toten zu begutachten hatte. Da brauchte er nicht noch den ganzen mitleiderregenden nackten Leichnam zu sehen. Er sog an seiner Pfeife, obwohl diese Leiche, im Gegensatz zu vielen anderen, gar keinen Gegenreiz der Geruchsorgane nötig machte. Gott sei's gedankt.

Auch der Doktor paffte seine Pfeife und redete dann, die Pfeife im Mund: »In der zweiten Wunde befinden sich einige winzige Holzsplitter, wie auch in der linken Hand«, bemerkte er.

»Stammen die von einem Holzboden? Dielen, kein Parkett?«

»Das müssen Sie wohl herausfinden, Chief Inspector, aber es wäre für mich eine naheliegende Schlußfolgerung. Mir fällt übrigens keine Waffe ein, die solche Spuren hinterläßt. Aber auch das ist Ihre Angelegenheit. Andererseits scheint die rechte Parietal-Verletzung von irgendeinem stumpfem Gegenstand herzurühren, eher flach als abgerundet, würde ich sagen, glatt und nicht rauh. Keine Blutung.«

»Der Schlag erfolgte also von hinten, ausgeführt von einem Rechtshänder«, schloß Alec.

»Von hinten und schräg oben.«

Alec runzelte die Stirn. »Das Opfer ist doch recht groß, oder?«

»Ein Meter neunundachtzigeinhalb.«

»Ganz schön. Hatte sich DeLancey gebückt?« Lauerte er im Bootshaus jemandem auf?

»Blauer Fleck an der Hüfte«, entgegnete Dr. Dewhurst. »Er muß aus größerer Entfernung darauf gelandet sein, nicht aus kniender oder kauernder Position.«

»Hmmm. Man hat ihn bewußtlos geschlagen, nehme ich an.«

»Nicht unbedingt. Die Auswirkungen in dem Augenblick selbst können ganz unbedeutend gewesen sein. Eine Anschwellung im Schädel selbst, eine Blutung, möglicherweise ein Gerinnsel, hat ihn umgebracht.«

»Dann hat sein Angreifer vielleicht gar nicht gewußt, wie schwer sein Opfer verletzt war.«

»Es würde mich überraschen, wenn sich DeLancey nicht ziemlich groggy gefühlt hat«, sagte der Arzt. »Gehirnverletzungen sind jedoch eine merkwürdige Sache. Es ist genausogut möglich, daß er aufgestanden und einfach weggegangen ist.«

DeLancey hätte also gut aus eigener Kraft vom Bootshaus zurück ins Haus finden können. »Gibt es sonst noch etwas, was ich bedenken muß?« fragte Alec. »Ach so, noch eins. Werden Sie die gerichtlich angeordnete Untersuchung der Todesursache durchführen, Sir?«

»Wenn Sie das möchten. Ich glaube kaum, daß man sich um die Zuständigkeit für diesen Fall streiten wird, und in Reading habe ich ein gutausgestattetes Institut. Wenn Sie die Leiche heute nachmittag dorthin schicken, dann kann ich mich gleich damit befassen.«

»Je rascher das geschieht, desto besser, würde ich sagen. Es ist schließlich ganz schön heiß. Wenn Sie die Untersuchung machen, könnten Sie dann auch gleich den Coroner vor Ort informieren? Vielen Dank, Herr Doktor.«

Auf dem Weg zum Haus traf Alec den Constable, den er am Telephon zurückgelassen hatte. »Das Polizeirevier hat gerade angerufen, Sir«, meldete der. »Also die Polizei von Henley, meine ich. Miss Hopgoods Vermieterin sagt, sie hätte den beiden ein Picknick bereitet, also der jungen Dame und Mr. Bott, und die beiden hätten davon geredet, daß sie einen Spaziergang flußaufwärts machen wollten, in Richtung der Schleuse von Marsh.«

»Die Strecke führt doch weg von der Regatta?«

»Ganz genau, Sir. Die Schleuse ist ungefähr zwei Kilometer oder so von der Brücke weg. Die wollen jetzt wissen, ob jemand Bott folgen soll?«

Diese Frage bedachte Alec, während sie durch einen Seiteneingang ins Haus gingen. Er sah nicht, wie Bott von DeLanceys Tod hätte erfahren können, also gab es gar keinen Grund für ihn, einen Fluchtversuch zu unternehmen. Es würde auch nichts schaden, vor einer Unterredung mit ihm noch mehr Informationen einzuholen. Die Dinge standen schlecht für den Steuermann. Alec konnte sich vorstellen, daß Frieth oder der junge Fosdyke oder Cheringham sich auf einen Faustkampf einließen, aber jemanden von hinten mit einer Waffe zu attackieren, das entsprach ganz und gar nicht dem Eherenkodex eines Gentleman.

Dennoch hätte er nicht zulassen dürfen, daß Cheringham mit den Mädchen ins Haus zurückkehrte. Damit hatte er reichlich Gelegenheit gehabt, alle erdenklichen Indizien zu vernichten.

»Alec!« Daisy kam auf ihn zu, als er durch den Flur zur Bibliothek ging. »Gerade hab ich dich gesucht.«

»Ach, Daisy. Bott wird doch hier zurückerwartet, oder nicht?«

Das war ja eine wirklich liebevolle Begrüßung! dachte sie, während sie praktisch neben ihm herlaufen mußte, um Schritt zu halten. »Ja. Er hat sich Sorgen gemacht, Tante Cynthia könnte von ihm erwarten, daß er das Haus verläßt, weil der Achter ja nicht mehr im Rennen um den Thames Cup dabei ist. Aber natürlich tut sie das nicht.«

»Gut so.«

»Er wollte noch bleiben wegen Miss Hopgood, und weil es unmöglich ist, in der Stadt ein Hotelzimmer zu bekommen. Wenn sie morgen abend nach London zurückfährt, will er wandern gehen und im Zelt übernachten. Aber ich weiß, daß er seine ganze Ausrüstung hiergelassen hat. Leigh hat ihn über den Fluß gerudert – auf dem Treidelpfad ist der Weg kürzer als auf der Landstraße –, und dann sind die beiden direkt nach dem Frühstück aufgebrochen. Alec, ich ...«

»Einen Augenblick noch, Liebling. Die Polizei von Henley erwartet meinen Rückruf.«

Daisy blickte auf ihre Armbanduhr. Es blieben ihr noch ein paar Minuten. Ungerührt hörte sie zu, wie Alec dem diensthabenden Beamten mitteilte, es sei nicht notwendig, Horace Bott von seinem Ausflug zurückzuholen.

»Aber weisen Sie den für den Bereich zuständigen Bobby

bitte an, er soll die Unterkunft von Miss Hopgood im Auge behalten. Und man soll mir Mitteilung machen, wenn die beiden zurück sind.« Er lauschte in den Hörer, und sein Gesicht entspannte sich. »Am Bahnhof? Sehr gut. Ich hol sie selber ab. Können Sie mir sagen, wie ich hinkomme? Und geben Sie mir doch bitte die Telephonnummer dort.«

»Tring und Piper?« Daisy formte die Frage lautlos mit den Lippen, und er nickte. Sie wartete, während er die Nummer aufschrieb und dann das Gespräch beendete, um schließlich zu sagen: »Wenn du in die Stadt fährst, könntest du mich mitnehmen?«

»Wohin denn genau?« fragte er und wählte schon wieder.

»Ich hab einen Termin ...«

»Hallo. Hier spricht Detective Chief Inspector Fletcher.«

»... mit einem Freund, der mich ...«

»Ganz genau. Sagen Sie den beiden doch bitte, daß ich sie in einer Viertelstunde abhole.«

»... jemandem vorstellen will ...«

»Ja, vielen Dank.«

»... nämlich Prince Henry, dem Duke of Gloucester.«

»Wie beliebt, Daisy? Dem Duke of Gloucester?«

»Für meinen Artikel. Wenn ich zu Fuß da hingehe, dann muß ich jetzt sofort aufbrechen. Oder ich muß mich beeilen, und dann wird mir ganz heiß, und ich klebe überall. Rollo meinte, er könnte mich auch fahren, aber vermutlich wirst du ihn hierbehalten wollen. Es ist doch in Ordnung, wenn ich fahre, oder? Ich bin ja schließlich keine Tatverdächtige.«

»Nein?« grinste Alec sie an.

»Nein«, sagte Daisy mit fester Stimme und führte ihn in die Eingangshalle. »DeLancey hat mich nie beleidigt. Schließlich bin ich genauso eine Honourable, wie er einer war.«

»Und dabei noch ehrbarer, will ich hoffen.«

»Ach, du Blödmann. Nimmst du mich bis zur Brücke mit?«

»Ja, mein Schatz. Bist du soweit? Geh schon mal zum Auto. Ich muß mich bei den Herren entschuldigen, daß ich sie jetzt noch ein bißchen länger warten lasse. Nicht, daß es mir besonders leid täte. Es kann sicherlich nicht schaden, sie noch ein bißchen vor sich hin dampfen zu lassen, es wird wahrscheinlich sogar sehr hilfreich sein. Ich brauche Tring und Piper hier, wenn ich mit der Befragung anfange. Wo sind sie denn alle?«

»Im Salon und auf der Terrasse. Die tun sämtlich so, als wäre nichts passiert, was ja nicht so einfach ist, wenn ein Bobby danebensteht und zusieht. Dottie ist bei ihnen, mit Cherry. Tish allerdings hat sich ins Bett gelegt.«

»Ja, das hatte Mr. Fosdyke schon gesagt, und daß er ihr ein Bromid verschrieben hat. Es tut mir leid, daß sie es so schwernimmt. Wie schön, daß du da mehr Stehvermögen hast, mein Schatz. Bin gleich zurück.«

Daisy strahlte ob dieses ungewohnten Komplimentes und ging hinaus zum gelben Austin. Es machte ihr nun nichts mehr aus, daß er gar nicht bemerkt hatte, wie elegant sie in dem neuen bernsteinfarbenen Kleid aus Seidengeorgette aussah. Selbst Lucy sagte, die schmalen Falten von den Schultern bis zum Saum ließen sie fast schon schlank wirken. Die hatten das Kleid auch schrecklich teuer gemacht, aber schließlich würde sie gleich Prince Henry vorgestellt, und mit einem Tuch würde es auch sehr gut als Kleid zum Abendessen taugen.

Der Chummy stand im Schatten. Ein Glück, denn sonst wären die Sitze ja viel zu heiß gewesen, um sich darauf setzen zu können. Bei heruntergelassenem Verdeck dürfte es ganz schön stickig werden im Auto. Immerhin war die Straße nach Henley hinein, also die nach Marlow, eine Schotterstraße, so daß die Fahrt nicht allzu staubig würde. Sie suchte in ihrer Handtasche nach einem Kamm.

Alec ließ sie nicht warten. »Eigentlich«, sagte er, als er sich neben ihr an das Steuer setzte und den Anlasser drückte, »bist du wirklich keine Tatverdächtige. Es sieht so aus, als wäre der Angreifer mindestens so groß wie DeLancey gewesen. Der Schlag wurde von oben geführt.«

»Dann war es auf keinen Fall Bott.«

»Ist der so klein gewachsen?« Alec klang überhaupt nicht erfreut.

»Er ist Steuermann. Alle Steuermänner sind klein, damit sie nicht zu viel Gewicht ins Boot bringen. Hattest du gedacht, er wäre der Täter?«

»In die Richtung gingen meine Vorstellungen schon«, grunzte ihr Verlobter, während er aus der Auffahrt nach links in eine Straße einbog, die von Hecken gesäumt war, in die sich Waldreben und duftendes Geißblatt gerankt hatten. »Es erschien mir sehr unwahrscheinlich, daß jemand, der als Gentleman erzogen worden ist, einen Gegner von hinten mit einer Waffe niederstrecken würde, anstatt ihm von vorn mit der Faust ins Gesicht zu schlagen. Jedenfalls nicht, wenn es kein ernsteres Tatmotiv als einen Wutanfall gibt. Aber vermutlich bin ich naiv.«

»Gentlemen mögen ja als solche erzogen worden sein, aber sie müssen sich noch lange nicht so verhalten. Denk nur mal an DeLancey!« wies ihn Daisy zurecht. »Aber die andern Jungs sind wirklich Gentlemen. Könnte nicht jemand Kleines ihn mit einem langen Gegenstand geschlagen haben?«

»Hm, das ist natürlich auch eine Möglichkeit. Womit du doch wieder eine Tatverdächtige wärst.«

»Nein, das bin ich nicht«, widersprach Daisy empört. »Wenn überhaupt, dann habe ich ihn beleidigt und nicht umgekehrt.«

»Liebling, hast du das wirklich?«

»Ich habe mich – eher kurz angebunden – schlichtweg geweigert, mit ihm zum Tanzen zu gehen, und dann habe ich ihm noch gesteckt, daß seine Manieren noch viel schlechter sind als die von Bott.«

»Um Gottes willen! Da hab ich ja richtig Glück, daß er nicht dir eins über den Kopf gezogen hat!«

Daisy warf ihm eine Kußhand zu. »Nicht wahr? Alec, könnte DeLancey mit einem Ruder geschlagen worden sein? Es gibt im Bootshaus so ein Gestell für Ruder. So weit ich es erkennen konnte, lagen die alle an ihrem Platz, als ich nachgeschaut habe, aber …«

»Als du nachgeschaut hast? Daisy, hast du mir da etwas verschwiegen?«

»Schau mal, da drüben liegt Crowswood, wo Lord DeLancey zu Gast ist.«

Obwohl Alec einen gedankenvollen Blick auf das geöffnete Tor und das Pförtnerhäuschen warf, versagte dieses Ablenkungsmanöver doch ganz und gar. »Was hast du zu einer Zeit im Bootshaus zu suchen gehabt, als ein nicht im Ruder-Gestell befindliches Ruder als Tatwaffe hätte dienen können?« verlangte er zu wissen.

»Ich war auf der Suche nach Bott.«

»Auf der Suche nach *Bott*? Jetzt erzähl mir nicht, du hättest dir wegen möglicher Sabotage des Vierers solche Sorgen gemacht ...«

»Du liebe Zeit, nein. Ich habe mir wegen Bott Sorgen gemacht. Ich dachte, wenn DeLancey am Bootshaus Wache schiebt und Bott wirklich hinuntergeht, dann schlägt DeLancey vielleicht *ihn* zusammen und läßt ihn dort liegen. Und wenn er nicht gleich tot ist, dann ist er zumindest verletzt. Ich dachte, das wäre vielleicht der Grund für DeLanceys Zustand. Schock, weißt du.«

»Also bist du mitten in der Nacht hinunter zum Bootshaus gegangen. Vermutlich allein?«

»Es schliefen ja schon alle, und ich konnte Bott nicht einfach da liegenlassen, falls er schwer verletzt gewesen wäre. Insbesondere, nachdem ich gesehen hatte, daß die Türen vom Salon zur Terrasse offenstanden, daß also jemand – schau doch nur, da ist die Einfahrt von Phyllis Court. Hatte ich dir schon erzählt, daß wir da heute abend eingeladen sind?«

»Hast du. Aber ich kann nicht versprechen ...«

»Ich weiß. Doch bis dahin hast du den Fall sicher gelöst.«

»Dein Glaube versetzt Berge, mein Schatz.« Alec lächelte sie an und wandte sich rasch wieder der Straße nach Marlow zu, die hier auf die Hauptstraße von Henley traf. »Es kann jedoch genausogut sein, daß ich dann vollkommen verwirrt bin, wie der Ochs vorm Berg stehe und mich ein bißchen vom Fall lösen muß. Also sag noch nicht ab. Du hast Bott im Bootshaus nicht vorgefunden. Aber was hast du gesehen?«

»Absolut nichts. Es war ganz schrecklich gespenstisch«, gab sie mit einem von der Erinnerung hervorgerufenen Schaudern zu. Dabei hätte an diesem sonnigen Nachmittag nichts so ungespenstisch wirken können wie die Geschäfte und Wirtshäuser der Bell Street. »Ich konnte mir nicht sicher sein, daß er nicht ertrunken unten im Wasser liegt, aber wäre das der Fall gewesen, dann war es ohnehin zu spät, um ihm noch zu helfen. Du kannst dir gar nicht vorstellen, wie froh ich war, als er zum Frühstück auftauchte.«

»Doch, kann ich. Konntest du denn etwas sehen? Gibt's im Bootshaus elektrisches Licht?«

»Nein, ich hab die Taschenlampe vom Treppenabsatz genommen. Und ich habe besonders darauf geachtet, die Fingerabdrücke nicht zu verschmieren«, sagte Daisy gewichtig.

»Tom Tring wird stolz auf dich sein. Leider könnte mittlerweile jeder die Taschenlampe wieder abgewischt haben, wenn das Dienstmädchen sie nicht gar täglich poliert«, bemerkte Alec mit fühlloser männlicher Logik. »Aber wir wissen ja ohnehin nicht sicher, daß der Anschlag im Bootshaus passiert ist.«

»Wer vor mir dorthin gegangen ist, der hat die Taschenlampe vielleicht gar nicht gebraucht. Draußen mußte ich sie jedenfalls nicht anschalten – der Mond ging gerade unter –, und vorher … ach, halt, hier ist die Hart Street. Bitte bieg hier ab, und dann müssen wir an der Brücke rechts lang. Da muß ich aussteigen. Du kannst danach weiter am Fluß geradeaus fahren, am Ende biegst du rechts ab, und da ist schon der Bahnhof.«

»Bestens. Hat das Bootshaus Fenster?«

»Ehrlich gesagt, weiß ich das gar nicht«, gab Daisy verlegen zu. »Falls nicht, würde einem natürlich auch der hellste Mondschein da drinnen nichts helfen.«

Alec bog nach rechts und bremste. Er konnte nicht direkt am Bürgersteig halten, weil dort lauter Automobile standen. Daisy sprang rasch heraus. Es kam schon ein etwas gehetzt wirkender Bobby auf sie zu, als sie sich verabschiedete.

»Das ist übrigens ein sehr hübsches Kleid«, sagte Alec. »Muß ich jetzt eifersüchtig auf Prince Henry sein?«

»Ist schon in Ordnung, der ist mir viel zu jung. Bis später, mein Liebling.«

Der Austin sauste noch gerade rechtzeitig wieder los, bevor der Constable Alec eine Strafpredigt halten konnte. Daisy ging zurück in Richtung Brücke.

Also war Alec ihr neues Kleid doch aufgefallen. Er hatte natürlich nur Witze gemacht wegen des Prinzen, aber seine Worte erinnerten Daisy an Rollos mögliches Motiv. Der war, was DeLancey anging, doch sehr reizbar gewesen.

Rollo glaubte, Tish sei wegen DeLanceys Tod so in Aufruhr geraten, weil sie ihn besonders gern mochte. Konnte er damit recht haben? War Tish jetzt so niedergeschlagen, weil sie sich wegen Rollo und Cherry solche Sorgen machte oder weil sie sich, trotz ihrer abweisenden Art, zu DeLancey hingezogen gefühlt hatte? Seine zur Schau getragene Unernsthaftigkeit könnte der Grund dafür gewesen sein, daß sie ihn mit ebenso offensichtlicher Gereiztheit abwies. Aber sie hatte dabei möglicherweise etwas ganz anderes empfunden.

Wenn Rollo wirklich einen Grund zur Eifersucht hatte oder glaubte, einen zu haben, dann hätte er ein viel stärkeres Motiv, gewalttätig zu werden, als wenn er nur wegen DeLanceys permanenter Belagerung seiner Freundin verärgert gewesen wäre.

So ein Unsinn! sagte sich Daisy und sprang zwischen einem uralten, zweirädrigen Wagen mit zwei sich gegenüberliegenden Sitzen und einem royalblauen Napier hindurch, dessen Chauffeur eine farblich exakt dazu passende Uniform trug. Alec hatte recht – selbst der friedfertige Rollo würde mit den Fäusten auf seinen Widersacher losgehen, aber niemals würde er ihm mit einem Ruder von hinten eins über den Kopf geben.

Mit Horace Bott hingegen war es anders. Daisy hielt mitten auf der Brücke inne und schaute der Betriebsamkeit der Regatta auf dem Fluß und an dessen Ufern zu, wie sie es gestern mit Bott und seiner Freundin nach seinem unfreiwilligen Bad im Fluß getan hatte. Bott hatte in weit stärkerem Maße als Rollo oder Cherry Grund, beleidigt zu sein. Er wußte, daß DeLancey größer und schwerer war als er, und er wußte auch, das hatte er selbst gesagt, daß er die feinen Antennen eines Gentleman nicht besaß. Er hätte durchaus mit irgendeinem Gegenstand zuschlagen können, wenn ihn einer angriff und er gerade dabei war, den Vierer zu sabotieren.

Aber falls DeLancey ihn angegriffen hatte, wie kam es dann, daß er von hinten geschlagen worden war?

Daisy schüttelte verwirrt den Kopf und ging weiter.

10

War der Angriff mit einem Ruder erfolgt? Das Blatt eines Ruders konnte durchaus der flache, glatte Gegenstand sein, den Dr. Dewhurst beschrieben hatte. Allerdings war Alec mit der Bootshaus-Theorie keineswegs so verheiratet, wie Daisy das zu sein schien.

Was zum Teufel hatte sie eigentlich geritten, daß sie mitten in der Nacht allein losgezogen war, um den Ort zu untersuchen, an dem möglicherweise ein Gewaltverbrechen geschehen war? Jede normale junge Dame hätte doch einen der zahlreichen jungen, starken Männer im Haus geweckt und ihn gebeten, sie zu begleiten, oder sogar, an ihrer Statt da hinunterzugehen. Aber Daisy war ja auch keine normale junge Dame, weswegen er sie liebte und weswegen sie ihn mit ihren tollkühnen, ihn regelmäßig wütend machenden und genauso oft aber auch erhellenden Einmischungen mitunter verwirrte.

Ein Ruder im Bootshaus?

Als er am Ende der Straße ankam, bog Alec rechts in die Station Road ein. Tom Trings riesige Gestalt in seinem leuchtendblau und weißkarierten Sommeranzug und der junge Piper warteten schon auf dem Bürgersteig vor dem Bahnhof. Alec lenkte den Austin geradewegs auf sie zu.

»N'Tach auch, Chief!« Piper ließ seine Woodbine zu Boden fallen, trat sie ordentlich im Staub aus und nahm seinen Koffer auf.

»Hallo, Tom, Ernie. Nein, warten Sie noch einen Moment«, sagte Alec und langte nach hinten, um den Regenschirm vom Rücksitz zu nehmen. Dann stieg er aus. »Verzeihen Sie, daß ich Ihnen Ihr Wochenende ruiniere.«

»So ist das nun mal, Chief. Obwohl meine Frau Gemahlin

schon einigermaßen verärgert war wegen ihrem Steak-and-Kidney Pie, der gerade im Ofen war«, dröhnte Tom. Er nahm seinen blaßgrauen Bowler vom Kopf, unter dem ein riesiger, haarloser Schädel hervorkam, der vor Schweiß glänzte. Darunter, gleichsam als Gegengewicht, war ein Walroßschnurrbart zu sehen, der auf seiner Oberlippe prächtig gedieh. Er fächelte sich mit dem Hut Luft zu, während er mit einem blau getüpfelten Taschentuch die grenzenlosen Weiten seiner Stirn wischte. »Sind Ihnen ja dankbar, daß wir nicht bis zum Revier marschieren müssen.«

Piper wies auf den zusammengeklappten schwarzen Schirm. »Der Chief hat für Sie ein Sonnenschirmchen mitgebracht, Sarge.«

»Den können Sie gleich als Parasol benutzen, Tom«, sagte Alec grinsend, »aber vorher müssen Sie noch ein kleines Experiment mitmachen. Piper, gehen Sie doch mal bitte ein paar Meter weg. Danke, so ist gut. Und jetzt stellen Sie sich vor, all das wäre aus Holz und ungefähr drei Meter lang. Zu schwer, als daß sie es mit der Hand abfangen könnten, wenn ich auf Sie einschlage.« Er griff den Schirm an der Spitze und ließ auf die Worte die Tat folgen.

Piper duckte sich und drehte sich dabei zur Seite, gleichzeitig wandte er das Gesicht von dem niedersausenden Regenschirm ab. Alec hielt im Schwung inne, kurz bevor der Griff den Detective Constable am Hinterkopf traf.

»Genauso muß es gewesen sein!«

Eine strenge Stimme ertönte hinter ihnen. »Moment, Moment, Moment! Einen Augenblick mal«, rief ein Bobby. »Was wird denn hier gespielt?«

Er betrachtete gleichermaßen mißtrauisch alle drei hastig hervorgeholten Ausweise der Metropolitan Police – glücklicherweise hatte Alec seinen immer dabei, ob er nun im Dienst war oder nicht – und hörte sich dann ebenso mißtrauisch die Erklärung an, es handle sich hier um ein Experiment. Seine Gesichtszüge hellten sich allerdings auf, als Alec auf die glückliche Idee kam, Horace Bott zu erwähnen. Das

Haus der Vermieterin von Miss Hopgood läge genau in seinem Revier, sagte der Bobby.

»Keine Sorge, Sir, ich sehe das, wenn die beiden zurückkommen. Aber ich wäre Ihnen sehr verbunden, Sir, bitte nehmen Sie mir das nicht krumm, wenn Sie Ihre Experimente woanders machen könnten als mitten auf der Straße. Das bringt die Leute nur auf merkwürdige Ideen.«

Alec war angemessen verlegen und entschuldigte sich. Der Constable war es zufrieden, salutierte und schaute ihnen zu, wie sie in den Austin stiegen. Der sackte unter Tom Trings Gewicht etwas zusammen.

»Jetzt erzähl ich Ihnen erst mal alles«, sagte Alec, während er nach rechts in die Reading Road abbog, die sich verwirrenderweise in die Duke Street verwandelte, dann Bell Street hieß und schließlich als Northfield End aus dem Städtchen hinausführte, wo sie in die Marlow Road bogen. Als sie dort waren, hatte Alec den anderen eine kurze Zusammenfassung des Falles gegeben.

»Herrjemine, Chief«, sagte Piper bewundernd vom hinteren Sitz aus, »das klingt ja nicht gerade so, als würden Sie uns noch brauchen. Die Sache ist doch schon vollkommen klar.«

»Es ist nur so«, sagte Alec, und seine Wangen fühlten sich etwas wärmer als sonst an, »daß ein Großteil meiner Informationen von Miss Dalrymple stammt. Ich hatte bislang noch keine Gelegenheit, ihre Aussage zu überprüfen.«

»Aha«, war das einzige, was Tom von sich gab. Ohne hinschauen zu müssen, wußte Alec, daß er grinste. »Wenn Miss Dalrymple Ihnen das gesagt hat, Chief, dann isses, als hätten wir es mit eigenen Augen gesehen.« Pipers Glaube an Daisys Fähigkeiten kannte keine Grenzen.

»Was liegt denn als erstes an, Chief?« fragte Tom.

»Als erstes werde ich Lord DeLancey aufsuchen, denn wir kommen sowieso an Crowswood vorbei, wo er zu Gast ist. Er kann eine Menge Dinge bestätigen, und es würde ihm bestimmt gar nicht gefallen, wenn wir ihn nach Bulawayo zitieren.«

Nach kurzem Schweigen fragte Tom vorsichtig nach: »Bulawayo? Ist das nicht in Afrika?«

Das war eine reife Leistung! Tom zu verwirren schaffte nicht jeder. Es gelang Alec, ohne Schmunzeln das Rätsel aufzuklären: »Ach, hatte ich das nicht erwähnt? Miss Dalrymples Onkel war in der Kolonialverwaltung tätig. Er hat sein Haus ›Bulawayo‹ genannt.«

Piper atmete hörbar auf.

»Ernie, Sie kommen mit rein, machen sich Notizen. Tom, ich möchte Sie bitten, zu den Cheringhams weiterzufahren – das Haus liegt zwei oder drei Kilometer von hier, immer geradeaus – und das Bootshaus zu durchsuchen. Stellen Sie es ruhig auf den Kopf. Das dürfte nicht allzulange dauern. Falls Sie dann noch Zeit haben, nehmen Sie Basil DeLanceys Schlafzimmer unter die Lupe.«

»Fosdyke lautet der Name von dem jungen Mann, mit dem er sich das Zimmer geteilt hat, nicht? Das ist doch der, der ihn ins Bett geschafft hat, nach Miss Dalrymples Darstellung?«

»Genau. Ich kann mir aber absolut nicht vorstellen, daß der Junge mit einem stumpfen Gegenstand auf seinen Mannschaftskameraden eingeschlagen hat, so unausstehlich DeLancey auch gewesen sein mag. Wenn es jedoch in dem Zimmer passiert sein sollte, kann es niemand anderes gewesen sein als Fosdyke. Sie brauchen sich also mit Fingerabdrücken im Schlafzimmer nicht aufzuhalten, es sei denn, Sie finden etwas, mit dem er zugeschlagen haben könnte.«

Tom war sehr genau, was Fingerabdrücke anging. »Ich werde mir DeLanceys Patscherchen von einer Haarbürste oder so etwas nehmen, damit ich die ausschließen kann«, sagte er.

»Tun Sie das. Ich ruf dann an, wenn wir hier abgeholt werden können. Die Befragung wird sicherlich nicht besonders lange dauern, aber Seine Lordschaft wird uns garantiert warten lassen. Aus Prinzip.«

»Wieder mal so einer?« hakte Tom nach.

»Ich glaube ja. Vielleicht tue ich dem Mann ja unrecht. Als

ich neulich mit ihm sprach, stand er noch unter Schock wegen des Todes seines Bruders.«

Sie kamen an dem Tor an, auf das Daisy ihn vorhin hingewiesen hatte, und Alec bog ein. Während sie die kurvenreiche Auffahrt durch den baumbestandenen Park entlangfuhren, gab er Tring weitere Anweisungen. »Sie wissen also, was zu tun ist«, endete er, als sie aus dem Wäldchen herauskamen und vor dem Portikus eines größeren Landsitzes hielten.

»Geht in Ordnung, Chief.« Tom ging um das Auto herum, wie immer überraschend leichtfüßig für einen Mann seines Umfangs. Der Chummy neigte sich zur Fahrerseite, als er sich hinter das Steuer setzte. »Bis in einer Stunde.«

Er fuhr ab. Alec und Piper traten rasch in den Schatten des Portikus und klingelten.

Der Butler, der an die Tür kam, machte ein durch und durch beleidigtes Gesicht, als Alec ihm seinen Dienstausweis präsentierte und nach Lord DeLancey fragte.

»Erwartet Sie Seine Lordschaft?« entgegnete er eisig.

»Seiner Lordschaft ist bekannt, daß ich mit ihm zu sprechen wünsche.«

»Ach so. Ich werde einen Lakaien losschicken, um Seine Lordschaft von Ihrer Ankunft in Kenntnis zu setzen. Aber das wird einige Zeit dauern, selbst wenn er beschließen sollte, Sie zu empfangen. Selbstverständlich ist Seine Lordschaft gerade am Fluß und beobachtet das Bootsrennen. Bitte warten Sie hier.« Er öffnete eine Tür und führte sie in ein winziges Vorzimmer, das spärlich und noch dazu unbehaglich möbliert war.

An einem heißen Sommertag war es hier immerhin angenehm kühl. Im Winter, dachte sich Alec, mußte das Zimmer eiskalt sein. »Hierher verfrachtet man die ungebetenen Besucher«, sagte er, kaum daß sich die Tür hinter dem Butler geschlossen hatte. »In der Hoffnung, daß sie sich frustriert wieder trollen. Na, Ernie, was halten Sie von der ganzen Sache?«

»Schaut sich das Bootsrennen an!« Der junge Detective Constable platzte fast vor Empörung. »Und sein Bruder ist noch nicht einmal unter der Erde!«

»Was halten Sie davon?«

Piper dachte nach. »Er hat noch niemandem davon erzählt. Stimmt's, Chief? Die anderen Adelsleute würden das ziemlich merkwürdig finden, so ist das wohl, oder? Bei denen kann man ja nie wissen.«

»Guter Hinweis«, ermutigte ihn Alec und runzelte die Stirn. Er trat hinüber zum Fenster, von dem aus man die Terrasse unterhalb des Portikus sehen konnte, doch die weitere Sicht war von den Säulen verstellt. Nicht, daß eine bessere Sicht etwas geholfen hätte. Das Fenster ging in die falsche Richtung.

»Ich kann nicht genau erkennen, wo wir im Verhältnis zum Fluß sind«, sagte er und setzte sich auf einen geflochtenen Stuhl, dessen Lehne einzigartig unbequem wirkte und es auch war. Er bedeutete Ernie, er solle sich auf ein ähnlich unsympathisches Möbel setzen. »Ich frage mich, wie weit stromaufwärts wir uns von der Spitze von Temple Island befinden, also von dem Ort, an dem Basil DeLancey gestorben ist. Gerade mal ein paar Kilometer, würde ich sagen, aber möglicherweise ist es auch zu weit, als daß man von hier erkennen könnte, was da genau vorgeht. Selbst mit einem erstklassigen Fernglas.«

»Aber würde Lord DeLancey das Risiko eingehen, Chief? Ich meine, nehmen wir mal an, es hat doch einer gesehen, was da passiert ist, und Lord DeLancey wäre zurückgekommen und hätte kein einziges Wort gesagt. Das würde doch noch merkwürdiger wirken.«

»Vermutlich ist es das letzte, was er riskieren möchte. Bloß kein Gerede! Vielleicht wußte er genau, daß keiner der Gäste hier ans Ufer gegangen ist, um dem Rennen zuzuschauen, jedenfalls nicht vor heute nachmittag. Am Morgen gab es ja nur einige wenige Durchläufe, wurde mir gesagt. Die Abschlußrennen haben erst heute weit nach dem Mittag angefangen.«

»Man wird früher oder später aber doch herausfinden, daß sein Bruder tot ist, Chief. Vielleicht wird Lord DeLancey dann behaupten, er hätte es auch gerade erst erfahren. Doch warum sollte er es überhaupt verschweigen wollen? Nur weil er in Frieden den Rest der Regatta sehen will?«

Alec schüttelte den Kopf. »Das bezweifle ich. Vermutlich liegt das alles eher an seiner pathologischen Angst davor, man könnte über ihn tratschen, was wiederum einen alten Skandal in Erinnerung bringen könnte. Falls er momentan etwas verwirrt ist – und als ich ihn zum ersten Mal sah, wirkte er auf mich nicht wie einer, der in besonders organisierten Strukturen denkt –, versucht er vielleicht nur, das Geklatsche, das der Tod seines Bruders ohne Zweifel verursachen wird, so lange wie möglich hinauszuzögern.«

»Wissen Sie denn, was das für ein Skandal ist, Chief?«

»Miss Dalrymple hat mir nichts Genaueres gesagt. Sie meinte nur, es sei nicht so wichtig, und vermutlich hat sie recht.«

»Wenn sie das so sagt«, stimmte ihm Piper zu, loyal, aber doch enttäuscht.

Amüsiert wandte sich Alec wieder den wichtigeren Angelegenheiten zu und teilte Piper weitere Einzelheiten über die drei Hauptverdächtigen mit. Im Auto war dafür keine Zeit gewesen.

»Soviel zu Bott, Frieth und Cheringham«, schloß er. »Dann ist da noch Fosdyke, aber der kommt als Täter kaum in Frage. Nicht mehr und nicht weniger als die anderen vier, will ich damit sagen.«

»Leigh, Meredith, Poindexter und Wells.« Ernie Piper hatte ein phänomenales Gedächtnis für Zahlen, und mit zunehmender Erfahrung als Detective wurde sein Namensgedächtnis fast genauso gut.

»Soweit wir das wissen, hatte keiner der fünf irgendeinen besonderen Grund, DeLancey nicht zu mögen. Sie waren entnervt, weil seine Piesackerei von Bott dazu geführt hat, daß sie das Rennen verloren. Und es hat sie alle angewidert, wie er Bott hinterher behandelt hat. Jeder von denen hätte noch einmal zum Bootshaus gehen können, um nach dem Vierer zu sehen, aber nur Fosdyke hatte etwas mit dem Viererrennen zu tun.«

»Es ist also wahrscheinlicher, daß er runtergegangen ist, Chief. Und vergessen wir nicht, daß er sich mit DeLancey ein Zimmer geteilt hat und ihn ins Bett geschafft hat, als er so betrunken war.«

»Ja. Die übrigen haben sich die anderen beiden Schlafzimmer geteilt. Wenn also einer von ihnen mitten in der Nacht aufgestanden wäre, dann hätte das der andere vielleicht gehört.« Alec fiel jedoch ein, daß Daisy sich hatte hinausschleichen können, ohne daß es ihre Cousine gemerkt hatte. In diesem wohlgeführten Haus gab es offenbar keine knarrenden Dielen oder quietschenden Türen. »Verdammt. Ich muß endlich mit all denen reden. Wo zum Teufel bleibt Lord DeLancey?«

»Vermutlich hat der Butler sich Zeit gelassen«, dachte Piper laut nach. »Und jede Wette, er hat den langsamsten der Lakaien losgeschickt. Der kann uns nicht leiden.«

»Kein Butler schätzt es, wenn die Polizei ins Haus kommt«, bemerkte Alec trocken.

Lord DeLancey erschien einige Minuten später. Er war puterrot im Gesicht. Anscheinend rührte das von der Hitze und von seiner Eile her, denn Schweißtropfen glänzten auf seiner Stirn, die zwar weniger großflächig war wie die von Tom Tring, aber gleichermaßen benetzt.

»Verzeihen Sie, daß ich Sie habe warten lassen, Chief Inspector«, sagte er ein wenig außer Atem, als sich die beiden Detectives erhoben. »Der Fluß ist einen halben Kilometer vom Haus entfernt, da dauert es etwas.«

Einen Augenblick lang fragte sich Alec, warum Seine Lordschaft eigentlich beschlossen hatte, so freundlich zu sein. Natürlich wollte er gerne, daß der Mörder seines Bruders gefaßt wurde. Er hatte bei ihrem letzten Treffen wohl wirklich unter Schock gestanden, ermahnte sich Alec.

»So lange warten wir noch nicht, Sir«, sagte er. »Darf ich vorstellen? Das ist Detective Constable Piper, der Protokoll führt. Wie ich Ihnen schon ankündigte, würde ich Ihnen gern ein paar Fragen stellen. Ich bitte um Entschuldigung, daß ich Ihren Nachmittag so durcheinanderbringe.«

Lord DeLancey, dessen Farbe etwas gewichen war, errötete aufs neue. »Sie müssen es für sehr merkwürdig halten, daß ich bei der Regatta zuschaue, wo Basil ... Es ist nur so, ich habe niemandem etwas davon erzählt. Ich wollte meinen Gastgebern das Wochenende nicht verderben und den anderen Gäste auch nicht.«

»Sehr verständlich, Sir. Ausgesprochen rücksichtsvoll von Ihnen. Wollen Sie sich nicht setzen?«

Alles setzte sich. Ernie holte sein Notizbüchlein hervor und einen der gutgespitzten Bleistifte, die immer in rauhen Mengen seine Taschen füllten, da mochte ein Aufbruch noch so eilig gewesen sein. Er war sehr stolz darauf, daß er die Kurzschrift so gut beherrschte, was es ihm ermöglicht hatte, zum Detective aufzusteigen. Und so war er noch nie unvorbereitet zu einer Befragung erschienen.

Alec wollte wissen, wann Lord DeLancey seinen Bruder zuletzt lebend gesehen hatte.

»Gestern, ungefähr um die Mittagszeit.«

»Und war sein Verhalten zu der Zeit in irgendeiner Hinsicht anders als sonst?«

»Sie werden das ja schon gehört haben ... Es gab ein Contretemps ... einen höchst bedauerlichen Temperamentsausbruch, fürchte ich.«

»Das ist mir tatsächlich schon berichtet worden. Aber darauf kommen wir gleich zurück. Er wirkte nicht verwirrt oder hatte eine unklare Sprache? Hat nicht über Kopfschmerzen geklagt, Schwäche, Schwindelanfälle, irgend etwas dergleichen?«

Lord DeLancey schüttelte den Kopf. »Nein. Er hatte gerade ein Rennen gerudert – wenn man das so nennen kann, nachdem sich der Steuermann mittendrin übergeben hat. Das Ergebnis können Sie sich ja denken. Die Mannschaft hat sich entsprechend Zeit gelassen, und Basil war noch nicht einmal außer Atem, als sie am Ziel ankamen, was man ja normalerweise ist. Er war also bei bester Gesundheit, als wir uns trennten.«

»Mir ist klar, daß das schmerzhaft für Sie wird, Sir, aber

bitte beschreiben Sie mir doch die Szene, als das Boot vom Ambrose College anlegte.«

»Sie werden dafür sicher jede Menge andere Zeugen haben«, sagte Seine Lordschaft ärgerlich.

Das stimmte schon. Alec beschloß, nicht darauf zu bestehen. Aber noch ehe er die nächste Frage taktvoll formuliert hatte, fuhr Lord DeLancey fort: »Basil war fürchterlich schlechter Laune und hat sich wie ein Idiot benommen. Ich habe der Sache so bald wie möglich ein Ende bereitet.«

»Ist Mr. DeLancey häufiger – ähem – hat er häufiger so die Fassung verloren?«

»Ist das wirklich alles notwendig, Chief Inspector?«

»Den Charakter eines Opfers richtig einzuschätzen ist oft außerordentlich wichtig, um die Motive des Mörders zu erklären. Dadurch gewinnt man häufig einen Hinweis darauf, wer es ist. Ich bin überzeugt, daß Sie in diesem besonderen Fall sehen werden ...«

»Ja, ja, ich verstehe. Leider muß ich zugeben, daß man meinen Bruder ganz fürchterlich verzogen hat. Basil ist – war – ein Nachzügler. Er war mehrere Jahre jünger als wir älteren Geschwister, der Lieblung der Mutter und meiner Schwestern«, sagte Lord DeLancey mit verkniffener Miene.

Mal wieder hatte Daisy den Nagel auf den Kopf getroffen! »Und Lord Bicester?« fragte Alec.

»Das Familienoberhaupt war als Mitglied der Regierung oder dann der Opposition eigentlich dauernd in London. Er hat immer seine Akten mit nach Hause genommen. Ich fürchte, er hat eher wenig getan, um die Fehler in der Erziehung meines Bruders auszubügeln.«

»Mit anderen Worten, Mr. DeLancey handelte eher impulsiv?«

»Er hat nie gelernt, seine Reaktionen unter Kontrolle zu halten.«

»Also nahm er wenig oder gar keine Rücksicht auf die Gefühle anderer.«

»Überhaupt nicht!« Die Bitterkeit in Lord DeLanceys Tonfall legte nahe, daß er nicht nur einmal unter den Fehlern seines Bruders zu leiden gehabt hatte.

»Und es war nicht sehr wahrscheinlich, daß er auf einen guten Rat hört?«

»Er hat immer nur getan, was ihm gerade paßte.«

»Dann würde es Sie auch nicht weiter erstaunen«, legte ihm Alec nahe, »wenn er trotz Ihres Verbotes gestern abend doch im Bootshaus von Bulawayo Wache geschoben hätte?«

Lord DeLancey wurde plötzlich sehr mißtrauisch. »Ich habe keinen Grund zur Annahme, daß er das getan hätte. Ist das«, er fuhr sich mit der Zunge über die Lippen – »glauben Sie, daß er dort überfallen worden ist?«

»Möglicherweise. Sie bestätigen also, daß er vorhatte, die Nacht dort zu verbringen?«

»Ja. Er hat so etwas gesagt. Ich habe das aber nicht besonders ernst genommen. Basil hatte es gern gemütlich, und eine Nacht in einem Bootshaus paßt da kaum ins Bild.«

»Allerdings«, stimmte ihm Alec zu. »Vermutlich wußten Sie, warum er das Boot bewachen wollte. Waren Sie anwesend, als die Drohung gegen das Boot ausgesprochen wurde?«

»Ja. Genau in dem Moment, in dem ich meinen Bruder überreden wollte zu gehen, schwor der Steuermann, er würde sich noch rächen. Aber er hat Basil gedroht. Das galt nicht dem Boot. Ich kann mir überhaupt nicht vorstellen, wie Basil auf die Idee gekommen ist, der junge Mann könnte dem Boot einen Schaden zufügen. Ich hätte von ihm erwartet – also von Basil, meine ich –, daß er sich bald eines Besseren besinnt, denn sein Vorhaben bedeutete ja eine außerordentlich unbequeme Nacht für ihn.«

»Als Sie zuletzt mit ihm sprachen, hatte er da immer noch vor, Wache zu schieben?«

»Als ich zuletzt mit ihm sprach, das war am …« DeLancey hielt inne und schluckte. Wahrscheinlich fiel ihm die Erinnerung an das letzte Gespräch mit seinem Bruder schwer. Er riß sich zusammen und setzte noch einmal an. »Sie meinen, als ich mit ihm telephoniert habe?«

Alec spitzte die Ohren. »Wann war denn das?«

»Ach, gestern abend noch.«

»Um wieviel Uhr?«

»Ungefähr viertel vor elf. Ich spielte gerade Bridge. Als mir die Rolle des Strohmanns zufiel, hatte ich ja Zeit zum Nachdenken, und mir fiel ein, daß ich gar nicht sicher war, um wieviel Uhr das Rennen von Ambrose heute morgen stattfinden würde. Also habe ich ihn angerufen. Keiner von uns beiden hat seinen lächerlichen Plan auch nur erwähnt.«

»Wie klang er denn? Normal?«

»Seine Sprache war ein bißchen schleppend. Ich nahm an, daß er schon den einen oder anderen Whisky getrunken hatte. Sie glauben doch nicht etwa, daß er da schon verletzt war?«

»Momentan habe ich gar keine Ahnung, Sir. Ist Ihr Bruder selbst ans Telephon gegangen?«

DeLancey warf ihm einen abfälligen Blick zu. »Natürlich hat ihn Lady Cheringhams Butler ans Telephon gebeten.«

»Haben Sie mitbekommen, ob sonst noch jemand zu der Zeit im Haus unterwegs war?«

»Das kann ich Ihnen nicht sagen. Ich glaube, die Mannschaft geht während der Rennen relativ früh zu Bett, aber natürlich mußten vier von ihnen – fünf, wenn man den Steuermann dazuzählt – heute überhaupt nicht starten. War es der Steuermann?«

»Noch habe ich nicht genügend Informationen, um einen Verdacht begründen zu können, Sir. Soweit Sie das beurteilen können, hatte irgend jemand anderes noch einen Grund, Ihrem Bruder übelzuwollen?«

»Jede Menge Leute hatten das, würde ich sagen. Basil hatte eine verdammt spitze Zunge und hielt sie nie im Zaum. Es war einer aus der Mannschaft, glauben Sie nicht?«

»Jedenfalls hatten die die beste Gelegenheit«, sagte Alec vorsichtig. Er stand auf. »Vielen Dank für Ihre Zusammenarbeit, Lord DeLancey. Ich will Sie jetzt nicht weiter von Ihren Freunden fernhalten.«

Seine Lordschaft zog eine Grimasse, als er sagte: »Ich muß denen jetzt wohl doch von der Sache mit Basil erzählen.«

»Sehr wahrscheinlich wird der Fall in den Abendzeitungen gemeldet, fürchte ich.«

»Zeitungen!« Cedric DeLancey stöhnte auf und barg den Kopf in den Händen. »Irgendwie hab ich die Presse bislang verdrängt. Typisch Basil, der macht einem noch als Toter genausoviel Scherereien wie im Leben!«

11

»Lord Delancey hat eine Menge von dem bestätigt, was Miss Dalrymple mir erzählt hat, Tom«, berichtete Alec, als sie aus dem Schatten des Portikus in die brütende Nachmittagshitze traten.

»'türlich hat er das!« sagte Piper empört, während er sich auf den Rücksitz des Austin begab.

»Er hat bestätigt, daß sein Bruder davon geredet hat, die Nacht im Bootshaus zu verbringen?« fragte Tom.

»Ja, obwohl er das sehr heruntergespielt hat.« Alec setzte sich auf den Beifahrersitz und schloß die Tür. »Er meinte, er hätte nicht geglaubt, daß Basil damit wirklich Ernst machen würde.«

»Sieht aber so aus, als hätte er das doch getan«, wandte Tom lakonisch ein und ließ die Kupplung kommen. Er war ein vorsichtiger und aufmerksamer Fahrer, sonst hätte Alec ihm ja auch nicht seinen geliebten Chummy anvertraut.

»Und was haben Sie alles entdeckt?«

Tom blinzelte im Wechselspiel von Licht und Schatten auf der an sich hellen Auffahrt und sagte: »So was wie eine Blutspur, Chief, und ein paar dunkle Haare auf dem Boden. In einer hinteren Ecke lag ein Kissen. Wo man es nicht bemerken würde, auch nicht den, der darauf sitzt, wenn man zur Tür hereinkommt. Und einer der jungen Herren hat mir gesagt, eines der Ruder sei beschädigt. Das hätten sie festgestellt, als das Boot heute morgen ins Wasser gelassen wurde.«

»Beschädigt?« Alec runzelte die Stirn. »Erstaunlich. Ein Schlag mit dem Ruderblatt, der an DeLanceys Schädel kaum wahrnehmbare Verletzungen verursacht hat, soll jetzt das Ruder sichtbar beschädigt haben?«

»An der Kante des Blattes war eine Einbuchtung. Mr. Cheringham meinte, es sei wahrscheinlich heruntergefallen. Das hat Mr. Frieth ganz schön geärgert, der ja der Mannschaftskapitän ist.«

Ein Ruder auf dem Boden wäre Daisy aufgefallen, auch wenn sie ein Kissen hinten in einer Ecke nicht gesehen haben mochte. Wenn DeLancey im Bootshaus geschlagen worden war, dann mußte das passiert sein, bevor er bei ihr im Schlafzimmer gelandet war.

»Hat man das Ruder am Morgen auf dem Boden liegend gefunden?« fragte Alec.

»Nein, es war ordentlich in das Gestell zurückgelegt worden, Chief. Könnte sein, daß derjenige, der DeLancey geschlagen hat, es vor Schreck fallengelassen hat oder so. Um es dann wieder aufzuheben und wegzulegen. Ich denke mal, es wäre ja auch unnatürlich, wenn ein Ruderer ein Ruder einfach so herumliegen lassen würde.«

»Sehr gut beobachtet. Fingerabdrücke vorhanden?«

»Jede Menge. Sieht so aus, als seien die auf den Rudern alle mehr oder minder identisch. Jeder rudert mit jedem Ruder. Dann haben noch die jungen Damen, Miss Cheringham und Miss Carrick, oft tragen geholfen, sagt Mr. Cheringham.«

»Mr. Cheringham scheint Ihnen ja sehr hilfreich gewesen zu sein.«

»Er meinte, er hätte Gastgeberpflichten, nachdem sein Onkel die Biege gemacht hat. Er ist aber nicht Miss Dalrymples Vetter, oder, Chief?«

»Genau. Er ist sozusagen als Bruder von Miss Cheringham aufgewachsen. Und die wiederum ist Miss Dalrymples Cousine.« Alec seufzte. Wie Tring und Piper sehr wohl wußten, tendierte Daisy immer dazu, einen oder auch mehrere Tatverdächtige unter ihre Fittiche zu nehmen. Und wer kam diesmal besser dafür in Frage als Cherry?

»Ach ja, noch was.« Tom dachte einen Augenblick nach. »Er hat mir gesagt, seine Patscherchen seien ganz sicher auf dem beschädigten Ruder, weil er es heute morgen vom

Gestell heruntergenommen hat. Bevor irgend jemand gemerkt hatte, daß es eine Macke hat.«

»Meinen Sie, er wollte damit seine Spuren verwischen? Wenn da so viele Fingerabdrücke drauf sind, dann wird es ohnehin nicht weiterhelfen, wenn wir sie einzeln untersuchen.«

Der Sergeant war da anderer Meinung. »Manche von denen liegen übereinander. Wenn ich die erst einmal zugeordnet habe, kann ich vielleicht sogar sagen, wer das Ruder zuletzt angefaßt hat, außer Mr. Cheringham. Oder ich kann die ausschließen, die es nicht in der Hand hatten.«

»Stimmt. Sie sollten sich mal am besten gleich daran machen, wenn wir wieder zurück sind, Tom. Das Bootshaus ist versiegelt?«

»Ich hab mir ein Schloß von Bister geben lassen, dem Gärtner und Mädchen für alles. Hier ist der Schlüssel, Chief. Anscheinend machen die sich im Sommer nicht die Mühe, das Haus abzuschließen«, sagte Tom mißbilligend. »Aber haben Sie schon mal gehört, daß einer im Winter ein Boot geklaut hätte?«

Alec mußte lachen. »Nein, allerdings nicht. Sie haben eine Probe von der Blutspur genommen, damit die analysiert werden kann?«

»Schon geschehen.«

»Gut gemacht. Einer der Bobbies von hier kann sie in die Stadt zum Labor bringen. Vermutlich haben wir kein Glück mit Fußspuren vor dem Bootshaus? Es ist zu trocken gewesen in letzter Zeit, und wenn dasselbe gilt wie bei den Fingerabdrücken, dann war einfach jeder da.«

»Kein Glück mit den Fußspuren, Chief, aber der Constable und ich haben jede Menge Schnecken und Ohrwürmer und …«

»Tom!«

»… und Spinnen gefunden«, fuhr Tom unschuldig fort, »und ein altes Entennest und Zigarettenstummel und einen Hering von einem Zelt.«

»Einen Hering?« Warum erschien ihm das so wichtig?

»Nicht aus poliertem Holz wie das Ruder, also keine Patscherchen. Keine getrockneten Blätter drauf, so daß ich annehmen würde, er lag noch nicht lange da. Aber Heringe benutzt man bekanntlich draußen und steckt sie in die Erde; dieser hier ist entsprechend schmutzig und abgenutzt.«

»DeLancey wurde aber nicht mit einem Hering ermordet, Sarge«, bemerkte Ernie Piper von hinten.

»Nein«, stimmte ihm Alec zu, während der Austin in die Auffahrt zum Landsitz der Cheringhams einbog. »Aber ich hab trotzdem das Gefühl, daß der Hering von Bedeutung ist. Bitte nicht verlieren, Tom!«

»Ich und ein Beweisstück verlieren!« Tom war verletzt. »Hören Sie mal, Chief, wann habe ich schon mal Beweismaterial verbummelt?«

»Wollte mich nur ein bißchen für die Ohrwürmer rächen«, beruhigte ihn Alec. Piper kicherte. »Haben Sie einen Blick in das Schlafzimmer von DeLancey und Fosdyke werfen können?«

»Nur einen kurzen Blick, für mehr war keine Zeit. Ich hab DeLanceys Patscherchen von seinem Rasierzeug abgenommen. Alles andere war bestens poliert, richtig auf Hochglanz, auch die Taschenlampe auf dem Treppenabsatz. Die Cheringhams haben für diese Woche, wo das Haus so brechend voll ist, ein paar Mädchen extra eingestellt, und die Haushälterin hält die gut auf Trab.«

»Reden Sie doch mal mit dem Dienstmädchen, das das Zimmer gemacht hat. Falls es da irgend etwas zu sehen gab, dann sind Sie garantiert derjenige, der es von ihr erfährt.«

Alec lächelte, als er sah, wie Tom sich zufrieden über den Schnurrbart fuhr, während er den Austin vorne an der Tür des Hauses zum Stehen brachte. Trotz seines Umfangs und seiner ebenso großen Zuneigung zu seiner Frau hatte der Sergeant eine Art, insbesondere mit weiblichem Personal umzugehen, aber auch mit Dienstboten im allgemeinen, die bei Untersuchungen sehr hilfreich war. Man mußte ihm gar nicht erst sagen, was er fragen sollte, wenn er die Angestellten vernahm

– und das war einer der Gründe, warum Alec ihn unbedingt hatte hierhaben wollen.

»Aber das hat noch Zeit«, fuhr Alec fort. »Es sieht ja ganz danach aus, als sei das Bootshaus der Ort, an dem das Verbrechen verübt ...«

»Genau wie Miss Dalrymple vermutet hat«, warf Piper von hinten ein.

»Das heißt, daß es Ihre erste Amtshandlung sein wird, Tom, die Fingerabdrücke von allen im Haus zu nehmen und sie mit denen auf dem Ruder zu vergleichen. Und wir beide haben weitere Befragungen vor uns, Ernie. Haben Sie auch genügend Bleistifte gespitzt?«

»Klar doch, Chief«, versicherte ihm der junge Detective Constable.

Obwohl die Tür offenstand und er nach einer nur kurzen Abwesenheit zurückkehrte, klingelte Alec. Er glaubte zwar nicht, daß Lady Cheringham beleidigt wäre, wenn er einfach so hineinträte, aber der Butler wäre es dafür mit Sicherheit – also vielleicht der letzte, der DeLancey gesehen hatte, bevor der eins über den Kopf bekam. Entsprechend war es wichtig, sich gut mit ihm zu stellen.

Gute Zusammenarbeit mit einem Butler war grundsätzlich von großer Wichtigkeit für eine polizeiliche Untersuchung, aber das Zustandekommen einer solchen Kooperation war ein seltener Glücksfall.

Lady Cheringhams Butler war allerdings ziemlich anders als das hochnäsige Individuum, das in Crowswood Anstellung gefunden hatte. Zuerst einmal war dieser Butler schwarz. Alec war ihm bislang noch nicht begegnet, denn Daisy hatte ihn neulich ins Haus begleitet und ihn später zum Telephon in der Bibliothek geführt, und ein Dienstmädchen hatte ihm seine Sandwiches zum Lunch gebracht. Er war einen kurzen Augenblick verwirrt, doch dann fiel ihm wieder ein, daß die Cheringhams lange in Afrika gelebt hatten. So überraschte es nicht, daß sie einen ihrer Dienstboten mit nach England genommen hatten.

Tom hatte den Butler schon kennengelernt. »Das ist Mr.

Gladstone, Sir«, stellte er den hochgewachsenen Afrikaner vor. »Habe hier Detective Chief Inspector Fletcher, Mr. Gladstone, und Detective Constable Piper mitgebracht.«

Gladstone verbeugte sich mit einer dem Ernst des Augenblicks angemessenen Würde und gleichzeitig mit der Ehrerbietigkeit, die dem Verlobten der Nichte von Sir Rupert und Lady Cheringham gebührte. Ohne jeden Zweifel war ihm klar, um wen es sich bei Alec handelte. »Wie kann ich Ihnen behilflich sein, Chief Inspector?« fragte er mit einer tiefen, auf freundliche Weise höflichen Stimme, die überhaupt keinen Akzent hatte.

»Ich benötige ein Zimmer, in dem ich mit den Gästen des Hauses sprechen kann«, sagte ihm Alec. »Die Bibliothek wäre zum Beispiel hervorragend geeignet, wenn wir dort den Ablauf im Haus nicht stören.«

»Aber ganz und gar nicht, Sir. Die Herren und Miss Carrick sind alle im Salon oder auf dem Rasen unter der Kastanie, glaube ich. Auf der Terrasse gibt es keinen Schatten, verstehen Sie.«

»Miss Cheringham ist immer noch nicht nach unten gekommen?«

»Man hat mir gesagt, daß Miss Cheringham sich zum Tee zu ihren Gästen gesellen wird. Der wird demnächst serviert. Ich bin sicher, es ist im Sinne Ihrer Ladyschaft, wenn ich Ihnen ebenfalls etwas bringe.«

»Ein Tee wäre sehr schön«, dankte ihm Alec.

»Aber für mich bitte etwas Kühles, wenn das ginge, Mr. Gladstone«, bat Tom und wischte sich mit seinem gepunkteten Taschentuch über die Stirn.

»Aber selbstverständlich, Mr. Tring.«

»Und wenn Sie irgendwo eine Spülküche hätten, in der ich die Fingerabdrücke abnehmen könnte, dann würde mir das die Sache sehr erleichtern. Es ist eine etwas unappetitliche Angelegenheit.«

»Für die Herren gibt es unten noch eine Garderobe und einen Waschraum, das wäre vielleicht praktischer«, schlug der Butler vor.

»Ganz recht, und an die Damen machen wir uns ran, wenn es soweit ist. Ich meine doch nur, was die Auswahl der Fingerabdrücke angeht«, fügte Tom eilig hinzu, als Gladstone ihn schockiert anschaute. »Damit wir wissen, wen wir bei der Untersuchung aussparen können.«

»Aber selbstverständlich«, sagte der Butler erleichtert. »Sie finden zur Bibliothek, Chief Inspector? Wenn Sie mir bitte folgen wollen, Mr. Tring, dann zeige ich Ihnen den Weg.«

»Ich rede als erstes mit Mr. Leigh, Sergeant«, sagte Alec. »Suchen Sie sich für die Fingerabdrücke welche von den anderen aus. Piper, da drüben die Tür führt zur Bibliothek, das da ist der Salon, von dort gehen große Türen auf die Terrasse und den Rasen. Holen Sie doch bitte Mr. Leigh herein.« Er befragte meist zuerst diejenigen, auf die kaum Verdachtsmomente fielen. Oft konnte er sie dann schon von seiner Liste streichen und hatte doch weitere Informationen von ihnen erhalten, die die Vernehmung jener, die eher als Tatverdächtige in Frage kamen, einfacher machten.

»Ja, Sir.«

»Und schicken Sie von den anderen gleich ein paar zu mir, junger Freund«, sagte Tring.

Alec ging in die Bibliothek. An jedem der offenen Fenster stand sich ein Paar Sessel gegenüber. Einen drehte er so, daß das Gesicht desjenigen, der darin saß, gut im Licht lag, ohne direkt von der Sonne beschienen zu sein – wenn jemand blinzelte, konnte man nur schwer seine Gefühlsregungen erkennen. Etwas seitlich, am Schreibtisch, würde er selbst sitzen, beschloß Alec. Damit hätte er eine etwas beherrschendere Stellung, von der aus er einen ausgezeichneten Blick auf sein Opfer hätte. Ein Stück hinter dem Sessel hatte er für Piper einen Stuhl bereitgestellt – Tatverdächtige schwiegen oft, wenn sie merkten, wie jedes ihrer Worte aufgeschrieben wurde.

Piper führte Leigh herein. Der junge Ruderer schien sich vom ersten Schock über das Ableben seines Sportsfreundes erholt zu haben, und das bevorstehende Polizeiverhör schüchterte ihn offenbar nicht besonders ein.

»Entschuldigen Sie bitte die Hemdsärmel, Sir» sagte er fröhlich. »Ist einfach teuflisch heiß heute, trotz der Brise vom Fluß. Sie wollen vermutlich was über die Auseinandersetzung zwischen DeLancey und Bott hören.«

»Unter anderem, Mr. Leigh.« Alec bedeutete ihm, er möge in dem Sessel Platz nehmen, und setzte sich an den Schreibtisch. »Ihr Vorname bitte, für das Protokoll. Detective Constable Piper wird es anfertigen und dafür entsprechend Notizen machen.«

»Donald. Unter anderem? Sie meinen, es war nicht Bott, der ihm eins übergezogen hat?« Leigh konnte es offenbar nicht fassen. Ganz offensichtlich hielt er, wahrscheinlich ebenso wie die anderen, den Fall für abgeschlossen.

»Ich habe noch lange nicht genug Beweismaterial, um da eine Entscheidung zu fällen.«

»Aber Bott hat sich doch aus dem Staub gemacht, und außerdem ist er derjenige, den DeLancey so schlecht behandelt hat. Und dann hat er noch gedroht ...«

»Nun mal langsam!« Manchmal lohnte es sich ja, einen Zeugen oder einen Tatverdächtigen einfach drauflosreden zu lassen, aber das hier führte zu nichts. »Ich würde Ihnen gern ein paar Fragen stellen.«

»Ja, selbstverständlich, Sir. Verzeihung. Du liebe Zeit, heißt das, wir sind allesamt ...? Verzeihung! Ich sag nichts mehr. Ich antworte nur noch, meine ich.«

»Danke.« Alec lächelte ihn an. »Wieso glauben Sie denn, Horace Bott hätte hier seine Zelte abgebrochen?«

Leigh wurde rot. »Ich meine, das haben wir doch alle die ganze Zeit gesagt. Aber es stimmt wohl gar nicht, was? Ich hab ihn heute morgen selber hinübergerudert, lange bevor DeLancey das Zeitliche gesegnet hat. Er wollte den Tag mit seiner Liebsten verbringen.«

»Hat er irgend etwas mitgenommen?«

»Nur, was er gerade bei sich hatte. Keine Tasche oder so was, wenn Sie das meinen. Er redete davon, etwas zum Picknicken mitzunehmen und flußaufwärts Rast zu machen. Vermutlich wollte der arme Kerl so weit wie möglich von dem Ort weg, an dem er sich so blamiert hat. Und jetzt, wo wir davon reden: der hat wahrscheinlich noch gar nicht erfahren, was passiert ist, nicht wahr?«

»Nein«, antwortete Alec abwesend. Er hatte Leigh nur mit halbem Ohr zugehört, hatte im Geiste die Dinge sortiert. Die Frage nach den abgebrochenen Zelten hatte ihn von seiner eigenen Frage abgelenkt. »Hat er erwähnt, was er nach der Regatta unternehmen wollte?«

»Er wollte wandern gehen«, antwortete Leigh wie aus der Pistole geschossen. »Im Zelt übernachten. Ich vermute, der kann sich noch nicht einmal eine Übernachtung in einem Gasthof leisten.«

»Entschuldigen Sie mich bitte einen Augenblick. Ich bin gleich wieder da. Piper!« Alec ging mit ihm aus der Bibliothek. Im Flur sagte er: »Gehen Sie sofort hoch in Botts Schlafzimmer.«

»Der Hering«, sagte Piper.

»Ganz genau. Er muß einen ganzen Beutel davon hier haben. Nehmen Sie einen und vergleichen Sie ihn mit dem, den Tom gefunden hat. Lassen Sie aber niemanden mitkriegen, was Sie da machen, Ernie. Die sind alle schon so überzeugt, daß Bott es war. Aber selbst wenn der gefundene Hering ihm gehört, ist das noch lange kein Beweis.«

»Verstanden, Chief.«

Alec kehrte in die Bibliothek zurück. Während er auf der Suche nach Papier und einem Stift für seine Notizen eine Schublade öffnete – obwohl er keinesfalls vorhatte, Wort für Wort Protokoll zu führen –, beobachtete Leigh ihn nervös.

»Wenn es nicht Bott war«, brach es schließlich aus ihm heraus, »wer war es dann? Ich hab DeLancey nicht geschlagen. Er hat mich nie besonders gestört.«

»Aber gemocht haben Sie ihn auch nicht?«

»Na ja, besonders gern hatte ich ihn nicht. Er war ein übler Kerl. Nicht durch und durch verdorben, wenn Sie mich verstehen, aber er war ein bißchen unmanierlich. Wenn Sie mich fragen«, sagte Leigh ganz ernsthaft, »dann hätte er besser ins Christ Church College gepaßt. Da ist man diese geballte Gräflichkeit gewohnt. Er hätte sich nur ein bißchen anständiger benehmen müssen. Aber so war er erst der Liebling der Familie und dann ein großer Fisch in einem kleinen Teich, wenn Sie verstehen, was ich meine.«

»Ach, tatsächlich?«

»Ambrose ist ein kleines College, und im wesentlichen gehen da die Söhne der Grundbesitzer hin, nicht der Adel. Meine Familie zum Beispiel hat nicht das geringste bißchen adelige Verwandtschaft. Sein Vater hingegen ist der Earl of Bicester, und er hat doppelt soviel Geld als Wechsel bekommen wie wir anderen. Und dazu war er auch noch ein guter Sportler und hat seine Prüfungen ohne allzu viel Büffelei bestanden ... Na ja, das alles hat ihn jedenfalls nicht weniger selbstbewußt werden lassen. Er mußte ja auch noch nie auf irgend jemandes Gefühle Rücksicht nehmen. Ach, herrje. Tut mir leid, jetzt rede ich schon wieder ganz durcheinander und so viel auf einmal!«

»Aber gar nicht. Es ist oft eine große Hilfe, wenn man den Charakter des Opfers ein bißchen besser kennt. Also war Basil DeLancey es gewohnt, alle in seiner Umgebung rücksichtslos unterzubuttern?«

»Ja, und er war ganz besonders unhöflich zu denjenigen, die er verachtete, wie zum Beispiel Bott oder Miss Carrick. Er fand, Frauen gehören nicht auf die Universität. Und darüber hinaus ist sie ja nun auch nicht – na ja, man würde sie nicht mit der schönen Helena verwechseln«, bemühte sich Leigh um eine taktvolle Umschreibung. »Er hat sie richtiggehend mißhandelt. Mit Worten, meine ich. Ich habe mehr als einmal gehört, wie gräßlich er zu ihr war. Natürlich hat er sie nicht angerührt. Miss Cheringham, die hätte er gerne mal in die Finger bekommen, wenn ich das so sagen darf.«

»In Liebesdingen, vermute ich? Hat sie seine Werbung denn freundlich aufgenommen?«

»Um Himmels willen, natürlich nicht! Allerdings hat der

es ja geschafft, selbst ein Kompliment zu einer Beleidigung umzumünzen. So hat er mal gesagt, mit einer Ausbildung würde sie nur ihre Zeit verschwenden.«

»Das muß sie und Miss Carrick ganz schön aufgebracht haben.«

»Nicht so sehr wie Cheringham und Frieth. Aber ich sollte wirklich nicht so viel über die Leute klatschen«, sagte Leigh verlegen.

»Das ist kein Klatsch«, versicherte ihm Alec. »Sie sind vielmehr der Polizei dabei behilflich, einen Mörder dingfest zu machen.«

»Es war doch nicht wirklich ein Mord, oder? Ich meine Bott – oder wer auch immer DeLancey geschlagen hat –, hätte ihn schließlich gleich an Ort und Stelle erledigen können, wenn er das gewollt hätte. Du liebes bißchen, Sie glauben doch nicht etwa, daß es Frieth oder Cheringham waren, oder?«

»Noch gibt es einfach nicht genug Beweismaterial, um irgend etwas mit Sicherheit annehmen zu können.« Alec ging im Geiste noch einmal durch, was von wem gesagt worden war und wann. Leigh und die anderen wußten wahrscheinlich nicht, daß DeLancey mit einem stumpfen Gegenstand von hinten auf den Kopf geschlagen worden war. »Was glauben Sie denn?«

»Frieth hätte ihn nie vor dem Rennen geschlagen.« Leigh wirkte und klang völlig sicher. »Nicht, solange wir noch eine Chance hatten, für Ambrose den Pokal zu gewinnen. Ich glaube nach wie vor, daß es Bott gewesen sein muß, selbst wenn er noch nicht weiß, daß DeLancey tot ist. Er ist kleiner und leichter, und auch wenn DeLancey in der Boxmannschaft von Oxford war, so spielt Bott doch Racquets. Der ist schnell auf den Füßen. Und wenn DeLancey nicht aufgepaßt hat, hätte er ihm gut eins überziehen können.«

Ohne sich selbst dabei einen Schaden zuzufügen? Alec machte sich nicht die Mühe, seinen Zweifeln Ausdruck zu verleihen, denn es tat ohnehin nichts zur Sache. Es war ihm sehr wohl aufgefallen, daß Leigh im Hinblick auf Cheringham seiner Frage ausgewichen war. Der Vetter von Daisys Cousine hatte doppelten Grund, wütend zu sein. Jedenfalls mehr als Frieth, denn er hatte sowohl seine Cousine als auch seine Verlobte zu beschützen. Darüber hinaus wären ihm, wenn er den Schlagmann außer Gefecht setzte, die möglichen Folgen wahrscheinlich weniger wichtig als Frieth. Schließlich war er eher ein Intellektueller.

Wenn es aber andererseits Frieth wichtig war, eine Trophäe mit nach Hause zu nehmen, dann hätte der eher noch einmal nachts im Bootshaus vorbeigeschaut, um nach dem Vierer zu sehen. Er hätte sich möglicherweise dort mit DeLancey gestritten, vielleicht über dessen Umgang mit dem Steuermann und die Folgen für den Achter von Ambrose, vielleicht aber auch wegen Tish. Und vor lauter Wut hätte er möglicherweise doch die Folgen für das Rennen am nächsten Morgen aus dem Blick verloren.

Aber hätte einer von beiden mit etwas anderem zugeschlagen als mit der Faust? Es war zwar unwahrscheinlich, dachte Alec, aber nicht unmöglich.

»Erzählen Sie mir von Bott und DeLancey«, bat er.

Abgesehen von dem reumütigen Geständnis, daß er und seine Freunde DeLancey in der Angelegenheit mit dem Whisky eher angestachelt als gebremst hatten, unterschied sich Leighs Bericht nur in winzigen Details von dem Daisys. »Bott ist eher ein Brechmittel«, sagte er freiheraus, »aber er hatte jedes Recht der Welt, unheimlich wütend zu sein. DeLancey ist da einfach zu weit gegangen. Wenn er nicht gleich daran gestorben wäre, dann hätte ich die Dresche wirklich für eine verdiente Strafe gehalten.«

»Das klingt ja so, als hätte DeLancey gewußt, wie man sich Feinde schafft. Hatte er obendrein einen Ruf als Frauenheld?«

»Es hat da irgendeine Geschichte gegeben. Aber das war ein Ladenmädchen, nicht eine anständige junge Dame wie Miss Cheringham«, fügte Leigh hastig hinzu. »Das Übliche: hat das Mädchen ins Unglück gestürzt und sie dann sitzengelassen. Ich hab gehört, sein Bruder hätte ganz schön was springen lassen müssen, um die Angelegenheit im stillen zu regeln. Wohlgemerkt, es ging nicht um ein nicht eingelöstes Eheversprechen. Es hat wohl nur ihre Mutter gedroht, einen riesigen Aufriß zu veranstalten.«

»Aber einen Vater oder Bruder, der Rache geschworen hätte, gab es nicht?«

»Nicht daß ich wüßte«, sagte Leigh bedauernd. Es schmerzte ihn offenbar sehr, einen möglichen Tatverdächtigen abschreiben zu müssen, der als vollständiger Außenseiter sehr praktisch gewesen wäre. »Die Mutter war Witwe und die Tochter Einzelkind, glaube ich. Jedenfalls haben sich die Leute letztes Jahr gewaltig die Mäuler darüber zerrissen. Es wäre eher merkwürdig, mit der Rache so lange zu warten. Das tut man doch nur, wenn man eine etwas ausgefeiltere Form wählt als die, dem Gegner eins über die Rübe zu ziehen.«

Alec war erleichtert, die Oxforder Stadtpolizei nicht um Amtshilfe bitten zu müssen. Wie hätte sie ihm einen namenlosen und möglicherweise auch nur in dieser Erzählung bekannten Übeltäter ausfindig machen sollen? Dennoch nahm er sich vor, diese Auskunft von Leigh an den Aussagen der anderen zu überprüfen.

»Ist er im Bootshaus geschlagen worden?« fragte Leigh. »Ich hab vorhin Ihren Beamten da herumwühlen sehen.«

»War DeLancey denn Ihres Wissens gestern abend am Bootshaus?«

»Ich hab ihn da nicht hingehen sehen, aber er hat dauernd davon geredet, daß Bott Drohungen ausgesprochen hätte und daß das Boot deswegen bewacht werden muß. Meinte, er würde nicht verstehen, was sein Bruder dagegen hätte, wenn er die Nacht unter etwas ungemütlichen Umständen dort verbringen wollte. Es sei schließlich seine Sache.«

»Das war gestern abend?«

»Ja, nach dem Abendessen.«

»Und wer war alles dabei?«

»Lady Cheringham, Miss Dalrymple, eine Weile lang Fosdyke, aber der geht ja mit den Hühnern zu Bett. Dann noch Poindexter, Wells, Meredith.« Leigh hielt einen Augenblick inne, um nachzudenken. »Cheringham und Frieth waren die meiste Zeit draußen auf der Terrasse, mit Miss Cheringham und Miss Carrick. Beziehungsweise umgekehrt, wenn Sie verstehen, wie ich das meine. Miss Dalrymple ist dann hinausgegangen, um ein Telephonat zu führen, und ist danach zurückgekommen und hat sich zur Nacht verabschiedet. Das muß so gegen halb zehn gewesen sein, denke ich. Zu der Zeit hat Lady Cheringham die anderen Mädchen auch hereingeholt, und die sind alle zusammen hochgegangen. Cheringham und Frieth sind ein paar Minuten später hineingekommen und ebenfalls gleich zu Bett gegangen.«

»Die sind nicht einen Moment dageblieben und haben DeLanceys Reden gelauscht?«

»Nicht daß ich mich daran erinnern könnte.«

»Und Bott war nicht da?«

»Nein, der ist noch nicht einmal zum Essen dagewesen. Hat den Abend mit seiner Süßen verbracht, vermute ich, und ist dann gleich ins Bett gegangen, als er zurückkam. Das kann man ihm auch nicht verübeln, nach allem, was am Abend davor und an dem Morgen passiert ist. Wenn der sich gezeigt hätte – also DeLancey hätte auf keinen Fall den Takt besessen, ihn einfach in Ruhe zu lassen. Der war schon beim dritten Whisky, als er ans Telephon gerufen wurde. Während er telephonierte, sind wir anderen ins Bett gegangen. Wir hatten alle ziemlich die Nase voll von seinem Gerede.«

»Sie sind alle hochgegangen?«

Leigh dachte noch einmal nach. »Ja, ich glaube schon. Ich bin mir sogar sicher. Meredith ist unmittelbar nach mir aus dem Wohnzimmer gekommen, und der war der letzte.«

»Und Sie haben später nicht gehört oder gesehen, wie DeLancey hochgekommen ist?«

»Nein. Es gab natürlich das übliche Durcheinander mit dem Badezimmer und so, aber ich bin dann ziemlich schnell eingeschlafen und hab bis zum Morgen wie ein Stein gepennt.

Es muß auch nicht sein, daß DeLancey viel Lärm gemacht hat. Der konnte drei Whiskys vertragen, ohne gleich zu singen oder über seine Schnürsenkel zu stolpern.«

Alec wurde klar, daß er gar nicht wußte, was DeLancey angehabt hatte, als er geschlagen wurde. Daisy hatte seine Kleidung nicht erwähnt, als sie von der Invasion ihres Schlafzimmers berichtet hatte, und Tom hatte noch nicht die Zeit gefunden, den Inhalt des Schranks zu untersuchen.

»Ziehen Sie sich hier zum Dinner um?« fragte er.

Leigh schaute ihn zutiefst erstaunt an. »Du liebe Zeit, aber natürlich. Wir Ruderer mögen ja der Welt zu bestimmten Gelegenheiten unsere Knubbelknie präsentieren und uns an einem heißen Tag in Hemdsärmeln im Garten herumfläzen, aber das heißt noch lange nicht, daß wir alle Regeln der Zivilisation hinter uns gelassen hätten.«

Alec hatte den Geschichten darüber, daß sich britische Gentlemen auch im Dschungel zum Dinner umzogen, eigentlich nie rechten Glauben schenken mögen. Aber vielleicht stimmten sie tatsächlich. Würde Daisy von ihm erwarten, daß er sich allabendlich umzog, wenn sie erst einmal verheiratet wären?

Nur mit Mühe konnte er sich von seinen Zukunftsträumen lösen. Die Hitze und sein Durst machten, daß er sich kaum konzentrieren konnte. Und der wunderbar diskrete Gladstone würde bestimmt nicht mitten in eine Befragung mit einem Tee hereinplatzen.

Alec blickte sich um, als er hörte, wie sich die Tür öffnete. Es war nicht Gladstone mit einem Tablett, sondern Piper, der kolossal zufrieden aussah.

»Das wäre dann alles, vielen Dank«, sagte Alec zu Leigh. »Das war sehr hilfreich. Sergeant Tring wird Ihnen jetzt die Fingerabdrücke abnehmen, damit wir Sie als Tatverdächtigen ausschließen können. Möglicherweise werde ich später noch einmal mit ein paar Fragen auf Sie zukommen. Wollten Sie schon heute aus Henley abreisen?«

»Nein, das sitz ich schon aus. Will ja nicht die anderen so

mitten im Gefecht hängenlassen. Was dagegen, wenn ich den anderen Läufen vom Rennen zusehe?«

»Gar nicht, bitte sehr. Wenn Sie eine halbe Stunde warten, dann können noch ein paar andere mit Ihnen gehen. Aber ich möchte Sie bitten, nicht über das zu sprechen, was wir hier erörtert haben.«

»Geht in Ordnung, Sir.«

Leigh ging hinaus, und Alec wandte sich zu Piper. »Haben Sie was erreichen können?«

»Gefunden, Chief. Paßt genau zueinander. Jede Wette, Bott wollte damit ein Loch ins Boot bohren.«

»Kann gut sein«, sagte Alec. »Die Frage ist nur, warum zum Teufel er dann den Hering ins Gebüsch wirft?«

12

Für weitere Erörterungen des Herings war jetzt keine Zeit. Die Tür öffnete sich erneut und Lady Cheringham trat ein, eine Vase mit rosa und weißem Phlox in Händen. Gladstone folgte ihr auf dem Fuße mit einem Tablett.

»Gladstone sagte, daß Sie die Zeugen in der Bibliothek befragen, Mr. Fletcher. Ich dachte, ein paar Blumen würden das ganze etwas freundlicher gestalten.« Sie setzte die Vase auf dem Schreibtisch ab, während Gladstone schweigend das Tee-Tablett auf einem Beistelltisch deponierte und sich zurückzog. »Rupert läßt sonst nie zu, daß ich Blumen in die Bibliothek stelle«, fuhr sie fort. »Der Arme muß davon immer niesen.«

»Ich freue mich sehr darüber, Lady Cheringham. Darf ich vorstellen? Das ist Detective Constable Piper, einer meiner Mitarbeiter.«

»Sehr erfreut, Mr. Piper. Mr. Tring hab ich vorhin schon kennengelernt. Ein sehr charmanter Mann. Lieber Mr. Fletcher, müssen Sie mir auch Fragen stellen? Keine falsche Zurückhaltung. Schließlich werden Sie bald mein Schwieger-Neffe sein.«

»Was wohl kaum rechtfertigen würde, Sie einer Befragung zu unterziehen«, sagte Alec lächelnd. Tatsächlich ging es gar nicht um Zurückhaltung. Dieses verwandtschaftliche Verhältnis machte die Dinge leider noch komplizierter. »Es gibt da eine Frage, die nur Sie beantworten können: Wissen Sie, ob gestern abend jemand das Haus verlassen hat, nachdem Sie zu Bett gegangen sind?«

Lady Cheringham schüttelte den Kopf. »Nach einem Tag im Garten schlafe ich tief und fest. Ich würde es bestimmt nicht bemerken. Es sei denn, es ist so laut, daß ich davon aufwache, zum Beispiel, wenn ein Automobil direkt unter meinem Schlafzimmerfenster angelassen würde. War das schon alles?« fragte sie fast enttäuscht.

»Fürs erste ja. Wie geht es Patricia?«

»Sie will unbedingt zum Tee hinunterkommen«, sagte Lady Cheringham mit gerunzelter Stirn, »aber meiner Meinung nach steht sie immer noch unter Schock. Ich hätte nie gedacht, daß sie so überempfindlich ist.«

»Wenn man Zeuge wird, wie jemand plötzlich stirbt, selbst wenn es sich um einen Fremden handelt, dann ist das für viele Menschen erschütternd, auch wenn keine Gewalt im Spiel ist«, sagte Alec. »Aber wenn es dann noch ein Bekannter ist und obendrein der Verdacht besteht, daß es sich um einen Mord handelt, ist es natürlich noch viel schlimmer.« Er entnahm den Worten von Lady Cheringham, daß weder Tish noch Daisy sie über den nächtlichen Besuch DeLanceys informiert hatten und daß sie auch über die Schuldgefühle ihrer Tochter nicht Bescheid wußte.

»Vermutlich. Ich überlege dauernd, ob es nicht ganz gut war, daß wir sie nicht mit nach Afrika genommen haben. Wenn man jetzt sieht, wie dünn ihr Nervenkostüm ist … Andererseits hätte es ihr vielleicht gutgetan, hätte ihr ein bißchen das Rückgrat gestärkt. Egal, jetzt ist es zu spät. Werden Sie sie befragen müssen?«

»Ich fürchte, ja.«

»Ich bin sicher, daß ich Sie nicht bitten muß, sie nicht zu verschrecken.«

»Um Himmels willen, nein! Schließlich ist sie ja bald meine angeheiratete Cousine.« Womit er fast schon der Vetter Cheringhams wäre, wurde Alec erst jetzt bewußt. Erschrocken fragte er sich, ob er sich wegen Befangenheit ablösen lassen müßte.

»Sie gehören ja bald zur Familie«, überlegte Lady Cheringham, »da erscheint es mir einfach nicht richtig, daß Sie in der Stadt wohnen. Das Haus platzt aus allen Nähten, deshalb kann ich Ihnen kein richtiges Gästezimmer anbieten. Da ist zwar das Bett von Mr. DeLancey, der sich mit Mr. Fosdyke ein Zimmer teilte ... Vielleicht möchten Sie auf dem Sofa in Ruperts Ankleidezimmer schlafen? Würde der Vorteil, hier vor Ort zu sein, die Unbequemlichkeit wieder wettmachen?«

»Auf jeden Fall, ganz bestimmt«, sagte Alec. Sein Bett im Old White Hart hatte sich fast genauso uralt angefühlt, wie es das Gasthaus war: aus dem 15. Jahrhundert. Ohne den Hauch von Gewissensbissen verbannte er die wohlgepolsterten Knochen von Tom Tring auf diese etwas quälende Ruhestatt. »Ich hatte mir ohnehin schon Sorgen gemacht, wo ich Tring und Piper heute nacht unterbringen soll. Die beiden könnten dann mein Zimmer im White Hart übernehmen, wenn Sie sicher sind, daß ich Ihnen nicht im Weg sein werde?«

»Aber mitnichten.«

»Sir Rupert kommt nicht zurück?«

»Ich habe gar nicht erst versucht, ihn zu erreichen. Er war ein ausgezeichneter Verwaltungsbeamter, aber seit seiner Pensionierung ist er von diesem komischen Buch, das er da schreibt, vollkommen besessen. Er wäre nicht die geringste Hilfe, weder für Sie noch für mich, noch für die arme Patricia. Ich werde das Bett im Ankleidezimmer herrichten lassen. Und dann müssen Sie auf jeden Fall noch einmal zu Besuch kommen, später einmal, wenn wir nicht gerade einen Mordfall im Haus haben. Was für eine unglückselige Angelegenheit!«

»Das sind solche Dinge meistens«, sagte Alec fast entschuldigend, doch während er sprach, wurde ihm bewußt, daß er noch nie jemanden erlebt hatte, der von derlei Vorkommnissen so wenig beeindruckt gewesen war. Das Leben in Afrika mußte Lady Cheringham gegenüber schrecklichen Erlebnissen aller Art geradezu gefeit haben.

Sie tätschelte ihm den Arm. »Ich bin so froh, daß Sie als Verlobter von Daisy die Untersuchungen leiten, nicht jemand ganz Fremdes. Nun denn, ich überlasse Sie mal ihrem Tee und ihren Geschäften.« Sie nickte Piper lächelnd zu, der sich taktvollerweise ganz ans andere Ende des Zimmers zurückgezogen hatte, und entschwand.

»Was für eine nette Dame«, sagte Piper mit jener tiefen Bewunderung, die er ansonsten nur in bezug auf Daisy zum Ausdruck brachte.

Alec stimmte ihm zu, um so mehr, als ihm Daisys Mutter einfiel. Die verwitwete Lady Dalrymple, Lady Cheringhams Schwester, hatte ihrer Mißbilligung über seine Verbindung mit ihrer Tochter auf das deutlichste Ausdruck verliehen.

Piper, der es gewohnt war, in Eile zu essen, verschlang zwei Sandwiches mit Gentleman's Relish, drei Kekse, eine Scheibe Dundee-Kuchen und stürzte dazu eine halbe Tasse Tee hinunter, bevor Alec ihn wieder losschickte.

»Als nächstes möchte ich Poindexter sprechen«, sagte er, während er sich eine zweite Tasse einschenkte. Daisy nahm wahrscheinlich gerade ihren Tee – oder vielleicht ein Glas Champagner und Erdbeeren dazu – in der Stewards' Enclosure. Mit ihren Freunden Lord und Lady Fitzsimmons, und mit seiner Königlichen Hoheit Prince Henry, Herzog von Gloucester. Wie alt war der Prinz? Zweiundzwanzig oder dreiundzwanzig, dachte Alec. Also nur etwas jünger als Daisy.

Natürlich erwartete sie nur, dem Prinzen vorgestellt zu werden, nicht gleich Tee mit ihm zu trinken. Und außerdem war das ganze Treffen geschäftlich, tröstete sich Alec.

Und im übrigen hatte er selber Geschäftliches zu erledigen, ermahnte er sich. Er schaute kurz auf seine Notizen vom Gespräch mit Leigh und überlegte, welche Bedeutung es hatte, was DeLancey bei seinem Sturz getragen hatte. Zumindest sein Jackett, wahrscheinlich auch seine Hosen dürften Anzeichen davon aufweisen. Eine beschmutzte oder gar beschädigte Smoking-Jacke würde allerdings keine Hinweise darauf liefern, wo er hingefallen war. Wenn er aber etwas anderes getragen hatte, dann mußte er sich nach dem Abendessen umgezogen haben, und warum sollte er das getan haben, wenn nicht, um sich auf seine Nachtwache vorzubereiten? Es wäre ein weiterer Beleg für das Bootshaus als Ort des Geschehens.

Bott war nicht zum Abendessen erschienen. Selbst wenn er früher am Tag zurückgekehrt wäre, um seine Ruderer-

Uniform gegen andere Kleidung zu tauschen, hätte ihm doch niemand von DeLanceys Vorhaben erzählt, das Boot zu bewachen. Oder etwa doch? Hätte er ahnen können, daß Gefahr in der Luft lag, als er sich mitten in der Nacht zum Bootshaus hinunterschlich?

Mit dem Hering in der Hand? Wieviel Schaden konnte man einem Rennboot mit einem Hering zufügen? Und warum hatte er ihn so dicht am Bootshaus weggeworfen? Wieso hatte er nicht von vornherein einen Bootshaken benutzt?

»Ach, Mr. Poindexter. Nehmen Sie doch Platz.«

Poindexter bestätigte im wesentlichen das, was Leigh erzählt hatte, fügte jedoch nur wenig hinzu. Dasselbe konnte man von Wells und Meredith sagen. Alle behaupteten sie, tief und fest geschlafen, das Zimmer nach dem Zubettgehen nicht verlassen und erst am Morgen wieder bemerkt zu haben, daß sie überhaupt einen Mitbewohner hatten. Und alle stimmten sie darin überein, daß kein Ruderer, der dieser Bezeichnung wert war, jemals ein Ruder auf dem Boden liegenlassen würde.

Außerdem waren sie alle darin einig, daß die jährlichen »Bumping«-Rennen in Oxford zeigten, wie stabil die Boote waren. Der Versuch, eines mit einem Hering zu durchlöchern, konnte jedenfalls nur unter Schwierigkeiten gelingen, falls man nicht einen Holzhammer zu Hilfe nahm.

Und ein Holzhammer im Gebüsch wäre Tom wohl kaum entgangen. Und warum im Kampf nicht gleich mit dem Holzhammer zuschlagen, anstatt den wegzulegen und ein Ruder aufzunehmen? Vielleicht hatte der Hering ja doch nichts mit Bott zu tun. Er paßte zwar zu den seinen, aber schließlich gab es so viele verschiedene Typen von Heringen auch nicht. Eine Analyse des Holzes würde diese Frage vielleicht lösen. Und nachzuzählen, ob bei Bott im Beutel ein Hering fehlte, wäre sinnlos. Kein vernünftiger Wanderer würde ohne Reserve-Heringe losziehen. Schließlich konnte immer einer durchbrechen.

Wo steckte Bott überhaupt?

Alec entließ Meredith und bat Fosdyke zu sich.

Der Sohn des Chirurgen stand weiter oben auf der Liste der Tatverdächtigen als die vier, mit denen er bereits gesprochen hatte. Aber nicht um sehr viel. Als Mitglied der Vierermannschaft hatte er einen Grund, nachts noch einmal nach dem Boot zu schauen, aber niemand hatte irgend etwas dahingehend geäußert, daß er einen besonderen Grund gehabt hätte, sich mit DeLancey zu streiten. Es blieb immer noch die Möglichkeit, daß DeLancey es geschafft hatte, Fosdyke zu beleidigen, als der ihn ins Bett brachte, doch wies jetzt alles in Richtung Bootshaus und nicht Schlafzimmer.

»Was trug DeLancey, als Sie ihm gestern nacht beigestanden haben?« fragte Alec knapp, kaum daß Fosdyke die Bibliothek betreten hatte.

»Seinen Pullover und eine Flanellhose. Ich war froh drum, denn es wäre wirklich anstrengend geworden, ihn aus seinem Smoking herauszupellen.«

»Machte er Schwierigkeiten?«

»Er war einfach nur schlapp.« Die Augen, die Alecs Blick begegneten, waren genauso unschuldig wie die von Daisy. Alec ermahnte sich, Daisy nie wieder als unschuldig zu bezeichnen. »Ehrlich gesagt, habe ich mir erst gar nicht die Mühe gemacht, ihn auszuziehen«, fuhr Fosdyke fort, während er sich nach einer einladenden Geste von Alec in den Sessel setzte. »Aber ihm habe ich nicht beigestanden, sondern Miss Cheringham und Miss Dalrymple. Die ist doch ein Prachtmädchen. Ich dachte, DeLancey wäre betrunken. Mein alter Erziehungsberechtigter sagt, sein Zustand wäre leicht mit einem Rausch zu verwechseln gewesen, aber trotzdem fühle ich mich deswegen schuldig.«

»DeLancey war Ihr Freund? Haben Sie freiwillig das Zimmer mit ihm geteilt?«

»Um Himmels willen, nein! Ich glaube nicht, daß er überhaupt echte Freunde hatte, nur ein paar Kumpane, wenn man sie so bezeichnen kann. Die anderen hatten sich alle schon zusammengetan, und ich blieb mit ihm übrig. Ich hab versucht, ihm aus dem Weg zu gehen, indem ich früh aufgestanden und mit den Hühnern zu Bett gegangen bin. Er hat mich auch ziemlich in Ruhe gelassen, weil ich ihn einfach nicht beachtet habe. Solche Leute hören schnell auf, wenn man sie einfach ignoriert.«

»Ganz genau.«

»Das hat mir mein alter Erziehungsberechtigter gesagt, bevor ich die letzten Schuljahre vor dem College begonnen habe. Mein Alter ist wirklich in Ordnung«, sagte Fosdyke in einem etwas defensiven Tonfall, als sei ihm dieses Geständnis irgendwie peinlich. Vielleicht hielt man in seinen Kreisen Väter für eine vorsintflutliche Notwendigkeit, für die man nichts konnte.

Alec beschloß, daß der junge Mann wahrscheinlich genauso arglos war, wie er wirkte. Was hatte Daisy noch über ihn erzählt? Ein netter, entgegenkommender Junge, dessen Leben bestimmt war von Langlauf, Rudern, Essen und Schlaf.

»Waren Sie wach, oder sind Sie aufgewacht, als DeLancey hochkam, um sich umzuziehen?«

»Ich bin davon aufgewacht. Das war typisch für ihn – er hat das Deckenlicht angeschaltet und noch nicht einmal versucht, leise zu sein. Obwohl ich glaube, daß er da schon etwas angetrunken war.«

»Um wieviel Uhr war das?«

»Ich weiß nicht. Ich wollte nicht, daß er mitbekommt, daß ich aufgewacht war. Als er sich wieder verzogen hatte, mußte ich aufstehen, um das Licht auszuschalten, aber auf die Uhr hab ich nicht geschaut.«

»Wo ging er denn Ihrer Meinung nach hin?«

»Ich nahm an, zum Bootshaus. Davon hatte er vorher schon geredet, obwohl ich eigentlich nicht geglaubt hatte, daß er es wirklich tun würde.«

»Machten Sie sich Sorgen, was die Drohungen von Mr. Bott in bezug auf das Boot anging?« fragte Alec.

»Er hat nicht das Boot bedroht, sondern DeLancey. Diese ganze Bootsbedrohungsgeschichte fand ausschließlich in DeLanceys Vorstellung statt.« Fosdyke hielt kurz inne, die Stirn gerunzelt. »Andererseits hatte er ja vielleicht doch recht, nicht wahr? Ich meine, Bott hat ihn im Bootshaus geschlagen, und wieso sollte sich Bott da unten aufhalten, wenn nicht, um das Boot zu manipulieren?«

»Wir haben absolut keinen Beweis dafür, daß Bott gestern abend im Bootshaus war«, dämpfte Alec ihn, wie er auch schon seine vier anderen Gesprächspartner hatte zügeln müssen. Es folgten noch einige weitere Fragen, aber Alec tendierte eher dazu, den jungen Fosdyke für unschuldig zu halten.

»Ich hatte meinem Vater gesagt, ich würde zu ihm kommen, wenn Sie mit mir fertig sind.«

»Sie können gerne fort, aber bitte rufen Sie vorher an, wenn Sie aus irgendeinem Grund nicht hier übernachten werden. Piper, als nächstes möchte ich Miss Cheringham sehen, bevor sie sich wieder hinlegt.«

Während Fosdyke und Piper gingen, trat Tom ein. »Ich wollte Sie nicht unterbrechen, Chief. Hätte ja sein können, daß Sie gerade ein Geständnis abkassieren.«

»Leider ist das nicht der Fall. Wie steht es bei Ihnen?«

»Hab mich mit Mr. Gladstone unterhalten. DeLancey hat das Personal hier kaum zur Kenntnis genommen. Da dürfte es also kein Motiv geben. Gegen Viertel vor elf Uhr hat allerdings sein Bruder angeläutet.«

»Ja, das hat uns Lord DeLancey auch schon erzählt. Und was meinte Gladstone dazu?«

»Die anderen sind alle nach oben, während Basil DeLancey telephonierte. Gladstone ist dann in den Salon gegangen, um aufzuräumen und die Türen zur Terrasse abzuschließen. Als DeLancey wieder hereinkam, war er wütend, vermutlich, weil sie ihn alle hatten sitzenlassen. Er hat Gladstone angewiesen, die Türen zur Terrasse nicht abzuschließen, weil er noch auf eine Zigarre hinaus wollte. Er meinte, er würde danach selber abschließen, und ist nach oben gestürmt. Gladstone hat weiter aufgeräumt und wollte gerade aus dem Salon, als DeLancey mit einem Pullover bekleidet zurückkam. Sieht ganz danach aus, als wäre das alles doch im Bootshaus passiert, was, Chief?«

»O ja, davon können wir mittlerweile ausgehen. Haben Sie die Patscherchen auf dem Ruder überprüft?«

Toms Antwort wurde von einem Streit draußen in der Eingangshalle unterbrochen. Piper trat ein.

»Mr. Frieth und Mr. Cheringham wollen beide Miss Cheringham Beistand leisten, Chief, aber sie ...«

Tish platzte herein und wandte sich auf der Schwelle mit den Worten um: »Jetzt geht doch endlich weg, alle beide. Ihr braucht mir wirklich nicht Händchen zu halten. Ich möchte das nicht.«

Vom Flur war Miss Carricks wohltönende Stimme zu vernehmen, die gelassen rief: »Cherry, sei so gut und komm. Mr. Fletcher beißt wirklich nicht, glaub mir.«

»Hat die eine Ahnung«, murmelte Piper leise vor sich hin, als Alec zur Tür schritt.

Tish schloß im Umdrehen die Tür fest hinter sich und wandte sich ihm zu. Sie sah blaß aus und blickte ihn etwas ängstlich an, als würden Pipers Worte eher ihren Erwartungen entsprechen als die von Miss Carrick.

»Ich beiße wirklich nicht«, versicherte ihr Alec. »Kommen Sie und setzen Sie sich. Ich kann mir gut vorstellen, daß Sie die beiden nicht dabei haben wollen, wenn wir uns darüber unterhalten, wie DeLancey gestern abend bei Ihnen im Schlafzimmer war.«

»Nein«, sagte sie, und es klang fast wie ein Stöhnen. »Die beiden wissen es zwar, aber darüber zu reden ... Es war einfach zu schrecklich ...« Tish fing an zu weinen.

Zu seinem Erstaunen sehnte Alec Daisy herbei. Er nahm Tishs Hand und führte sie zum Sessel. Während seiner Berufslaufbahn war er schon mit so mancher weinenden Frau zurechtgekommen, und auch mit mehr als nur ein paar weinenden Männern, aber noch nie mit einer, die demnächst seine nahe Verwandte werden würde.

Ausgerechnet in diesem ungelegenen Augenblick klingelte

das Telephon. Natürlich könnte das Gespräch für jeden anderen im Haus sein, aber es war auch an der Zeit, daß Bott zurückkehrte. Alec blickte Tom an, der nickte und leise den Raum verließ.

Alec setzte sich auf die Sessellehne zu Tish und reichte ihr sein Taschentuch. »Jetzt putzen Sie sich erst mal tüchtig die Nase«, sagte er. »Das sage ich immer zu meiner Tochter. Vielleicht gehört sich das nicht so ganz gegenüber einer jungen Dame.«

»Cherry hat das auch immer gesagt, als ich noch klein war.« Ein schüchternes Lächeln umspielte ihre Lippen, und sie schaute ihn mit tränennassen Augen an. »Ich wußte gar nicht, daß Sie eine Tochter haben. Daisy hatte nur erwähnt, daß Sie schon einmal verheiratet waren.«

»Ja.« Er ging zum Schreibtisch. Es war ihm nicht ganz klar, ob er damit gerade die Situation etwas auflockerte und seine Zeugin freundlicher stimmte oder ob er die Bekanntschaft mit der Cousine seiner Verlobten vertiefte, doch fuhr er fort: »Joan ist 1919 an der Grippe gestorben, genau wie Daisys Vater. Belinda ist neun Jahre alt. Sie liebt Daisy über alles.«

»Daisy ist wirklich wunderbar, nicht wahr?« Hinter ihr nickte Ernie Piper energisch – zu seiner Erleichterung sah Alec, daß er noch nicht angefangen hatte, mitzuschreiben. »Man hat das Gefühl, man kann ihr einfach alles erzählen. Ich wünschte, ich hätte sie schon besser gekannt, als ich noch jünger war. Ich weiß gar nicht, was ich gestern nacht ohne sie angefangen hätte.«

»Fühlen Sie sich in der Lage, jetzt darüber zu reden? Ich hatte bislang noch keine Gelegenheit, Einzelheiten von Daisy zu erfahren. Und außerdem hilft es immer, wenn man zwei Zeugen hat. Dem einen fällt oft etwas auf, was der andere gar nicht mitbekommen hat.«

»Wo soll ich denn anfangen?« fragte Tish mit zitternder Stimme.

»Kehren wir doch noch einmal zum gestrigen Rennen zurück. Es gibt jede Menge Zeugen dafür, wie DeLancey Bott ins Wasser gestoßen hat. Aber keiner hat vom ersten Mal berichtet, als er auf die Idee kam, Bott könnte das Viererboot beschädigen. Daisy hat das auch nur en passant erwähnt. Waren Sie dabei?«

»O ja. Das war später in der General Enclosure. Dottie und Cherry und Rollo und ich holten uns gerade etwas zu trinken es war unerträglich heiß. Daisy war gerade zu uns gestoßen. Sie war mit Bott und seiner Freundin losgegangen, und wir hatten uns schon ein bißchen Sorgen gemacht, wo sie eigentlich abgeblieben war. Ich erinnere mich aber ... Oh!«

»Woran denn?«

Tish errötete. »Ach, nur, daß Dottie ihr sagte, wir hätten fast schon die Polizei gerufen, aber wir seien nicht sicher gewesen, ob wir die Bobbies vor Ort oder gleich Scotland Yard verständigen sollen. Nur ein Scherz, verstehen Sie. Daisy meinte, Sie hätten ihr den Hals umgedreht.«

»Womit sie recht hätte«, stimmte Alec lachend zu. »Waren Bott und seine Freundin auch dabei?«

»Nein, Gott sei Dank. Denn genau in dem Moment erschienen die Gebrüder DeLancey. Es wirkte so, als hätten die beiden sich nur gestritten, seit wir sie zuletzt gesehen hatten. Mr. DeLancey entschuldigte sich für die Szene mit Bott, aber es wirkte nicht so, als meinte er das ernst. Es war ganz offensichtlich, daß Lord DeLancey ihn dazu gezwungen hat. Und genau da hat Basil DeLancey angefangen, seine Sorgen wegen des Bootes zu äußern.«

»Machten Frieth und Cheringham sich auch Sorgen?«

»Kein bißchen«, erwiderte Tish rasch. Zu rasch? »Cherry sagte: ›Quatsch‹ – nein, er nannte das ›abgrundtiefen Unsinn‹, und Rollo sagte, sie würden ihn auf keinen Fall bei der Nachtwache unterstützen. Dann meinte Lord DeLancey, Basil solle kein Esel sein, er würde sich nur lächerlich machen, wenn er die ganze Nacht im Bootshaus herumsäße. Und das war es dann.«

»Es wurde gar nicht mehr darüber geredet? Ihr Vetter und Frieth haben das nicht weiter erörtert?«

»Nachdem die DeLanceys gegangen waren, sagte Rollo nur, damit wäre die ganze Sache wohl abgehakt. Cherry meinte noch, Lord DeLancey sollte seine Autorität gegenüber seinem kleinen Bruder doch häufiger ausüben. Danach sind wir losgegangen und haben uns den nächsten Durchlauf vom Rennen angeschaut.«

»Und was war am Abend? Beim Abendessen oder danach?«

»Beim Dinner hat niemand über diese Angelegenheit mit Bott gesprochen. Selbst Basil DeLancey hat sich einigermaßen anständig benommen, als meine Mutter da war.« Wieder verfärbten sich die Wangen von Tish kurz. »Nach dem Abendessen waren wir draußen auf der Terrasse, alle anderen sind im Haus geblieben. Hatte DeLancey jemand anderem gesagt, daß er trotzdem zum Bootshaus wollte?«

»Es heißt, er hätte das nicht so deutlich formuliert.«

Es klang so, als hätten Cheringham und Frieth erwartet, daß Basil DeLancey unter der Fuchtel seines Bruders stünde. Tish schien nicht zu begreifen, daß sie daher selber ein Motiv hatten, nach dem Boot zu sehen – obwohl ein kurzer Blick ins Bootshaus wohl kaum gereicht hätte. Es sei denn, man hätte Bott zufällig erwischt, wie er sich da unten herumtrieb, wurde Alec klar.

Er gab der Hitze die Schuld dafür, daß er so lange gebraucht hatte, um zu diesem Schluß zu kommen. Frieth und Cheringham waren intelligente junge Männer, die das sicherlich auch erkannt haben dürften. Andererseits galten DeLancey und Bott ebenfalls als hochintelligent, obwohl sie sich kaum entsprechend verhalten hatten. Intelligenz garantierte offenbar nicht unbedingt ein vernünftiges Benehmen.

Oder anders, überlegte Alec weiter. Gefühle konnten ein vernünftiges Verhalten verhindern. Er betrachtete das tränennasse Gesicht von Tish. Allerdings wäre es wohl logischer, wenn Frieth oder Cheringham gewußt hätten, daß DeLancey im Bootshaus war, und dann absichtlich hinuntergegangen wären, um ihn zur Rede zu stellen.

Was aber andererseits wieder unwahrscheinlich war, denn für eine solche Konfrontation hatte es ihnen an Gelegenheiten nicht gemangelt. Nur ein geplanter Mord würde den Schutz der Dunkelheit brauchen, und Basil DeLancey war nicht vorsätzlich ermordet worden.

Alec bemerkte, daß sein langes Schweigen Tish verunsicherte. »In Ordnung«, sagte er, »erzählen Sie mir, wie das war, als DeLancey zu Ihnen ins Zimmer kam.« Sie wirkte erleichtert. »Daisy hörte ihn und schaltete ihre Nachttischlampe an. Ich hab mich zu Tode erschrocken. Sicherlich hat Ihnen schon jemand erzählt, daß er mich dauernd ... belagert hat und daß er sich einfach nicht abwimmeln ließ?«

»Ja.«

»Ich dachte, er wäre gekommen, um ... um ...«

»Um Sie zu verführen – oder anzugreifen?« sagte Alec sanft.

Tish nickte. »Er war ... er schien betrunken zu sein. Ich dachte, er hätte vielleicht vergessen, daß Daisy das Zimmer mit mir teilte. Hat sie Ihnen erzählt, daß ich auf dem Klappbett schlafe? Er ist hineingestolpert, mitten darauf zu, da ist das Campingbett einfach umgefallen.« Ein etwas hysterisch wirkendes Kichern entglitt ihr. »Es wäre wirklich sehr lustig gewesen, wenn ich nicht solche Angst gehabt hätte. Dann lag er einfach nur da. Daisy meinte, er sei so betrunken, daß er oben am Treppenansatz die falsche Richtung eingeschlagen hat. Sie hat mich losgeschickt, um Nick Fosdyke zu holen. Ihr machte das nichts aus, mit DeLancey allein zu bleiben. Sie ist so tapfer!«

»Eher tollkühn«, murmelte Alec und sagte dann laut: »Fosdyke hat geschlafen?«

»Tief und fest. Ich hab mich nicht getraut, fest an die Tür zu klopfen. Schließlich wollte ich nicht das ganze Haus aufwecken, also bin ich hineingegangen und hab ihn gerufen. Keine Regung. Ich mußte ihn richtiggehend wachrütteln. Ganz aufgewacht ist er erst, als er DeLancey in unserem Zimmer vorfand. Von dem Moment an war er ein absoluter Engel.«

»Ja, ich glaube, ich habe ihm noch gar nicht deutlich genug meine Anerkennung in dieser Sache ausgesprochen.«

»Er fand auch, DeLancey wäre betrunken.«

»Mr. Fosdyke senior und Dr. Dewhurst, der Polizeiarzt, haben mir beide versichert, daß man seine Verletzung unmöglich hätte erraten können. Sie dürfen sich wirklich keine Vorwürfe machen, Tish.«

Seine freundlichen Worte bewirkten nur, daß sie schon wieder zu weinen anfing. Alec wurde langsam etwas ungeduldig. Warum konnte sie sich nicht einmal zusammenreißen, so wie Daisy? Zugegeben, sie hatte DeLancey näher gekannt, und viele Menschen fühlten sich schuldig, wenn einer starb, den sie eigentlich nicht hatten ausstehen können. Es schien, als würde im Unbewußten des modernen Menschen ein uralter Aberglaube an die Kraft von Verwünschungen fortdauern.

Er fand nicht, daß Tish sich zusätzlich sorgte, ob Cherry oder Rollo die Verantwortung für DeLanceys Tod trugen. Diese beiden jungen Männer kamen immer weniger als Tatverdächtige in Frage. Alec konnte nur hoffen, daß sich in seinen Gesprächen mit ihnen etwas Greifbares ergeben würde.

Sofern sie nicht vorher beschlossen, ihn dafür zu verprügeln, daß er Tish zum Weinen gebracht hatte.

»Soll ich Piper nach Ihrer Mutter schicken?« fragte er.

Sie trocknete sich mit seinem Taschentuch die Augen und schüttelte den Kopf. »Nein, das wird schon, ehrlich. Ich bin nur ein bißchen müde. Ich glaube, ich geh jetzt wieder zu Bett. Schrecklich unhöflich, nachdem ich alle hierher eingeladen habe. Aber ich schaffe es einfach nicht ...«

»Nicht weinen! Ich bin überzeugt, niemand erwartet von Ihnen, daß Sie nach so einem Schock die perfekte Gastgeberin spielen. Also, ab mit Ihnen. Morgen früh sieht alles wieder viel besser aus. Versprochen.«

Während Tish den Raum verließ, trat Tom ein. »Das war die Polizei von Henley, Chief«, berichtete er. »Bott ist in der Pension von Miss Hopgood angekommen. Die haben einen

Posten dahin abgeordnet, aber lange können die den Mann nicht entbehren. In der Stadt wird es langsam etwas lebhafter.«

»Nehmen Sie dann bitte den Austin und holen Sie Bott ab.«

»In Ordnung, Chief. Soll ich Miss Hopgood auch mitbringen?«

»Die hatte ich vergessen. Nein, mit ihr spreche ich morgen, wenn das dann noch notwendig ist. Ach so, könnten Sie wohl auf dem Weg meine Sachen vom White Hart abholen? Aber erzählen Sie mir vorher noch von den Patscherchen auf dem Ruder.«

»Alle geklärt, Chief. Die frischesten sind von Mr. Cheringham, genau wie er gesagt hat. Was die von Miss Cheringham angeht, er hatte mir ja erzählt, daß die jungen Damen oft beim Wegräumen helfen. Dann sind da die Abdrücke des Verstorbenen; die von Mr. Meredith; von Mr. Wells; und schließlich noch eine ganze Menge alter Fingerabdrücke. Schließlich haben wir noch die Patscherchen von Mr. Frieth auf dem Ruderblatt. Klar, daß er dahin gefaßt hat, schließlich mußte er den Schaden begutachten.«

»Keine Abdrücke von Bott?«

»Jedenfalls keine, die zu denen passen, die ich von seiner Bürste abgenommen habe, Chief.«

»Und er würde wohl kaum Handschuhe anziehen, wenn er an einem lauen Sommerabend jemandem einen Streich spielen will.«

»Der hatte gar keine Handschuhe eingepackt, Chief.«

»Verdammt!« sagte Alec.

13

Als man Leigh noch einmal befragte, war er sich ziemlich sicher, daß es ihm aufgefallen wäre, wenn Bott Handschuhe getragen hätte, als er an dem Morgen in Flanellhose und College-Blazer den Fluß überquerte.

»Natürlich bringt er die Dinge manchmal durcheinander, aber so schlimm ist es noch nicht mit ihm. Das hätte ja geradezu viktorianisch altmodisch ausgesehen, an einem so heißen Tag mit Handschuhen zu einem Picknick loszuziehen. Daran würde ich mich wirklich erinnern.«

Alec dankte ihm ernst und sah etwas verärgert, daß sein wahrscheinlichster Tatverdächtiger ihm abhanden kam. War dieses Rudern eine falsche Fährte? Befand er sich völlig auf dem Holzweg? Konnte er den Wald vor lauter Bäumen nicht mehr sehen? War Basil DeLancey tatsächlich so betrunken gewesen, daß er gleich zweimal hingefallen war?

Die Abschürfungen an seinem Kopf und das Blut auf dem Boden im Bootshaus sprachen dagegen. Schrammen bekam man, wenn man mitten im Laufen hinfiel, aber wer rennt schon in einem Bootshaus herum?

Alec beschloß, sich das Bootshaus noch einmal anzuschauen und erneut mit Dr. Dewhurst zu sprechen. Aber erst würde er die Befragungen hinter sich bringen. Er hatte sie lange genug warten lassen.

»Bringen Sie bitte Miss Carrick herein, Piper.«

Dorothy Carrick hatte sich umgezogen und trug jetzt einen dunkelblauen Rock aus Leinen und eine blaßblaue Bluse, die ihr wesentlich besser standen als ihr geblümtes Kleid. Sie war gar nicht so rundlich, sondern nur stabil gebaut. Alec, dem Daisys Kurven viel mehr lagen als die zur Zeit moderne, jungenhaft flache Figur, fand, daß an ihrer Gestalt nichts auszusetzen sei. Sicherlich würde ihr Gesicht ihr nicht den goldenen Apfel des Paris sichern, aber sie hatte ein charmantes Lächeln und schöne Zähne. Wenn man ihre Intelligenz hinzunahm und die Freundlichkeit, die sie ihrer aufgelösten Freundin am Flußufer bewiesen hatte, dann konnte man Cheringhams Wahl nur begrüßen.

Und außerdem hatte sie noch diese wunderbare Stimme: »Ich fürchte, Ihr Wochenende ist jetzt durch und durch ruiniert, Mr. Fletcher. Daisy hatte sich so gefreut auf diese zwei Tage ohne Scotland Yard. So ein Pech aber auch!«

»Das größte Pech hatte an diesem Wochenende wohl Basil DeLancey«, erwiderte Alec trocken.

»Ich werde gar nicht erst so tun, als täte es mir leid, daß er nicht mehr lebt. Ich bedaure nur sehr, daß die Erinnyen ihn jetzt eingeholt haben und wir in die Sache verstrickt sind. Aber das mußte ja irgendwann passieren.«

»Waren die Furien hinter ihm her? Meinen Sie nicht, daß die Todesstrafe eine etwas harte Bestrafung ist für, wie ich aus den bisherigen Aussagen entnehmen konnte, eine spitze Zunge, so schlimm sie auch gewesen sein mag?«

»Er hat Horace Bott richtiggehend krank gemacht, hat ihn angegriffen und ihn in der Öffentlichkeit erniedrigt. Die Furien haben noch viel strengere Strafen in petto für Sünden, die wir vielleicht für läßlich halten. Daisy hat erwähnt, daß Sie die Geschichte Englands im 18. und frühen 19. Jahrhundert studiert haben. Wurden damals nicht auch Vergehen, die wir heute Ordnungswidrigkeiten nennen würden, mit der Todesstrafe geahndet?«

»Man wurde für den Diebstahl von Waren, die mehr als fünf Shilling wert waren, zum Tode verurteilt«, gab Alec zu. »Also glauben Sie, daß Bott DeLancey geschlagen hat?«

»Mr. Fletcher«, sagte Miss Carrick eindringlich, »Horace Bott ist brillant. Er ist Mathematiker und Naturwissenschaftler, und für diese Fächer braucht man die Fähigkeit, logisch zu denken. Er hat vor lauter Wut gedroht, sich zu rächen. Als er sich dann wieder beruhigt hatte, muß er zur Besinnung gekommen sein und eingesehen haben, wie sinnlos es ist, Sabotage am Boot zu betreiben. Damit hätte er Cherry und Rollo genauso bestraft wie DeLancey. Und mit denen hatte er doch keinen Streit.«

Nach Daisys Aussage waren Botts Beziehungen zu seinen Mitstudenten im allgemeinen nicht allzu freundlich – obwohl, hatte sie nicht erwähnt, daß Rollo Frieth für ihn Partei ergriffen hatte? Wo steckte sie überhaupt? Sollte sie nicht mittlerweile zurück sein? Alec wollte unbedingt mit ihr reden.

Sie würde jedenfalls nicht den Fehler machen, zu glauben, Botts Fähigkeiten bei der Anwendung logischer Prinzipien auf Zahlen bedeute, daß er auch im alltäglichen Leben ähnlich verfahren würde. Alec ermahnte sich, daß Dottie Carrick zwar das griechische Altertum bestens kennen mochte, aber dennoch sehr jung war, keinesfalls älter als zwanzig. Von der Welt und ihren Fährnissen wußte sie noch wenig.

»Was haben denn Cheringham und Frieth von Botts Drohungen gehalten?« fragte er sie.

»Die hielten das beide für bloßes Gerede. Beide haben sie keine sehr hohe Meinung von ihm, fürchte ich.«

»Und was hielten sie von DeLanceys Sorge in bezug auf das Boot?«

»Kompletter Unsinn«, antwortete Miss Carrick resolut. »Cherry sagte, DeLancey hätte das doch selber nicht geglaubt. Er würde nur Bott wieder einmal aufmischen wollen und versuchen, alle anderen auch gegen ihn aufzuwiegeln.«

»Beide mochten sie DeLancey nicht.«

»Damit waren sie allerdings nicht allein. Aber Rollo sagte immer, wir würden ihn ja nach diesem Wochenende nie wiedersehen, also brauchten wir uns auch nicht so sehr über ihn aufzuregen.«

»Eine durch und durch vernünftige Haltung.« Alec stellte Miss Carrick noch einige weitere Fragen, aber ihre Aussage bestätigte nur, was er vorher schon erfahren hatte. Er begleitete sie hinaus, und Piper brachte ihm Frieth herein.

In dem Augenblick, als sich der Mannschaftskapitän erschöpft in den Sessel fallen ließ, den Alec ihm bedeutete, tat Ernie Piper kund: »Lord DeLancey ist da, Sir.«

Alec stöhnte auf. »Der wird nun leider warten müssen.«

»Er will Sie aber gar nicht sprechen, Sir. Ich hab ihn gefragt. Er meinte, er wollte die Sachen von seinem Bruder abholen. Ich hab ihm gesagt, die könnte er noch nicht haben. Richtig?«

»Richtig.«

»Er scheint über seinen Bruder reden zu wollen«, sagte Frieth. Er war erwachsener als die anderen jungen Männer, die Alec bislang befragt hatte, was wohl an seinem Alter und an seiner Erfahrung im Großen Krieg liegen dürfte. Im vom Fenster hereinfallenden Licht wirkte er sorgenvoll, mutlos und schlicht und ergreifend müde. »Verteufelt unangenehme Sache. Keiner hat ein gutes Wort über ihn zu sagen, abgesehen von seinen Ruderkünsten. Ich fürchte, ein paar der Jungs haben sich ein bißchen die Mäuler zerrissen über Bott und das Bootshaus. Worüber sollte man heute auch sonst sprechen?«

»Mir scheint, dagegen ist kein Kraut gewachsen«, sagte Alec und zog eine Grimasse. »Ich dachte, die wollten noch den Rest der Regatta sehen.«

»Man hat wohl allgemein beschlossen, das sei bei dieser Hitze zu anstrengend ... und wegen allem. Die spielen vorne auf dem Rasen Croquet. Nächstes Jahr ist auch noch eine Regatta, an der können sie teilnehmen.«

»Sie selbst aber nicht?«

»Ich nicht. Ich hab das Abschlußexamen nicht geschafft. Wenn ich es noch einmal probieren will, muß ich mich ganz aufs Lernen konzentrieren und kann nicht rudern.«

»Es war Ihnen also wichtig, dieses Jahr den Cup zu gewinnen?«

»Es wäre schon nett gewesen, wenn ich den Siegerpokal für Ambrose hätte mitnehmen können. Aber das erscheint jetzt alles ziemlich unwichtig angesichts eines Todesfalles, selbst wenn es ein Schwein war wie DeLancey.«

Frieth ließ den Kopf in die Hände sinken. »O Gott. Warum hab ich ihn überhaupt rudern lassen?« stöhnte er auf.

»Ja, warum eigentlich?« Diese Frage hätte Alec mit den anderen erörtern sollen. Frieth hatte im Großen Krieg gedient. Er mußte doch wissen, was es mit Kopfverletzungen auf sich hatte. DeLancey eins überzubraten war die eine Sache, aber seine Symptome zu sehen und zuzulassen, daß er sich trotzdem körperlich anstrengte, war etwas ganz anderes.

Frieth hob den Kopf. »Es ist mir überhaupt nicht in den Sinn gekommen, daß es mehr sein könnte als nur ein Kater.«

»Hatten Sie keine Sorge, daß seine Leistungen als Ruderer davon beeinträchtigt werden könnten? Sie hätten doch einen der anderen für ihn einsetzen können.«

»DeLancey war sowohl Schlagmann als auch Steuermann, nicht nur Ruderer. Ich hätte natürlich seinen Platz einnehmen und Meredith oder Wells in den Bug setzen können, aber DeLancey war wild entschlossen, am Rennen teilzunehmen. Es hätte einen unglaublichen Streit gegeben, wenn ich ihn rausgeschmissen hätte. Außerdem war er schon einige Male morgens mit einem gewaltigen Kater erschienen, nur um später auf dem Wasser geradezu aufzuleben. Und er hatte auch gar keine Schwierigkeiten, heute morgen zur Startlinie zu rudern, mit einem ordentlichen Frühstück intus. Wie konnte ich denn wissen, daß da etwas nicht stimmte?«

Eine vernünftige Frage. Und leicht genug, sie zu überprüfen, dachte Alec. »Sie haben nicht gehört, wie er mitten in der Nacht Unruhe verbreitet hat?«

»Noch nicht einmal ein Flüstern. Die arme Tish! Ich wünschte, sie hätte sich an mich gewandt.«

»Was hätten Sie denn getan?«

Frieth wirkte überrascht. »Nun ja, wahrscheinlich hätte ich nichts anderes tun können, als was Fosdyke getan hat – die Sache an die große Glocke zu hängen, egal zu welchem Zeitpunkt, hätte Tish nur noch mehr verwirrt. In letzter Zeit mußte sie wirklich mit zu vielem klarkommen, die Dinge haben sich ja wirklich überstürzt. Aber wenigstens hätte ich sie trösten können. Ihr die Sicherheit geben können, daß ich nicht einen Augenblick dachte, daß sie diesen Kerl auch nur das geringste bißchen ermutigt hat. Wenn ich nur aufgewacht wäre!«

»Sie haben die ganze Nacht tief und fest durchgeschlafen?«

»Ehrlich gesagt, nein. DeLancey kann nicht sehr viel Krach gemacht haben, sonst hätte ich das gehört, denn ich habe sehr schlecht geschlafen. Die ganze Zeit wälzte ich mich auf meinem Lager, oder wie auch immer das in der Literatur genannt wird. Ein Segen, daß Cherry darauf bestanden hat, das Klappbett zu nehmen. Bei mir wäre es garantiert zusammengebrochen.«

»Er ist nicht aufgewacht?«

»Er spielte gefällte Eiche, und was habe ich ihn verabscheut für seine Fühllosigkeit!« sagte Frieth ironisch. »Das kennen Sie doch sicherlich: der Unglückliche möchte in seinem Leid nicht alleine sein.«

Wenn das ein Versuch war, seinem Freund ein Alibi zu verschaffen, dann war Frieth wesentlich schlauer, als er wirkte. Alec beschloß jedoch, ihm in dieser Sache Glauben zu schenken. »Was machte Sie denn so unglücklich?« erkundigte er sich.

»Na ja, unglücklich ist vielleicht übertrieben. Ich war ein bißchen verärgert, daß DeLancey Bott so schlecht behandelt hat. Als Mannschaftskapitän hätte ich in der Lage sein müssen, dieses Hickhack zu beenden, insbesondere, weil wir dadurch aus dem Thames Cup herausgeflogen sind. Und dann waren da noch die üblichen Zukunftsängste, weil ich mich entscheiden muß, ob ich noch ein weiteres Jahr in Oxford bleibe oder ob ich mir irgendwo eine Stelle suche, die genügend abwirft, damit Tish und ich davon leben können. Schließlich werde ich auch nicht jünger.«

»Wie alt sind Sie denn jetzt, fünfundzwanzig?« fragte Alec einigermaßen streng. »Vor Ihnen liegen noch dreißig oder vierzig Berufsjahre. Wollen Sie die mit einer Arbeit verbringen, die Ihnen keinen Spaß macht?« Du liebe Zeit, sich in das

Privatleben anderer Leute einzumischen war doch eigentlich Daisys Stärke – es war wohl ansteckend! Er zuckte mit den Schultern. »Das ist Ihre Sache. Sie haben sich keine Sorgen gemacht, daß Bott etwas mit dem Boot anstellen könnte?«

»Das war doch ausschließlich DeLanceys Wahnvorstellung«, schnaubte Frieth auf, »egal, was die anderen behaupten. Ich habe es Tish gesagt: wenn Bott etwas dergleichen getan hätte, dann hätten doch alle genau gewußt, wer es war. Zugegeben, er ist nicht gerade beliebt, aber damit hätte er sich wirklich den Ruf verdorben, und zwar nicht nur in Oxford. Jede Menge Mannschaften aus Cambridge nehmen an dieser Regatta teil.«

Wodurch seine öffentliche Erniedrigung durch DeLancey um so bitterer sein dürfte, überlegte Alec. »Was hielten Sie von DeLanceys Plan, das Boot zu bewachen?« fragte er.

»Sieht so aus, als wollte er das wirklich tun, nicht wahr? Als sein Bruder es ihm verboten hatte, dachten wir alle, das wäre es dann gewesen. Schließlich hatte Lord DeLancey es geschafft, Basil zu einer Entschuldigung zu zwingen, wenn auch nur uns gegenüber, nicht direkt bei Bott. Im übrigen gehe ich davon aus, daß es Lord DeLancey nicht im Traum eingefallen wäre, diese Entschuldigung gegenüber Bott von seinem Bruder zu verlangen.«

»Das würde ich auch für unwahrscheinlich halten«, stimmte Alec ihm zu. Er mochte Frieth, stellte er fest; ausgezeichnet, wenn er sein angeheirateter Vetter werden sollte. Beeinflußte ihn das in seiner Urteilskraft? Er konnte den jungen Mann nicht als Lügner einstufen; auch nicht als einen Menschen, der rasch gewalttätig würde; geschweige denn als einen, der zu einem kaltblütigen Mord fähig wäre. »Sie sind dann wohl eingeschlafen, denke ich«, sagte er. »Haben Sie eine Vorstellung, wann das ungefähr war?« Er blickte auf seine Armbanduhr und stellte entsetzt fest, wie spät es schon geworden war.

»Als ich das letzte Mal auf die Uhr geschaut habe, war es nach drei Uhr morgens.«

»Würden Sie beschwören, daß weder Sie noch Cheringham vor dieser Zeit Ihr Gästezimmer verlassen haben?«

»Absolut«, sagte Frieth mit großer Sicherheit. »Er konnte unmöglich hinausgehen, ohne daß ich es gemerkt hätte. Verstehen Sie, unser Zimmer ist ziemlich klein. Er kann aus seinem Klappbett nur raus, indem er über mein Bett hinübersteigt. Sonst bricht es zusammen»

Diese Sicherheit wirkte überzeugend. Alec beschloß, ihn gehen zu lassen. Er konnte sich später immer noch an ihn wenden. Jetzt wollte er mit Cheringham sprechen, bevor Bott zurückkehrte.

Während Frieth und Piper die Bibliothek verließen, kam Daisy hereingewirbelt. Obwohl ihre Locken von der Hitze und von ihrem Hut ganz flachgedrückt waren, leuchteten ihre blauen Augen. Sie sah so aus, als sei sie mit sich selbst äußerst zufrieden.

»Alec, Liebster.« Sie küßte ihn auf die Wange. »Ich habe gerade ein durch und durch wunderbares Interview mit Prince Henry hinter mich gebracht. Er hat tatsächlich gesagt, es sei richtig schade, daß ›unsere amerikanischen Vettern‹ dieses Jahr nicht mit einer ganzen Mannschaft vertreten seien, sondern nur mit zwei Männern in Einern. Mein Redakteur wird begeistert sein!«

»Glückspilz«, grunzte Alec.

»War dein Nachmittag so schrecklich? Ich wäre schon früher zurückgekehrt, aber Bettys Bruder ruderte im letzten Durchlauf, im Abschlußrennen für den Stewards' Cup. Da konnte ich sie nicht gut bitten, mich nach Hause zu fahren, ehe das Rennen vorüber war. Um zu Fuß zu gehen, war es einfach zu heiß. Ich hab nicht mehr als ein Glas Champagner getrunken, weil mir davon noch heißer wurde, und bin dann ziemlich bald auf Limonade umgestiegen.«

Er lächelte. »Du bist aber so überschäumend, als hättest du den ganzen Nachmittag Champagner geschlürft.«

»Na ja, es ist ein wirklich außerordentlich erfolgreicher Tag für mich gewesen. Wenn ich hiergeblieben wäre, dann hättest du doch nur gesagt, daß ich störe. Aber du hast noch gar nicht alles gehört. Die beiden Amerikaner, die in den Einern gerudert haben, wurden Prince Henry vorgestellt, während ich noch dabei war. Und als er dann weiterging, habe ich mit den beiden geredet und mir ihre Meinung zur Regatta angehört. Es macht ihnen Spaß, obwohl sie beide vom selben Ruderer des Leander-Clubs geschlagen worden sind. Richtig nette Jungs, der eine aus Boston und der andere aus irgendeinem Ort, der Duluth heißt. Ob du es glaubst oder nicht, der Junge aus Boston heißt tatsächlich Codman.«

»Ach Gott, der Ärmste, heißt er auch noch nach dem Dorsch, für den die Stadt berühmt ist«, lachte Alec.

Daisy kicherte. »Ich hab lieber nichts dazu gesagt. Die beiden sind heute abend nach Phyllis Court eingeladen worden. Du wirst mich doch begleiten können oder etwa nicht?«

»Ich weiß nicht, Liebes. Ich komme hier nicht so richtig voran.«

»Dann wird es dir gerade guttun, etwas Abstand von der Sache zu gewinnen«, sagte Daisy entschlossen. »Du kannst dir ein Gesamtbild machen, anstatt dich dauernd in Details zu verlieren.«

»Ich hab wirklich das Gefühl, als sähe ich den Wald vor lauter Bäumen nicht mehr«, gab Alec zu. »Ein paar Stunden weg von hier wären vielleicht wirklich ganz gut. Außerdem hat Ernie dann die Möglichkeit, seine Notizen so abzuschreiben, daß auch wir sie lesen können. Und schließlich wäre es bestimmt nicht leicht, hier mit den Menschen zu Abend zu essen, die ich tagsüber befragt habe.«

»Prachtvoll! Ich muß jetzt hoch und mir die Haare waschen. Die kleben mir förmlich am Kopf. Wir müssen allerspätestens um zwanzig vor acht aufbrechen«, fügte sie hinzu, als Piper mit Cheringham eintrat. »Bis dahin hat Tom doch den Chummy zurückgebracht, oder? Er ist uns vorhin entgegengekommen, als wir in die Stadt hineingefahren sind.«

»Ja, er ist gerade los, um Horace Bott abzuholen.«

Cheringhams Miene hellte sich eindeutig auf. »Sie haben

Bott ausfindig gemacht? Dann ist ja diese ganze schreckliche Angelegenheit bald vorüber.«

Daisy drehte sich zu ihm und hatte schon den Mund geöffnet. Alec warf ihr einen strengen, warnenden Blick zu. Sie schloß den Mund wieder, zog ihm eine kleine Grimasse und ging von dannen.

Alec lud Cheringham ein, sich zu setzen. Das störende Läuten des Telephons ignorierte er. Wenn das Gespräch für ihn war, dann würde Gladstone ihn schon davon in Kenntnis setzen. Es erstaunte ihn, daß es nicht andauernd klingelte, wie er es erwartet hätte – offenbar hatte die Presse noch nicht herausgefunden, wo DeLancey untergebracht gewesen war.

»Wieso glauben Sie denn, daß es eine Lösung bedeutet, wenn wir Bott finden?«

»Weil er es doch war, der DeLancey eins übergezogen hat«, sagte Cheringham ungeduldig. »Ach, ich kann ihm das nicht übelnehmen, und vermutlich war es auch einfach nur Notwehr. Aber er hatte nichts im Bootshaus zu suchen. Er muß hinuntergegangen sein, um das Boot zu beschädigen. Ich muß sagen, daß ich nie gedacht hätte, daß er sich dermaßen wie ein Idiot verhalten würde. Dottie erzählt mir ja dauernd, wie brillant er eigentlich ist.«

»Intelligenz und Vernunft paaren sich nicht immer.«

»Wollen Sie mich damit ein bißchen provozieren? Ich bin nicht wirklich eifersüchtig, weil sie Bott so bewundert, daß muß ich Ihnen sagen. Denn sie achtet ja nur seinen Geist. Sie ist viel zu vernünftig, als daß – sehen Sie, da haben Sie es, Dottie ist sowohl unglaublich schlau als auch voller Vernunft.«

»Miss Carrick glaubt nicht, daß Bott der gesuchte Übeltäter ist.«

Ob Eifersucht im Spiel war oder nicht, Cheringham errötete. »Viel wichtiger ist, ob Sie es glauben« sagte er, und in seiner Stimme lag ein wenig Trotz.

»Was ich glaube, ist unwichtig. Ich brauche Beweise.«

Aber Alecs Fragen förderten nichts Neues zutage. Obwohl Cheringham keinesfalls ein so geradliniger Mensch war wie

Frieth und auch nicht so tolerant und friedfertig, klangen seine Worte doch aufrichtig. Er hatte gestern nacht das Schlafzimmer nicht verlassen, hätte das gar nicht tun können, ohne seinen Kameraden aufzuwecken.

Weder Cheringham noch Frieth waren dumm genug, in einer Sache zu lügen, die so leicht zu überprüfen war. Nichtsdestotrotz würde Alec Tom losschicken, daß er sich das Zimmer einmal anschaute.

Er blickte auf die Uhr. Wenn Tom noch nicht mit Bott zurück war, ganz zu schweigen von Alecs Smoking, dann würde Daisy sich alleine zum Phyllis Court aufmachen müssen. Allerdings gefiel es ihm gar nicht, daß sie sich mit diesen beiden amerikanischen Ruderern abgab, ohne daß er dabei war.

Er war natürlich überhaupt nicht eifersüchtig.

»Piper, gehen Sie doch bitte und schauen Sie, ob Sergeant Tring schon da ist«, gab er seinem Assistenten Anweisung. Er wandte sich zu Cheringham und sagte: »Angesichts unserer zukünftigen Verwandtschaft hoffe ich, daß Sie mir meine Fragen nachsehen werden.«

»Du liebe Zeit, natürlich.« Cheringham stand auf und streckte ihm die Hand entgegen. »Selbstverständlich, kein Problem. Sie machen ja nur Ihre Arbeit, und wenn Rollo und ich es fertiggebracht hätten, DeLancey von Bott fernzuhalten, dann hätten Sie vielleicht ein friedliches Wochenende genießen können. Ich hoffe, daß Sie wenigstens heute abend schön feiern können.«

»Ich werd mir Mühe geben.« Alec schüttelte ihm die Hand und atmete insgeheim erleichtert auf. Es sah nicht so aus, als würde er einen von Daisys Verwandten festnehmen müssen.

Cheringham verließ den Raum. Piper kehrte zurück, einen kleinen, schmächtigen jungen Mann mit ausgesprochen wütender Miene im Schlepptau.

Tom bildete das Schlußlicht. Er stellte Bott mit so ausgesuchter Höflichkeit vor, daß das Ziel offensichtlich war: der Steuermann sollte keinen Anlaß zur Klage haben. »Detective Chief Inspector Fletcher, Sir. Sir, das ist Mr. Bott.«

»Was zum ... ?« legte Bott schon streitlustig los.

Alec unterbrach ihn mit einem freundlichen: »Aber möchten Sie sich nicht setzen, Mr. Bott? Entschuldigen Sie mich bitte einen Augenblick. Ich muß meinem Sergeant noch die eine oder andere Anweisung geben.«

Nachdem ihm so der Wind aus den Segeln genommen war, ließ sich Bott schmollend in den Sessel sinken. Alec ging mit Tom etwas weiter weg und sagte ihm leise, er solle das Zimmer von Cheringham und Frieth durchsuchen. »Übrigens, hat einer der Bediensteten Bott gestern abend noch gesehen?« fügte er hinzu.

»Mr. Gladstone und das Hausmädchen haben ihn beide gegen zwanzig nach acht Uhr hineinkommen sehen, als sie gerade dabei waren, das Abendessen zu servieren. Danach hat ihn niemand mehr gesehen. Ich hab Ihre Sachen geholt, Chief. Mr. Gladstone läßt ausrichten, daß der junge Fosdyke angeläutet hat. Er wird heute nacht im Catherine Wheel übernachten bei seinem Vater. Und Lady Cheringham erkundigt sich, ob Sie gerne möchten, daß Ernie und ich in seinem Zimmer schlafen, also in dem, das er sich mit Mr. DeLancey geteilt hat?«

»Ja. Die Gute!« Alec wandte sich wieder zu Bott und sah dessen ängstliche Miene, die er aber rasch ablegte.

»Was zum Teufel soll das alles hier?« verlangte Bott zu wissen. »Vermutlich glauben Sie, Sie könnten auf mir herumhacken, weil ich nicht einer dieser Hochwohlgeborenen bin.«

»Jeder im Haus ist befragt worden, Mr. Bott. Basil DeLancey ist tot.«

»Tot!« War da ein Aufflackern von Panik in seinen Augen zu sehen, neben dem Erstaunen?

Alec hätte schwören können, daß Bott ehrlich erstaunt war. »Er ist gestern abend im Bootshaus geschlagen worden und heute morgen an den Spätfolgen seiner Verletzungen gestorben. Wir haben Anlaß zu der Annahme, daß Sie gestern abend im Bootshaus waren.«

»Anlaß zu der Annahme? Was zum Teufel soll das denn

heißen? Ich hatte überhaupt keinen Anlaß, auch nur in die Nähe des Boothauses zu gehen, und entsprechend habe ich das auch nicht getan.«

»Wir haben aber einen Ihrer Zeltheringe im Gebüsch gefunden.«

Wieder ein Aufflackern von Entsetzen. Doch dann wurde Bott auf herablassende Weise logisch. »Ein Hering gleicht dem anderen. Können Sie beweisen, daß das meiner ist? Und falls ja, beweist das noch lange nicht, daß ich es war, der den Hering da hingeworfen hat. Und auch nicht, daß er erst seit gestern da liegt.«

Dem konnte man kaum widersprechen, und es war im übrigen genau das, was Alec früher schon erkannt hatte. »Sie haben DeLancey aber bedroht.«

»Das stimmt. Ich hatte auch allen Grund dazu. Was hat das denn mit dem Bootshaus zu tun?«

»DeLancey glaubte, Sie hätten mit dem Boot etwas im Schilde geführt, um Rache an ihm zu üben.«

»Für das, was DeLancey geglaubt hat, kann ich nicht verantwortlich gemacht werden. Ich wiederhole es gerne noch einmal: ich habe das Bootshaus gestern nacht nicht betreten.«

Und Bott fuhr fort zu verneinen, auch als Alec ihm versicherte, daß die Polizei ihrer Untersuchung die Annahme einer Notwehr zugrunde legen würde. Seine Augenblicke der Angst waren keine Beweise, noch waren sie überhaupt ein Hinweis auf Schuld. Bott war überzeugt, daß die Welt es auf ihn abgesehen hatte, und zu erfahren, daß man eines Mordes verdächtigt wurde, würde jeden erschrecken. Wie er selber sagte, war er für DeLanceys Phantasien nicht zur Verantwortung zu ziehen. Und die Chancen, daß er für seine Rache rein zufällig genau die Methode gewählt hatte, die DeLancey vermutet hatte, waren äußerst gering – es sei denn, er hatte darüber reden hören.

Es hätten alle, inklusive die Dienstboten, als erstes gefragt werden müssen, ob sie die Angelegenheit gegenüber Bott erwähnt hatten, oder gesehen hatten, wie er anderen zuhörte, die davon sprachen. Aber das würde erst morgen nachgeholt werden können, dachte Alec müde.

Wie auch seine Besichtigung des Bootshauses und die Untersuchung des Ruders. Er mußte mit Tom besprechen, was dieser von den Angestellten erfahren hatte, und außerdem Pipers Befragungsprotokolle durchsehen. Und dann mußte er dringend etwas Abstand gewinnen und den Fall als Ganzes betrachten.

Doch jetzt mußte er sich sofort umziehen, wenn er und Daisy nicht zu spät kommen wollten.

»Wir sprechen uns morgen noch einmal«, sagte er zu Bott. »Bitte gehen Sie nirgendwohin, ohne meine Leute davon zu informieren.«

Bott stolzierte hinaus. Daß er ihm ausweichend geantwortet hatte, davon war Alec überzeugt. Daß er DeLanceys Angreifer war, dessen war er sich einigermaßen sicher. Aber daß das jemals bewiesen werden könnte, bezweifelte Alec.

Er brauchte ein Geständnis, aber es schien höchst unwahrscheinlich, daß Bott ihm das freundlicherweise liefern würde.

14

»Du bist dir also einigermaßen sicher, daß Horace Bott der Übeltäter ist«, sagte Daisy, während Alec den kleinen Austin zwischen die Rolls Royces, Napiers, Daimlers, Lanchesters, Hispano-Suizas und Isotta-Fraschinis quetschte. Im Laufe der kurzen Fahrt hatte er ihr, da sie darauf bestanden hatte, einen kurzen Überblick über die Ergebnisse seiner Untersuchungen gegeben.

»So habe ich das nicht gesagt«, protestierte er.

»Nein, aber du hast so ziemlich alle anderen Tatverdächtigen von deiner Liste gestrichen.« Während sie wartete, daß er um das Automobil herumkäme und ihr den Schlag öffnete, fragte sie sich, ob er sie absichtlich in die Irre geführt hatte, was sein Interesse an Cherry und Rollo anging. Vielleicht wollte er sie schonen – oder sie davon abhalten, sich einzumischen.

»Ich habe überhaupt niemanden von meiner Liste gestrichen«, sagte er, während er ihr aus dem Auto half. »Du siehst entzückend aus, Liebste. Ist das ein neues Kleid?«

»Nein, Lucy hat mir nur geholfen, es ein bißchen aufzumöbeln. Du weißt ja, was für ein gutes Händchen sie mit Kleidern hat.« Daisy freute sich über das Kompliment, war aber nicht abzulenken. »Es kann nicht Cherry gewesen sein, weil der in seinem Klappbett lag. Es kann auch nicht Rollo gewesen sein, weil seine Fingerabdrücke nur auf dem Blatt des Ruders gefunden worden sind. Die von Fosdyke waren überhaupt nicht drauf, sagtest du. Und Botts auch nicht.«

»Ich hab außerdem gesagt, daß ich langsam Zweifel bekomme, ob das Ruder wirklich als Tatwaffe in Frage kommt. Aber lassen wir das. Wenn es nicht Cheringham, Frieth, Fosdyke oder Bott waren, wer war es dann?«

»Einer der anderen vier?« schlug sie zweifelnd vor.

»Keiner von denen schien sich wegen der Befragung auch nur die geringsten Sorgen zu machen, was dafür spricht, daß sie nicht unter Tatverdacht zu stehen glauben. Und keiner wirkte irgendwie selbstzufrieden, als ob er dächte, daß er einen Mord verüben könnte, ohne gefaßt zu werden. Ich hab weitaus mehr Grund zu der Annahme, daß es keiner dieser vier war.«

»Und was wäre, wenn es jemand von außerhalb war, vielleicht jemand, der ein Boot klauen wollte?«

»Die Skiffs waren draußen am Landesteg festgetäut«, sagte Alec geduldig. »Außerdem hätte DeLancey bestimmt etwas verlauten lassen, um nicht zu sagen Zeter und Mordio geschrien, wenn er von einem Fremden angegriffen worden wäre.«

»Genauso hätte er Zeter und Mordio geschrien, wenn Bott ihn geschlagen hätte.«

»Das glaube ich nicht. Er hätte nicht zugeben wollen, daß Bott, den er doch schließlich verabscheute, ihn zusammengeschlagen hat.«

»Ach so. Stimmt vielleicht. Ich verstehe aber immer noch nicht, warum Bott es gewesen sein soll.«

»Willst du behaupten, daß seine Drohungen und DeLanceys Tod nichts miteinander zu tun haben?«

»Nein, natürlich nicht. Wenn er diese Drohungen nicht ausgesprochen hätte, wäre DeLancey nicht im Bootshaus gewesen. Dann wäre das alles nicht passiert, und wir hätten unser Wochenende gehabt …«

»Laß uns wenigstens unseren Abend genießen, Daisy. Bis morgen will ich kein einziges Wort mehr über diesen Fall hören. Abgemacht?«

»In Ordnung, mein Liebling, ich werde schweigen wie ein Grab.« Aber Daisy konnte ihre Gedanken doch nicht ganz zügeln, selbst als sie in den Club traten, eine zauberhafte georgianische Villa, in der sich viel zu viele Gäste tummelten, als daß man sie angemessen hätte würdigen können.

Wenn das Ruder gar nicht die Tatwaffe war, dann war es bedeutungslos, daß keine Fingerabdrücke von Bott darauf waren. Der Hering erschwerte die Angelegenheit etwas, doch ließ er nur Bott verdächtig erscheinen, sonst eigentlich niemanden. Alec hatte recht, gegen ihn sprachen die meisten Verdachtsmomente, dachte Daisy trübsinnig. So wenig sie ihn mochte, tat er ihr doch leid. DeLancey hatte ihn brutal gequält. Außerdem würde es sicherlich sehr schwer für Susan Hopgood werden, die sie sehr gern hatte.

Ein Sherry vor dem Abendessen beim Empfang mit ihren Freunden und anschließend der Wein zum Dinner vertrieben Botts Schicksal höchst wirksam aus ihren Gedanken. Nach dem Abendessen luden ihre Gastgeber, die der Generation ihres Vaters angehörten, zu Kaffee und Likör auf die Terrasse ein.

Es wurde zum Tanz aufgespielt, doch Daisy, die von ihrem mangelnden Talent als Tänzerin überzeugt war, konnte Alec ohne Schwierigkeiten überreden, mit ihr einen Spaziergang über das hübsche Gelände am Ufer zu machen. Sie fanden sich am Schluß auf dem Croquet-Rasen wieder, wo sie das Spiel Mr. Codman aus Boston, Mr. Hoover aus Duluth, sowie einem Schweizer, einem Norweger und einem Kanadier beibrachten. Alle hatten am Einer-Rennen teilgenommen.

Es war eine herrlich komische Angelegenheit. Daisy hatte Alec noch nie so entspannt erlebt. Das Wochenende war also doch kein kompletter Mißerfolg.

Schließlich wurde es zu dunkel, um weiterzuspielen. Alles bewegte sich hinunter ans Ufer, um dem Feuerwerk zuzusehen. Unter Donner, Krachen und Pfeifen stiegen Raketen auf, die als Blüten aus roten und grünen Funken explodierten. Goldener Regen sank hinab, wilde Räder wirbelten umeinander. Alles glitzerte und wurde leuchtend vom Fluß widergespiegelt.

Alec legte den Arm um Daisys Schultern. Sie legte unter seiner Smoking-Jacke den Arm um seine Taille und drückte sich fest an ihn.

Daisy hielt an den letzten Fetzen ihres Traumes fest. Alec küßte sie inmitten eines Springbrunnens aus glitzerndem Licht in allen Regenbogenfarben, während ein himmlischer Chor ein Liebeslied sang.

Dieses Lied entpuppte sich als das Trällern einer Drossel vor dem geöffneten Fenster, durch das ein Sonnenstrahl auf Daisys Gesicht schien. Sie blinzelte und setzte sich aufrecht hin. Es war noch sehr früh. Der Sonntag hatte noch nicht wirklich begonnen. Vielleicht konnten sie und Alec einige Augenblicke miteinander verbringen, ehe der Rest der Welt aufwachte.

Tish schlief noch fest. Eilig, leise zog Daisy ihren Morgenmantel an und ging hinüber, um an die Tür von Onkel Ruperts Ankleidezimmer zu klopfen.

Sie hielt die Luft an. Würde es ihn wütend machen, wenn man ihn im Morgengrauen weckte?

Die Tür öffnete sich. »Daisy. Was'n los?« murmelte er mit halbgeschlossenen Augen.

»Nichts.« Sie glättete eine Strähne von seinem Haar, das hinter seinem Ohr hervorstakste. Er trug einen blau- und blaßgrau gestreiften Pyjama aus Baumwolle und stand barfuß vor ihr. Der Anblick seiner nackten Füße war merkwürdig intim, fast beunruhigend – Daisy verstand plötzlich, daß Dichter eine Ode auf das Ohrläppchen ihrer Geliebten schreiben konnten. »Es ist nur so ein prachtvoller Morgen«, sagte sie hastig. »Laß uns doch hinaus in den Garten gehen, bevor die anderen aufstehen.«

Seine grauen Augen waren schon ganz wach, als er sie anlächelte. »Gute Idee.« Er fuhr sich mit der Hand über das Kinn, auf dem dunkle Stoppeln zu sehen waren.

»Mach dir wegen des Rasierens keine Sorgen, ich pudere mir auch nicht die Nase. In zehn Minuten?«

»Zehn Minuten.«

Zehn Minuten später schlichen sie durch das stille Haus. Mit Mühe schaffte Daisy es, die Erinnerungen an ihren heimlichen Ausflug von neulich aus ihren Gedanken zu verbannen.

Allerdings kehrten sie sofort auf das lebhafteste zurück, als sie feststellten, daß die Türen des Salons zur Terrasse nicht abgeschlossen waren.

»Da ist uns jemand zuvorgekommen«, sagte sie enttäuscht.

»Macht nichts. Wenn wir denjenigen sehen, gehen wir einfach in die andere Richtung.«

Die Luft war frisch und so kühl, daß Daisy froh war, eine Jacke angezogen zu haben. Auf den Rosen und dem Gras glitzerten Tautropfen. Die letzten Nebelfetzen lösten sich vom Fluß. Sie gingen Hand in Hand die Treppe hinunter und spazierten auf dem Gartenpfad entlang.

Im Schatten des Bootshauses bewegte sich eine Gestalt. Daisy keuchte leise erschrocken auf.

Die bedrohliche Gestalt trat ins Sonnenlicht. Es war Cherry, der da in einer Flanellhose und seinem Rudererhemd unterwegs war. Er kam auf sie zu. »Ich bin frühzeitig aufgewacht und dachte, ich würde mit einem Skiff hinausfahren, während es noch so kühl und friedlich ist«, sagte er, »aber die Ruder sind noch im Bootshaus. Und das ist abgeschlossen. Vermutlich ist das Ihr Werk, Mr. Fletcher.«

»Das von Sergeant Tring.«

»Sehr tüchtig. Ach so, falls Sie sich das gerade fragen, Rollo hat mich verflucht und sich auf die andere Seite gedreht. Jetzt schläft er weiter den Schlaf der Gerechten.«

»Ich hab den Schlüssel. Können Sie die Ruder herausholen, ohne irgend etwas in Unordnung zu bringen? Das sind doch andere Ruder als die, die Sie bei Rennen benutzen?«

»Das ist ein gewaltiger Unterschied – jedenfalls für einen Ruderer. Wir haben sie auf den Boden hinter das Gestell gelegt, auf dem die Renn-Ruder liegen. Wenn Sie mögen, nehme ich Sie beide mit. Ich möchte unbedingt ein bißchen Sport machen, und den Frieden am Morgen kann ich auch gut gebrauchen.«

Alec wechselte einen Blick mit Daisy. Das entsprach nicht ganz dem, was sie sich vorgestellt hatte, aber auf dem Wasser zu schweben, während die Sonne die letzten goldenen Nebel vertrieb, klang einfach zu schön, um abzulehnen. Natürlich würde Cherry dabei sein und nicht nur Alec, aber das bedeutete auch, daß weder sie noch er rudern müßten.

»Das machen wir doch!«

»Ich hol dann mal die Ruder«, sagte Alec und nahm einen Schlüsselbund aus seiner Hosentasche.

Mißtrauisch warnte Daisy ihn streng: »Aber keine Nachforschungen.«

»Erst, wenn wir wieder zurück sind«, versprach er ihr lachend.

»Und hol lieber noch einen Bootshaken, damit wir unsere Fehler beim Steuern beheben können, und ein paar Kissen, Liebster.«

»Im Boot liegt schon ein Bootshaken«, rief Cherry.

Daisy wandte sich zum Fluß, während Alec das Vorhängeschloß öffnete. »Eins der Boote fehlt ja!« rief sie aus.

»Ja.« Cherry kniete sich auf dem Landesteg nieder, um die aus dem Wasser gehobene Steuervorrichtung in ihre Halterung einzupassen. »Jemand anderes ist schon vor uns auf die Idee gekommen. Vermutlich hat man gestern ein paar Ruder und einen Bootshaken liegengelassen, was unter den Umständen wohl kaum überraschen dürfte.«

Daisy schauderte, als sie sich an die Rückkehr nach Bulawayo mit DeLanceys Leiche erinnerte. Bei der Überfahrt hatte es ein großes Durcheinander gegeben. Cherry, der nach seinem Rettungsversuch vollkommen durchnäßt gewesen war, hatte ein Boot mit Tish und Dottie hinübergerudert, und dann war ein regelrechter Fährbetrieb von einem Ufer zum anderen entstanden. Da nahm es nicht Wunder, wenn irgendwo Ruder liegengeblieben waren.

Alec reichte ihr zwei Kissen und verschwand noch einmal im Bootshaus, um Ruder zu holen, die er Cherry gab. Dann hängte er das Vorhängeschloß wieder an die Tür und ließ es zuklicken.

»Wenn Sie nichts dagegen haben, rudern wir stromaufwärts«, sagte Cherry. »Dann hab ich es auf dem Rückweg leichter. Außerdem kommt man stromabwärts nicht sehr weit, da ist gleich die Schleuse von Hambleden.«

Sie legten ab, Daisy und Alec nebeneinander auf der Bank im Heck. Auf dem Fluß war kein anderes Boot zu sehen, nur die Wasservögel, die sich die morgendliche Ruhe zunutze machten. Die Schwäne, die der Regatta hatten weichen müssen, waren jetzt zurückgekehrt. Ein Paar glitt vorüber und starrte die Eindringlinge mit hochmütiger Verärgerung an. Moorhühner waren in der Nähe der Schilfrohre zu sehen, wie sie auf den Wellen dümpelten. Vom Ufer erhob sich ein grauer Reiher, dessen riesige Flügel so langsam schlugen, daß es fast ein Ding der Unmöglichkeit schien, als er in die Luft aufstieg.

Da es keinen Bootsverkehr gab, kam Alec bestens mit den Steuerseilen zurecht. Cherry ruderte mit langen gemächlichen Schlägen. Das Ufer glitt an ihnen vorüber, vor ihnen lag Temple Island.

»Wir werden links an der Insel vorüberziehen«, sagte Cherry. »Das ist zwar gegen die Verkehrsregeln, aber wir werden wohl kaum jemandem begegnen. Die Strömung ist da nicht so stark wie auf der anderen Seite. Auf das Frühstück später freue ich mich jetzt schon.«

»Bei Ihnen wirkt das so einfach«, sagte Daisy. »Ich würde es gerne einmal mit dem Paddeln – Rudern – versuchen, auf dem Rückweg, wenn wir mit der Strömung schwimmen.«

»Sind Sie schon einmal gerudert?«

»Irgendwann vor dem Großen Krieg. Wir haben als Kinder in Upton-upon-Severn oder in Severn-Stoke ein Dory gemietet, und Gervaise und sein Freund Phillip haben mich rudern lassen, weil sie ja fischen mußten.«

Cherry und Alec lachten. »Primstens«, sagte Cherry zu Daisy, »ich bin durchaus bereit, mein Leben in Ihre Hände zu geben. Bitte noch ein bißchen näher an die Insel steuern, Fletcher, denn wir rudern schließlich in der falschen Richtung. Außerdem läßt es sich da leichter rudern. An der Spitze der Insel wenden wir dann.«

Sie kamen an die Startlinie der Regatta. Die Pontons waren bereits ans Ufer geschoben worden, dem Bootsverkehr aus dem Weg, der bald schon heimwärts fließen würde. So früh war noch niemand unterwegs. Die einzigen Geräusche waren das leise Klatschen des Wassers an der Bootswand, das Knarren der Ruder in den Dollen, das Zwitschern und Tirilieren der Vögel in den Bäumen der Insel.

Daisy schaute, ob sie einen Blick auf den Tempel erhaschen könnte. Doch ehe er in ihr Blickfeld kam, hörte sie einen Aufschrei. Sekunden später zerriß ein Schuß die Ruhe.

Einen Augenblick fühlte Daisy sich zum Rennen vom Vortag zurückversetzt, als wäre das ein Startschuß. Doch dann folgte ein weiterer Schuß, gefolgt von einem lauten Platschen.

»Schaut nur! Da drüben!« rief Daisy aus und zeigte auf ein Objekt, das oben an der Inselspitze von der Strömung in die Mitte des Flusses gerissen wurde. Etwas Weinrotes. War das das Ambrose-Weinrot? »Du meine Güte! Das ist ein Mensch!«

Cherry hatte sich bereits umgewandt, um nachzuschauen. Jetzt holte er die Ruder ins Boot, stand auf und sprang kopfüber ins Wasser.

Das Skiff schwankte gefährlich. Es bewegte sich zwar immer noch weiter, von seinem letzten Schlag getragen, doch jeden Moment würde es mit der Strömung zurückgleiten. Vorsichtig und dennoch zügig kroch Daisy auf allen vieren nach vorn auf die Ruderbank. Im Sitzen wandte sie sich um und sah Alec, der bereits seine Jacke ausgezogen hatte und sich über die Rückseite der Bank im Heck beugte, um das Steuer aus seiner Verankerung zu ziehen.

»Daisy, schaffst du das?« fragte er. »Cheringham kriegt das alleine nicht hin.«

»Ich komm schon klar.« Sie holte mit den Rudern aus, froh, daß Cherry sie in den Dollen gelassen hatte.

Alec ließ sich über den Rand gleiten, wodurch das Boot erneut ins Schwanken geriet. Daisy sah, wie er mit entschlossenen Bewegungen hinter Cherry herschwamm, doch dann erforderte das Rudern ihre gesamte Aufmerksamkeit.

Irgendwie schaffte sie es, Luftschläge zu vermeiden, obwohl ihre ersten beiden Züge äußerst ungeschickt ausgefallen waren. Der Rhythmus kehrte schnell zurück – es war wie beim Fahrradfahren: wer es einmal gelernt hatte, verlernte es nie. Das Steuern hingegen war eine ganz andere Sache: Sie schaute in die falsche Richtung. Gervaise war nicht da, um ihr zuzurufen, daß sie mit dem rechten Ruder stärker ziehen sollte, und auch Phillip nicht, um sie vom Ufer abzustoßen, wenn sie zu nah daran geriet.

Und das war schon sehr dicht. Ihr linkes Ruder strich durch die herabhängenden Zweige einer Trauerweide. Daisy korrigierte rasch ihren Kurs und merkte erleichtert, daß sie in dem relativ stillen Wasser in direkter Nähe der Insel gut weiterkam, auch wenn es gegen den Strom ging.

Nur wohin?

Dann fiel ihr der Landesteg direkt vor dem Tempel ein. Wenn sie nur ein bißchen hinter den käme, würde sie die Strömung wieder hinuntertreiben. Es wäre jedenfalls einfacher, dort ans Ufer zu gelangen, als unter Bäumen und Büschen. Nur war das genau der Ort, an dem geschossen worden war. Stand jetzt dort jemand mit einer Pistole? Lauschend, wartend?

Daisy ruhte sich einen Augenblick aus, die Arme auf die Ruder gestützt. Die Vögel schwiegen nach den Schüssen immer noch. Sie zwang sich, nicht nach Cherry und Alec zu sehen, sondern sich auf das Zuhören zu konzentrieren.

Von hinter der Spitze der Insel hörte sie das Knarren von Rudern in den Dollen. Das Platschen kündigte von den Bemühungen eines wenig geübten Ruderers.

Er flüchtete! Daisy wandte sich mit doppelter Energie ihrer Aufgabe zu. Langsam, schrecklich langsam zogen die Bäume an ihr vorüber. Sie drehte sich um und erspähte zwischen den Blättern einen Flecken weißer Wand, bevor eine dunkle, immergrüne Pflanze ihr wieder die Sicht versperrte. Sie war fast da.

Als sie auf gleicher Höhe mit dem Tempel war, schaute

sie sich noch einmal um. Ein Mann ruderte ungeschickt vorwärts, den Rücken zu ihr, auf das Buckinghamshire-Ufer zu.

Ungeschickt oder nicht, er entfernte sich rasch von ihr. Daisy schmerzten die Schultern, ihre Arme fühlten sich bleiern schwer an, und ihre Genickmuskeln waren von dem Versuch, hinter sich zu schauen, ganz verkrampft. Als sie an der Spitze der Insel vorüberkam, wurde sie von der Strömung erfaßt. Sie konnte nichts dagegen tun.

Wieder ein Blick zurück. Dunkle Haare, weißes Hemd – das war ja wirklich sehr hilfreich! Resigniert machte sie sich daran, die Insel zu erreichen, ohne dabei zu kentern.

Das linke Ruder in das Wasser stellen und einen starken Schlag mit dem rechten ausführen. Gehorsam drehte sich das Boot mit der Breitseite zum Strom. Daisy holte die Ruder ein, legte sie innen ab und griff sich den Bootshaken, während der Fluß sie so leicht zum Landesteg trug, als sei sie Distelwolle auf einem Sommerlüftchen. Dort lag ein anderes Boot, der Zwilling von ihrem, vertäut. Kniend streckte sie den Bootshaken dorthin, erfaßte das Boot am Bug und zog sich an dessen Seite.

»Daisy! Hallo! Daisy, wo zum Teufel steckst du?«

Der Ruf echote in ihrem Geiste, und sie erinnerte sich, daß Alec sie eben schon einmal gerufen hatte. Da war sie noch zu beschäftigt mit anderem gewesen, um darauf zu achten. »Hier drüben!« rief sie und versuchte, sich mit dem Bootshaken festzuhalten, während sie nach der Vorleine griff. »Hier am Tempel. Er ist mir entwischt!«

»In Ordnung. Bleib bitte da, wir sind gleich bei dir.«

Was Daisy als nächstes hörte, während sie an Land gehen wollte, war eine schmerzhafte Erinnerung aus ihren Schülerzeiten sommers auf dem Severn-Fluß: »Achte darauf, nie mit einem Fuß am Ufer und dem anderen im Boot zu stehen, es sei denn, jemand hält es fest.«

Zu spät. Daisys verzweifelte Bemühungen, keinen Spagat zu machen, endeten kläglich. Sie purzelte in den Fluß.

Spotzend erschien sie wieder an der Wasseroberfläche und stellte fest, daß sie einen Meter tief im Wasser stand, das Ende der Vorleine fest umklammert (Gervaise war damals nicht sehr erfreut gewesen, als er dem Boot hatte hinterher schwimmen müssen). Daisy beäugte den Landesteg, der einen guten halben Meter über dem Wasser lag. Sie würde auf Hilfe warten müssen.

Sie schaute dem mutmaßlichen Übeltäter hinterher, während sie immer wieder das Boot abwehrte, das von der Strömung gegen sie gedrückt wurde. Obwohl die letzten, dünnen Nebelschwaden die Sicht nicht mehr erschweren konnten, war der Ruderer dennoch zu weit entfernt, um deutlich erkennbar zu sein. In der Nähe des Buckinghamshire-Ufers hatte er sich stromaufwärts gewandt. Während Daisy vor Kälte zitternd zusah, erreichte er ein Gebäude, das wie ein Bootshaus aussah, ruderte darauf zu und ging an Land. Erfolgreich, wie sie zu ihrer Enttäuschung bemerkte.

»Daisy? Wo …? Um Himmels willen, Liebling, wie hast du das denn geschafft?« Auf Alecs Gesicht war keine Regung wahrnehmbar, aber in seiner Stimme lag Amüsement.

»Ich wollte ein bißchen schwimmen gehen«, sagte sie verärgert. »Versuch du mal, allein aus einem Boot herauszukommen.«

»So was muß man üben.« Cherry, der direkt hinter Alec ging, grinste offen.

Er wurde rasch wieder ernst, als Alec sagte: »Hier, Cheringham, legen Sie ihn hin. Aber vorsichtig.«

Daisy sah erst da, daß die beiden einen reglosen Menschen trugen. »Wer ist es denn?« fragte sie entsetzt. »Ist er …?«

»Er lebt noch. Ist nur ohnmächtig geworden. Kopfwunde.« Alec kniete sich hin und reichte ihr die Hände.

Sie streckte ihm die Vorleine hin, die er an einem eisernen Vertäuungsring festband, der im Landesteg eingelassen war. Auch er war tropfnaß, genau wie Cherry und … »Bott?«

»Bott«, bestätigte Alec und zog sie aus dem Wasser. »Er ist fast ertrunken und hat einen Streifschuß abbekommen. Wir müssen ihn schnellstens zu einem Arzt bringen. Cheringham schlägt vor, ihn stromabwärts nach Bulawayo zu transportieren, von dort das Krankenhaus anzurufen und ihn mit dem Auto nach Henley zu bringen.«

»Fletcher!« Cherry hatte sich taktvoll umgewandt, während Daisy aus der Themse stieg. Der nasse Rock klebte ihr an den Beinen, was ein Gentleman nicht zu sehen hatte. Er beugte sich über irgend etwas auf dem Boden in der Nähe des anderen Bootes. »Da liegt eine Pistole. Eine Mauser.«

»Nicht anfassen! Gut gemacht. Ich hol mal mein Taschentuch aus der Jackentasche, um die Pistole darin zu verstauen.«

Alec setzte sich an den Rand des Landestegs und hing die Beine ins Boot, um seine Jacke von der Bank im Heck zu holen. Daisy schaute nach Bott.

»Alec, das Taschentuch an seinem Kopf ist blutdurchtränkt, und außerdem ist es voller Wasser, das vermutlich auch nicht das sauberste ist. Wenn du ein trockenes Taschentuch hast, dann braucht Botts Kopf das nötiger als die Pistole. Hier, du kannst dafür mein Taschentuch haben.« Sie tastete im Ärmel ihrer durchweichten Wolljacke herum und förderte einen platschnassen Klumpen zutage.

Alec reichte ihr zögerlich sein sauberes Taschentuch. Dann nahm er ihres, drückte es aus und faltete es auseinander. »Das ist aber nicht groß genug, um die Pistole einzuwickeln«, beschwerte er sich.

»Es muß trotzdem reichen.«

Sie zog ihre Wolljacke aus, die jetzt alles andere als wärmend war, und sah ihm zu, wie er die Mauser vorsichtig mit dem Taschentuch aufhob. Er roch am Lauf.

»Natürlich, damit ist gerade geschossen worden. Hoffentlich sind da ein paar Fingerabdrücke drauf, damit wir den Besitzer ausfindig machen können. Das dürfte ein Souvenir aus dem Großen Krieg sein und ist wahrscheinlich nicht registriert.« Er seufzte. »Also werd ich wohl meine Jacke nehmen müssen, um die Pistole einzuwickeln. Und dann sollten wir mal los.«

»Hier im anderen Boot liegen noch Ruder«, rief Cherry aus. »Wir können zu zweit rudern.«

Er und Alec nahmen Bott auf und legten ihn, während Daisy das Boot sicher festhielt, auf den V-förmigen Sitz im Bug, den Kopf auf einem Kissen, das sie von der Bank im Heck genommen hatten. Daisy setzte sich direkt in den Bug, in die Spitze des V, und preßte Alecs gefaltetes Taschentuch auf die lange, aber Gott sei dank flache Furche in Botts Kopfhaut. Sobald sie das Taschentuch abhob, pulsierte das Blut langsam wieder heraus und lief an der Schläfe herunter. Sie ahnte nicht, wieviel Blut Bott verloren hatte, aber sein Gesicht war sehr blaß, und er lag fast beängstigend reglos da.

Sie schauderte. Man konnte nur hoffen, daß er ihr nicht unter den Händen starb.

Cherry, der das Kommando übernommen hatte, bat Alec, sich auf die Ruderbank im Heck zu setzen. »Wenn ich Sie sehen kann«, erklärte er, »dann können wir unsere Schläge besser koordinieren.«

Er band die Vorleine los, zog das lose Ende durch den Ring und reichte es Daisy. Indem sie das Tau hielt und Alec das Boot mit dem Bootshaken stabilisierte, war gesichert, daß Cherry beim Einsteigen nicht im Wasser landen würde.

»In Ordnung, Daisy, Leinen los.« Er lächelte sie über die Schulter an, während er sich auf der näher gelegenen Bank niederließ. »Ich zeige Ihnen mal, wie man den Ausstieg im Alleinflug hinter sich bringt, wenn wir es nicht so eilig haben.«

»Nach diesem Wochenende glaube ich nicht, daß ich jemals wieder etwas mit Booten zu tun haben will«, murmelte Daisy.

»Fletcher, bitte stoßen Sie uns ab. Überlassen Sie das Rudern mir, bis wir mitten auf dem Fluß sind.«

Als sie in der Fahrrinne waren und die Strömung sie stromabwärts führte, ließ Cherry Alec ein paar Ruderschläge tun und fiel dann in dessen Rhythmus ein. Daisy wartete, bis es ihr schien, als fühle Alec sich einigermaßen sicher, bevor sie die Rückseite seines Kopfes ansprach, den sie hinter Cherry sah.

»Alec, ich hab den Mann gesehen, der auf Bott geschossen hat.«

»Hast du ihn erkannt?« fragte Alec etwas atemlos.

»Er saß so im Boot, daß er in die andere Richtung schaute, obwohl er deswegen rückwärts rudern mußte oder vorwärts. Also jedenfalls umgekehrt als sonst. Ich hab nur gesehen, daß er dunkle Haare hat, weswegen ich ihn nicht identifizieren konnte, aber er ist am Ufer vom Buckinghamshire an Land gegangen, an einem Bootshaus. Meiner Meinung nach muß das auf dem Gelände von Crowswood Place gewesen sein. Auf der Seite gibt es doch keinen öffentlichen Treidelpfad, oder, Cherry?«

»Nein. Man kann zu Fuß über die Wiesen von Bulawayo nach Crowswood gelangen, glaube ich, aber das ist überall Privatbesitz. Das Bootshaus da drüben gehört zu Crowswood Place.«

»Und nur eine einzige Person, die mit dem Fall zu tun hat, wohnt auf Crowswood«, bemerkte Daisy.

»Lord DeLancey«, sagte Alec. In seiner Stimme schwang Verwirrung mit.

15

Von dieser Eröffnung Daisys war Alec so irritiert, daß er prompt einen Luftschlag ausführte. Ein Sprühregen landete auf dem freien Platz im Heck. Da ohnehin alle schon vollkommen durchnäßt waren, machte dieser Spritzer auch nichts mehr aus. Alec geriet kurz aus dem Gleichgewicht, schaffte es aber, nicht in Cherrys Schoß zu landen.

Trotz diesen Zwischenfalles glitten die Ufer auf dem Weg zurück nach Bulawayo wesentlich rascher vorüber als auf der Hinfahrt. Die Männer ruderten schweigend. Sie brauchten alle Luft für diese körperliche Betätigung. Daisy blieb still, um Alecs Konzentration nicht noch einmal zu stören. Allerdings wirbelten in ihrem Geist tausend Spekulationen herum.

Was in aller Welt hatte Lord DeLancey auf Temple Island zu suchen? Im Morgengrauen, mit Horace Bott? Abgesehen natürlich von seinem Vorhaben, ihn zu erschießen. Wenn DeLancey Bott die Verantwortung für den Tod seines Bruders gab, dann konnten diese Schüsse nur Rache bedeuten. Aber was in aller Welt hatte dann umgekehrt Horace Bott im Morgengrauen auf Temple Island mit Lord DeLancey zu suchen?

Eines immerhin war sicher: sie konnten sich unmöglich zufällig dort getroffen haben. Wenn DeLancey das Treffen vorgeschlagen hatte, dann mußte Bott verrückt gewesen sein, sich dort einzufinden – es sei denn, er war unschuldig und hatte obendrein keine Ahnung, daß er der Haupttatverdächtige war.

Andererseits: warum sollte Bott sich mit DeLancey treffen wollen? In der Hoffnung, ihn von seiner Unschuld zu überzeugen? Sie Alec zu beweisen wäre sinnvoller.

Ein Rendezvous mit Pistolen im Morgengrauen klang nach

einem Duell. Aber diese Sitte war in England vor mehr als einem halben Jahrhundert ausgestorben. Außerdem fanden Duelle zwischen Gentlemen statt, und diesen Status billigte Lord DeLancey Bott nicht zu.

Könnte es jemand anderes gewesen sein als Lord DeLancey? Aber das erchien noch unwahrscheinlicher als ein Duell.

Nichts von dieser ganzen Angelegenheit ergab einen Sinn. Jedenfalls keinen, den sie erkennen konnte, dachte Daisy.

Man näherte sich dem Landsitz der Cheringhams. Cherrys häufige Blicke über die Schulter und die vielen Kursveränderungen über die Ruder hatten das Boot auf einem relativ geraden Kurs gehalten. Die Biege im Fluß tat das Ihre, so daß sie schon ganz dicht am Landesteg waren, ohne daß weitere Manöver notwendig gewesen wären.

»In Ordnung, Fletcher, die Ruder bitte ins Boot, und dann den Bootshaken bemannen.« Cherry führte das Boot mit scheinbarer Leichtigkeit sanft an den Landesteg.

Alec bemannte den Bootshaken. Doch kaum war Cherry an Land getreten und hatte das Boot sicher vertäut, sackte der Inspector von diesen frühmorgendlichen Leibesübungen erschöpft zusammen.

»Meine Arme ... Kann nicht mehr«, keuchte er auf. »Trau mich nicht ... Bott hochzunehmen ... fallen lassen.«

»Sie haben das sehr gut gemacht«, sagte Cherry freundlich. »Beim Rudern braucht man fast jeden Muskel im Körper. Von manchen wissen die meisten Menschen gar nicht, daß sie sie haben. Ich sause mal hoch zum Haus und hole Hilfe. Ein paar von diesen laschen Fritten werden wohl wach sein.«

»Bitte nicht ... erzählen ...«, keuchte Alec.

Daisy dolmetschte: »Bitte erwähnen Sie Lord DeLancey nicht, Cherry. Und auch nicht die Schüsse oder die Pistole«, fügte sie hinzu, als Alec eine schwache Geste zu seiner zerknüllten Jacke machte.

»In Ordnung.« Cherrys Energie, als er den Rasen hinauflief, war unerträglich. Alec kratzte alle seine verbliebenen Kräfte zusammen, um ihm ärgerlich hinterherzuschauen.

»Er hat schließlich über Jahre alle wichtigen Muskeln trainiert«, tröstete Daisy ihren Verlobten. Taktvollerweise ließ sie die zehn Jahre Altersunterschied unerwähnt. »Ich war ja schon nach zwanzig Metern völlig erschossen. Oh ... Egal. Alec, hast du irgendwelche Vorstellungen, was die beiden dort zu suchen hatten? Lord DeLancey und Bott? Ich versteh das einfach nicht.«

»Ich hatte bislang noch keine rechte Gelegenheit zum Nachdenken.« Mit dem Atem war auch seine Ironie zurückgekehrt. »Erzähl mir lieber, was du geschlußfolgert hast, oder besser, warum du zu keinem Schluß gekommen bist. Aber zunächst, wie geht es Bott?«

»Er hat sich kein einziges Mal bewegt.« Daisy schaute unter dem Notverband nach, nahm dann das Taschentuch ab und faltete es noch einmal neu zusammen. »Die Blutung scheint aber gestillt zu sein.«

»Was macht denn sein Puls? Ich gehe davon aus, daß er noch einen hat?«

»Er atmet, wenn auch etwas schwer.« Sie legte das Taschentuch mit der sauberen Seite wieder auf die Wunde und nahm Botts Handgelenk. »Pulsmessen geht bei mir nie so gut. Er scheint regelmäßig zu sein, aber eher schwach.«

»Ich hoffe wirklich, daß er sich erholt. Sonst finden wir nie heraus, was sich da abgespielt hat.«

Als Daisy zu Ende erklärt hatte, warum sie sich das alles nicht erklären konnte, nahte Hilfe. Rollo, Leigh und Meredith galoppierten den Garten hinunter, als stellten sie den Sturm der Leichten Brigade im Krimkrieg nach. Tom Tring und Ernie Piper bildeten die Nachhut.

Alec griff sich hastig die in die Wolljacke gewickelte Pistole, stieg auf den Landesteg und half Daisy aus dem Boot. Glücklicherweise war ihr leichtes Sommerkleid soweit getrocknet, daß es nicht mehr so unanständig an ihr klebte.

Während Piper, Rollo, Leigh und Meredith gemeinsam Bott auf den Landesteg hievten, reichte Alec die Mauser diskret an Tom Tring weiter. Der Sergeant schlug die Waffe in sein eigenes, gepunktetes Taschentuch ein und ließ sie in die großräumige Tasche seines lebhaft blau- und weißkarierten Jacketts gleiten.

»Mr. Cheringham hat Mr. Gladstone losgeschickt, um Bister zu wecken. Er soll das Automobil von Lady Cheringham starten, Chief. Jetzt ruft er gerade im Krankenhaus an, damit die sich vorbereiten können. Er hat nichts gesagt, nur, daß es Mr. Bott schlechtgeht.«

»Das erkläre ich Ihnen alles im Auto, Tom.«

»In Ordnung, Chief. Und was ist mit dem hier?« Er klopfte sich auf die Tasche.

»Das nehmen Sie mit. Und holen Sie bitte dafür Ihr Lieblings-Arbeitszeug.«

»Verstanden, Chief.«

Während Tom zurück ins Haus eilte, fragte Daisy: »Hat er denn schon die Patscherchen von Lord DeLancey, um die miteinander zu vergleichen?«

»Nein. Wir müssen die noch irgendwoher besorgen.«

Sie wandten sich zu den anderen. Piper zog sich gerade die Jacke aus und sagte: »Mit zwei Jacken und zwei von den Paddeln ... von den Rudern da kann man eine Tragbahre bauen.«

»Prima Idee«, sagte Rollo und legte seinen Blazer ab, während Meredith und Leigh ein paar Ruder besorgten.

Sanft wurde Bott von den Planken auf die Notbahre gehoben, und zum zweiten Mal in diesen Tagen machte sich eine Prozession zum Haus auf. Immerhin lebte die Person auf der Bahre diesmal noch. Noch.

»Wie stehen denn die Aussichten für Bott?« fragte Daisy Alec, während sie hochgingen.

»Wenn er jetzt medizinisch gut versorgt wird, wird er die Sache sicherlich durchstehen. Aber bei Menschen, die fast ertrunken sind, kann noch vieles schiefgehen. Nicht nur mit ihren Lungen, sondern auch mit dem Herzen oder mit dem Gehirn. Ich hatte schon ein paar Mal mit solchen Unfällen zu tun. Dann kommt noch der Blutverlust dazu. Und die möglichen Folgen von Kopfverletzungen haben wir ja gerade erst erlebt.«

»Stimmt.« Daisy schauderte, obwohl der Morgen schon recht warm war.

»Du gehst jetzt hoch und ziehst dich um«, ordnete Alec an. »Ich möchte nicht, daß du auch noch eine Lungenentzündung riskierst. Reicht mir schon, wenn Bott das tut.«

»Mir geht es bestens.« Daisy hatte nicht im geringsten vor, mit einem Kleiderwechsel Zeit zu verschwenden. Denn auf Bulawayo bliebe sie nicht. »Fährst du mit ins Krankenhaus, oder wirst du erst Lord DeLancey befragen?«

»Ins Krankenhaus. Als erstes muß ich dort für einen Wachposten sorgen.«

»Bott könnte doch in seinem Zustand gar nicht weglaufen, selbst wenn er das wollte.« Sie hielt am Fuß der Treppe entsetzt inne. »Ach so, du glaubst, Lord DeLancey könnte es noch einmal versuchen?«

»Sehr unwahrscheinlich, würde ich sagen, aber man kann es nicht ausschließen. Außerdem muß ich mir vom Arzt eine Prognose geben lassen. Wenn ich großes Glück habe, wird sich Bott vielleicht schon erholen und mir etwas erzählen, womit ich DeLancey konfrontieren kann.« Alec schmiedete offenbar im Reden Pläne. »Wenn nicht, bleibt Tom bei ihm. Er kann eine Aussage aufnehmen, wenn er eine macht, und gleichzeitig Wache stehen.«

»Miss Hopgood wird gerne bei Bott sein wollen.«

»Du liebe Zeit, die hatte ich ganz vergessen. Ein hysterisches Weibsstück ist das letzte, was ich jetzt brauchen kann.«

»Susan Hopgood ist keine, die hysterische Anfälle erleidet.«

»Meinetwegen. Aber wäre es trotzdem nicht besser, wenn sie nichts von dieser Sache erfährt, ehe Bott wieder bei Bewußtsein ist?«

»Oder ehe er gestorben ist? Nein«, sagte Daisy mit fester Stimme. »Bister kann sie abholen. Und Bott wird eine Familie haben, die informiert werden muß.«

»Nicht, ehe ich nicht genauer weiß, was hier gespielt wird«, sagte Alec mit der gleichen Festigkeit, während sie im Gefolge der Bahre und ihrer Träger ins Haus traten. Mit lauter Stimme gab er Anweisungen: »Tragen Sie ihn bitte in die Eingangshalle, Frieth, daß wir ihn gleich ins Automobil verlegen können, sobald das vorfährt.«

Wells und Poindexter standen im Flur und versuchten, mehr aus dem bewußt wortkargen Cherry herauszubekommen, als die Tatsache, daß Bott verletzt war.

Als sie Rollo sahen, wandten sie sich ihm zu in der Hoffnung, von ihm mehr Informationen zu erhalten. Cherry reichte Daisy eine Rolle Verbandsmull und wandte sich erleichtert zu Alec.

»Ich hab eben mit der diensthabenden Schwester im Townlands Hospital gesprochen. Sie holt einen Arzt und läßt ein Bett vorbereiten. Sergeant Tring sagte, Bott soll in ein Einzelzimmer?«

»Ja, vielen Dank. Das Automobil von Lady Cheringham ...?«

»Ist auf dem Weg. Bister schlief noch, als Gladstone bei ihm angerufen hat. Es stehen natürlich noch andere Wagen zur Verfügung, aber ich dachte, Bott würde im Humber weniger durchgerüttelt und ...«

Ein spitzer Aufschrei unterbrach ihn. Alles schaute zur Treppe, woher er gekommen war.

Tish und Dottie waren auf ihrem Weg hinunter stehengeblieben. Tish schaute über die Balustrade zu Bott hinab, der schlaff und aschfahl auf der improvisierten Bahre auf dem Fußboden lag. Sie wurde fast genauso blaß wie er und brach dann ohnmächtig zusammen.

Irgendwie schaffte es Dottie, Tish so aufzufangen, daß sie nicht mit dem Kopf auf eine Stufe fiel oder die ganze Treppe hinunterpolterte. Rollo und Cherry eilten hinauf, um ihr zu helfen. In diesem Augenblick kam Gladstone durch die offene Haustür hinein und sagte mit einer Stimme, die dienstbereit blieb und dennoch durch das allgemeine Durcheinander zu hören war: »Mr. Fletcher, Sir, der Humber steht vor der Tür.«

In diesem Augenblick mußte sich Daisy entscheiden, ob sie bei Tish bleiben oder mit Bott fahren wollte. Es fiel ihr leicht. Neugier hatte nichts damit zu tun, versicherte sie sich selbst. Ihre Cousine hatte schließlich Dottie und Tante Cynthia als Unterstützung, ganz zu schweigen von Rollo und Cherry, während Susan Hopgood niemand beistehen würde.

Daisy glitt leise hinaus und saß schon auf dem Rücksitz des Humber, als Wells und Poindexter, gefolgt von Meredith und Leigh, Bott hinaustrugen. Alec, der ihnen mit Piper und Tring folgte, schaute sie stirnrunzelnd an.

Sie lächelte auf das freundlichste zurück. Sie war sich einigermaßen sicher, daß er sie in Gegenwart all der anderen nicht aus dem Automobil schmeißen würde. Und sie hatte mit ihrer Zuversicht recht. Allerdings war nicht klar, ob das an der Anwesenheit von möglichen Zeugen lag oder weil Alec endlich begriff, daß es keinen Sinn hatte, sie herumkommandieren zu wollen.

Und so kam es, daß Horace Botts bandagierter Kopf auf Daisys immer noch leicht feuchtem Schoß lag, während der Humber die Auffahrt hinuntersauste. Piper saß vorne neben Bister, der für diese Aufgabe seine Chauffeursuniform und -kappe angezogen hatte.

Alec folgte in seinem gelben Austin Seven mit Sergeant Tring. Daisy hätte zu gerne gewußt, worüber die beiden sprachen. Gemeinsam würden sie vielleicht das Rätsel lösen, was Bott und Lord DeLancey im Morgengrauen auf Temple Island zusammengeführt hatte. Es war wirklich zu ungerecht, dachte sie bei sich. Alec erwartete immer von ihr, daß sie ihm alle ihre Ideen zur Verfügung stellte, aber im Gegenzug – nichts.

Sie seufzte. Als Ehefrau eines Detective würde sie sich daran wohl gewöhnen müssen.

Als sie in die Stadt einfuhren, sah Daisy vor einem Zeitungskiosk eine Reklametafel: *Schlagmann erschlagen – Tod auf der Regatta*. Bei aller Freude am Wortspiel der Schlagzeile hoffte sie doch, die Presse hätte noch nicht herausgefunden, wo Basil DeLancey vor seinem dramatischen Tod gewohnt hatte.

Bott wandte den Kopf und stöhnte auf.

»Piper, er hat sich bewegt!«

Der junge Detective wandte sich zu ihr. »Wacht er auf, Miss?« fragte er ängstlich. »Soll ich mich zu Ihnen setzen, um Ihnen zu helfen?«

»Nein, jetzt ist er wieder ganz ruhig«, berichtete Daisy bedauernd. »Aber das muß doch ein gutes Zeichen sein, finden Sie nicht?«

»Ich vermute, ja, Miss. Der Chief wird sich freuen.«

Sie beobachtete Bott jetzt genau, doch war nichts mehr zu bemerken, keine noch so geringe Bewegung oder gar ein Öffnen der Augen. Als sie einige Minuten später im kleinen Krankenhaus ankamen, fragte sie sich, ob diese so kurzen Lebenszeichen von Bott vielleicht nur Produkt ihres Wunschdenkens waren. Bott lag immer noch schrecklich schlaff da, als er aus dem Auto gehoben wurde.

»Ich bin mir fast sicher, daß er eben den Kopf bewegt hat«, sagte sie zu Alec. »Ich dachte gerade über etwas anderes nach und hab es daher mehr gespürt als gesehen, aber trotzdem. Und ich habe gehört, wie er aufgestöhnt hat.«

»Hat er dabei die Augen geöffnet?«

»Das ist mir nicht aufgefallen.«

»Ich werd dem Arzt davon erzählen. Klingt vielversprechend. Vielen Dank für deine Hilfe beim Transport hierher.«

Diese Worte machten auf Daisy entschieden den Eindruck, als sollte sie gleich verabschiedet werden. »Ich geh mal und hol Miss Hopgood«, sagte sie rasch, damit er keine Chance hätte, ihr mitzuteilen, daß sie im Krankenhaus unerwünscht sei. Sie wollte ohnehin noch nicht hineingehen. Sie hätte nichts zur Bewältigung der Aufgabe beitragen können, Bott in ein Krankenhausbett und unter die medizinische Lupe zu bekommen, selbst wenn sie es gewollt hätte. Aber sie wollte es gar nicht. »So viele Talente Bister auch haben mag«, erklärte sie, »als Bote einer solch schlechten Nachricht will ich ihn doch nicht schicken.«

»Nein, das wäre sicherlich ungeschickt. Ich bin mir sicher, daß sie die lieber von dir hören würde. Sag es ihr, aber sei so gut und versuch sie zu überzeugen, nicht ins Krankenhaus zu kommen.«

»Ich werd mal sehen, was sie davon hält«, sagte Daisy ohne große Überzeugung.

»Deiner Tante wäre das doch nicht unangenehm, wenn du Miss Hopgood nach Bulawayo mitnimmst, oder? Dann könntest du ihr Gesellschaft leisten, und sie wäre in der Nähe eines Telephons, falls es irgendwelche Nachrichten gibt.«

»Ich bin überzeugt, daß Tante Cynthia nichts dagegen hätte. Aber ich glaube, Miss Hopgood wird bei Bott sein wollen. Sie hat ihn wirklich sehr gerne.«

Alec runzelte die Stirn. »Ich könnte ihr – und vielleicht sollte ich das auch – das Zimmer verbieten lassen.«

»So gemein kannst du doch nicht sein! Er ist schließlich das Opfer, nicht der Übeltäter. Außerdem ist er in ihrer Gegenwart ein ganz und gar anderer Mensch, überhaupt nicht mehr so kampfeswillig. In ihrer Nähe muß er sich eben nicht verteidigen. Sie ist sehr vernünftig. Und es könnte durchaus sein, daß sie ihn zum Reden bringt, wenn er wieder aufwacht.«

»Wenn er Schwierigkeiten macht, kann ich ja immer noch nach ihr schicken lassen«, sagte Alec.

»Ich werd mal sehen, was sie davon hält«, wiederholte Daisy und stieg in den Humber.

Sie wußte, daß sie keine Chance hatte, beim Gespräch mit Lord DeLancey zugegen zu sein. Egal, ob Susan Hopgood es vorzog, an Botts Krankenlager zu eilen oder nicht, Daisy würde jedenfalls in ihrer Nähe bleiben.

»Victoria Road, Bister«, sagte sie dem Chauffeur mit den so vielfältigen Aufgaben.

In allen Fenstern dieser Straße wurden Vorhänge diskret beiseite geschoben, als der Humber vor der Unterkunft von Miss Hopgood anhielt. Daisy war sich der vielen Augen bewußt, und obwohl sie nicht soweit ging, Bister zur Haustür zum Anklopfen zu schicken, bevor sie ausstieg, wartete sie doch, daß er um den Wagen herum kam und den Schlag für sie aufriß. Sollte doch die freundliche Vermieterin von Miss Hopgood die Ankunft eines Automobils mit Chauffeur vor ihrem kleinen Häuschen so weit wie möglich auskosten.

Bevor Daisy selbst anklopfen konnte, wurde die Haustür schon geöffnet und Susan Hopgood erschien auf der Schwelle. Auf ihrem hübschen Gesicht lag Sorge.

»Miss Dalrymple! Was ist denn?« Sie sah das offene Fenster im Nachbarhaus und senkte die Stimme. »Hat Horace sich in Schwierigkeiten gebracht? Er hat doch nichts angestellt, oder? Dieser Detective, der ihn gestern abgeholt hat, wollte ja auch nichts sagen.«

»Er ist nicht festgenommen worden oder dergleichen«, versicherte ihr Daisy. »Aber ich fürchte doch, daß ich eine schlechte Nachricht habe. Darf ich hereinkommen?«

Susan wurde blaß. »Er ist doch nicht etwa tot?«

»Nein, nein. Aber er liegt im Krankenhaus.«

»Sind Sie gekommen, um mich zu ihm zu bringen? Könnten Sie mir das alles nicht auf dem Weg dorthin erzählen?« Miss Hopgood riß sich mit einiger Anstrengung zusammen. »Es ist wirklich schrecklich nett von Ihnen, mich zu benachrichtigen und zu bringen. Augenblick, lassen Sie mich nur meine Handtasche holen. Bin in einer Minute wieder da.«

Das wär's also mit dem Überredungsversuch, sie solle nicht ins Krankenhaus kommen, dachte Daisy und wandte sich wieder zum Auto. »Miss Hopgood kommt mit zurück zum Krankenhaus«, sagte sie Bister.

Er salutierte. »Geht in Ordnung, Miss. Nur eine Frage: wollten Sie, daß ich dort noch warte? Denn ich muß noch ein paar Kartoffeln ausheben, wenn es welche zum Mittagessen geben soll. Die jungen Herren putzen richtige Unmengen weg.«

»Nein, Sie brauchen nicht zu warten.« Daisy war es nur recht, daß er gleich weiter mußte. Alec würde unmöglich von ihr erwarten, daß sie Susan einfach an der Schwelle des Krankenhauses absetzte. Wenn sie loszog, um Botts Zimmer zu suchen, wäre Bister schon auf dem Weg nach Hause. Ohne sie. Und keineswegs würde Alec Zeit damit verschwenden, sie nach Bulawayo zurückzubringen, bevor er Lord DeLancey befragte.

Sollte er das doch wollen, würde sie ihn daran erinnern, daß Horace Bott sich ihr schon einmal anvertraut hatte und daß er eventuell davon überzeugt werden könnte, dies noch einmal zu tun, wie zögerlich er sich auch gegenüber Sergeant Tring äußern mochte.

Susan eilte aus dem Haus, und Bister half ihr auf die Rückbank im Humber neben Daisy, ehe er an seinen Platz hinter dem Steuer zurückkehrte. Obwohl es sicherlich eine neue Erfahrung für sie sein mußte, daß ein Chauffeur ihr behilflich war, in ein elegantes Automobil zu steigen, war Miss Hopgood viel zu beunruhigt, als daß sie sich daran hätte freuen können.

»Ich bin wirklich dankbar, daß Sie gekommen sind, Miss Dalrymple, und nicht ein Polizist«, sagte sie, als der Humber losfuhr. »Was ist denn mit meinem armen Horace? Geht es ihm sehr schlecht?«

»Nicht gut, fürchte ich. Er ist verletzt – eine Kopfwunde.«

Daisy erinnerte sich an Alecs Ermahnung und erwähnte die Pistole nicht. »Ich weiß nicht, wieviel Blut er verloren hat, aber bei Kopfverletzungen ist das immer eine Menge. Außerdem ist er in den Fluß gefallen und dabei fast ertrunken. Es kann ihm durchaus hervorragend gehen, wenn wir ihn gleich sehen. Andererseits sind alle möglichen schrecklichen Komplikationen nicht auszuschließen. Ich wollte nicht erst das Urteil der Ärzte abwarten, bevor ich Sie hole.«

»Der arme Horace.« Susans Lippen zitterten. Sie wirkte viel jünger, als ihre geradlinige, vernünftige Art sie sonst scheinen ließ, und außerdem ängstlich. Daisy nahm ihre Hand. »Er muß sich ja schrecklich schlecht fühlen.«

»Momentan fühlt er sich wohl gar nichts. Er ist immer noch ohnmächtig. Jedenfalls war er es, als ich losgefahren bin.«

»Ach so. Das... Das ist nicht so gut, oder? Aber er ist wirklich sehr, sehr durchtrainiert. Das wird doch sicherlich helfen, nicht wahr?«

»Bestimmt«, versicherte ihr Daisy.

»Wie ist das denn passiert? Hat er sich am Kopf verletzt, als er ins Wasser gefallen ist, oder wie kam das?«

Daisy zögerte. »Es tut mir leid, das kann ich Ihnen nicht sagen.«

»Sie meinen eigentlich ›darf ich Ihnen nicht sagen‹, das merke ich doch. Sind die Coppers immer noch hinter ihm her? Was hat er denn angestellt?«

»Wahrscheinlich nichts. Alles ist im Moment sehr verwirrend. Alec – mein Verlobter – ich hatte Ihnen doch erzählt, daß er ein Detective ist? – hat auch nicht die geringste Ahnung, was hier eigentlich vor sich geht«, sagte Daisy und leistete Alec im Geiste Abbitte.

Susan wirkte erleichtert. »Ihr Freund hat die Sache in die Hand genommen? Er wird ja nicht versuchen, alles so zu drehen, daß Horace etwas angestellt hat, wenn es einer von den oberen Zehntausend da auf Bulawayo war.«

»Bestimmt nicht!«

»Nein, *Sie* wären ja auch nicht in ihn verliebt, wenn er nicht anständig wäre. Ich bin froh, daß er den Fall untersucht. Mein armer Horace. Vermutlich hat es noch niemand seiner Mam und seinem Dad erzählt. Er ist ihr einziges Kind. Tante Flo wird bestimmt herkommen wollen, aber mit der Bahn dauert das ja ewig.«

»Tante? Ich wußte gar nicht, daß er Ihr Vetter ist.«

»Horace? Ist er nicht. Tante Flo ist nur die beste Freundin von meiner Mam. Lady Cheringham ist aber Ihre richtige Tante, nicht wahr?«

»Ja, die Schwester meiner Mutter.« Voller Schuldbewußtsein erinnerte sich Daisy, in welchem Zustand sie ihre Cousine verlassen hatte. Seither hatte sie nicht ein einziges Mal an Tish gedacht. Botts leblosen Körper zu sehen, wie er auf dem Boden lag, hatte das arme Mädchen wohl in gewaltigen inneren Aufruhr versetzt.

Vielleicht hätte Daisy dort bleiben sollen. Aber nein, ihre Begründung von vorhin galt auch jetzt. Susan Hopgood klammerte sich an ihre Hand wie eine Ertrinkende – herrjemine, schon wieder so eine morbide Redewendung! Sie würde anrufen und sich nach Tish erkundigen, sobald Susan sie nicht mehr brauchte.

»Da wären wir«, sagte sie, als der Humber vor dem Townlands Hospital hielt. »Vielleicht sollten Sie denen lieber sagen, daß Sie seine Cousine sind oder seine Verlobte. Nur, falls die sich anstellen, wen sie in sein Krankenzimmer lassen.«

»Aber Sie werden mich doch begleiten, Miss Dalrymple? Das ist ein großer Gefallen, um den ich Sie bitte, ich weiß, aber *bitte*.«

»Selbstverständlich, wenn Sie mich gerne dabei haben wollen«, sagte Daisy ganz spontan. Als wäre ihr dieser Gedanke nie selbst gekommen.

Ein größeres Krankenhaus hätte vielleicht nachgeprüft, was zwei junge Damen bei einem von der Polizei bewachten Patienten suchten. Der Portier und Krankenpfleger dieses winzigen Dorfkrankenhauses jedoch wies ihnen schlicht den Weg zum Zimmer des jungen Mannes. Düster schüttelte er den Kopf: »Tut mir ja leid, Miss, aber dem geht es richtig schlecht. Der Herr Doktor hat keine große Hoffnung mehr.«

16

Im Korridor standen Alec und Tom Tring mit einem Stethoskop-bewehrten Arzt, der Oberschwester des Krankenhauses und der Stationsschwester. Piper schwebte am Rande dieses Grüppchens. Alle wandten sie sich um, als auf dem gefliesten Boden Schritte zu hören waren.

Die Oberschwester, eine kleine, dünne grauhaarige Frau mit eher strengen Gesichtszügen, trat auf Daisy und Susan zu, um sie zu begrüßen. Ein Blick auf Susans mittlerweile tränenfeuchtes Gesicht – und mitfühlend sagte sie: »Meine Liebe, hat unser schrecklicher Portier mal wieder behauptet, es gäbe keine Hoffnung mehr? Das sagt er immer, ob es sich um ein gebrochenes Bein oder ein geplatztes Geschwür handelt.«

»Schmeißen Sie diesen Hiobsboten doch endlich mal raus«, grunzte der Arzt.

»Sie wissen selber ganz genau, Herr Doktor«, erwiderte die Oberschwester und warf ihm einen genervten Blick zu, »daß der Vorsitzende des Verwaltungsrats … ach, lassen wir das. Es gibt keinen Grund für die Annahme, daß Ihr junger Freund sich hier nicht bestens erholen wird, mein Liebes, wenn er gut versorgt wird. Und das wird er bei uns, nicht wahr, Schwester?«

»Aber natürlich.« Die Stationsschwester war eine große, rundliche Frau und wirkte sehr mütterlich. Daisy wußte allerdings aus ihrer Erfahrung im Krankenhausbüro während des Großes Krieges, daß sie und die Oberschwester gegenüber den Mitarbeitern des Hauses regelrechte Tyrannen sein durften. »Miss Hopgood, nicht wahr, Liebes? Sie werden sicherlich Mr. Bott sehen wollen. Sie haben doch nichts dagegen, Chief Inspector?«

»Nein«, sagte Alec ohne große Begeisterung. »Detective Sergeant Tring hat die Aufsicht, Miss Hopgood. Wenn er Sie bittet, den Raum zu verlassen, dann werden Sie das bitte sofort tun.«

»Aber ja, Sir. Bitte, darf Miss Dalrymple mitkommen?«

Alec hob die Augen gen Himmel. »Ich denke schon«, sagte er, und es klang eindeutig alles andere als begeistert, »aber es gilt genau dasselbe für Daisy, was den Gehorsam gegenüber Sergeant Tring betrifft.«

»Selbstverständlich, Chief Inspector«, erwiderte Daisy wie eine eingeschüchterte Zeugin. Sie schaute zu Tom und tauschte mit ihm ein Augenzwinkern.

Die Schwester führte sie in ein kleines, vollkommen grün gestrichenes Zimmer, von den Wänden bis zum Nachttisch. Nur der Patient im ebenfalls grünen Bett hatte einen blendend weißen Verband um den Kopf. Horace Bott war sommers so oft und ausgiebig draußen an der frischen Luft, daß sein Gesicht sich davon abhob, aber unter der Sonnenbräune war dennoch seine Blässe zu erkennen. Susan keuchte entsetzt auf.

Daisy versuchte, sowohl den Ausführungen der Schwester über Botts Zustand zu lauschen, als auch den murmelnden Stimmen hinter der noch offenen Tür.

»– Puls und Herzfrequenz sind beide kräftig und die Lunge …«

»Gute Idee, Sergeant. Tun Sie das, aber vergessen Sie nicht …«

»– immer ein Risiko einer Lungenentzündung, und …«

»Vielen Dank, Herr Doktor. Ich verspreche Ihnen, daß Sergeant Tring …«

»– Kopfverletzungen wirken zunächst geringfügig, aber man läuft immer Gefahr …«

»Und lassen Sie nicht zu, daß sie sich einmischt, Tom. Bei allem, was Ihnen lieb ist. Sie ist …«

Wütend wandte sich Daisy ganz der Krankenschwester zu.

»… hier keinen Röntgenapparat in Henley. Dafür müßten

wir ihn in die Klinik von Reading umbetten, aber der Herr Doktor sagt, es ist wichtiger, ihn ruhigzuhalten, als Bilder von seinem Schädel zu machen. Uns bereitet nur Sorge, daß er noch nicht aufgewacht ist. Setzen Sie sich mal hier neben ihn, Liebes. Wenn Sie möchten, können Sie seine Hand nehmen. Aber setzen Sie sich bitte nicht aufs Bett oder versuchen, seine Kissen aufzuschütteln oder so etwas. Sie beide können sich gerne unterhalten, aber bitte leise.«

»Ja, Schwester. Haben Sie vielen Dank.«

Die Krankenschwester blickte sich im Zimmer um. »Ich werd einen weiteren Stuhl für Sergeant Tring bringen lassen.«

»Aber bitte einen großen«, sagte Daisy, und selbst Susan brachte ein Lächeln zustande.

»Einen großen, und solide darf er auch sein«, stimmte die Krankenschwester zu. »Und hören Sie bloß nicht auf das, was der Portier redet, Liebes. Ich werd ihm gleich sagen, er soll endlich seine Zunge im Zaum halten.«

Sie ging hinaus. Daisy hörte ihre Stimme und dann Tom Trings Baß murmeln, während Susan flüsterte: »Er liegt da so schrecklich still! Ach, Miss Dalrymple, was soll ich nur machen, wenn ich das Tante Flo sage? Das wird sie fürchterlich aufregen. Ich sollte ein Telegramm schicken, aber ich will Horace nicht allein lassen.«

»Wir werden Sergeant Tring bitten, uns zu helfen.«

»Ich wünschte nur, er würde uns nicht bewachen.«

»Machen Sie sich keine Sorgen. Tom Tring ist wirklich besonders nett.«

»Was will die Polizei eigentlich von Horace? Das hat doch bestimmt etwas mit dem Mann zu tun, der gestorben ist. Der Ruderer aus seiner Mannschaft.«

Ehe Daisy darauf eine Antwort ersinnen mußte, trat Tring ein, einen Stuhl in der Hand. »Haben Sie schon gefrühstückt, Miss Hopgood?« fragte er freundlich. »Ich jedenfalls noch nicht. Und ich weiß, daß Miss Dalrymple auch noch nichts gegessen hat. Also hab ich die Schwester gebeten, uns etwas bringen zu lassen.«

»Gott segne Sie, Mr. Tring!« sagte Daisy, die sich plötzlich ihres fürchterlichen Hungers bewußt wurde.

»Ich hatte gerade mit meinem Frühstück angefangen«, sagte Susan, »als ... aber jetzt bekomme ich wirklich keinen Bissen mehr runter.«

»Nun ja, ich denke, eine schöne Tasse Tee wird Ihnen guttun. Meine Frau sagt immer, eine schöne, heiße Tasse Tee ist das beste Mittel, um graue Gedanken zu vertreiben. Macht Sie Ihnen sonst ein schönes Frühstück, Ihre Vermieterin?«

»O ja, mit Bacon and Eggs und allem Drum und Dran.«

»Jede Wette hat sie Ihnen neulich auch ein schönes Picknick bereitet. Ein Ausflug an der frischen Luft macht einem ordentlichen Appetit, nicht wahr? Meine Frau und ich gehen manchmal zum Picknicken in den Epping Forest. Waren Sie da schon mal? Es ist sehr hübsch da. Aber hier am Fluß ist es sicherlich noch schöner. Hatten Sie einen netten Ausflug neulich?« Tom warf Daisy einen warnenden Blick zu.

In dem Augenblick wurde ihr klar, was sein beruhigender Baß vorhin gemurmelt hatte. Ohne Zweifel war die »gute Idee«, die Alec vorhin genehmigt hatte, ein beiläufiges Aushorchen der nichtsahnenden Miss Hopgood.

»Es war wunderschön«, sagte Susan. »Ich hab Horace gleich gesagt, daß ich nichts mehr davon hören wollte, wie die anderen in der Mannschaft ihn alle gepiesackt haben. Als er dann endlich aufgehört hat damit, mußte er auch nicht mehr daran denken, und bald war er ganz heiter.«

»Kein Wort mehr über seine Sorgen, was?«

»Nein. Er hat davon gesprochen, was er nächstes Jahr in Cambridge alles machen will. Das ganze Zeug über Physik und so hab ich nicht verstanden. Aber es macht mir nichts aus, ihm einfach nur zuzuhören, wenn er glücklich dabei ist. Wir haben einen wunderbaren Tag miteinander verbracht.«

»War das nicht alles etwas heiß?« fragte Tring mit einem leicht frechen Unterton.

Susan errötete. »In der Sonne haben wir regelrecht geschmort. Horace hat sehr bedauert, daß er nicht wie am Tag davor seine kurzen Hosen angezogen hat.«

»Gottverdammmich – bitte um Entschuldigung, die Damen – ist er etwa neulich den ganzen Tag in seinen Ruderhosen herumgelaufen?«

»In Henley ist das den Leuten doch egal, nicht wahr, Miss Dalrymple?«

»Jedenfalls während der Regatta.«

»Aber es hätte Stunden gedauert, wenn er zurückgegangen wäre, um sich umzuziehen. Er hätte zu Fuß gehen müssen, weil er ja nicht sicher sein konnte, daß ihn jemand mit dem Boot übersetzt. Ich muß zugeben, auf dem Rummel haben ihn die Leute schon ein bißchen merkwürdig angeschaut.«

»Rummel?«

»Am Fluß gibt es eine Kirmes«, erklärte Daisy. »Mit Geisterbahnen, Karussellen und einem Riesenrad. Das übliche.«

»Die fangen da aber erst an, wenn das Rennen für den Tag vorbei ist«, sagte Susan, »wegen dem Krach.«

»Dann waren Sie wohl bis spät in die Puppen unterwegs, was?«

»O nein, wir sind früh hingegangen. Wir haben bei meiner Wirtin Tee getrunken – High Tea, das hat extra gekostet wie das Picknick auch. Aber ich hab Horace gesagt, ich lad ihn ein. Schadet ja nichts, wenn man sich mal etwas gönnt.«

»Ganz und gar nicht«, stimmte ihr Tring voller Überzeugung zu.

»Also. Nach dem Tee sind wir auf den Rummel gegangen, sind aber nicht lange geblieben, weil Horace ja den ganzen Weg zu Fuß zurück zu den Cheringhams mußte.«

»Wie albern!« sagte Daisy. »Er hätte doch mit uns allen zurückkommen können. Warum hat er denn nichts gesagt, als wir uns auf dem Rummel begegnet sind?«

»Er wollte niemanden um einen Gefallen bitten«, entgegnete Susan voller Würde. »Außerdem wollte er mich zuerst nach Hause bringen. Das ist für ihn besonders wichtig, mich zurückzubringen. Ach, Horace!« In ihren Augen glitzerten Tränen, als sie sich zur reglosen Gestalt im Bett wandte.

»Und er wird Sie noch viele Male in Ihrem Leben nach Hause begleiten, Miss«, versicherte ihr Tom. Allerdings lag in seiner Stimme mehr Hoffnung als Sicherheit, schien Daisy.

Die Ankunft einer Schwestern-Schülerin mit einem Frühstückswagen bedeutete für alle Beteiligten eine Erleichterung.

In der Zwischenzeit fuhr Alec zurück in Richtung Crowswood Place. Er hatte sich langsam damit abgefunden, daß Daisy es immer schaffte, ihren Willen durchzusetzen, und auch noch so, daß es ihm vollkommen unmöglich war, dagegen zu protestieren. Ihr Glück, daß er moderne Ansichten über die Ehe als Partnerschaft hatte, dachte er etwas säuerlich bei sich. Ein viktorianischer Paterfamilias hätte sich mit Daisy als Ehefrau wahrscheinlich irgendwann entscheiden müssen, ob er lieber verrückt oder ein Mörder werden wollte.

Aber was ihn wirklich zur Verzweiflung brachte: zugeben zu müssen, daß sie bei den Morduntersuchungen, in die sie sich permanent einmischte, gelegentlich sogar eine Hilfe bedeutete. Wenn sie nicht alle ihre Sinne beisammen gehabt hätte, als sie mitten auf dem Fluß von ihren beiden Begleitern verlassen wurde, dann hätte er nicht die geringste Ahnung, wo nach Botts Angreifer zu suchen wäre.

Es war ein Jammer, daß sie Lord DeLancey nicht erkannt hatte. Aber daß irgend jemand anderes auf Crowswood ein Interesse an Bott hatte, war äußerst unwahrscheinlich.

Andererseits hatten Daisys Überlegungen zum Treffen im Morgengrauen durchaus Hand und Fuß. DeLancey mochte auf Rache aus sein, aber warum sollte Bott einem solchen Treffen zustimmen? Gut, möglicherweise wollte er DeLancey von seiner Unschuld überzeugen – nur, wieso auf einer verlassenen Insel im Morgengrauen? Konnte es sein, daß beide Unterschiedliches im Schilde führten?

Als erstes, so beschloß Alec, war Lord DeLancey dazu zu bringen, seine Anwesenheit auf Temple Island zu gestehen.

»Ernie, sehen Sie bitte zu, daß Ihre Notizen bei dieser Unterredung möglichst genau sind.«

»Sind sie doch immer, Chief«, sagte Piper beleidigt.

»Dann passen Sie bitte besonders auf. Meine exakten Worte müssen schriftlich vorliegen, damit kein Rechtsanwalt mir vorwerfen kann, ich hätte Lord DeLancey hinters Licht geführt. Wenn er das, was ich sage, falsch versteht, dann ist das eben sein Problem.«

Piper grinste. »So ist das also, Chief? Machen Sie sich keine Sorgen wegen der Notizen. Und wenn Ihnen da was rausrutscht, muß ich das ja nicht notiert haben, wenn Sie verstehen, was ich meine.«

»Nicht schummeln«, sagte Alec milde. »Wir werden das schon auf ehrliche Weise hinkriegen. Und wir wollen hoffen, daß wir noch anderswo Beweise finden, wenn ich kein Geständnis von ihm bekomme. Da wären wir also.«

An diesem Morgen war das Tor von Crowswood Place geschlossen. Ohne Schwierigkeiten identifizierte Alec die beiden dubiosen Gestalten davor als Angehörige des Vierten Standes. Einen kannte er sogar, den Reporter des *Daily Graphic*. Und leider erkannte der auch Alec.

Der Austin hatte noch nicht einmal ganz angehalten, da stand Dugden schon neben ihm. »Ach, wen haben wir denn da? Chief Inspector Fletcher vom Yard«, sagte er fröhlich und machte eine Photographie, während der andere Mann an seine Seite eilte. »Schon irgendwelche Fortschritte zu vermelden, Chief Inspector? Sind Sie gekommen, um Seiner Lordschaft zu sagen, wer seinen Bruder umgebracht hat?«

»Wenn ich das vorhätte, wäre Seine Lordschaft der erste, der es erführe. Seien Sie so freundlich, Dugden, klopfen Sie mal beim Torhüter, damit … ach, da kommt ja schon jemand.«

Die Frau, die aus dem Torwächterhäuschen trat, schaute sich Alecs Ausweis genau an. Er hatte ihn am frühen Morgen in die Tasche gesteckt, als er sich eilig zum Spaziergang angezogen hatte. Sie ging und öffnete das Tor.

»Mönsch, nu sein Sie mal nicht so, Chief Inspector«, bettelte Dugden, »geben Sie uns was, womit wir Sie zitieren können.«

»Die Untersuchung geht nach Plan voran«, sagte Alec ebenso nichtssagend wie unzutreffend. »Wenn ich heute nachmittag Zeit habe, dann gibt es ein Pressegespräch auf dem Polizeirevier von Henley.«

»Wenn Sie Zeit haben? Dann ist also noch niemand verhaftet«, sagte der andere Mann enttäuscht, während das Auto anfuhr.

Dugden lief daneben her und ließ nicht locker: »Dann sagen Sie mir doch wenigstens, wo die Mannschaft vom Ambrose College untergebracht ist.«

»Das glauben Sie doch selber nicht, daß ich das tun würde. Und wehe, Sie wollen hier mit rein, da laß ich Sie sofort festnehmen.«

»Sie sind wirklich hartherzig, Chief Inspector.« Die Reporter schauten dem Austin hinterher, wie er die gewundene Auffahrt hinauffuhr. »Wirklich die Pest, diese Zeitungsleute«, sagte Piper mißbilligend.

»Die machen auch nur ihre Arbeit, Ernie. Und manchmal ist es ganz praktisch, wenn die über einen Fall berichten. Beim Abwimmeln darf man sie nie beleidigen.«

»Ist ja wie mit einem Butler«, bemerkte der junge Detective.

»So ist es, mehr oder minder.« Alec hielt vor dem imposanten Eingang. »Glücklicherweise ist es wahrscheinlich noch zu früh am Tag, als daß der hiesige Butler zur Tür kommen würde. Auch gut so, schließlich hab ich in diesen Hosen heute schon einen Badeausflug unternommen.«

Ob nun die zerknitterte und immer noch leicht feuchte Hose den Lakai in Livrée beeinflußte oder nicht, jedenfalls führte er sie wieder in dasselbe kühle Vorzimmer. Mit einer Frostigkeit, die durchaus der des Butlers entsprach, erkundigte er sich: »Erwartet Seine Lordschaft Sie?«

Alec erwiderte gelassen: »Ich glaube, Lord DeLancey wird mich schon sprechen wollen.«

»Ich glaube aber nicht, daß Seine Lordschaft bereits heruntergekommen ist.«

»Es wäre großartig, wenn Sie das herausfinden würden. Und falls er noch nicht da ist, würden Sie ihm dann mitteilen, daß wir ihn gerne sehen möchten? Detective Chief Inspector Fletcher ist mein Name, falls Sie den eben nicht mitbekommen haben. Von Scotland Yard. Wir warten gerne.«

Das entsetzte Gesicht des Lakaien machte deutlicher als alle Worte, daß er sie gar nicht gebeten hatte, zu warten. Nun war ein Chief Inspector von Scotland Yard allerdings etwas anderes als ein leicht einzuschüchternder Bobby von der Polizei vor Ort. Was tun? Ein halb unterdrücktes Kichern von Piper gab ihm dann den letzten Rest. Der Lakai wurde rot und verließ den Raum.

»Das war aber nicht nett«, sagte Alec grinsend.

»Hochnäsiger Schnösel«, schnaufte Piper. »Der hat es ja noch nicht einmal zu einem Beruf ohne Uniform gebracht.«

Alec lachte. »Aber wenn Sie notiert hätten, was er gesagt hat, und es noch einmal lesen würden, stünde da nichts, worüber man sich erregen könnte«, sagte er. »So, jetzt setzen Sie sich mal irgendwohin, wo Sie nicht auffallen, und halten Sie alle Ihre Bleistifte bereit. Lord DeLancey ist vielleicht nicht der hellste Stern am Firmament, aber so dumm ist er auch nicht, daß er nicht weiß, wie verdächtig es wirken würde, wenn er nicht mit mir spricht.«

Piper postierte sich auf einem Stuhl an der Wand neben der Tür, und Alec ging hinüber zum Fenster. Während er die wenig beeindruckende Aussicht auf die Säulen des Portikus und den gelblichen Kies der Auffahrt betrachtete, plante er minutiös sein Vorgehen.

Sie brauchten nicht lange zu warten. Ein Blick auf Lord DeLancey und Alec wußte, daß Daisy wieder einmal recht gehabt hatte. Der Mann war blaß, seine Augen gingen unruhig hin und her, und auf seinem Gesicht glänzte der Schweiß, obwohl eigentlich noch die Kühle des Morgens herrschte.

Lord DeLancey hatte Angst, und diese Furcht war auch

durch seine übliche Angriffslustigkeit nicht zu verbergen: »Was zum Teufel suchen Sie hier, und auch noch zu dieser unmöglichen Zeit? Hätte das nicht warten können? Kann man noch nicht einmal mehr in Ruhe frühstücken?«

»Hab ich Sie dabei unterbrochen, Sir?« Alec hielt einen Augenblick inne, denn sein eigener leerer Magen fiel ihm ein. »Ich bitte um Verzeihung. Ich hätte gedacht, daß Sie seit Ihrer Rückkehr jede Menge Zeit gehabt hätten, zu frühstücken.«

»Rückkehr? Verdammt noch mal, was meinen Sie mit Rückkehr?«

»Vom Fluß.«

»Vom Fluß?« stotterte Seine Lordschaft. »Sie haben da den falschen DeLancey, verehrter Freund. Mein Bruder war der Ruderer der Familie, nicht ich. Im Leben geb ich mich nicht vor dem Frühstück mit einem Boot ab.«

»Ach nein?« fragte Alec leise nach. Er hatte Boote gar nicht erwähnt. Normalerweise hätte man angenommen, daß sich seine Frage auf einen Spaziergang am Flußufer bezog. »Es ist eine ... aufregende Erfahrung. Der Fluß sieht in der Morgendämmerung außerordentlich schön aus, wie ich heute früh selber feststellen konnte.«

»W-wie?« DeLanceys Stimme zitterte. Jedoch nur kurz: »Erstaunlich, daß Sie sich diese Zeit zum Herumjuxen nehmen konnten, denn schließlich haben Sie Basils Tod zu untersuchen. Aber es freut mich außerordentlich, daß es Ihnen gefallen hat. Allerdings glaube ich kaum, daß jetzt der Augenblick ist, um derlei Nettigkeiten auszutauschen. Ihr Ausflug auf den Fluß hat mit mir nichts zu tun. Sie haben mich dort nicht gesehen.«

»Stimmt, das habe ich nicht. Aber es gab dennoch einen Zeugen.«

Lord DeLancey fuhr sich mit der Zunge über die Lippen. »W-wer?«

»Jemand, der Sie wiedererkannt hat«, sagte Alec vorsichtig. »Jemand, der im Boot weitergerudert ist, nachdem Cheringham und ich in die Themse gesprungen sind, um Horace Bott zu retten. Er war noch nicht lange im Wasser gewesen, aber wie wir wissen, kann man sehr schnell ertrinken. Und bei einem Kopfschuß allemal – doppelt hält bekanntermaßen besser.«

»Das kann ich erklären! Es ist nicht so, wie Sie denken. Das alles war seine eigene Schuld, ganz und gar seine eigene Schuld.«

»Lord DeLancey, ich habe die Pflicht, Sie über Ihre Rechte zu belehren. Sie haben das Recht, in dieser Angelegenheit zu schweigen. Sollten Sie eine Aussage machen wollen, wird alles, was Sie sagen, notiert und kann als Beweismittel gegen Sie verwandt werden.«

»Ich hab gar nichts getan«, plapperte DeLancey eilig. »Ich hab nichts zu verbergen. Ich hatte nur die Hoffnung, einer durch und durch unangenehmen Angelegenheit aus dem Weg zu gehen. Die Zeitungen – aber ich muß Ihnen ja nicht erzählen, daß die mit ihren ungerechtfertigten Andeutungen unschuldige Menschenleben zerstören können.«

»Nein, Sir«, stimmte ihm Alec gleichgültig zu. Angesichts dessen, was Daisy ihm von DeLanceys Angst vor möglichem Klatsch erzählt hatte, war sein jetziges Leugnen durchaus verständlich. »Sie haben sich also heute früh auf Temple Island mit Horace Bott getroffen?«

»Ja, ja, ich war da. Das wissen Sie doch. Sie haben ja eben selbst gesagt, daß mich dort jemand gesehen hat. Wenn Sie es nicht waren und auch nicht Cheringham, wer zum Teufel war es denn dann? Wie heißt er noch gleich, dieser Freund von Cheringham, der Mannschaftskapitän von Ambrose?«

»Ich fürchte, das kann ich Ihnen nicht sagen, Sir. Aber *warum* waren Sie und Bott im Morgengrauen auf der Insel?«

»Er hat mich dorthin gebeten.«

»Aus welchem Grund?«

»Er meinte, er hätte mir etwas zu sagen.«

»Das ist alles? Was glauben Sie denn, was er gewollt hat? Und warum haben Sie einem Treffen zu einem so … ungewöhnlichen Zeitpunkt und an einem solch merkwürdigen Ort zugestimmt?«

»Ich hatte die Hoffnung, daß er mir etwas über Basils Tod sagen könnte.«

»Etwas, was er mir nicht gesagt hatte?«

»Etwas, was er verkaufen wollte. Die Angehörigen dieser gesellschaftlichen Klasse sind geldgierig«, tat DeLancey voller Überzeugung kund. »Die sind durchaus in der Lage, aus der Tragödie eines anderen Profit schlagen zu wollen. Außerdem halten sie die Polizei für eine Art natürlichen Feind.«

Alec machte sich gar nicht erst die Mühe, Seine Lordschaft darüber zu informieren, daß im allgemeinen die kleinen Geschäftsleute der Polizei am meisten halfen und die größte Kooperationsbereitschaft zeigten. »Haben Sie Bott nie verdächtigt, Ihren Bruder angegriffen zu haben?« fragte er.

»Natürlich hab ich das! Er hat Basil bedroht, das wissen Sie doch selbst. Die anderen Ruderer von Ambrose sind auch von seiner Schuld überzeugt.«

»Und Sie haben es sich nicht noch einmal überlegt, sich an einem so isolierten Ort mit ihm zu treffen?«

»Ich konnte mir keinen Grund vorstellen, warum er mir Böses tun wollte. Aber ich habe mich geschützt und hab eine Pistole mitgenommen. Leider hab ich keinen Waffenschein dafür, fürchte ich, Chief Inspector«, gab er mit einem schwachen Grinsen von Mann zu Mann zu. »Eine ›Bolo‹ von Mauser, ein Erinnerungsstück aus dem Großen Krieg. Es tut mir leid, daß ich sie mitgenommen habe, aber andererseits glaube ich nicht, daß die Dinge anders verlaufen wären. Wer sich umbringen will, wird das auch schaffen.«

Selbstmord! Alec verbarg mit Mühe seine Überraschung. Bei ihrem Gespräch gestern hatte Bott doch überhaupt nicht suizidal gewirkt. Hatte der Abend im Kreise derer, die ihn für einen Mörder hielten, ihn dazu getrieben, seinem Leben ein Ende bereiten zu wollen?

»Ich glaube, Sie sollten mir mal ganz genau erzählen, was sich auf Temple Island abgespielt hat, Sir.«

»Selbstverständlich. Bott hatte sich mit mir treffen wollen, um sich für den Mord an Basil zu entschuldigen – der sei aus

Versehen passiert, wie er behauptete. Er wußte, daß man ihn bald der Tat überführen würde, und hatte beschlossen, sich lieber umzubringen, als ein Gerichtsverfahren über sich ergehen zu lassen, ins Gefängnis zu kommen oder gar die Todesstrafe zu erleiden. Sein Leben war ohnehin ziemlich verkorkst. Was versucht er auch, sich über seinen Stand zu erheben. Er meinte, er wollte sich ertränken, aber als er die Mauser in meiner Hand sah, fand er einen Tod durch Erschießen wohl leichter. Er hat mir die Pistole entrissen, sich in den Kopf geschossen und ist dann in den Fluß gefallen.«

»Es waren aber zwei Schüsse, Lord DeLancey.«

»Ach so, der eine Schuß ging in die Luft, als er nach der Pistole griff. Ich befürchtete, daß er sich vielleicht doch lieber des Zeugen seines Geständnisses entledigen wollte, und hatte deswegen schon den Finger am Abzug. Dadurch löste sich ein Schuß, als er mir die Waffe aus der Hand riß. Aber das war nicht der Schuß, der ihn umgebracht hat. Die Pistole war in seinen Händen, als er sie sich an die Schläfe setze.«

Es würde Seine Lordschaft ganz schön verärgern, wenn er mitbekam, daß er sich in bezug auf Botts Zustand geirrt hatte. Alec hatte es aber nicht eilig, ihn aufzuklären. »Verstehe«, sagte er. »Sie haben natürlich versucht, ihn davon abzuhalten.«

»Selbstverständlich. Während er mit der Pistole vor mir zurückwich, bin ich auf ihn zugesprungen. Ich fürchte, deswegen ist er dann in den Fluß gefallen.«

»Und dabei hat er Ihre Mauser mit in die Fluten genommen?«

»Ja. Nein!« DeLancey blickte ihn verwirrt an und wurde ganz rot. »Verzeihen Sie, Chief Inspector, es war eine schreckliche Erfahrung, und ich denke nicht gerne daran zurück. Also, nein, er hat die Pistole sofort nach dem Schuß fallen lassen, während er rückwärts in den Fluß gestolpert ist.«

»Er hat sie *fallen* lassen? Sind Sie sich dessen sicher?«

»Er hat sie fallen lassen. Losgelassen. Sie fiel aus seiner Hand«, sagte Seine Lordschaft nervös.

»Merkwürdig. Die Pistole haben wir an einem Ort gefunden, an dem Bott eigentlich in ein Boot hätte fallen müssen, nicht ins Wasser.«

»Ach so. Ja. Das kann ich erklären. Ich hatte Ihnen ja gesagt, daß ich diese ganze Angelegenheit am liebsten vergessen würde. Verstehen Sie, ich hab die Pistole aufgehoben, ohne darüber nachzudenken. Ich stand völlig neben mir. Kaum hatte ich begriffen, was ich da tat, warf ich die Waffe von mir. Ich wollte nichts damit zu tun haben! Sie haben sie also gefunden?« DeLancey unternahm einen halbherzigen Versuch, empört zu wirken. »Sie hatten eben den Eindruck erweckt, Sie würden glauben, die Pistole sei in den Fluß gefallen.«

»Tut mir leid, Sir, das muß wohl ein Mißverständnis gewesen sein«, sagte Alec gleichgültig. »Wie schade, daß Sie die Waffe aufgehoben haben. Ihre Fingerabdrücke werden jetzt über denen von Bott liegen.«

»Nein, das werden sie wohl nicht. Ich trug Handschuhe. Egal, wie heiß es im Sommer werden mag, im Morgengrauen ist es noch verdammt kalt.«

Diese rasche Erklärung bestärkte Alec nur in seinem Gefühl, daß diese Geschichte eilig zusammengerührt worden war, für den Fall, daß Seine Lordschaft mit den Ereignissen auf Temple Island in Verbindung gebracht werden sollte. Die Lücken in seiner Erklärung hatte er dann um so hastiger aufgefüllt, je nachdem, wo sie sich auftaten.

Allerdings: die Erwähnung der Fingerabdrücke von Bott hatte ihn kaltgelassen, woraus man folgern konnte, daß es wirklich einen Kampf um die Waffe gegeben hatte. Oder es war ihm noch nicht klargeworden, daß das Fehlen von Botts Fingerabdrücken ihn der Lüge überführen würde.

Andererseits konnte diese ganze merkwürdige Geschichte auch stimmen, konnte sein Verhalten durch den Schock und durch seine Angst vor der Öffentlichkeit verursacht sein. Auf jeden Fall war Alec begierig zu hören, was Horace Bott von diesem Treffen zu berichten hatte.

»Fürs erste wäre das alles, Sir«, sagte er. »Möglicherweise muß ich später noch einige Punkte klären. Lassen Sie es mich bitte wissen, wenn Sie Crowswood verlassen. Sie erreichen mich über die Polizei von Henley.«

»Wenn Sie darauf bestehen.« DeLancey führte Alec und Piper in die Eingangshalle. Während sie sich der Eingangstür näherten, packte er Alec am Arm. »Hören Sie mal, Chief Inspector, es ist doch nicht unbedingt nötig, daß meine Anwesenheit beim Selbstmord des jungen Mannes erwähnt wird? Schließlich ist die ganze Geschichte doch jetzt vorbei. Nichts wird ihn wieder lebendig machen, und für mich wäre es außerordentlich unangenehm, wenn die Presse davon erfährt.«

»Ich fürchte, ich kann Sie aus der Sache nicht heraushalten, Sir. Die Herkunft der Mauser wird irgendwie erklärt werden müssen.«

»Verdammt! Werde ich eine Aussage machen müssen? Es wird vermutlich eine gerichtliche Untersuchung des Todesfalls geben.«

»Ach, das will ich nicht hoffen, Sir«, sagte Alec mit einem durchdringenden Blick. »Obwohl Bott immer noch im Koma liegt, scheint der Arzt in Townlands Hospital zu denken, daß er sich voll und ganz erholen wird.«

Lord DeLancey fiel die Kinnlade herunter, und sein Gesicht wurde käsebleich. War er erschrocken? Entsetzt? Oder nur wütend, daß er in die Irre geführt worden war? Wut würde sich wahrscheinlich als erste Luft machen. Alec wartete das nicht ab. DeLancey würde nichts sagen, woraus er sich nicht anschließend herauswinden könnte. Aber wenn man ihn jetzt sich selbst überließ, würde er vielleicht etwas Unüberlegtes tun.

17

Auf dem Weg nach Henley gab Alec seinem Constable die Gelegenheit, seine Fähigkeiten unter Beweis zu stellen. »Na, was halten Sie von dem allen, Ernie?«

»Der hat jetzt eine Menge Stoff zum Nachdenken, Chief, dank Ihrer Fragen.«

»Und was halten Sie von seiner Geschichte?«

»Für mich klang das wie ziemlicher Unsinn, Chief. Nur kann ich nicht verstehen, warum er Bott umbringen will. Und wenn er das nicht wollte, warum würde er dann lügen?«

»Sie glauben nicht, daß Rache als Motiv ausreichen würde?«

»Für den nicht«, sagte Piper vorsichtig. »Der hätte viel zu viel Angst, erwischt zu werden.«

»Er wirkt allerdings sehr nervös. Also glauben Sie, daß Bott sich selbst angeschossen hat, aber daß DeLancey lügt, wie es dazu gekommen ist, was auch immer der Grund sein mag?«

»Irgendwas stimmt da nicht, Chief. Zum einen kann ich mir nicht vorstellen, daß ein Lord so früh am Morgen losrudert, nur weil einer, von dem er ohnehin nicht viel hält, behauptet, er hätte ihm etwas zu erzählen.«

»Das ist wirklich sehr unwahrscheinlich«, stimmte Alec zu.

»Nur: wenn er lügt, warum hat er sich nicht einfach daran gehalten, daß Bott getroffen wurde, als die beiden sich um die Waffe geprügelt haben? Anstatt diesen ganzen Kram von wegen Selbstmord zu erfinden?«

»›Bestätigende Details, die einer ansonsten nackten und unüberzeugenden Vorspiegelung von Tatsachen größere Wahrscheinlichkeit verleihen sollen‹.« Alec konnte Pipers verwirrten Gesichtsausdruck wahrnehmen, weil er gerade am Tor auf die Pförtnersfrau wartete. Er fügte hinzu: »Verzeihung, Ernie, das ist mein Lieblingszitat aus dem *Mikado*. Es ist nur eine etwas hochgestochene Erklärung für den unwiderstehlichen Drang mancher Menschen, eine Geschichte in der irrigen Annahme auszuschmücken, komplizierte Geschichten wirkten wahrscheinlicher.«

»Ah«, sagte Ernie unter Nutzung von Tom Trings Lieblings-Silbe, während er versuchte, Alecs vielsilbigen Wortschwall zu verdauen.

Im Weiterfahren fuhr Alec fort: »Aber DeLancey hofft, daß sein Name aus einem Selbstmordfall herausgehalten werden könnte. Darauf hätte er keine Chance, wenn er zugeben müßte, daß er auch nur einen Teil der Pistole angefaßt hat, als sie abgefeuert wurde. Vielleicht hat er nur in dieser Hinsicht gelogen – oder vielleicht erzählt er auch die Wahrheit.«

»Das könnte sein, Chief. Wenn Bott geständig war, wie Lord DeLancey behauptet hat, dann würde er uns das doch erzählen. Er brauchte Bott nicht zu erschießen, oder? Dann hätte er selbst keinen Ärger, aber seine Rache, wenn wir Bott festnehmen.«

»Das ist Hörensagen, Ernie. Der Bericht eines Geständnisses wird als Beweismittel nicht zugelassen. Wir hätten für eine Festnahme Botts keinen Grund, wenn er sein Geständnis nicht uns gegenüber wiederholt.«

»Aber dann hätten wir eine bessere Grundlage, auf der wir weitersuchen können«, beharrte Ernie, »selbst wenn wir die Erzählung Seiner Lordschaft nicht einfach so glauben können.«

»Stimmt. Der Ärger ist nur, daß es ganz danach aussieht, als stünde Aussage gegen Aussage: DeLanceys Wort gegen das von Bott. Wenn wir davon ausgehen, daß Bott sich berappelt und redet.« Alec runzelte die Stirn. »Ein Selbstmord ist mir nie in den Sinn gekommen. Schmauchspuren an Botts Hand sind mir nicht aufgefallen, und der Arzt hat sie auch nicht erwähnt. Ich frage mich, was für Patscherchen Tom auf der Mauser gefunden hat, falls überhaupt welche darauf sind?«

Tom Tring kam katzengleich in das Krankenzimmer zurückgeschlichen. Während seiner Abwesenheit, so nahm Daisy an, hatte er bestimmt die Fingerabdrücke auf der Pistole untersucht. Fast hätte sie ihn gefragt, ob er etwas Interessantes festgestellt hatte, doch dann erinnerte sie sich gerade noch rechtzeitig, daß Susan von der Waffe nichts wußte.

»Ich hab die Kollegen in Birmingham angerufen, Miss Hopgood«, sagte Tom. »Die schicken jetzt jemanden bei Mr. und Mrs. Bott mit der Nachricht vorbei.«

»Vielen herzlichen Dank, Mr. Tring. Das ist bestimmt viel leichter für sie, als es durch ein Telegramm zu erfahren.«

»Wird er wohl noch aufwachen? Wie sieht es aus?«

»Er hat sich nicht bewegt, auch nicht die Augen geöffnet«, sagte Daisy, »aber er hat vorhin etwas gemurmelt. Wir konnten nur keine Silbe verstehen. Hören Sie nur, da fängt er schon wieder an.«

Tom beugte sich über die reglose Gestalt im Bett, das Ohr dicht an den zuckenden Lippen. Als das Murmeln endete, richtete er sich kopfschüttelnd wieder auf. »Weiß nicht, ob er klar spricht oder in Zungen redet. Sie sagten es schon, man kann nicht verstehen, was er sagt.«

»Aber das alles kann doch nur bedeuten, daß er bald aufwachen wird, nicht wahr?« fragte Susan voller Hoffnung.

»Könnte durchaus sein, Miss. Wenn Sie nichts dagegen haben, sollte ich mich lieber neben ihn setzen. Wenn er anfängt, klarer zu sprechen, muß ich hören können, was er sagt.«

Nur zögerlich räumte Susan ihren Platz an der Bettkante. Tom setzte sich, nahm sein Notizbüchlein hervor und legte es auf einen seiner baumstammdicken Schenkel.

»So, Miss. Jetzt sollten wir mal ein bißchen ruhig sein. Ich würd nur ungern was verpassen.«

Einige Minuten saßen alle schweigend da. Susan hatte die Augen fest auf Horace Botts Gesicht gerichtet. Daisy hörte im Nachbarzimmer die fröhliche Stimme einer Krankenschwester. In der Stadt herrschte sonntägliche Ruhe, bis die Glocken zum Gottesdienst riefen. So früh noch - sie hatte das

Gefühl, ein ganzes Jahrhundert wäre seit ihrem Aufstehen in der Morgendämmerung vergangen!

Wie schön hatte sie sich den Morgenspaziergang vorgestellt. Eine winzige halbe Stunde hatte sie von diesem verpatzten Wochenende retten wollen. Wenn sie nur nicht Cherrys Einladung nachgekommen wären, einen Ausflug auf dem Fluß zu machen! Aber Cherry hätte Bott vielleicht nicht alleine retten können. Dann wäre Bott wahrscheinlich gestorben, und niemand hätte geahnt, daß Lord DeLancey mit seinem Tod etwas zu tun hatte.

Daisy fragte sich, ob Alec bei DeLancey Fortschritte machte. Sie hatte ihn nicht genau identifizieren können. Daher brauchte er nur zu bestreiten, daß er auf der Insel gewesen war. Wenn er konsequent blieb, würden Alecs Ermittlungen in einer Sackgasse enden.

In dem Fall würden sie sich auf Botts Bericht verlassen müssen. Aber dafür müßte der endlich das Bewußtsein wiedererlangen und reden – sofern er dazu bereit wäre. Daisy hätte zu gerne gewußt, was auf Temple Island geschehen war. Wenn sie nur fünf Minuten früher dagewesen wären, dann hätten sie vielleicht die ganze ...

»Nein!« Bott setzte sich kerzengerade auf, die Augen noch geschlossen. »Nein! Nicht! Ich kann doch nicht schwimmen«, rief er mit hoher, entsetzter Stimme aus.

»Horace!« Susan sprang auf.

Tom wehrte sie ab. »Ganz langsam, Miss. Der schläft noch, träumt nur. Sie wollen ihn doch nicht so plötzlich aufwecken. Setzen Sie sich lieber wieder hin und lassen Sie mich das machen.« Sanft, aber bestimmt drückte er Bott in die Kissen zurück. »Alles in Ordnung, mein Sohn. Sie sind hier in Sicherheit.«

Während er Bott beruhigte, besänftigte Daisy ihrerseits Susan. »Wir wissen jetzt, daß er sich bewegen und klar sprechen kann. Es sieht ganz danach aus, als hätten seine Verletzung und der Sauerstoffmangel keinen Gehirnschaden verursacht. Er hat nur gerade einen Albtraum.«

»Das kann ich mir vorstellen. Er wird wohl davon träumen, wie ihn dieser gräßliche DeLancey in den Fluß geschubst hat.«

Einen Augenblick lang fragte sich Daisy, woher in aller Welt Susan von den Ereignissen auf Temple Island wußte. Doch dann wurde ihr klar, daß das Mädchen von Basil DeLanceys Angriff sprach, der am Ende des Rennens um den Thames Cup stattgefunden hatte.

War das auch Botts Traum, oder hatte sich vorhin auf der Insel eine ähnliche Szene abgespielt? Nur: aus welchem Grund würde Cedric DeLancey Bott so angreifen? Könnte es Notwehr gewesen sein? Aber warum hätte Bott Lord DeLancey attackiert? Warum hatten sie sich dort getroffen und warum zu diesem Zeitpunkt?

Daisy stellte fest, daß ihre Gedanken mal wieder im Kreis gingen. Sie freute sich außerordentlich, als Tom zögernd sagte: »Ich glaub, der wacht tatsächlich langsam auf.«

Während Botts Lider auf und ab flatterten, sprang Susan fast mit einem Satz an die Seite vom Bett, an der der Sergeant nicht saß. Sie nahm Botts Hand in ihre und sagte mit zitternder Stimme: »Ich bin da, Horace. Susan. Ich werd nicht zulassen, daß man dich herumschubst.«

»Nun mal halblang, Miss«, sagte Tom nachsichtig, »hier will ihn niemand herumschubsen. Aber wenn Sie im Raum bleiben wollen, dann müssen Sie jetzt still sein, bis ich meine Fragen gestellt habe.«

Susan blickte hilfesuchend zu Daisy.

»Ich versprech Ihnen, daß er nicht eingeschüchtert wird«, versicherte ihr Daisy, »aber Mr. Tring schubst bestimmt niemanden herum.«

Toms üppiger grauer Schnurrbart ging über einem Grinsen hoch, und seine kleinen Augen zwinkerten. »Dasselbe gilt für Sie, Miss Dalrymple. Ein Wort von Ihnen, und Sie fliegen leider raus. Übrigens bin ich mir gar nicht so sicher, daß der Chief erlaubt hat, daß Sie hier drin bleiben.«

Daisy teilte diese Zweifel und lächelte lieber nur. Sie stellte für Susan einen Stuhl neben das Nachttischchen, die sich darauf setzte, ohne Botts Hand loszulassen oder ihren sorgenvollen Blick von seinem Gesicht zu wenden.

Er hob seine andere Hand an den Verband und stöhnte auf. »Mein Kopf! Tut ja verdammt weh.«

»Horace!«

»Tschuldigung, Susie.« Endlich öffneten sich seine Augen ganz, und er schenkte ihr ein zittriges Lächeln. »Schrecklich tut er mir weh. Was ist passiert?«

»Das wüßten wir auch sehr gern«, sagte Tom Tring.

»Können Sie sich denn an gar nichts mehr erinnern?« fragte Daisy enttäuscht. Bott hingegen starrte Tom an.

»Die Polizei!« stöhnte er auf. »Detective Sergeant Tring, nicht wahr? Was hat das zu bedeuten? Wo bin ich?«

»Sie sind in einem Krankenhaus, Sir«, sagte Tom und warf sowohl Daisy als auch Susan einen warnenden Blick zu. »Sie wurden halb ertrunken aus der Themse gefischt. Und wir wüßten jetzt gerne, wie Sie da hingeraten sind.«

Bott schloß die Augen. »Die Themse? Da bin ich hineingefallen?« sagte er langsam. Das kleine Stückchen seiner Stirn, das noch zu sehen war, schlug Falten. Er stöhnte auf und hob erneut die Hand an den Kopf. »Teufel auch, jetzt erinnere ich mich! DeLancey!«

»Aber, Horace, das war doch vorgestern.«

»Bitte, Miss Hopgood, keine Unterbrechungen!«

»Das war der andere DeLancey, Susie. Aber ich sage dir eins, das lasse ich ihm nicht durchgehen!«

»Erinnern Sie sich noch, wo Sie waren, Mr. Bott?«

»Auf Temple Island, Sergeant. Ich kann mich an jedes kleine – o Gott, mir wird ganz schlecht.«

Während Susan Hopgood die Waschschüssel auf dem Nachttischchen griff, bekam Bott von Tom Hilfe, um sich aufrecht hinzusetzen. »Vermutlich haben Sie vorhin einen kräftigen Schluck aus der Themse genommen. Also, machen Sie mal. Es geht Ihnen bestimmt besser, wenn Sie das wieder loswerden.«

Daisy tat ihr Bestes, die schrecklichen Geräusche zu ignorieren, und klingelte nach einer Schwester. Die Stationsschwester selbst erschien. Effizient und doch freundlich wischte sie Bott das Gesicht ab und reichte ihm ein Glas Wasser, um sich den Mund auszuspülen. Dann bedeckte sie die Schüssel und holte eine saubere aus dem unteren Teil des Nachttischs.

»Wie fühlen Sie sich, junger Mann?«

»Ich glaube ... meinem Magen geht es so lala, aber mir ist ein bißchen ... schwindelig.«

»Legen Sie sich mal schön wieder hin. Ich darf Sie ja nicht hinausbitten, Sergeant, aber seien Sie so freundlich und regen Sie ihn mit Ihren Fragen nicht weiter auf. Und die beiden jungen Damen ...«

»Nein!« Bott packte Susans Hand, während er sich in die Kissen sinken ließ. »Ich leg mich ja schon hin, Schwester, aber bitte werfen Sie die Damen nicht hinaus. Und ich *möchte* gerne mit Mr. Tring sprechen. Ich muß es. Es wird mich noch viel mehr aufregen, wenn ich das nicht tue, wirklich.«

Die Schwester nahm seinen Puls, tastete über die Partie seiner Stirn, die nicht bandagiert war, und nickte. »Meinetwegen, aber wenn Ihnen schwindelig wird oder Ihnen übel ist oder wenn Sie sich fiebrig fühlen oder Schmerzen haben oder wenn Sie anfangen zu husten, dann will ich das sofort wissen.«

»Wir rufen Sie, Schwester«, versprach Susan mit Nachdruck.

»Ich komme in ein paar Minuten wieder, um nach ihm zu sehen. Regen Sie sich nur nicht auf, Mr. Bott. Immer schön ruhig bleiben.«

Bott wartete, bis sich die Tür hinter ihr schloß, bevor es aus ihm herausbrach: »Ruhig bleiben! Das ist doch ziemlich viel verlangt, wenn man gerade einen Mordanschlag überlebt hat!«

»Horace, wovon redest du eigentlich?« fragte Susan verwirrt. »Miss Dalrymple, glauben Sie, daß er phantasiert? Soll ich die Schwester noch einmal hereinrufen?«

»Nein, lassen Sie mal. Das sind keine Halluzinationen, fürchte ich.«

»Aber Sie beiden, meine Damen, werden sich demnächst nur noch in der Phantasie vorstellen, daß Sie hier sitzen«, sagte Tom streng. »Jedenfalls, wenn Sie jetzt nicht endlich still sind. Ich mach Ihnen einen Vorschlag, Miss Dalrymple. Wie wär's, wenn Sie Notizen für mich machen?«

»Wie gemein ...« Daisy nahm dennoch den Notizblock und den Bleistift, die er ihr reichte.

Er zwinkerte ihr zu, sprach aber mit Bott. »Erzählen Sie weiter, Sir.«

»Er hat eine Pistole gezogen und mir befohlen, in den Fluß zu springen«, sagte Bott, und in seiner Stimme lag noch die Erinnerung an seinen Schock. »Ich hab ihm gesagt, ich könnte doch nicht schwimmen. Da meinte er, das wisse er, er sei schließlich dabeigewesen, als sein Bruder mich ins Wasser geschubst hat. Der wollte wirklich, daß ich dabei umkomme! Na, den Gefallen wollte ich ihm natürlich nicht tun. Ich wäre ja ein Idiot gewesen, reinzuspringen und mich zu ertränken, wo er mich doch gar nicht erschießen *konnte*. Jedenfalls dachte ich das.«

»Wie kamen Sie auf diese Idee, Sir?«

»Ich habe ihm gesagt, daß eine Leiche mit Schußwunden wohl kaum als Unfallopfer zu erklären wäre. Er meinte, niemand würde das mit ihm in Verbindung bringen. Trotzdem, das hat ihm Sorgen bereitet. Ich glaube nicht, daß er von mir Widerstand erwartet hat: seine hoheitliche Lordschaft erteilt Befehle, und die niederen Stände gehorchen und springen!« sagte Bott spöttisch. Daisy mußte an die »niederen Stände« denken, die auf Befehl von Lord DeLancey im Großen Krieg gestorben waren.

»Er wollte mich gar nicht erschießen«, fuhr Bott fort. »Er hat irgendein Zeug geredet, daß es viel schmerzhafter sei, erschossen zu werden, als zu ertrinken. Und er hat die ganze Zeit mit der Pistole herumgefuchtelt, als wäre er beim Tontaubenschießen. Ich hab ihn angebrüllt, er sollte aufpassen, aber da hat er in die Luft geschossen. Und immer noch wollte ich nicht ihm zuliebe in den Fluß springen. Dann hat er völlig den Kopf verloren, glaube ich. Er hat auf mich gezielt. Ich bin ein paar Schritte zurückgewichen. Ich konnte nicht anders. Wenn da einer eine Pistole auf mich richtet, ist das schon beunruhigend. Nur hab ich nicht geglaubt, daß er wirklich schießen würde. Und dann hat er es doch getan.« Vorsichtig betastete Bott den Verband. »Entweder hat seine Hand gezittert, oder er taugt wirklich nichts als Schütze. Sonst wäre ich jetzt nicht hier und würde mit euch reden.«

»Ach, Horace!«

»Schon in Ordnung, Susie. Ich hab nichts Schlimmeres abbekommen als ein bißchen Kopfweh.«

»Und selbst wenn er dich knapp verfehlt hat! Du hättest immer noch ertrinken können!«

»Vielleicht hat er absichtlich daneben geschossen. Vielleicht hoffte er immer noch, er könnte mich so doll erschrecken, daß ich mich ertränke. Es kann auch ein Versehen gewesen sein, daß er mich getroffen hat. Egal. Der kommt ins Kittchen, dafür sorge ich!« knurrte Bott.

Susan wollte gerade etwas sagen, doch hob Tom abwehrend eine Hand. »Wie kam das eigentlich, daß Sie in den Fluß gefallen sind, Sir?« fragte er. »Heißt das, Lord DeLancey hat Sie hineingeschubst, oder hat er Sie ins Wasser verfrachtet, als Sie schon bewußtlos waren?«

»Ich glaube nicht«, sagte Bott widerwillig, der offensichtlich keine Lust hatte, auch nur ein gutes Haar an DeLancey zu lassen. »Soweit ich mich erinnern kann, hab ich das Gleichgewicht verloren, als ich zurückwich und die Kugel mich traf. Und dann bin ich einfach rückwärts in den Fluß gestolpert. Aber das könnte ich nicht beschwören. Vor meinen Augen tanzten Sternchen. Ich weiß nicht, wie ich im Wasser gelandet bin, also muß ich da schon ohnmächtig gewesen sein.«

Für Daisy sprach dieser Unwillen, DeLancey der einen oder anderen Tat anzuklagen, für den Wahrheitsgehalt seiner Geschichte. Aber sie wollte Bott ohnehin gerne glauben. Er hatte gar keine Zeit gehabt, eine Ausrede zu erfinden. Und im übrigen war er ja eindeutig das Opfer.

Nur hätte sie zu gerne gewußt, *warum* Lord DeLancey Bott hatte umbringen wollen. Sie brannte förmlich darauf, diese Frage zu stellen, wußte aber andererseits genau, daß Tom Tring sie endgültig aus dem Zimmer verbannen würde, wenn sie ihn unterbrach, da mochte er so viele Freiheiten durchgehen lassen, wie er wollte. Der Sergeant führte Untersuchungen eben auf seine eigene Art durch.

Susan wollte noch einmal etwas sagen, aber Tom hielt wieder warnend eine Hand empor, um sie zu bremsen. »Genau, Sir«, bemerkte er, »und was hat Sie eigentlich zu dieser frühen Morgenstunde nach Temple Island geführt? Wie kam es zum Treffen mit Lord DeLancey?«

»Er hatte mich dorthin bestellt, Sergeant. Nachdem der Chief Inspector und ich unsere kleine Unterhaltung hatten, gab mir Gladstone einen Zettel, den er auf dem Tisch in der Eingangshalle gefunden hatte. Mein Name stand darauf. Er war aus einem Notizbüchlein herausgerissen, und darauf stand: ›Muß Sie sprechen‹, mit der Angabe von Ort und Zeit. Mehr nicht. Für *mich* macht man sich doch mit den üblichen gesellschaftlichen Nettigkeiten keine Mühe.«

»War der Zettel unterschrieben?«

»Nein, aber ich konnte mir schon denken, von wem der war. Keiner, der im Haus wohnte und mich sprechen wollte, hätte mir einen Zettel schreiben müssen oder einen so unbequemen Treffpunkt vorgeschlagen. Von Wells hatte ich gehört, daß DeLancey an dem Nachmittag erschienen war. Die Schlußfolgerung war also nicht sehr schwer.«

»Und warum sollte Lord DeLancey mit Ihnen sprechen wollen, Sir?«

Auf Toms ungerührte Nachfrage folgte Schweigen. Daisy blickte auf. In Botts Augen las sie eindeutig Vorsicht.

»Weiß ich doch nicht«, sagte er brüsk. »Vermutlich, weil ich nicht da war, als er mit dem Rest der Mannschaft über seinen Bruder gesprochen hat.«

»Dafür braucht man allerdings nicht zum Temple Island zu rudern, oder, Sir?« An Toms milder, friedlicher Art änderte sich nichts. Er wirkte fast eselsgleich stur, doch wußte Daisy, daß dieser Eindruck völlig in die Irre führte. »Ich bin sicher, Sie haben geahnt, daß mehr dahintersteckte, sonst wären Sie ja auch nicht erschienen.«

»Ich weiß nicht, wieso, sag ich Ihnen doch.« Bott hatte eindeutig Angst. »Müssen Sie mich so quälen? Vor ein paar Stunden wäre ich fast ermordet worden. So ein Kreuzverhör halte ich jetzt nicht aus.«

»Lassen Sie ihn in Ruhe!« sagte Susan. »Sehen Sie nicht, daß er nicht gesund ist? Hast du Schmerzen, Horace, oder fühlst du dich fiebrig?« Sie legte die Hand auf seine Stirn. »Soll ich die Krankenschwester rufen?«

»Nein! Um Himmels willen, jetzt mach nicht so einen Aufriß, Susan.«

»Vielleicht geht es Ihnen besser, wenn Sie einen Schluck Wasser nehmen, Sir. Von dem vielen Sprechen haben Sie bestimmt einen ganz trockenen Mund.«

Als Bott widerwillig nickte, half Tom ihm, sich aufzusetzen, und Susan reichte ihm das Glas vom Nachttisch. Nach einem großen Schluck setzte er angewidert ab: »Schmeckt genauso wie die Themse.«

»Und kommt auch direkt aus dem Fluß, vermute ich. So, noch ein oder zwei Fragen, Sir, dann lasse ich Sie in Frieden. Verstehen Sie, wir müssen einfach wissen, warum Sie sich mit Lord DeLancey treffen wollten. Hat er Sie etwa erpreßt?«

»*Mich* erpreßt?« Bott schnaufte freudlos lachend auf. »Was zum Teufel hab ich denn, das *er* haben wollte? Ist das sonst nicht umgekehrt? Erpresser werden doch gemeinhin von ihren Opfern ermordet.«

»Es kann immer noch sein«, sagte Tom langsam und bedeutungsschwer, »daß Sie ihn angegriffen haben. Vielleicht hat er Sie in Notwehr angeschossen.«

»Also hören Sie mal! Versuchen Sie nicht, mich zum Übeltäter dieses Stückchens zu machen!« rief Bott aus. »Wenn Sie es genau wissen wollen: er dachte, *ich* würde *ihn* erpressen wollen. Ich bin zum Temple Island gerudert, weil ich mir den Spaß gönnen wollte, ihn auszulachen. Der wollte versuchen, mein Schweigen zu erkaufen, dachte ich. Nur hat er nicht versucht, mich zu kaufen, sondern mich umzubringen.«

»Und was genau wissen Sie über Lord DeLancey, Sir, von dem es ihm lieber wäre, daß Sie darüber schweigen?«

Es folgte eine lange Pause. Daisy stellte fest, daß sie den Atem anhielt, und es schien so, als täte Susan dasselbe. Tom wartete mit unendlicher Geduld. Der Kampf, der in Horace Bott wütete, war aus seinem Mienenspiel eindeutig zu erkennen.

»Meinetwegen!« platzte es schließlich aus ihm heraus. »Cedric DeLancey hat seinen Bruder umgebracht!«

18

»Hat er das wirklich so formuliert?« fragte Alec. Daisy schaute noch einmal auf ihre Notizen, die sie in ihrer besonderen Abwandlung der Pitman-Kurzschrift verfaßt hatte. Da niemand außer ihr sie lesen konnte und Alec einen wortgetreuen Bericht verlangt hatte, war sie in die Besprechung zwischen ihm und Sergeant Tring im Schwesternzimmer einbezogen worden, Alecs innerem Widerstand zum Trotz. Tom hatte Bott nicht unterbrechen wollen, um sich einzelne Formulierungen in die Feder diktieren zu lassen. Alec war von der schnellen Gesundung Botts überrascht worden.

»›Cedric DeLancey hat seinen Bruder umgebracht‹«, wiederholte Daisy. »Aber danach hat Bott kein einziges Wort mehr gesagt. Bis die Krankenschwester hereinkam und Sergeant Tring und mich hinausgeworfen hat. Nur Susan hat sie bei ihm bleiben lassen. Es würde mich nicht wundern, wenn die ihn in der Zwischenzeit überzeugt hat, daß man eine solche Anschuldigung nicht einfach im Raum stehenlassen kann.«

»Ganz zu schweigen davon, daß ich eine Erklärung will, warum er mir das nicht früher erzählt hat«, stimmte ihr Alec verärgert zu. »Tom, was ist mit der Mauser?«

»Hervorragend poliert, Chief.« Toms Miene verriet nichts.

»Noch nicht einmal ein paar verwischte Fingerabdrücke? Es kann also kein Gerangel gegeben haben?«

»Es sei denn, beide haben Handschuhe getragen.«

»DeLancey behauptet, er hätte Handschuhe angezogen. Bott aber nicht. Jedenfalls trug er keine, als wir ihn aus dem Fluß gefischt haben. Ich wage zu bezweifeln, daß er lange genug im Wasser war, daß die Strömung sie ihm von den Händen gerissen hat.«

»Lord DeLancey behauptet, die beiden hätten sich um die Pistole geprügelt?« fragte Daisy.

»Er sagt, Mr. Bott hätte ihm die Waffe entrissen und sich dann selbst angeschossen, Miss«, teilte ihr Piper mit.

»Selbstmord! Aber er wirkte überhaupt nicht wie einer, der gerade erfolglos versucht hat, sich umzubringen! Oder irre ich mich da, Mr. Tring?«

»Kann ich auch nicht finden, Miss. Hat Lord DeLancey schon gesagt, warum Mr. Bott sich umbringen wollte, Chief?«

Alec schaute ihn stirnrunzelnd an, dann Daisy und seufzte. »Schuldgefühle und Angst vor dem Strang. Was soll's, ich erzähl es einfach.« Und es folgte eine seiner bewundernswert knappen Zusammenfassungen, diesmal von seiner Unterredung mit DeLancey. »Hab ich was vergessen, Ernie?«

Piper hatte seine stenographischen Notizen durchgeblättert, während Alec sprach. »Eigentlich nichts, Chief. Nur daß Lord DeLancey sich furchtbare Sorgen macht, man könnte in der Zeitung über ihn schreiben. Genau wie letztes Mal.«

»Das scheint ja alles zu sein, was ihm wichtig ist«, sagte Daisy. »Wenn Ihr mich fragt, dann ist das alles nur passiert, weil Lord DeLancey solche Angst vor Tratschereien hat. Deswegen hat er sich mit Basil nach dem Durchlauf vom Thames Cup gestritten. Wenn das also stimmt, daß er ihn umgebracht hat … es gibt nur eine Möglichkeit, wie Bott das wissen kann, nicht wahr, Alec?«

»Mir fällt jedenfalls nur eine ein. Wenn es seine Gesundheit nicht ernsthaft gefährdet, muß ich einfach versuchen, den Rest der Geschichte zu erfahren. Ich muß mit der Krankenschwester reden.«

»Ich werd mich mit Susan kurzschließen«, bot Daisy an und entschwand aus dem Zimmer, bevor Alec sie bremsen konnte.

Sie klopfte an die Tür zu Botts Krankenzimmer. Susan öffnete und schaute an ihrer Schulter vorbei. Flüsternd bat sie Daisy hinein.

»Wie geht es ihm?« flüsterte Daisy zurück. Bott lag flach auf dem Rücken, die Augen geschlossen. Immerhin hatten seine Wangen etwas Farbe bekommen – er wirkte nicht fiebrig, sondern so, als stünde er etwas weiter entfernt von der Schwelle zum Tod. Daisy fiel ein, was für ein unglaubliches Glück er hatte, nicht gestorben, noch nicht einmal durch den Schuß ernsthaft verletzt zu sein. Und obendrein war jemand in der Nähe gewesen, der ihn aus der Themse geholt hatte.

Wußte er, wer ihn gerettet hatte? Weder sie noch Tom Tring hatten es ihm erzählt, und Susan hatte sie es auch nicht gesagt. Vielleicht würde er aus Dankbarkeit mit Alec reden wollen.

»Er hat Kopfschmerzen«, sagte Susan. »Die Schwester hat ihm Tabletten gegeben, Phenacetin, glaube ich.«

Das konnte stimmen – Phenacetin war ein Schmerzmittel, das nicht schläfrig machte, soweit Daisy sich erinnern konnte. Sie sprach etwas lauter. »Gut, dann wird es ihm ja schon besser gehen. Dann kann er sich gleich mit Chief Inspector Fletcher unterhalten.« Aus dem Augenwinkel bemerkte sie, wie Bott vorsichtig die Augen öffnete.

»Ich hab ihm schon gesagt, daß er das muß. Aber er will nicht.«

»Nein? Tja, Sie kennen ihn natürlich viel besser als ich, aber man würde doch meinen, daß er demjenigen danken will, der ihm das Leben gerettet hat.«

»Das Leben gerettet?« rief Susan aus.

»Ja. Wußten Sie das nicht? Vielleicht hab ich es vorhin nicht erwähnt. Wir waren heute morgen auf dem Fluß, als er hineingefallen ist, und Mr. Fletcher ist hineingesprungen, um ihn an Land zu holen.«

Cherrys Rolle in diesem Drama zu erwähnen würde nur Verwirrung stiften. Außerdem war eine Rettung solo viel eindrucksvoller.

»Tatsächlich?«

»Allerdings. Meinen Sie nicht, daß er ihm wird danken wollen? Ach so, vielleicht ist er ja gar nicht dankbar. Vielleicht stimmt es ja doch, was Lord DeLancey behauptet: daß Mr. Bott versucht hat, sich umzubringen.«

»Das hab ich nicht!« brüllte Bott.

Daisy wandte sich mit einem strengen Blick zu ihm. »Nein? Aber warum sollten wir Ihnen das glauben, wenn Sie noch nicht einmal Ihre Behauptung belegen wollen, daß er Basil umgebracht hat?«

»Ich sag es ja schon«, schmollte Bott genau in dem Augenblick, als Alec ins Zimmer stürmte. Hinter ihm stand die Krankenschwester an der Schwelle, und Tom und Piper linsten ihr über die Schulter.

»Hier hat jemand geschrien!« Alec blickte sich rasch im Zimmer um. Es war viel zu klein, als daß ein Eindringling sich darin hätte verbergen können. Sein Blick ging zu Daisy.

Sie schenkte ihm ein selbstzufriedenes Lächeln. »Mach dir keine Sorgen«, sagte sie. »Es wird dich freuen, daß Mr. Bott sich mittlerweile ausreichend erholt hat, um dir den Rest seiner Geschichte zu erzählen.«

Die Schwester ging an Alec vorüber und legte Bott eine Hand auf die Stirn. »Sie haben ja ganz schön Temperatur.« Sie packte sein Handgelenk. »Sind Sie sicher, daß Sie das aushalten?«

»Ja«, sagte er knapp.

»Ihr Puls ist ganz kräftig und regelmäßig, zugegeben. Sie haben zehn Minuten, Chief Inspector.« Sie blickte auf die Uhr, die an ihrem Kittel befestigt hing, und eilte wieder hinaus, wobei Tom und Piper nach links und rechts auswichen wie das Rote Meer vor Moses.

»In Ordnung«, sagte Alec. »Piper, kommen Sie bitte herein und machen Sie Notizen. Meine Damen …«

»Ich geh hier nicht raus«, sagte Susan störrisch.

»Susie, das wird schon …«

»Rede nicht, Horace, ich bleibe hier. Ende der Durchsage.«

Er streckte eine Hand nach ihr aus, und sie ging hinüber und nahm sie in ihre. »Mr. Fletcher«, sagte er und wirkte plötzlich ganz schüchtern, wie Daisy erstaunt feststellte. »Was ich jetzt zu sagen habe wird Miss Hopgood sehr aufregen. Ich wäre Ihnen dankbar, wenn Sie Miss Dalrymple erlauben würden, bei ihr zu bleiben.«

Alec schloß die Augen. Seine Lippen bewegten sich lautlos, als bete er zum Himmel um Anteilnahme für sein Los. Vielleicht zählte er auch nur schnell bis zehn. Dann öffnete er die Augen wieder. »Wie Sie wünschen, Mr. Bott. Sergeant Tring ...« Er ging zur Tür und sagte leise etwas zu Tom, der entschwand.

Alec schloß die Tür und stellte sich an das Fußende des Bettes. »Horace Bott, ich muß Sie darauf hinweisen, daß alles, was Sie jetzt sagen, schriftlich festgehalten wird. Es kann als Beweismaterial in einem gerichtlichen Verfahren gegen Sie verwendet werden.«

»*Ich* habe nichts Gesetzeswidriges getan. Das können Sie alles gegen Lord DeLancey verwenden.«

»Nun?«

»Zunächst mal vielen Dank«, begann Bott wenig herzlich. »Miss Dalrymple sagt, Sie hätten mich vor dem Ertrinken gerettet.«

»Ich hab nur Mr. Cheringham geholfen, Sie an Land zu holen.«

»Cheringham? Nun denn, trotzdem danke. Ich hab *nicht* versucht, mich umzubringen.«

»Freut mich. Sie behaupten, Lord DeLancey wollte Sie umbringen, damit Sie nicht reden?«

»Ganz genau.«

»Weil Sie Zeuge wurden, als er seinen Bruder angegriffen hat?«

»Ich habe gehört, wie sie sich mitten in der Nacht im Bootshaus der Cheringhams gestritten haben«, sagte Bott genüßlich.

Natürlich! dachte Daisy. Das mußte es sein. Alecs knappes Nicken zeigte ihr, daß er dasselbe dachte wie sie.

»Hat Lord DeLancey Sie gesehen?« fragte er.

»Ich glaube nicht. Aber alle waren so überzeugt, daß ich hingegangen war, da hat er es vermutlich auch geglaubt.«

»Würden Sie diese Aussage beeiden? Daß Sie die Gebrüder DeLancey gehört haben?«

»Ich kenne – kannte – Basils Stimme allzu gut, und er hat den Mann, der ihn anbrüllte, ›Ceddie‹ genannt.«

»Sie erheben damit eine sehr ernste Anschuldigung, Mr. Bott. Sie werden Verständnis dafür haben, daß ich weitere Informationen von Ihnen einfordern muß, um sie zu belegen. Fangen wir einmal damit an, was die beiden genau gesagt haben.«

»An die genauen Worte kann ich mich nicht erinnern. ›Ceddie‹ sagte irgendwas dahingehend, es sei ein Glück, daß Ambrose schon früh am Morgen den Durchlauf für den Thames Cup gehabt hätte, weil deswegen die ganzen Journalisten noch nicht dagewesen seien. Das sei denen noch zu langweilig gewesen. Denn sonst wären die Zeitungen voll mit Berichten über Basils Angriff auf mich gewesen. Aber wenn ich an dem Abend ins Bootshaus käme und er mich noch einmal verprügeln würde, dann würde ich garantiert vor Gericht ziehen, was man vor der Presse nicht mehr verheimlichen könnte.«

»Und was hat Basil darauf erwidert?« fragte Alec.

Bott wurde rot. »Etwas für mich außerordentlich Beleidigendes. Sie können nicht von mir erwarten, daß ich das wiederhole. Und dann hat er Cedric gesagt, er hätte sich nicht in Angelegenheiten einzumischen, die ihn nichts angingen. Cedric brüllte, daß ihn das sehr wohl etwas anginge. Ob es ihm passe oder nicht: Basil würde jetzt tun, was man ihm sagte. Daraufhin meinte Basil, auf keinen Fall würde er vor einem Feigling den Bückling machen. Er hat Cedric angeschrieen, er solle sich gefälligst schleichen, sonst würde es ihm noch leid tun. Ich hab befürchtet, Cedric würde das Bootshaus verlassen – wenn nicht gleich beide Brüder –, also bin ich gegangen. Ungefähr da werden sie angefangen haben, miteinander zu kämpfen.«

»Warum haben Sie mir das nicht schon gestern erzählt, Mr. Bott? Der Polizei Informationen vorzuenthalten ist ein ernstes Vergehen.«

»Ich war sicher, daß Sie Cedric DeLancey auch ohne mich auf die Spur kommen würden. Und bis zu dem Zeitpunkt, an dem Sie das herausgefunden hätten, hatte ich meine Rolle als Sündenbock zu spielen. Insbesondere, wenn Sie herausbekämen, daß ich mich in der Nähe des Bootshauses aufgehalten hatte. Sie hätten doch gar nicht mehr nach dem Mörder weitergesucht, oder?«

»Gemeinhin gebe ich mich nicht mit Sündenböcken zufrieden«, sagte Alec eisig. »Was hatten Sie eigentlich mitten in der Nacht am Bootshaus zu suchen?«

Mit trotzigem Blick entgegnete Bott: »Ich bin überzeugt, daß Sie sich das denken können, Chief Inspector.«

»Horace, nein!« Susan war entsetzt.

Er wandte den Kopf ab.

»Wenn ich raten soll«, sagte Alec, » sind Sie hingegangen, um den Vierer zu sabotieren.«

»Ach, Horace, du hast es mir doch versprochen!« Sie zog ihre Hand aus seiner.

»Na ja, ich hab ja auch nichts getan«, knurrte er gereizt.

»Wie sind Sie eigentlich auf diese Idee gekommen, Mr. Bott?« fragte Alec. »Sich auf diese Weise an Basil DeLancey zu rächen, meine ich.«

»Das war auf dem Rummel«, sagte Susan, als Bott mit der Antwort zögerte. »Wir standen hinter Miss Cheringham und Mr. Frieth in der Schlange, um mit dem Riesenrad zu fahren. Die haben uns nicht gesehen. Miss Cheringham fragte Mr. Frieth, ob er sich wirklich sicher sei, daß Horace dem Boot nichts tun würde.«

»Und haben Sie die Antwort von Mr. Frieth gehört, Miss Hopgood?«

»Ja. Er meinte, das sei nur eine alberne Idee, die Mr. DeLancey sich in den Kopf gesetzt hätte. Er könne nicht glauben, daß Horace ihm, Mr. Cheringham und Mr. Fosdyke das Rennen verderben würde, nur um sein Mütchen an Mr. DeLancey zu kühlen. Und Horace hat mir versprochen, er würde es nicht tun.«

»Wollte ich ja auch nicht«, knurrte Bott.

»Und warum haben Sie Ihre Meinung geändert, Mr. Bott?«

»Ich glaube nicht, daß ich es wirklich gemacht hätte.« Bott schloß die Augen und sprach düster, mit monotoner Stimme. »Es war nur – ich bin zurück ins Haus gegangen und in mein Zimmer. Alle wußten sie, daß ich an dem Morgen in den Fluß geschubst worden war. Daß ich die lange Strecke von Henley zu Fuß zurückgegangen war. Aber nicht einer dieser B… – nicht einer von denen hat nach mir geschaut, wie es mir geht. Und gefragt, ob ich mich unten zu ihnen gesellen will, hat natürlich auch keiner. Ich saß da oben und kochte vor Wut, bis ich schon gar nicht mehr geradeaus gucken konnte. Und dann beschloß ich, es ihnen allen mal zu zeigen. Es war blöd. Ich glaube nicht, daß ich es wirklich getan hätte.«

Während des kurzen Schweigens, das auf dieses Geständnis folgte, nahm Susan wieder seine Hand in ihre und drückte sie. Daisy hatte plötzlich Schuldgefühle, weil sie sich nicht nach ihm erkundigt hatte. Sie schaute Alec an. Sie sah das Mitleid in dem Blick, mit dem er Bott betrachtete, und sie fragte sich, wie sehr er selbst unter den Beleidigungen derer litt, die sich für gesellschaftlich höherstehend hielten.

Wenn sie erst einmal verheiratet wären, so schwor sie sich voll stiller Leidenschaft, würde sie das alles wettmachen.

Alecs professionelle Maske senkte sich wieder über sein Gesicht. Mit sehr sachlicher Stimme sagte er: »Nur um eine letzte Frage zu klären, Mr. Bott: wie wollten Sie denn ein Loch in das Boot machen?«

»Ich hatte mir überlegt, einen Bootshaken zu nehmen, aber ich war nicht sicher, ob ich im Dunkeln im Bootshaus einen finden würde. Der Mond schien zwar, aber ich wußte nicht mehr genau, ob es im Bootshaus Fenster gab. Bei offener Tür, so dachte ich, würde es gerade hell genug sein, um den Weg zum Boot auszumachen. Also hab ich einen meiner Heringe und einen Holzhammer mitgenommen.«

»Einen Holzhammer haben wir aber nicht entdeckt.«

»Nein.« Bott öffnete die Augen und grinste ihn etwas schief an. »Den Hering habe ich voller Panik ins Gebüsch geschmissen, als ich dachte, die DeLanceys kämen heraus und würden mich erwischen. Aber immerhin hatte ich meine sieben Sinne soweit beisammen, daß ich meinen einen und einzigen Holzhammer fest in der Hand behalten habe.«

»Hm. Nachvollziehbar.«

»Sie glauben mir?« fragte Bott überrascht. »Alles?«

»Sagen wir mal, ich tendiere dazu. Nur ein Jammer, daß wir keine konkreten Hinweise auf die Beteiligung von Lord DeLancey haben. Er muß an dem Abend auch Handschuhe getragen haben.«

»Typisch verweichlichtes höheres Söhnchen.«

»Was ist mit seinem Zettel?« fragte Daisy. »Das wäre doch der Beweis, daß die Einladung, sich auf Temple Island zu treffen, von ihm stammte.«

Alec wirbelte herum und starrte sie an. Er war diesmal nicht wegen der Unterbrechung verärgert, das sah sie an seinen schmalen, nachdenklichen Augen. In dem Augenblick öffnete sich die Tür und die Krankenschwester steckte den Kopf hinein.

»Jetzt ist es aber wirklich Zeit. Mein Patient muß endlich zur Ruhe kommen, Chief Inspector. Darauf muß ich bestehen.«

»Einen Augenblick noch, Schwester. Mr. Bott, der Zettel wurde nicht in Ihren Taschen gefunden, als wir Sie aus dem Wasser gefischt haben. *Was haben Sie damit getan?*«

»Ich hab ihn in meinem Zimmer in den Papierkorb geworfen.«

»Vielen Dank für Ihre Hilfe. Und auch für die Ihre, Miss Hopgood. Wir überlassen Ihnen Ihren Patienten, Schwester. Kommen Sie, Piper.«

Alec eilte aus dem Zimmer, dicht gefolgt von Piper. Daisy hastete im Laufschritt hinterher, um mitzuhalten. Sie zog gerade hinter sich die Tür zu, als Alec sich umdrehte, sie sah und sagte: »Mußt du nicht Miss Hopgood Beistand leisten, Daisy?«

»Sie braucht mich nicht mehr. Bott ist bei Bewußtsein, und du bist mit deiner Befragung fertig. Außerdem möchte ich nicht hier sitzen bleiben, wenn Ihr jetzt zurückfahrt. Als ich vorhin anrief, meinte Gladstone, es ginge Tish wieder besser. Ich möchte sie gern sehen und ihr erzählen, daß Bott sich erholt hat.«

»Was du eigentlich sagen willst: Du möchtest nichts von dem verpassen, was als nächstes passiert.«

»Das auch«, gestand sie mit einem sonnigen Lächeln.

Das seinige war etwas ironisch. »Tja. Mal wieder hab ich nicht die Zeit, um mich mit dir zu streiten. Ernie, bitte bleiben Sie hier vor Botts Tür als Wachposten. Ein Constable aus Henley müßte sich demnächst zu Ihnen gesellen – ich hab Sergeant Tring gebeten, per Telephon einen anzufordern. Ich glaub zwar nicht, daß Lord DeLancey noch einmal versuchen wird, Bott vor den Augen der Öffentlichkeit zu ermorden, aber man kann es auch nicht ganz ausschließen.«

»Jawoll, Chief. Soll ich ihn gleich festnehmen, wenn er auftaucht?«

»Nur, wenn er irgendwie an Ihnen vorbeikommt und Sie Zeuge werden, wie er Bott umzubringen versucht. Ansonsten halten Sie ihn auf, bis ich zurück bin. Und wenn das nicht geht, wenn er also wegläuft, dann rufen Sie mich bei den Cheringhams an.«

»In Ordnung, Chief.«

»Bestens. Dann wollen wir mal, Daisy.« Rasch ging er den Flur entlang.

»Glaubst du wirklich, Lord DeLancey versucht noch einmal, Bott zu ermorden?« fragte sie und eilte an seine Seite.

»Nicht, wenn er alle seine Sinne beisammen hat. Aber er tendiert dazu, den Kopf zu verlieren.«

»Das hat ja auch den ganzen Ärger im Großen Krieg verursacht«, keuchte Daisy.

Alec schaute sie mit erhobenen Augenbrauen an und ging langsamer. »Tatsächlich? Ich sollte mir mal den Rest dieser Geschichte anhören. Schließlich ist er jetzt unser Tatverdächtiger.«

»Ich weiß nur, was Tish mir erzählt hat. Die hat es von

Cherry: Lord DeLancey soll in Panik geraten sein und hat seine Leute regelrecht in ein Massaker geführt. Nur hat er von hinten geführt und ist daher der einzige, der unverletzt überlebt hat. Es hat nur noch zwei oder drei andere Überlebende gegeben, glaube ich. Das Ganze wurde vertuscht wegen der Stellung seines Vaters. Deswegen regt er sich immer so auf, wenn er fürchtet, daß über ihn getratscht werden könnte.«

»Also ein Feigling, der im Angesicht einer Gefahr völlig versagt.«

»Er kann nichts dafür, daß er Angst hat«, verteidigte Daisy zu ihrer eigenen Überraschung Cedric DeLancey. »Er hat nicht darum gebeten, in den Krieg geschickt zu werden. Ich meine, er hätte auch zu Hause bleiben können, wo doch Lord Bicester Mitglied der Regierung ist. Gut, der gesellschaftliche Druck war riesig, sich als Kriegsfreiwilliger zu melden. Michael meinte, es hätte viel mehr Mut erfordert, der öffentlichen Meinung die Stirn zu bieten, als …«

»Michael?« Alec blieb stehen und schaute sie stirnrunzelnd an. Seine buschigen braunen Augenbrauen trafen über der Nasenwurzel zusammen.

»Mein damaliger Verlobter. Er war Kriegsdienstverweigerer aus Gewissensgründen, ein Conscientious Objector. Du brauchst gar nicht so ekelhaft abfällig zu gucken.« Daisy versuchte krampfhaft, die aufsteigenden Tränen zu bekämpfen. »Er war bei einer Ambulanzeinheit der Quaker und ist gefallen, als seine Ambulanz auf eine Landmine fuhr.«

Alec nahm ihre beiden Hände in seine und sagte still: »Es tut mir leid. Ich wollte bestimmt nicht verächtlich dreinschauen. Du mußt es mir erklären … aber jetzt geht es nicht so gut.«

»Nein. Bitte verzeih, ich wollte es auch gar nicht erwähnen.« Sie schniefte leicht. »Da kommt Mr. Tring.«

Alec drückte kurz ihre Hand und war dann wieder ganz geschäftlich. Eilig ging er dem Sergeant entgegen.

»Wollte nur mal sehen, ob die Krankenschwester Sie schon rausgeschmissen hat, Chief. Was steht als nächstes an?«

»Eine Umkehr, Tom, die steht jetzt an. Wir fahren zurück nach Bulawayo.«

»In Ordnung, Chief. Von den Kollegen aus Henley ist einer auf dem Weg. Wir fahren nicht nach Crowswood Place?«

»Nein. Wenn DeLancey dort ist, dann kann er auch gut dort bleiben.«

»Ihr werdet nach seinem Zettel an Bott suchen?« Daisy mußte schon wieder traben, um mit ihnen Schritt zu halten.

»Ja. Möglicherweise ist das der einzige konkrete Hinweis. Ich fürchte nur, daß DeLancey sich vielleicht auch daran erinnert und sich auf die Suche macht. Er hat immer die Ausrede, daß er die Sachen von seinem Bruder zusammenpacken muß. Mit der kommt er ins Haus und kann dort oben herumwühlen.«

»Er weiß doch gar nicht, daß Bott den Zettel in den Papierkorb geworfen hat«, bemerkte Daisy atemlos.

»Nein, aber er könnte trotzdem hoffen, den Zettel in Botts Zimmer zu finden. O je! Haben die Zimmermädchen etwa schon die Papierkörbe geleert?«

»Heute ist Sonntag«, sagte Daisy keuchend, während sie in den etwas diesigen Sonnenschein hinaustrat, Alec auf den Fersen, dicht gefolgt von Tom. Erleichtert sah sie, daß der gelbe Chummy in der Nähe stand. »Ich vermute, daß die Aushilfen aus dem Dorf heute nicht Dienst haben, so daß die Schlafzimmer nur ganz oberflächlich aufgeräumt sein dürften. Ich setz mich mal nach hinten, Mr. Tring.«

»Gute Idee, Miss.«

Der kleine Austin sackte unter Toms Gewicht ein, als er sich neben Alec auf den Beifahrersitz warf, der gerade den Anlasser drückte.

Der vom Mechaniker von Scotland Yard immer bestens in Schuß gehaltene Motor surrte leise auf. Sie sausten die Straße entlang.

»Seit Ernie und ich DeLancey verlassen haben, hatte er jede Menge Zeit, nach Bulawayo zu fahren und den Zettel zu vernichten«, sagte Alec und bog zügig um die Ecke. Glücklicherweise war der Verkehr an diesem Sonntagmorgen noch sehr gering. Vielleicht lag es auch an den Feiern des vorangegangenen Abends. »Ich kann nur beten, daß er die Zusammenhänge nicht allzu rasch begriffen hat. Hoffentlich überlegt er sich derzeit noch ausführlich, was jetzt zu tun ist.«

»Wär auch prima, wenn wir nicht den ganzen Hausmüll durchgehen müssen«, sagte Tom.

Sie bogen in die Marlow Road ein. Als sie aus der Stadt heraus waren, trat Alec fest auf das Gaspedal. Daisy erwartete halb, Lord DeLancey zu sehen, wie er auf dem Weg zum Townlands Hospital an ihnen vorbeiraste, um dort Bott endgültig zu beseitigen. Doch sie kamen an den Toren von Crowswood Place vorbei, ohne irgendwelchen Automobilen zu begegnen.

»Hören Sie mal, Chief, wir sind hier nicht beim Autorennen! Die Bootsrennen haben mir gereicht«, protestierte Tom, während der Austin um eine Kurve raste. »Es hilft nicht viel weiter, wenn wir als Leichen ankommen.«

»Tut mir leid.« Alec fuhr langsamer, aber nicht sehr. »Ich trete mir nur gerade selbst in den Allerwertesten, daß ich nicht vom Krankenhaus aus auf Bulawayo angerufen habe. Das ganze Haus ist voll kräftiger junger Männer, die durchaus in der Lage wären, DeLancey von seinem Vorhaben abzubringen.«

»Cherry weiß, daß Lord DeLancey unter Verdacht steht«, erinnerte ihn Daisy, die sich an der Tür festklammerte. »Vermutlich wird er ihn im Auge behalten, falls er da aufgetaucht ist. Solltest du also gerade den Fuß zum In-den-Allerwertesten-Treten benutzen, mit dem man sonst auf die Bremse tritt, dann laß das doch freundlicherweise wieder.«

Zwar lachten Alec und Tom, doch gab es keine bemerkenswerte Verringerung der Fahrgeschwindigkeit, bis sie in die Auffahrt von Bulawayo einbogen.

Auf dem Rasen vor dem Haus spielten Poindexter, Wells, Leigh und Meredith Croquet. Alec hielt in ihrer Nähe. »Haben Sie Lord DeLancey gesehen?« rief er.

»Nein, Sir, heute nicht.«

»Wir sind seit einer Stunde draußen, ungefähr«, fügte Leigh hinzu.

»Danke.« Alec winkte und fuhr zum Haus. »Tom, suchen Sie sich bitte einen Ort im Haus, von dem aus Sie ihn sehen können, wenn er vorfährt. Wenn er kommt, warten Sie, bis er im Haus ist. Dann lassen Sie die Luft aus seinen Reifen. Falls er nicht auf der Suche nach dem Notizzettel ist, erklären wir ihm das später schon irgendwie.«

»Was hast du vor, Alec?« fragte Daisy, während sie ausstieg.

»Ich will ihn auf frischer Tat ertappen, aber bevor er den Zettel vernichten kann.« Alec klingelte im Vorbeigehen an der Tür, durch die sie alle schon eintraten. Der Butler kam durch die mit grünem Boi bezogene Tür im hinteren Bereich der Eingangshalle. »Gladstone, ich würde gerne Sergeant Tring an einem Fenster postieren, von dem man gute Sicht auf die Auffahrt hat.«

»Darf ich das Speisezimmer vorschlagen, Sir?« Gladstone war durch nichts aus der Fassung zu bringen. Er öffnete die Tür zu dem Raum, und Tom setzte sich ans Fenster.

»Wir erwarten Lord DeLancey«, sagte Alec eilig.

»Der Mr. DeLanceys Koffer abholen möchte?«

»Das wird er ohne Zweifel behaupten. Wenn Sie an die Tür gehen, zeigen Sie ihm bitte den Weg nach oben, begleiten Sie ihn aber nicht.«

»Sehr wohl, Sir.«

»Welches ist das Zimmer von Bott?«

»Die letzte Tür links im rechten Flügel, gegenüber der Dienstbotentreppe.«

»Gibt es da eine Tür zu dieser Treppe?«

»O ja, Sir. Die übliche Schwingtür, gepolstert, um keine Geräusche durchzulassen.«

»Wunderbar. Vielen Dank.« Alec ging zur Treppe. Als Daisy ihm folgte, wandte er sich zu ihr und schüttelte den Kopf. »Du hältst dich aus dieser Sache raus. Cedric DeLancey ist unberechenbar und äußerst gefährlich.«

»Ich weiß, Darling. Ich werd euch auch nicht im Weg sein, versprochen. Aber ich muß mich wirklich umziehen.«

Er musterte sie einmal von oben bis unten, und in seinen grauen Augen leuchtete unterdrückte Heiterkeit. »Vielleicht ist das eine gute Idee, Liebes«, gab er zu.

»Brauchst gar nicht so zu grinsen, du siehst nicht wesentlich besser aus«, erwiderte Daisy.

Sie ließ sich im Schlafzimmer und Badezimmer Zeit, denn obwohl sie ihr Versprechen halten wollte, zögerte sie doch, sich allzu weit vom Schauplatz zu entfernen. Schließlich schwebte auch Alec in Gefahr. Sie stand in Tishs Schlafzimmer, als sie ein Automobil vorfahren hörte. Diskret linste sie aus dem Fenster und sah, wie Lord DeLancey aus einem dunkelgrünen Sportwagen von Bentley stieg.

Gladstone mußte neben Tom Stellung bezogen haben, denn er ließ Lord DeLancey sofort ins Haus. Eine Minute später erschien Tom und kniete sich an der Seite des Bentley nieder, um das Ventil des Vorderreifens aufzuschrauben.

»Hoppla, was geht denn da vor?« rief einer der Croquet-Spieler. Alle ließen sie ihr Spiel bleiben, um sich um den Sergeant zu versammeln. Daisy wartete die Antwort Toms nicht ab. Sie ging zur Tür, öffnete sie leise und schaute durch den Spalt. Kein Anzeichen von Lord DeLancey auf dem Treppenabsatz oder im Flur gegenüber. Dann erschien Alec aus der Dienstbotentür, schlich über den Flur und öffnete die Tür zu Botts Zimmer.

Schritte donnerten die Treppe hinauf. Meredith und Wells rasten über den Treppenabsatz, Leigh und Poindexter dicht auf ihren Fersen. Daisy sah über die Schultern der vier hinweg, wie wütend Alec die jungen Männer anschaute. Dann geriet er aus dem Gleichgewicht: DeLancey drängte sich an ihnen allen vorbei.

»Fuchs gesichtet!« rief Leigh aus.

DeLancey sauste durch die Schwingtür der Dienstbotentreppe und verschwand. Ihm folgten die Ruderer mit lauten Rufen, als wären sie auf einer Fuchsjagd.

»Tally-ho!«

»Aus der Sicht!«

»Yoiks!«

»So-ho! So-ho!

»Verdammt!« Alec blickte der Meute wütend hinterher und eilte zur Haupttreppe. Als er Daisy sah, machte er eine Geste in Richtung von Botts Zimmer. »Daisy, könntest du da bitte mal nachschauen?«

»In Ordnung.« Sie eilte in den Wäscheraum. Botts Klappbett füllte praktisch das gesamte Zimmer aus. Ein gräßlicher viktorianischer Blumenständer aus bemaltem Papiermaché hatte wohl als Nachttischchen gedient. Das Regal war von der Wäsche freigeräumt worden und war als Schrank genutzt worden. Botts Kleidung lag jedoch unordentlich im Zimmer verstreut, und überall auf den zerknüllten Hemden und Westen waren Heringe verteilt.

Auf dem Bett lag ein Kleiderbügel, ein Jackett war halb nach außen gewendet, und dann war da ein geflochtener Papierkorb, umgestoßen, daneben ein kleiner Haufen mit seinem Inhalt: eine leere Packung Woodbines, verbrauchte Streichhölzer, die Quittung eines Tabakladens, eine Einlaßkarte für die General Enclosure und ein zerknülltes Stück Papier.

Lord DeLancey konnte das unmöglich übersehen haben. Alec mußte ihn genau in dem Augenblick gestört haben, als er den Papierkorb leerte.

Daisy nahm sich den Zettel und hielt gerade so lange inne, um sich zu vergewissern, daß es sich tatsächlich um die Einladung nach Temple Island handelte. Dann sauste sie Alec hinterher.

Auf halber Treppe sah sie ihn an der Eingangstür mit Tom Tring und Gladstone stehen.

»Alec, ich hab ihn!«

Sie winkte mit dem Zettel, als alle drei sich umdrehten. Alec lief einen Schritt auf sie zu, doch plötzlich ging sein Blick hinter sie. Auf der vorletzten Stufe wandte Daisy sich um. Über das Geländer hinweg sah sie, wie sich die Dienstbotentür hinten in der Eingangshalle öffnete.

Lord DeLancey eilte in die Eingangshalle. Während sich die Tür hinter ihm schloß, hörte Daisy das Bellen der Meute auf seiner Spur. Sein blasses, entsetztes Gesicht und seine vor Schrecken geweiteten Augen erinnerten sie wieder einmal daran, warum sie nie an Fuchsjagden teilnehmen wollte.

Alec ging hinüber, um ihn zu verhaften. »Lord DeLancey …«

Mit einem verzweifelten Aufschrei schoß DeLancey durch die nächste Tür in die Bibliothek. Wells brach gerade noch rechtzeitig durch die Dienstbotentür heraus, um ihn dabei zu sehen. Mit triumphierenden Hallo-Gebrüll donnerten er und seine Freunde hinter ihrer Beute her.

Aber der Fuchs war noch lange nicht gestellt.

»Er wird es durch ein Fenster versuchen«, rief Alec und änderte die Richtung. »Tom, wir müssen ihn vorher abfangen.« Er lief in den Salon, dicht gefolgt von seinem Sergeant.

Während sie hinter ihnen hereilte, war Daisy sich nicht mehr sicher, auf wessen Seite sie eigentlich stand.

19

Oben auf den Stufen zur Terrasse hatte Daisy einen ausgezeichneten Blick auf das, was sich jetzt abspielte.

Auf halber Strecke den Rasen hinunter holten die vier Männer von Ambrose Alec und Tom ein. Sie waren aufgehalten worden, als sie alle durch dasselbe Fenster in der Bibliothek steigen mußten. Cherry und Rollo hatten einen Vorsprung, denn sie waren von der Seite hinzugekommen – sie hatten mit Tante Cynthia und den Mädchen unter der Kastanie gesessen, als die Jagdmeute in ihre Richtung schwenkte.

Alles bewegte sich auf den Landesteg zu, auf dem Lord DeLancey bereits an einem der Boote kniete und hektisch mit einem Taschenmesser auf die Vorleine einhackte.

Endlich hatte er sie durchschnitten. DeLancey sprang ins Boot, stieß sich vom Landesteg ab, nahm zwei Ruder und paßte sie in die Dollen ein. Er ruderte schon hinaus auf den Fluß, als Rollo und Cherry zum zweiten Boot galoppierten.

»Keine Ruder da!« rief Rollo entsetzt aus.

Cherry wirbelte herum. »Fletcher!«

Alec änderte den Kurs und lief zum Bootshaus. Während er in seiner Hosentasche nach dem Schlüssel zum Vorhängeschloß suchte, mußte er langsamer werden.

Poindexter holte ihn ein. »Ich hab ein Paar hier verstaut, als wir das am Morgen entführte Boot von Temple Island zurückgebracht haben.« Er holte zwei Ruder aus dem Gebüsch und eilte zum Steg.

Zu dem Zeitpunkt saßen Cherry und Rollo schon auf den Ruderbänken und Meredith auf der Rückbank, während Wells das Steuer in seine Halterung montierte. Alec öffnete dennoch die Tür zum Bootshaus. Leigh sauste hinein und brachte ein weiteres Paar Ruder, das er und Poindexter mit ausgestreckten Armen an Cherry weiterreichten, während sich die Lücke zwischen Boot und Ufer bereits vergrößerte.

Lord DeLancey näherte sich der Mitte des Flusses. Er ruderte stromabwärts zum anderen Ufer. Ein kleines, lautes Motorboot und mehrere andere Ruderboote kamen ebenfalls auf dieser Strecke von Henley herunter, wobei sie sich rechts hielten, dicht am Ufer von Berkshire.

Daisy schaute hinunter nach Hambleden. Im Augenblick war nicht zu sehen, ob ein Boot stromaufwärts kam, doch in der Flußbeuge hatten einige Boote an den Stegen und Pontons der Schleuse festgemacht. Sie warteten offenbar darauf, in diese hineinzufahren, also füllte sie sich anscheinend gerade mit Wasser, um die Höhe des oberen Flußteils zu erreichen.

Wußte Lord DeLancey über die Schleuse Bescheid? Spätestens dort würden ihn seine Verfolger dingfest machen. Oder hatte er vor, an das Ufer von Remenham zu gelangen und dort zu Fuß weiterzulaufen? Er würde nicht sehr weit kommen. Wahrscheinlich aber war er so von Panik ergriffen, daß er überhaupt keinen Plan hatte.

Während Meredith am Steuer die schnelle Strömung in Richtung der Schleuse an der nahegelegenen Seite des Flusses nutzte, näherten sich Cherry und Rollo zusehends DeLancey.

»Da können wir kaum etwas machen«, sagte Alec, der sich neben Daisy gestellt hatte, »bevor er an Land geht.«

»Oder die Schleuse erreicht.«

»Die ist gleich um diese Flußbiegung?«

»Ja, auf der rechten Seite. Die Boote da drüben stehen anscheinend an, um hineinzufahren, wenn das Wasser – ach, das Tor muß sich gerade geöffnet haben. Da kommt eine Barkasse.«

Deren offenbar bestens gepflegter Motor summte wie eine Biene. Die Barkasse steuerte in rascher Fahrt auf die Mitte des Flusses zu, um dem Verkehr stromabwärts aus dem Weg zu gehen. Meredith sah sie kurz nach Daisy. Sein Warnruf war über das Tuckern der Barkasse zu hören, Rollo und Cherry ruderten zurück.

Lord DeLancey aber zerrte an seinen Rudern mit einer fast wilden Hast. Die Barkasse trötete laut auf, ein Ausweichmanöver in letzter Sekunde – zu spät.

Das Holz des Bootes zersplitterte beim Zusammenstoß mit der Barkasse. Der schräg verlaufende Aufprall schleuderte DeLancey in den Fluß.

Er schwamm stromabwärts von der Barkasse fort, in einer langen Tangente, um das Ufer von Buckinghamshire zu erreichen. Die starke Strömung zerrte förmlich alles zur Schleuse. Meredith, Cherry, Rollo, die Männer auf der Barkasse – alles brüllte DeLancey zu. Er hörte sie nicht oder achtete nicht auf sie, jedenfalls machte er keine Anstalten, direkt ans Ufer zu schwimmen.

Aus der Entfernung, von der Treppe über dem Garten aus, wirkte das rasch dahinfließende Wasser so glatt wie Glas. Doch unter seiner glänzenden Oberfläche waren wirbelnde Unterströmungen verborgen. DeLanceys dunkler Schopf hüpfte darauf wie ein Angelkork auf und ab und versank dann in den Fluten.

»Ertrunken«, bestätigte Alec erschöpft und ließ sich neben Daisy auf das Gras im Schatten der Kastanie fallen. Man hörte auf zu kauen oder in den Tassen herumzurühren.

Alles schwieg. Nur ein Reiher, der gemächlich den Fluß entlangflog, gab ein lautes Krächzen von sich. Irgendwo ging ein nervöses Kichern rasch zu einem Husten über, wodurch der Bann gebrochen war. Wohlerzogene Stimmen murmelten Höflichkeiten, und Porzellantassen klapperten auf Untertassen.

»Einen Tee, Mr. Fletcher?«

»Bitte, Lady Cheringham. Und ein Sandwich oder zwei, wenn ich darf. Wenn ich mich recht erinnere, habe ich weder ein Frühstück noch ein Mittagessen gesehen.«

Daisy sprang auf und stapelte auf einem Teller Gurkensandwiches, Sandwiches mit Kresse und mit Gentleman's Relish und darauf wiederum zwei Scones mit Butter. »Du hast

Glück, mein Liebling«, sagte sie und reichte ihn Alec. »Die Köchin bereitet immer noch Mahlzeiten zu, die eigentlich am Appetit von jungen Ruderern ausgerichtet sind.«

»Ach, da fällt mir doch etwas ein.« Der erste Scone blieb auf halbem Wege zu seinem Mund in der Luft hängen, und er erhob die Stimme: »Gentlemen, Sie sind selbstverständlich jetzt entlassen, wenn Sie abreisen möchten. Aber es sei Ihnen allen gedankt. Sie waren die hilfsbereiteste und tatkräftigste Gruppe von Tatverdächtigen, die ich jemals die Freude hatte nicht festnehmen zu müssen.«

Alles lachte. Daisy vermutete, daß sich bei den vier jungen Männern die aufregende Geschichte der Tragödien der vergangenen Tage bereits zu einer großartigen Anekdote verdichtete, die in Zukunft erzählt und wiedererzählt werden würde.

Anscheinend befürchtete das auch Alec, denn er fügte hinzu: »Ich zähle auf Sie, daß Sie diese Angelegenheit fürs erste vertraulich behandeln. Diese Untersuchung ist noch nicht gänzlich abgeschlossen, und ich möchte vermeiden, daß unschuldigen Menschen durch Gerüchte geschadet wird.«

Es gab enttäuschtes, aber doch zustimmendes Murmeln.

»Weiß Fosdyke, daß er abreisen kann?« fragte Daisy Alec.

»Ich hab Tom gebeten, im Catherine Wheel anzurufen, bevor er sich mit Gladstone zum Tee setzt. Mir wurde berichtet, er hätte im Krankenhaus gefrühstückt ...«

»Ja, man hat uns etwas gebracht, obwohl ich die Küche nicht empfehlen kann. Weißt du, wie es Bott geht?«

»Ich bin vorbeigefahren und habe ihm erzählt, was geschehen ist und daß er nicht mehr als Tatverdächtiger gilt. Er hat noch etwas Fieber. Die behalten ihn über Nacht noch da, aber der Arzt scheint das nur als Vorsichtsmaßnahme zu betrachten. Er ist zu durchtrainiert, um gleich einen Infekt zu bekommen. Miss Hopgood freut sich, daß sie heute abend schon zurückfahren kann. Dann muß sie keinen Urlaubstag nehmen.«

»Sehr schön. Was ist mit dir?«

»Ich hab hier noch ein paar Dinge zu regeln. Dann treffe ich die drei Chief Constables der Region im Polizeirevier von Henley.« Er schaute auf seine Armbanduhr. »In einer halben Stunde. Also laß mich jetzt bitte in Frieden essen, mein Herz.«

»Aber bitte, gerne.«

Leigh und Meredith, Poindexter und Wells verabschiedeten sich gerade von ihrer Gastgeberin, und Daisy gesellte sich dazu, um ihnen auf Wiedersehen zu sagen. Cherry, Rollo und Dottie wollten noch ein paar Tage auf Bulawayo bleiben.

Rollo zog Daisy beiseite. »Ich mach mir wegen Tish verflixt Sorgen », sagte er zu ihr. »Diese ganze gräßliche Geschichte hat sie fürchterlich mitgenommen.«

Daisy blickte zu ihrer Cousine, die an der Seite ihrer Mutter saß. Sie war sehr blaß, wirkte schwach, und es war offensichtlich, daß sie nur mit Mühe das sich verabschiedende Quartett anlächeln konnte.

»Sie ist es auch nicht gerade gewöhnt, daß alle paar Tage jemand ermordet wird oder ertrinkt«, sagte Daisy. »Das ist Schlag auf Schlag gegangen, und man konnte sich nie richtig von einem Schock erholen, da kam schon der nächste. Ich bin überzeugt, daß ihr ein paar Tage Ruhe unendlich guttun werden. Passen Sie nur ein bißchen auf sie auf.«

»Ich wünschte, dazu hätte ich das Recht!« brach es aus Rollo heraus.

»Haben Sie sich schon entschieden, ob Sie doch den Abschluß machen wollen?«

Er zuckte zusammen. »Um ehrlich zu sein, fürchte ich mich entsetzlich vor noch einem weiteren Jahr Vorlesungen und Essays und Übungen. Ich bin dafür nicht der Richtige.«

Daisy schaute ihn direkt an. »Es hängt ja auch ein bißchen davon ab, ob Sie finden, daß Tish die Mühe lohnt, nicht wahr?«

Rollo wirkte erschrocken, als hätte er nie zuvor in diese Richtung gedacht. Er wurde rot. »Ja, also, wenn Sie das so formulieren ...« Er schaute kurz zu Tish, die ihm ein zittriges

Lächeln schenkte. »Verflixt noch eins, ich werd's versuchen«, sagte er geradezu tollkühn. »Ich würde für sie gegen jeden Drachen der Welt kämpfen. Was sind dagegen schon ein paar Dons?«

»Prachtvoll! Dann gehen Sie mal hin und sagen sie ihr das. Das wird sie bestimmt aufheitern.«

Sie schaute ihm nach, wie er zu Tish hinüberging. Die beiden spazierten an den Fluß, als Alec sich erhob. Sie gesellte sich zu ihm.

»Jetzt bin ich wieder ein Mensch«, sagte er und stellte seinen leeren Teller und die Tasse auf den Teewagen. »Aber leider muß ich los. Lady Cheringham, meine Leute werden heute abend mit dem Zug nach London zurückkehren. Wenn ich Ihre Gastfreundschaft noch einmal in Anspruch nehmen dürfte, würde ich gerne bis morgen hierbleiben. Es gibt einige Dinge, die ich erst morgen früh erledigen kann. Anschließend kann ich Daisy in die Stadt mitnehmen.«

»Sie sind mir sehr herzlich als Gast willkommen, Mr. Fletcher«, versicherte ihm Tante Cynthia.

»Prachtvoll!«

Alec grinste Daisy an. »Während ich weg bin, wirst du Zeit haben, deine Notizen von Botts Aussage zu tippen. Betrachte das als Strafe für …«

»… meine Einmischung«, sagte Daisy, zog eine kleine Grimasse, folgte ihm aber pflichtschuldig ins Haus.

Nachdem sich so viele verabschiedet hatten, gab es an dem Abend ausreichend Schlafzimmer für alle. Daisy war schon im Bett und wollte gerade das Licht ausmachen, als Tish nach kurzem Klopfen eintrat.

»Daisy, kann ich dich kurz sprechen?«

»Aber natürlich.« Daisy schlug mit der Hand leicht auf die Bettkante. »Komm herein und setz dich.«

Erschrocken sah sie, daß die Augen ihrer Cousine rot und geschwollen waren. Tante Cynthia hatte sie direkt nach dem Tee zu Bett geschickt, weil sie so erschöpft aussah. Man hatte ihr das Abendessen auf einem Tablett ins Zimmer gebracht, so daß Daisy sie seit ihrer Unterredung mit Rollo nicht mehr gesehen hatte. Jedenfalls wirkte es nicht so, als hätte sie vor lauter Glück geweint.

Andererseits war Daisy überzeugt, daß Tish Rollo liebte. Hatte er es sich im letzten Augenblick doch noch anders überlegt? Sie erinnerte sich, daß er den ganzen Abend eher still gewesen war.

»Was ist denn?« fragte sie.

»Ach Daisy, ich *muß* es einfach jemandem erzählen! Aber es ist alles so schrecklich ... Ich kann es nicht ertragen ...« Ein Schluchzen entrang sich ihr.

Daisy streckte die Hand nach dem Taschentuch auf ihrem Nachttischchen aus und lehnte sich vor, um einen Arm um Tishs Schultern zu legen. »Hier, Liebes. Das hat doch nichts mit Rollo zu tun?«

»Eigentlich nicht. Na ja, irgendwie doch. Er hat gefragt, ob ich seine Frau werden möchte – wir wären lange verlobt, aber was macht das schon? Ich hab gesagt, ich müßte darüber nachdenken, weil ich es nicht ertragen konnte, ihn zu enttäuschen. Aber ich kann doch nicht zulassen, daß er eine Mörderin heiratet!«

Daisy schwamm der Kopf. Sie versuchte nachzudenken, lehnte sich zurück und nahm beide Hände von Tish in ihre. »Basil DeLancey?«

Tish nickte, die Augen geschlossen. Obwohl sie sie fest zusammenpreßte, zitterten ihr die Lippen.

»Liebes, wie schrecklich! Erzähl es mir.«

»Ich bin damals in der Nacht aufgewacht.« Die Worte sprudelten förmlich aus ihr heraus. »Ich machte mir Sorgen wegen Bott und des Vierer-Boots. Es war Rollos letzte Chance auf einen Pokal, und ich dachte, wenn er nicht gewinnt, geht er von der Uni ab, und das wäre dann das Ende von uns beiden. Du weißt ja, wie schrecklich einem die Dinge um zwei Uhr nachts erscheinen.«

»Fürchterlich«, stimmte Daisy zu.

»Alles wirbelt einem im Kopf durcheinander, und man kann einfach nicht mehr geradeaus denken. Rollo und Cherry waren beide sicher, daß Bott dem Boot nichts tun würde, aber sie waren genauso sicher, daß Basil DeLancey nicht Wache schieben würde. Irgendwann war mir klar, daß ich nicht wieder einschlafen würde, wenn ich keine Gewißheit hätte. Also hab ich mich zum Bootshaus hinausgeschlichen.«

»Und da war der Honourable Basil und wartete auf Bott.«

»Ich hab ihn erst gesehen, als er sich zwischen mich und die Tür gestellt hat. Der Mond leuchtete direkt durch die Fenster, aber durch den Efeu von Mutter ist es drinnen doch ziemlich dunkel. Du weißt ja, wie gespenstisch Mondlicht wirkt.«

Daisy erinnerte sich an ihren eigenen kleinen Ausflug und nickte. »Hat er dich für Bott gehalten?«

»O nein, keineswegs. Er mich ›pretty Patsy‹ genannt. Den Spitznamen *verabscheue* ich! Und er meinte, er sei richtiggehend froh, daß ich ihm jetzt ein bißchen Zuwendung geben wollte. Meine Gesellschaft wäre ihm viel lieber als die von Bott. Er kam immer näher und sagte alle möglichen gräßlichen Sachen. Ich hab ein Ruder aus dem Gestell gegriffen und ihm gesagt, er sollte mich vorbeilassen, sonst würde ich ihn schlagen. Aber er blieb einfach nicht stehen, bis ich nicht mehr ausweichen konnte. Also hab ich ihn geschlagen.«

Tish vergrub ihr Gesicht in den Händen. Daisy umarmte sie. »Du meine Güte, Liebes, wie schrecklich!«

»Er hat sich geduckt, aber das Ruderblatt hat ihn an der Seite vom Kopf getroffen. Ich hätte nicht gedacht, daß ich ihm damit eine Verletzung zufügen könnte. Aber möglicherweise hat die Hebelwirkung … Er ist jedenfalls gestürzt und noch ein Stück über den Boden gerutscht. Und dann lag er nur noch da, bewegungslos. Ich hab das Ruder fallen lassen, aber mir fiel ein, wie sehr das Rollo ärgern würde, wenn er es fände. Also hab ich es zurück ins Gestell getan. Ich wollte gerade nach DeLancey sehen, ob er schwer verletzt war, da stand er auf. Ein Mondstrahl schien auf sein Gesicht, und er sah furchtbar wütend aus, fast teuflisch. Da bin ich einfach weggelaufen.«

»Was man dir wirklich nicht verdenken kann. Kein Wunder, daß du so panisch warst, als er in unser Zimmer eingedrungen ist. Du mußtest ja denken, er sei hinter dir her.«

»Da warst du wirklich großartig, Daisy! Ich war überzeugt, du hattest recht damit, daß er nur betrunken war. Er hätte sich nicht so schlecht benommen, wenn er nicht zu viel getrunken hätte. Nie hätte er es ins Haus zurückgeschafft, wenn er schwer verletzt gewesen wäre, dachte ich. Ich wußte nicht, daß Menschen mit einer solchen Verletzung erst viel später zusammenbrechen.«

»Ich auch nicht. Wir werden einfach beide damit leben müssen, daß wir den Ernst der Lage nicht haben ermessen können.«

»Aber ich trage die Verantwortung dafür. Ich kann dir gar nicht sagen, wie schrecklich mir das war, als er gestorben ist.« Tish schauderte. »Und dann hatte ich solche Angst, Alec würde herausbekommen, daß ich es war, die ihn geschlagen hat. Schließlich dachte ich, Bott würde festgenommen und ich müßte ein Geständnis ablegen, um ihn vor dem Strang zu bewahren.«

Mit großer Erleichterung sagte Daisy: »Ich bin froh, daß du Bott nicht allein gelassen hättest.«

»Das ist doch selbstverständlich. Das alles war wie ein Albtraum, der immer weiterging, ich konnte einfach nicht aufwachen. Als Bott verletzt wurde, sagte Cherry, Lord DeLancey hätte ihn angegriffen, weil er Basil umgebracht hat. Also war ich daran auch wieder schuld.«

»Moment. Wenn Lord DeLancey seinen Bruder doch nicht erschlagen hat, dann hat er vielleicht gedacht, daß Bott es war. Aber Bott ist überzeugt, er hätte nur Angst gehabt, jemand könnte herausfinden, daß er im Bootshaus gewesen war.« Daisy wußte, daß ein Zirkelschluß in ihrer Argumentation steckte, ohne daß sie ihn benennen konnte. Sie konzentrierte sich lieber darauf, Tish zu trösten. »Bott hat gehört, wie sich die DeLanceys gestritten haben.«

»Tatsächlich? Vermutlich hatte Lord DeLancey genau davor Angst. Aber trotzdem war es eigentlich meine Schuld! Wenn Basil nicht gestorben wäre, hätte Lord DeLancey Bott nicht angegriffen, und er wäre nicht ertrunken. Also bin ich eine doppelte Mörderin, sogar eine dreifache, wenn Bott auch noch stirbt …«

»Das wird er nicht. Alec sagt, es geht ihm sehr gut.«

»… also wie kann ich da Rollo heiraten?« heulte Tish auf.

»Liebes, du bist *keine* Mörderin. Du hattest nicht geplant, Basil DeLancey umzubringen. Deiner Tat fehlt, was die Juristen ›Heimtücke‹ nennen. Und außerdem war es Notwehr. Er hat dich bedroht. Kein Mensch wird behaupten, daß du ihn geschlagen hättest, wenn er dich nicht zuerst angegriffen hätte.«

Tish hob ihr tränennasses Gesicht. »Meinst du, Rollo würde mir das glauben?«

»Aber natürlich!« versicherte ihr Daisy voller Zuversicht. »Du solltest ihm das wirklich lieber erzählen. Das darf nicht in dir rumoren und zwischen euch stehen.«

»Vielleicht. Möglicherweise hast du recht. Aber was ist mit deinem Alec?«

Daisy wurde vorsichtig: »Vielleicht muß Alec das gar nicht erfahren. Er hat dich nie als Tatverdächtige gesehen, Dottie auch nicht, ganz zu schweigen von Tante Cynthia. Und nachdem Cedric DeLancey sowieso tot ist, warum sollten wir uns Ärger einhandeln?«

»Glaubst du, daß es Ärger geben würde? Mir wäre viel leichter ums Herz, wenn ich wüßte, daß auch der Inspector es für Notwehr hält. Könntest du ihm die Sache nicht als hypothetischen Fall darlegen?«

»In Ordnung«, sagte Daisy, aber mit den allergrößten inneren Zweifeln.

»Also wird die ganze Sache totgeschwiegen?« fragte Daisy, während Alec auf die Marlow Road abbog.

»Nicht die Todesfälle der Gebrüder DeLancey, die natürlich nicht. Aber die Tatsache, daß ein Bruder den anderen umgebracht hat. Nachdem Bott zugestimmt hat, über den Anschlag von Cedric DeLancey Schweigen zu bewahren – im Gegenzug dafür, daß er nicht wegen der Vorenthaltung von Beweismitteln belangt wird –, können beide Todesfälle als tragische Unfälle verbucht werden. Die Chief Constables und der Assistant Commissioner haben heute morgen keine Notwendigkeit gesehen, der Familie DeLancey weiteren Kummer zu bereiten. Ich würde nur gerne glauben, es liegt nicht daran, daß das Oberhaupt der Familie der Earl of Bicester ist.«

»Jedenfalls erscheint die Sache plausibel«, sagte Daisy entschlossen. Sie wußte, daß die Annahme, Cedric DeLancey hätte den Tod seines Bruders verursacht, deren Verwandtschaft in tiefste Trauer versetzen würde. Deswegen wäre es ihr auch lieber gewesen, jetzt nicht für Tish im nachhinein die anstehende Frage klären zu müssen.

Doch hatte sie versprochen, Alecs Meinung zu erfahren. »Liebling, kann ich dir einen hypothetischen Fall darlegen?« fragte sie vorsichtig.

»Einen hypothetischen Fall? Was meinst du damit?«

»Nehmen wir einmal an, ein Mädchen wäre in der Nacht zum Bootshaus gegangen. Und nehmen wir weiter an, Basil DeLancey hätte sie in eine Ecke gedrängt und gedroht, er würde sie … angreifen. Wenn sie dann ein Ruder aufgenommen hätte und ihn gewarnt hätte, sie würde zuschlagen, wenn er nicht aufhört, und wenn er das nicht getan hätte und sie dann doch - würde dann das Urteil Notwehr lauten?«

»Daisy, das hast du nicht getan!« rief Alec aus und wandte ihr sein entsetztes und gleichzeitig wütendes Gesicht zu.

»Natürlich nicht, du Idiot! Ich hab dir doch gesagt, ich bin erst hinuntergegangen, als DeLancey sicher in seinem Bett verstaut war.«

Er warf ihr einen Blick voll tiefen Mißtrauens zu. Nur einen Moment verließen seine die Augen die Straße, aber genau in diesem Augenblick fuhren sie um eine Kurve und sahen sich Kühler an Mäuler mit einer ganzen Kuhherde.

Alec trat heftig auf die Bremse. Obwohl der Austin Seven kein Automobil war, das wegen seiner Bremsqualitäten besonders gelobt wurde, blieben sie fast sofort stehen. Die Kuh vor ihnen muhte mit mehr Neugier als Aufregung auf und leckte die Motorhaube ab. Dann wurde die Herde von den Hunden weitergetrieben, ohne weiteres Interesse an dem mechanischen Eindringling in ihrer Mitte zu bekunden. Der Kuhhirte, der ihnen folgte, hob kurz ungerührt die Mütze, als er an ihnen vorbeikam.

Während Alec den Motor neu startete, der wegen der plötzlichen Bremsung ausgegangen war, sagte er: »Daisy ...«

»Es war ein ganz und gar hypothetischer Fall«, unterbrach sie ihn eilig.

»Dann ja. Dann würde es wahrscheinlich als Notwehr gelten. Aber ich will dann auch nichts mehr davon hören. Was ich eigentlich sagen wollte: kennst du irgend jemanden, der im Umkreis von zwanzig Kilometern von Lyndhurst wohnt?«

»In Hampshire?« erkundigte sich Daisy verwirrt.

»Ja, im New Forest.«

»Nein, ich glaube nicht.«

»Ich kenne aber einen hübschen Landgasthof in Lyndhurst. Da werde ich nächstes Wochenende zwei Zimmer buchen, und wir werden ...«

»Nächstes Wochenende findet doch die Verlobungsfeier statt, die Mr. Arbuckle für uns im Claridge's ausrichtet.«

Alec stöhnte auf. »Müssen wir da hin? Das klingt ja schrecklich.«

»Ja, mein Liebling«, sagte Daisy fest, »da müssen wir hin.«

»Das Wochenende drauf, also. Das verbringen wir im New Forest, weit weg von allen Menschen, die du kennst, *und* weit weg von den Grenzen irgendwelcher Counties. Und die Polizei vor Ort wird selbst mit irgendwelchen Leichen fertig werden müssen, die du mal wieder aufstöberst!«

Carola Dunn

Miss Daisy und die Entführung der Millionärin

Roman

Aus dem Englischen von Carmen Samson-Himmelstjerna

323 Seiten
Band 1491
ISBN 3-7466-1491-0

Frühsommer in Südengland – der Honourable Phillip Petrie ist mit seinem Sportwagen unterwegs, als plötzlich der Motor knatternd seinen Geist aufgibt. Er wirft einen verzweifelten Blick unter die Kühlerhaube, da kommt ein knallroter Superschlitten neben ihm zum Halten – darin die schönste Blondine, die Philipp jemals gesehen hat. Er beschließt, das Herz seiner engelsgleichen Retterin zu erobern, was gar nicht so leicht ist, denn Gloria ist die Tochter eines amerikanischen Millionärs. Als Gloria entführt wird und ihr Leben auf dem Spiel steht, wendet sich Phillip an seine Freundin Miss Daisy Dalrymple, und ein rasanter Wettlauf mit der Zeit beginnt, bei dem selbst Alec Fletcher von Scotland Yard mächtig ins Schwitzen kommt.

»Agatha Christie lebt! Seit ihrer Resurrektion lebt sie unter dem Namen Carola Dunn in Oregon.«

Die Welt

AtV
Aufbau Taschenbuch Verlag

Carola Dunn

Miss Daisy und die tote Sopranistin

Roman

Aus dem Englischen von Carmen Samson-Himmelstjerna

240 Seiten
Band 1492
ISBN 3-7466-1492-9

Giftmord in der Oper! Bei ihrem Debüt in der Londoner Albert Hall im Jahr 1923 bricht die Mezzosopranistin Betsy tot auf der Bühne zusammen. Miss Daisy Dalrymple, eine junge Adelige mit journalistischen Ambitionen, und ihr Freund Alec Fletcher von Scotland Yard müssen gleich eine ganze Schar exzentrischer Künstler überlisten, um die Ermittlungen in ihrem dritten Fall voranzutreiben.

»Ein Krimi der wohltuend sanften Sorte« *Brigitte*

Carola Dunn

Miss Daisy
und der Mord
im Flying Scotsman

Roman

Aus dem Englischen
von Carmen
Samson-Himmelstjerna

239 Seiten
Band 1496
ISBN 3-7466-1496-1

Mord im Flying Scotsman! Der legendäre Luxuszug ist gerade auf dem Weg von London in den kalten Norden Schottlands, als eine mysteriöse Leiche einen ganzen Clan in Verdacht bringt … Gut, daß auch Miss Daisy Dalrymple unter den Reisenden ist, jene scharfsinnige Journalistin, deren Beobachtungsgabe Scotland Yard schon in so manchem Fall aus der Bredouille geholfen hat. Zur großen Freude von Miss Daisy kann nun auch Alec Fletcher, der charmante Chief Inspector, nicht weit sein. Das einzigartige Ermittlerteam kreist die Tatverdächtigen mit raffinierten Methoden immer enger ein …

AtV

Aufbau Taschenbuch Verlag

Amy Myers

Mord im Boudoir der Königin

Kriminalroman

Aus dem Englischen von Irmhild und Otto Brandstädter

308 Seiten
Band 1483
ISBN 3-7466-1483-X

Spukt im Park von Versailles wirklich noch der Geist der Marie Antoinette, wie einige der illustren Gäste auf einem Bankett bei Tatjana und Auguste Didier behaupten? Die vornehme Gesellschaft, zu der auch König Edward VII. gehört, beschließt, der Sache auf den Grund zu gehen. Am 10. August, dem Geburtstag der französischen Königin, begibt man sich deshalb nach Versailles. Um die Geister zum Erscheinen zu inspirieren, sollen alle in Kostümen des 18. Jahrhunderts erscheinen. Mirabelle, Comtesse de Tourville, wird die Ehre zuteil, das Kostüm der Marie Antoinette zu tragen. Doch auch ihre ärgste Rivalin, die frühere Geliebte ihres gräflichen Gatten, will auf diese Rolle nicht verzichten. Das Spiel ist auf dem Höhepunkt, als man Mirabelle wie ihr historisches Vorbild enthauptet findet. Ein neuer Fall für den charmanten Chefkoch und Detektiv Auguste Didier.

AtV
Aufbau Taschenbuch Verlag

Amy Myers

Mord als Vorspeise

Kriminalroman

Aus dem Englischen
von Irmhild
und Otto Brandstädter

308 Seiten
Band 1082
ISBN 3-7466-1082-6

Der Verein zur Verehrung literarischer Genies versammelt sich dieses Mal im englischen Badeort Broadstairs, um drei Tage lang seinem Genius des Jahres – Charles Dickens – zu huldigen, der hier häufig seine Ferien verbrachte. Nur ein exzellentes Festbankett, zubereitet von Meisterkoch Auguste Didier, konnte den Price of Wales dazu bewegen, das Opfer der Ehrenpräsidentschaft über diese Zusammenkunft auf sich zu nehmen. Das Festbankett wird ein Erfolg, aber bei der anschließenden Lesung aus »Oliver Twist« sinkt der Vorlesende mitten in der Mordszene tot zu Boden. Vergiftet. War etwa die Vorspeise schuld?

AtV
Aufbau Taschenbuch Verlag

Amy Myers

Mord im Dienstbotenzimmer

Kriminalroman

Aus dem Englischen von Elfi Schneidenbach

265 Seiten
Band 1087
ISBN 3-7466-1087-7

Butler Greeves war ein mächtiger Mann auf Stockbery Towers, einem Herrensitz in Kent zum Ende des vorigen Jahrhunderts. Aber beliebt war er nicht. War er ein Erpresser? Ein Heiratsschwindler? Eines Tages wird er vergiftet aufgefunden. Wer von den Dienstboten hätte ihn ermorden wollen? Oder haben auch der Herzog nebst Gattin und ihre zur Jagd angereisten vornehmen Gäste ein Motiv? Zuerst einmal verdächtigen alle den Chefkoch Auguste Didier. Was der Halbfranzose dem englischen Gaumen an französischer Küche zumutet, daran kann man sich schon leicht vergiften. So ist der charmante Auguste gezwungen, selbst Nachforschungen anzustellen, um seinen Hals aus der Schlinge zu ziehen.

Ein spannender und amüsanter Krimi aus dem viktorianischen England.

Leif Silbersky
Olov Svedelid

Schwarze Messe
für eine Leiche

Kriminalroman

Aus dem Schwedischen
von Petra Biesalski-Döll

411 Seiten
Band 1090
ISBN 3-7466-1090-7

Der alte, weise Anwalt Samuel Rosenbaum hatte eigentlich beschlossen, sich nur noch mit wahrer Philosophie zu beschäftigen, als plötzlich seine junge Nichte Rhea Moser in sein Leben trat. Seither haben sie gemeinsam in Stockholm eine Kanzlei - und lösen die kompliziertesten Kriminalfälle.

Mitten in den Vorbereitungen für einen neuen Prozeß erhält Rhea eine Videokassette, auf der ein alter Freund verkündet, daß er todkrank sei und sich in die Luft sprengen werde. Dann erlischt das Bild. Rhea Moser ist erschüttert, als sie feststellt, daß es sich keineswegs um einen makabren Scherz gehandelt hat. Ihr Freund ist tatsächlich tot. Doch was wie ein ungewöhnlicher Selbstmord aussieht, entpuppt sich als eine wahrhaft teuflische Tat. Denn plötzlich führt die Spur in eine alte Villa, in der Schwarze Messen abgehalten werden. Und da kann Rhea nur mit Hilfe des Philosophen und Menschenkenners Rosenbaum bestehen.

AtV
Aufbau Taschenbuch Verlag

Leif Silbersky
Olov Svedelid

Eine Stimme
für den Tod

Kriminalroman

Aus dem Schwedischen
von Hans-Joachim Maass

Deutsche Erstausgabe
368 Seiten
Band 1091
ISBN 3-7466-1091-5

Für Samuel Rosenbaum, den alten Stockholmer Anwalt, bietet das Leben keine Überraschungen mehr. Nur an seiner jungen Nichte Rhea Moser hängt sein Herz. Als Rhea verkündet, daß sie heiraten wolle, zeigt sich der Alte sehr reserviert. Ausgerechnet in den ehrgeizigen Politiker Peter Holst hat seine Nichte sich verliebt.

Kurz nach einem Fest seiner Partei gerät Peter Holst in ernste Schwierigkeiten. Er wird verdächtigt zwei Giftanschläge verübt zu haben, um mißliebige Konkurrenten aus dem Weg zu schaffen. Rhea ist verzweifelt. Es gibt nur einen Ausweg: Rosenbaum muß ihren Verlobten verteidigen. Also macht sich der weise Anwalt daran, ein teuflisches Gespinst aus Lügen und Intrigen freizulegen.

Ein meisterhafter psychologischer Roman mit einer der populärsten Kriminalfiguren Skandinaviens.

AtV
Aufbau Taschenbuch Verlag

Frances Alaska

Wiener Blut

Kriminalroman

Originalausgabe
220 Seiten
Band 1520
ISBN 3-7466-1520-8

An einem dieser Montage, an denen einfach alles schiefgeht, erfährt Linda Willbrand, daß ihr Bruder, von dem sie nicht einmal gewußt hatte, daß er in Wien ist, überfahren wurde. Als sie aus dem Spital ins Studio kommt, verschwindet plötzlich ihre Kollegin Katja. Linda und zwei Freundinnen finden die Spur zu Katja und können sie aus einer entsetzlichen Lage befreien, aber nun sind sie selbst in mysteriöse Vorgänge verwickelt, von denen sie nur ahnen, daß es um die Produktion von Gewaltvideos und um Kinderprostitution geht.

AtV

Aufbau Taschenbuch Verlag

Alys Clare

Sei geweiht der Hölle

Historischer Kriminalroman

Aus dem Englischen von Ana Maria Brock

284 Seiten

Band 1621

ISBN 3-7466-1621-2

England 1189: In der Nähe der Abtei Hawkenlye wird die Leiche einer jungen Nonne gefunden. König Richard I. schickt seinen treuen Ritter Josse d'Acquin in die Abtei, um den Vorfall aufzuklären. Dort lernt d'Acquin die charismatische Äbtissin Helewise kennen, die ihn sofort durch ihre Intelligenz und Spontaneität beeindruckt. Gemeinsam rekonstruieren sie die letzten Tage der Toten, und schon bald stößt das unkonventionelle Detektivduo auf düstere Familiengeheimnisse.

Der ungewöhnliche Historienkrimi, spannend und modern erzählt, bildet den Auftakt zu einer Trilogie.

AtV

Aufbau Taschenbuch Verlag

Peter Tremayne

Die Tote
im Klosterbrunnen

Historischer Roman

Aus dem Englischen
von Bela Wohl

440 Seiten
Band 1525
ISBN 3-7466-1525-9

Anno Domini 666. In einer irischen Schwesternabtei findet man im Klosterbrunnen eine junge Frau, nackt und enthauptet. Man ruft Schwester Fidelma, eine Nonne königlichen Geblüts, um das Verbrechen aufzuklären. Fidelma, die unabhängige und selbstbewußte Heldin dieser Krimiserie, agiert in einer Welt des frühen Christentums, in der keltische Mythen und Bräuche noch starken Einfluß haben. Toleranz und Aufgeklärtheit der gebildeten Frau sichern ihr Macht und Einfluß.

AtV
Aufbau Taschenbuch Verlag

Peter Tremayne

Tod im Skriptorium

Historischer Kriminalroman

Aus dem Englischen
von Friedrich Baadke

Etwa 400 Seiten
Band 1526
ISBN 3-7466-1526-7

Irland Mitte des 7. Jahrhunderts: Im Skriptorium einer berühmten keltischen Abtei wird ein altehrwürdiger Gelehrter ermordet. Der König des Nachbarreichs, in dessen Auftrag er in der Abtei forschte, verlangt als Wiedergutmachung ein umstrittenes Grenzgebiet und droht mit Krieg, falls man seine Forderung nicht erfüllt. Schwester Fidelma, eine Nonne königlichen Geblüts, stößt bei ihren Bemühungen, den Mord aufzuklären, auf ein verschlungenes Netz unterschiedlicher politischer und privater Interessen.

AtV
Aufbau Taschenbuch Verlag

Vous avez dit :

"Résistance des Matériaux" ?

Qu'en savez-vous ?

René BOUDET
Professeur à l'Université Paul-Sabatier – Toulouse

Pierre STEPHAN
Maître de Conférences à l'IUFM – Toulouse

Formation par exercices corrigés

A l'usage :

→ des élèves ingénieurs

→ des étudiants d'IUFM

→ des candidats à l'agrégation de mécanique

→ des étudiants de Licence et Maîtrise de technologie mécanique

CÉPADUÈS-ÉDITIONS
111, rue Nicolas-Vauquelin
F 31100 TOULOUSE – France
Tél. : 05 61 40 57 36 – Fax : 05 61 41 79 89
(de l'étranger) + 33 5 61 40 57 36 – Fax : + 33 5 61 41 79 89
http://www.editions-cepadues.fr
e.mail : cepadues@editions-cepadues.fr

CHEZ LE MÊME ÉDITEUR

Cours de mécanique générale	*Bellet D.*
Problèmes de mécanique rationnelle	*Bellet D.*
Problèmes de mécanique des solides	*Bellet D.*
Cours d'élasticité	*Bellet D., Barrau J.-J.*
Problèmes d'élasticité	*Bellet D.*
Tables de détente ou compression isentropique de choc μ = 1,400	*Bonnet A., Luneau J.*
Aérodynamique : Théories de la dynamique des fluides	*Bonnet A., Luneau J.*
Aérodynamique : Méthode des singularités	*Bousquet J.*
Que faut-il savoir en Mécanique ?	*Boudet R., Sudre M.*
Exo-Méca	*Clerc R.-L., Souriac P., Tibault R.*
Mécanique des fluides	*Chassaing P.*
Mécanique spatiale (colloque)	*CNES*
Mécanique spatiale (2 tomes)	*CNES – Techniques spatiales*
Space flight dynamics (2 volumes)	*CNES – Techniques spatiales*
Mécanique spatiale – Symposium international	*CNES*
Mécanique spatiale pour les satellites géostationnaires	*CNES*
Aérodynamique : Couche limite laminaire	*Cousteix J.*
Aérodynamique : Turbulence et couche limite	*Cousteix J.*
Elasticité linéaire	*Dartus D.*
Mécanique du matériau bois et composites	*Guitard D.*
Mécanique élastoplastique de la rupture	*Pluvinage G.*
La Rupture du bois et de ses composites	*Pluvinage G.*
120 exercices de Mécanique élastoplastique de la rupture	*Pluvinage G.*
Gyroscopes et Gyromètres	*Radix J.-C.*
Systèmes inertiels à composants liés – « strap down »	*Radix J.-C.*
Mémo-Méca	*Souriac P.*
Mécanique générale et analytique : Dynamique du point – Statique, cours et exercices résolus	*Talpaert Y.*
Mécanique analytique – Dynamique des systèmes matériels	*Talpaert Y.*
Leçons et applications de géométrie différentielle	*Talpaert Y.*
Introduction à la Mécanique des milieux continus déformables	*Thual O.*

ISBN 2-85428-480-1

Dépôt légal : septembre 1998

N° éditeur : 480